无 法 刹 车

陈佩君 著

文匯出版社

图书在版编目(CIP)数据

无法刹车／陈佩君著. －－ 上海：文汇出版社，
2018.3

ISBN 978－7－5496－2523－9

Ⅰ.①无… Ⅱ.①陈… Ⅲ.①长篇小说－中国－当代
Ⅳ.①I247.5

中国版本图书馆 CIP 数据核字(2018)第 057041 号

无法刹车

著　　者／陈佩君
策　　划／蒋国忠
责任编辑／熊　勇
特约编辑／徐国雷

出版发行／**文匯**出版社
　　　　上海市威海路 755 号
　　　　（邮政编码 200041）
印刷装订／上海惠敦印务科技有限公司
版　　次／2018 年 3 月第 1 版
印　　次／2018 年 3 月第 1 次印刷
开　　本／889×1194　1/32
字　　数／210 千
印　　张／9.25
印　　数／1－5000
ISBN 978－7－5496－2523－9
定　　价／68.00 元

让大海给你诠注爱的苦涩／让潮汐声漫过你的心墙／漫过你不曾设防的堤坝／你成为大海的呼吸／完成深潜到翱翔的过程

——题记

序

　　每个人都带着上苍的使命来到这个世界，当这个世界发生翻天覆地的变化，一定有个伟人在挥手，呼风唤雨；当这个世界开始沸腾，一定有一群人在拼命，献身理想；当这个世界绚丽多彩，一定有个灵魂巫师，调色画板，改天换地。驻足在生活一角的佩君，在她眼里，生活中的斑驳陆离是一幅唯美的油画，心情是一道风景，游弋在景致里的传感器就是她手中的那支笔，写作就是她的使命，她就是为写作而降临这个世界的精灵。

　　佩君《无法刹车》小说的问世，讲述了一个民营企业家为了一个信念走上创业之路，当回眸这段艰辛历程，已是"无法刹车"的故事，小说中淋漓尽致的各种人物关系缩影了整个社会的体貌。身在其中又身不由己，也是其写作路上根本"无法刹车"的写照，"无法刹车"或许就是认命的代名词。

　　佩君出生于上海，生活在繁华都市，却一洗繁华，埋头于世外的耕耘，向大自然汲取养分和灵感，用笔雕琢于现代与经典之间。她天生丽质又聪明好学，中学时代的她酷爱语文和外语，为了一个出国梦，她几乎满分托福考试。一朵校花的性格温婉又带几分俏皮，时常小纸条内藏着一朵诗花，躲过老师的目光投向课堂，春暖了记忆里的花季。与她交流你会发现绚丽的言笑间不忘本真的风格，她会把所见所闻的经历串起诗歌，她写下了第一部《行囊》

诗集。

命运使然，她根本"无法刹车"，背着"行囊"意气风发搭乘着时代列车踏上人生的征途，她几乎没法预测这行囊有多沉重，要走多远，前方的梦又会是怎样，这趟列车是她仅有的空间和主权，捍卫自己行走天下的只有那支笔，是的，她用笔尖站立今生的舞台，芭蕾着一个又一个精彩，在城市的脉象中/让优雅赐一点给狂野/徘徊在性感与极限的边缘。累了，也不忘向大海扔投几枚艺贝，兴起几朵浪花，怡情欢悦。

2005年海上风诗社成立，汇聚了文朋诗友笑声和开朗，身为社长的陈佩君没有什么多大的理想，没有想着进作协而成名成家，因为开心才是她的崇高信念，写作才是她的行为先锋。然而，信念是上帝的指引，越是前行越是"无法刹车"，才气还是将她收归上海市作家协会。她是虔诚的诗人和执着的小说、散文家，她以"不可能完成的"学不来的风格，写在《魔都咖啡》诗絮里；都市的一砖一瓦，一墙一窗，门庭石柱，写在了《上海老城厢》的小说里；邂逅新上海的日新月异，她第一时间见证长江隧道贯通，兴奋地写下《一座大手笔隧道》的散文，并在作协匿名评选中摘得散文金奖桂冠。她就是这样一位简单、纯净地写在上海文坛的小女人，又知性、自信的独步天下。

午后，是一个成熟的时光，一杯咖啡正浓，阳光耀眼而迷幻，我眼中的高山流水/高挂在生活的舞台。她渴望风花雪月的浪漫；渴望游山玩水，摄影绘画的好奇；渴望观景赏花，呵护有加的陪伴。然而，艺术源于生活，生活才是艺术的本真。生活需要激情，更需要真情付出。为了一个真情付出，她几乎付出了所有的心血。她相信患难与共见真情，她相信合作才能共赢，她把生活的希望都寄托在事业的成功上。

当她投身的这个事业渐渐的成为朝阳产业，她依然不忘初心，她相信善爱才是心中的活佛，于是她在事业的另一端采集夕阳的炫丽，编写《快乐陇泉报》弘扬着企业文化理念。生活中的佩君对旗袍和戏剧情有独钟，她组建了一支老年旗袍时装队，有时她会一个人静静地坐在 T 台的一边，从上帝的视角，审视着人间的爱有多暖，也会摄下洋溢在老人们脸上的万般宠爱。生活就是生活/即便灯红酒绿/也是不一样折射/生活没有范本可找。老有所依，老有所乐，才是人生的归宿。

时光的脚步，唱着诗歌匆匆忙忙，也扬起生活尘埃，虽"无法刹车"却也满载元气，愿忆起，依然地清晰绽放于心扉。久动思静，久静思动，让我们放下手中的繁杂，旅行在这部小说中，无需规划，无需攻略，无需刹车，不用落地，安扎在作者的一个个营地里，品尝《无法刹车》的怦然惊喜，你会感知人世间的心跳，当体恤情欲冷暖后，万般皆下品，真情最无价。

孙凤翎

2018 年 3 月

目 录

上 篇

1

一连几天,蒋栋梁蜗居在自己的办公桌前,除了上卫生间外,没有离开过半步。电话铃声仿佛打开了他的记忆之门,不断地敲响他的警钟。"蒋总,这笔钱我想收回,我要和你见上一面。""蒋总,我准备购买房子,所以想收回我在你手中的50万。""蒋总,您再不给我一个满意的答复,我就要报案了。""……"

腊月里的天,蒋栋梁的额头上仍然冒着冷汗。他机械地握着电话筒,埋着头,像热锅上的蚂蚁,坐立不安地应付着一个又一个足可以使他精神崩溃的电话。几天没有站在镜子前修面了,黑白掺杂生硬的胡须疯长,荒乱地堆在脸颊上。

六十岁该是退休的他,却还要瞎折腾,誓言要五年之内在上海吸收10万老人,在全国吸收60万老人,让上海龙泉资产管理有限公司旗下老年俱乐部的老人能快乐养老、休闲养老、候鸟养老。

如果再有人问起是什么力量促使他向前的?他会津津乐道地告诉你,是他死去的老母亲托梦给了他,然后次日起来就决定去做这件事。想象中很多美好的东西,一旦具体去做了,却根本不是这么回事。好比自驾着一辆车,不知什么原因,导致了车轮不能跟着意志驰骋又无法刹车的后果。别说把岁月的镜头往后退三十年,就是退到几年前,他单干做投资放贷时,什么时候有过向人求助的窘境?刚才拨打他电话的阿三、毛头、板牙等那些人,不都是过去向他借钱或者调头寸的人吗?他清清楚楚记得那个时候,阿三、毛头、板牙到他的公司,愿意为他打扫办公室的卫生,来换取"洗钱"之后的钱。蒋栋梁想到他仨家中都有一位慈祥的母亲,又看着眼前他仨没出息样儿,气急之后还是软了心。他告诉他们,"洗钱"的事是犯法的,他不想这么做,他也不愿意看到男人没有出息的样儿。原本想拿他们的房子作抵押,但一想到这样做势必会惊动家中的长辈。反正他仨的住房都在动迁之中,他只要求他们写下动迁之后还上钱,并在银行利息基础上加两成。阿三、毛头、板牙他仨觉得蒋栋梁在帮他们天大的忙,差点叩头谢恩,说这辈子不会忘记他的大恩大德。蒋栋梁笑着回答,好啊,我等着那一天到来。可是,那一天虽然等来了,却同时等来了几乎逼到悬崖催款的电话。蒋栋梁想,那些人借着动迁拆房赚了钱,成为有钱人了,腰杆似乎一夜之间粗壮起来。他还没有向他们借钱,他们就这样翻脸不认人了。即使是现在把投资的钱要回去,也得按合同的要求去做啊,当初又不是我逼着你们拿钱出来,是你们自己吵着要投进来的。

当蒋栋梁接下来接听章志忠的电话时,女儿蒋利手拿着一盒由杨芝芳亲自掌勺的饭菜走进办公室,走进办公室的时候,嘴里的最后一口饭菜还没有咽下。杨芝芳原本在章志忠的夫人张惠手下干过,后来张惠把法人代表转让给章志忠后,章志忠嫌杨芝芳岁数偏大,六十多岁了胜任不了贸易工作为由要辞退她。恰巧有一天,蒋栋梁到章志忠那儿催款,意外发现杨芝芳的账本特别整洁,于是便把她接纳了过来。想不到杨芝芳除了懂财务,还会烧一桌的好菜,让蒋栋梁有点惊讶,也有点喜出望外。每次蒋栋梁在上海,就会吃到杨芝芳做的饭菜。今天,蒋利又到杨芝芳家里蹭饭去了。从她家里出来时,杨芝芳特地关照蒋利,章志忠这人没有诚心,让蒋总当心一点。

当蒋利一靠近蒋栋梁时,手中的饭盒差点落在地上。她不知道又发生什么事,让老爸这么萎靡不振。30岁的蒋利清楚记得她是因为得知老爸有纵身跳楼念头的消息之后,才果断辞去原来外资企业的财务工作来上海的。尽管蒋栋梁拼命地要赶她回广西,说好不容易培养她成为一名大学生,并找到这么好的一份差事,无端离职,对得起谁? 但蒋利根本听不进去,那天她大声地哭着问蒋栋梁,你干嘛想不通,要爬上28层高楼? 不就是黄伟亮卷款逃走的事吗? 难道你这么一跳就能万事大吉了吗? 蒋栋梁虽然到了那种情况,还是以一个父亲的尊严与面子对蒋利说,我如果跳楼,今天你还能见到我一个大活人吗? 你别听他们乱编故事,我在28层高楼上只是想问题,想与我没有血缘关系的老人们的钱为什么要放在我的口袋里? 后来想通了,就从28层楼上一层一层走下来了。

蒋利睁着圆圆的眼睛,猜测老爸又遇到了类似的情况,当她走近蒋栋梁,但蒋栋梁竟然没有发觉,仍然拿着电话筒,在不断地应付着对方。

志忠,我知道,我保证你的利息,你也不会在乎这几天吧? 蒋栋梁一开始是退让一步,好言好声向飞翔贸易有限公司的章志忠商量的,但电话那头的章志忠却不买账,说话的声音一声高于一声,使得蒋栋梁的火气直往头顶上冒。当章志忠说公安里某某是他小舅子的兄弟时,蒋栋梁很快从座位上跳起来,拍着桌子,叫道,滚一边去吧! 不要拿政府人说事,我这一辈子还从来没有怕过。说罢,挂断了电话。

蒋利把饭菜小心翼翼地移到蒋栋梁跟前,轻轻地说,老爸,趁热吃吧! 蒋栋梁方才抬起头,面对眼前青春活力的女儿,他很快收起了刚才那副神态,苦笑地说,好端端的工作非要辞掉,你老爸这里有什么好的? 所有的嘴脸都让你看见了。

蒋利却把头靠在蒋栋梁的肩膀上,撒娇,我原来那公司,死气沉沉,不好玩,现在能在这里看到所有的嘴脸,多好玩,至少能锻炼自己的反应和承受能力。

蒋栋梁听着蒋利这一番话,忍不住笑起来,似乎烦恼也随之消失。蒋栋梁自己也搞不明白,为什么只要女儿一撒娇,天大的事也不是个事呢? 或许是过去自己长年在外,根本无法照顾到家的原因吧，又或许是蒋利五岁的时候就与前妻卫红离婚的原因吧，总而言之，感觉亏欠女儿太多。所以，现在只要给他抓住机会，他就会加倍甚至百倍地把爱交给女儿，觉得只有这样做，心就会得到平衡和安稳。

其实，蒋利一直与广西的卫红生活在一起，不管蒋栋梁是否在上海，蒋利每年两次寒暑假会来上海。那时老母亲还健在，老母亲总会叮咛蒋栋梁，这就是你的命，到广西转了一圈回来，非要娶漂亮的卫红为妻。既然老天就是这样安排的，那么大人们之间发生任何事不要影响孩子以后的健康成长。因此，蒋利不像单亲家庭出来的孩子，她阳光、正直、合群，经常会拿出好吃的好玩的分给小伙伴。有一次，蒋栋梁从新疆进货回来，顺便带回几包葡萄干和红枣等一些新疆特产，蒋利得到自己的一部分之后，并没有独占，而是分给邻居的小伙伴们。按她的话讲，有福同享有食同吃。在她眼里在她的生活笔记里，爸爸妈妈只是工作上的原因而不得不分居两地罢了。

蒋利见蒋栋梁笑了，开始趁热打铁，爸，要不这样，也让我妈进来体验体验，看看她的承受能力有多少？蒋栋梁皱了一下眉，但很快将眉头舒展开来，然后笑着说，滚一边去，大人的事用不着你来掺和。

蒋利正想回击蒋栋梁的时候，一阵手机铃声响起。蒋栋梁抓起手机还不到十秒钟的时间，火不知从什么地方又冒了出来，没有等对方说完，便抢言，随你们怎么办，我若被你们抓进去，我还要谢谢你们呢，省得我劳心费神，这种年龄了还到处奔波。要知道，我是在为政府排忧解难，我对得起天也对得起地，我问心无愧，我不会躲藏。

你是为政府排忧解难？你难道不知道非法集资是要蹲牢房的？我看你别这么猖狂吧，不信，你试一试。电话那一头似乎有与蒋栋梁拼死到底的意思。蒋栋梁说好，我等着，我倒要看看最后谁蹲牢房。

挂断电话，气已接不上来，发抖的手在每个抽屉里寻找他的药。这两年来，越来越多的病送到他的身子上。什么哮喘、高血压、心脏早搏、肠胃炎等等，一天三顿药可以当饭吃了。蒋利望着蒋栋梁喘不过气来的样子，也慌乱了，一边从包里取出随身带着的哮喘喷剂，一边说，有必要发这么大的火吗？气坏了身体，倒霉的是自己。

看着蒋栋梁沉默不再吭声，蒋利趁热打铁，晒出了蒋栋梁刚创业时艰辛的片断。蒋栋梁刚创业的时候，蒋利还在读小学二年级。有次蒋栋梁去广东批货，不慎放在包箱里的钱被人偷走，幸好上衣口袋里还藏着一些钱，再向同去的朋友借了一点，总算没白去一趟。然而，回沪将要出售这批衣服的时候，因没有固定摊位，而被充公。和他同去的朋友泄了气，骂天骂地，但他却从哪跌倒，从哪儿爬起，他说，为了女儿的学费，再苦再难也要闯过去。后来，又独自去了新疆，在那儿挣得第一桶金后，回上海便租了一个门面，开始做起房地产中介，后来在工商局领了一张营业执照，抬头称为"上海龙泉资产投资咨询有限公司"，也就是民间高利贷。最近才将上海龙泉资产投资咨询有限公司改为上海龙泉资产管理有限公司。蒋利的意思也无非在说，过去再有多少坎坷，也从来听不到他骂天骂地，更看不到破罐子破摔的脾性。她还来不及把他在28层楼上思考问题这件事用文字描述下来，他又要说什么等着政府来抓，那怎么行？不就是当年离开钢铁厂前倒卖钢材不成，将人打得残废而蹲进牢房。但这些都是过去的事了，凭什么要做被动的人而不去做主动的人呢？蒋利不明白怎么到了这个年龄什么毛病都出来了呢？

蒋栋梁苦苦地向女儿一笑，摇着手，意思好像在说，别提老黄历，老黄历的那些事算事吗？要知道现在上千万资金在他手里，就像一座大山压在他心口上。一旦一枚棋子走错，整盘棋皆输。残局中走棋，每一步即便是陷阱，也要深思熟虑，希望最终和棋。

蒋栋梁现在深深体会到人最痛的是说不出来的那些事，而且在痛上撒盐，要么疼得叫起来，要么疼得更麻木。他向全世界人坦言是他母亲托梦给了他，然后第二天就决定做这件事。其实他心里很清楚不是这么回事。他是被人引上钩做什么传销之后，经过苦苦思索与挣扎而下定决心走这条养老事业的路。特别是当有一次隔壁一家公司被封查后，蒋栋梁更加感觉如再走下去，自己的日子也差不多到头了。那个晚上，他站在母亲的遗像前倾诉，不轻弹的眼泪终于拦不住，夺眶而出，哗哗流淌。他说自从跨出家门做生意那天起，整天让母亲担惊受怕，一年没有几天与母亲吃一顿团圆饭，母亲去养老院后，也只是托人捎点东西算是尽孝。如果日子能重来，他愿意受母亲的鞭子。等到第二天，他隐隐约约感觉昨日他就是在做梦，梦见母亲给他指引了一条做老人事业的路。

蒋栋梁就是在这种情况下才上手做的。然而养老这方面其实他什么都不懂，不知道从哪方面入手。就在这个时候，章志忠把他转了几个弯的朋友带到蒋栋梁面前，说他的朋友的朋友能教他如何走捷径，当然与养老事业分不开的事。蒋栋梁挡不住眼前的诱惑，似乎已忘记以前的教训，也忘记母亲托梦的那件事。

像在果园里摘桃子似的，转了几个弯的章志忠朋友把果园里的桃子摘得差不多了，公安局也找上门来了，不但要求蒋栋梁在有限的时间里退还所有的钱，并挖苦他，做了一辈子生意的人，难道不知道这是传销模式吗？

又是传销！蒋栋梁只能哑巴吃黄连。果园的门是自己打开的，不能怪谁。既然自己走错一步棋，那就重来一盘棋。他不相信自己连一盘棋都走不好走不下去。

在一旁的蒋利好像想起什么，突然问蒋栋梁，刚才是不是飞翔贸易有限公司的章叔叔打来的电话？蒋栋梁说，是啊！就是这个老贼害苦了你老爸。蒋利明白，老爸说章志忠害苦了他，无非就是章志忠给他出了一些不该出的主意罢了。老爸不是一直在她耳边说过这样一句话吗？没有经验教训会成长吗？没有失败哪有进步？人需要这种经历，一帆风顺有什么意思？今天她得把这句话还给她老爸,章叔叔给了你这个主意,最后拿主意的还是你。就好比搞养老事业虽然是奶奶托梦给你的,但最后的决定还得你做,谁也没有在逼你。

蒋栋梁面对女儿,哑口无言。想想也是,既然如此,就把那些不能说出来的痛留给自己,烂在自己的肚里吧。不管怎么样,也决不能在女儿面前失口,更不能失态。何况事态发展至今并没有想象中的那样可怕,"4100元"模式的传销已停止,该退回去的钱都退了,还能把我怎么样?这种宝塔型传销模式是你章志忠挑动起的。蒋栋梁清楚记得那天章志忠带着他的朋友来找他喝酒,在推杯换盏中诱惑蒋栋梁赚大钱的机会来了。蒋栋梁自然被赚大钱的诱饵一时迷失了方向,在酒酣耳热中把想象力无限拉长,他甚至把记忆退到插队落户时的生活篇章里。穷则思变,这是蒋栋梁不断给自己灌输的思想,同时也影响周围的人。那天章志忠喝干最后一滴酒,也誓言有钱要与蒋栋梁一起赚。

虽然有些痛得烂在肚子里,但有时不得不去想,不得不去翻动。蒋栋梁想,我没有找你算账就不错了,你却跟着风来劲,我倒要看看谁的能耐更强?诸葛亮坐在空城里,面对兵临城下的大军,冒着一身的冷汗,弹着一首优雅的曲,他能镇定自如,我就不能吗?这次我非得与诸葛亮比试,谁的能耐强?谁能唱完空城这一计?

想到此,蒋栋梁的气平顺了很多,放下蒋利刚才给他的哮喘喷剂,舒展起他一双浓眉。女儿看到蒋栋梁的笑容,便依偎在蒋栋梁的身上,轻轻地说,老爸,我们一起勇敢,一起面对!

谁知这天傍晚,章志忠就带着一帮兄弟闯进蒋栋梁的办公室。章志忠环视了一圈办公室后,便坐到蒋栋梁的办公椅上,两脚搁在办公桌上,从口袋里掏出一盒"中华"烟,抽了一支,对蒋栋梁说,对不起了,蒋老兄,我手下这帮兄弟,他们也得要吃饭,我想来思去,看来今天非得把钱带回家不可了。

蒋利连忙上前一步,却被章志忠挡去,并抢先一步说,别叫我叔叔,你们父女俩应该穿一条裤子,我是局外人。蒋利不服气地回答,什么是局外人,你与我老爸是老邻居是老同学,又有合作关系,你忘了你和我老爸抢穿过一条我奶奶做的裤子这件事了吗?应该说你俩才穿同一条裤子。现在,有人让你穿质地更好的裤子了,是吧?否则你不会有这样的反常举动,翻脸不认我老爸。蒋利也不知道自己怎么会兜底翻出奶奶跟她讲过的陈芝麻烂谷子的事。

我有什么样的反常举动?章志忠颇有点心虚,反问蒋利。其实大家都心知肚明,最近一段时间不就是围着黄伟亮卷款逃跑事件转吗?黄伟亮是蒋栋梁的助理,因他会开车,所以兼做蒋栋梁的贴身司机。或是得天独厚的优势,他对蒋栋梁了如指掌。蒋栋梁没有任何防备心理。黄伟亮几乎 24 小时跟着他,而且做事认真,蒋栋梁没能想到的事,黄伟亮想到了。记得有一次,黄伟亮随蒋栋梁与客商谈判,结束之后,蒋栋梁因内急,连忙在商场找到卫生间便奔进去。出来时黄伟亮发现蒋栋梁手中的包不见了,他第一感觉就是包肯定忘在卫生间里。于是,他马上奔进卫生间,只见有人正提着包从卫生间里走出来。黄伟亮二话没说,便伸出拳头给了那个人。另外一次,蒋栋梁请对方老板吃饭,在就餐时,蒋栋梁不小心将筷子上的菜落了下来,落在菜盘的边沿上,盘子里的油渍正好溅到该老板的西装上。黄伟亮见此,以上卫生间为借口,悄悄地进商场,买了一套相近颜色与质地的西装。也就是此举,成功了一笔生意。对于这样的人,蒋栋梁有什么理由不相信而要去怀疑呢?

当初章志忠也是他主动上门要把钱投资到他公司里,并信誓旦旦地对他说,这笔钱只有放在蒋栋梁手中他才放心。蒋栋梁曾提醒过他,利益与风险是相等的。章志忠说,做生意的人都懂。这样的发誓和举动,谁能不信不去接受呢?

蒋栋梁不愿意女儿再进一步,示意她赶快离开办公室。等到蒋利被赶出办公室,蒋栋梁从书橱里拿出一大摞老人俱乐部会员的档案,提足精神地对章志忠说,这么多老人为什么会把钱投资到我的公司?当初你不是被我公司的利息所吸引住吗?现在利息拿足了,就想讨回本金,这好像不是你章老弟的风格吧?

蒋栋梁始终没把黄伟亮拉出来说话,却着实将了章志忠一军,章志忠也不好意思,调了枪头,向蒋栋梁这样解释,因为黄伟亮打电话给我,说你非法集资,让老派拉进去审讯,我怕偷鸡不着,反而蚀一把米,所以来你这里讨回我的本金。章志忠说完,似乎还需要补充一些什么,停顿片刻,加了一句,老兄,你真的是在干非法集资的事,这个把柄被黄伟亮抓住了,所以他才会肆无忌惮地卷款逃走。

其实蒋栋梁根本不会有一丝的惊讶,但他还是装着一脸的惊奇的神色,故意反问章志忠,黄伟亮和你通过电话?章志忠点点头,开始滔滔不绝起来,似乎也忘记在蒋栋梁之间加一道防范。不过,也难怪,毕竟他和蒋栋梁是二十年来的邻居,尽管动迁后各自过日子,当中有十年时间断了音信,但后来得知蒋栋梁是做民间贷款的,于是经过几许周折后找到了他。找到他后,就把一笔钱投进龙泉公司,利滚利,章志忠在蒋栋梁手里其实已赚回本金。从这点上章志忠心里很清楚蒋栋梁的为人,因此,当蒋栋梁试探他是否与黄伟亮通过电话,他自然毫不掩饰地讲出了真实的一幕。

其实,章志忠不说出来,蒋栋梁也知道这些情况,做贼心虚的人总要借助外在的力量帮助自己疗愈。事实上得知是黄伟亮的劣为后,蒋栋梁确实有一段时间像发了疯似的,在28楼高层上经过激烈的思想斗争之后,便天天晚上候在黄伟亮的家门口,誓言,一旦被他抓住,挑掉脚筋。当这些话传到黄伟亮的耳里,黄伟亮吓得没有敢回家,天天躲在外面躲避蒋栋梁的追踪。就在那个节骨眼上,不知杨芝芳从哪儿搞到那么多的资金,突然把钱放到蒋栋梁面前,说,这些钱都是她知青朋友凑的,她想也许可以缓解目前的困境。蒋栋梁看着好像突然从天上降下来的钱,感动得不知如何是好。

杨芝芳曾告诉过蒋栋梁,人在做,天在看,我们不要意气用事,这样做毕竟消耗大量的时间和大量的精力,影响了自己的正事,再急的事情也要急在心里,不能让人看出破绽。杨芝芳说到此,便提醒他不能再做一个人跑到28层楼思考问题的傻事,人都有到瓶颈口的境遇,她相信吉人自有天相。蒋栋梁两手作揖,想了半天,才从他的喉咙里发出一句"杨姐,你永远是我的杨姐"的话。打那以后,蒋栋梁暂且把黄伟亮的事晾在一边,渐渐疏忽大意。然而,黄伟亮却时时提高警惕,一旦得知蒋栋梁放松警惕的时候,他就来了这么一个"大动作",让蒋栋梁再一次措手不及。

蒋栋梁耐心听着章志忠重复性的陈述,心里反倒平静下来,心想,好啊!既然我蒋栋梁没有引蛇,蛇就主动出洞,那么就别怪我蒋栋梁不客气了。要知道,我蒋栋梁也是一只好斗的公鸡,好久没有舒展羽翼了,这次好好来舒展舒展!蒋栋梁趁章志忠滔滔不绝之际,脑子里已在打算着下一步的计划。当章志忠再次把他的兄弟们拉出来做挡门板的时候,蒋栋梁哈哈笑起来,并提醒章志忠,他年轻的时候练过拳击,一路打架过来的,这点小特长章志忠不是不知道。虽然现在老了,体力大不如以前,可他手下也养了一批年轻拳击手。如果想要玩这个,他可以奉陪。

章志忠当然了解蒋栋梁的底细。蒋栋梁在中学里连续留过两级,第二次留级时,他与章志忠成了同学。虽然老师都认为他是不听话的捣蛋鬼,但他是一个十足的孝子,谁敢说他母亲的不是他就跟谁急,甚至会动武。不过话说回来,孝子一般都讲究"义气"两字。章志忠清楚记得上中学时一次劳动课,劳动科老师带同学外出捡废钢铁支援社会主义建设,过程中,章志忠与外校同学发生争执,蒋栋梁见状,不管三七二十一,上去就与外校同学干起来,结果双方头破血流回家,双方都受到处罚。章志忠很内疚,几次想向老师说明真相,却被蒋栋梁一一拦住。章志忠记得最后一次被蒋栋梁拦住时,蒋栋梁跟他说的一句话,男人敢做敢当,哥们要讲义气。蒋栋梁说,如果他要向老师说明真相,以后就不要找他玩。就这样,章志忠和蒋栋梁结拜为兄弟,感慨他们不仅是邻居是同学,更是哥们。

章志忠望着不减当年勇的蒋栋梁,不等他说下去,很快支开他的兄弟们,笑起来,左一个"阿哥"右一个"阿哥",说黄伟亮真不知好歹,这么一个讲义气的哥们,他还要动坏脑子坑害你。蒋栋梁将手一挥,示意他别来这一套,男人最可悲的就是两边想做人,最后是两边在做鬼。然而,蒋栋梁说归说,骂归骂,但最后的心还是被章志忠回忆老邻居时光的故事而软化下来。这些故事不能说开来,说开来就会联想起很多细节,这些细节足可以软化一个男人的血管。他不知道章志忠这个老贼为什么会在这个场面与他提起他们小时候的故事?有时他不得不佩服人也能做鬼更能做的那些人。面对章志忠这种人鬼都能做的人,他还能与他较劲到底吗?

蒋栋梁停顿了片刻,缓和一下自己内心的情绪后,告诉章志忠,既然如此,他也答应在原来的基础上再加上1%的利息。

2

上海龙泉资产管理有限公司总部人山人海。蒋利被人拥来推去,不知道该先回答谁的问题。蒋栋梁还在路上,迟迟未到场,一味在电话里向蒋利发出命令,稳住会员的心是关键,其他等他到了公司后再说。

蒋利虽然盲目地应允,心里却还是明白,蒋栋梁把大部分资金投入到朝阳养老院的前期工程上,让他退钱是完全不可能的事。有什么法子?朝阳养老院并非是蒋栋梁的初衷,蒋栋梁原本规划是寻找一块地皮,然后按照自己的设计方案造房子,最后经营一所自己理想当中的养老院。

然而,为了不被扣上传销的帽子,便心急火燎地接纳了朝阳养老院这个烫山芋。其实,前几天蒋栋梁与朝阳养老院的法人代表李鸿鹄发生争执。李鸿鹄要蒋栋梁拿出第二部分并购款,而蒋栋梁不交付这部分的资金也有他的道理。法人代表不转过来,他的资金怎么可以轻易交出来。更何况他已查实民政局首期拨款450万早已到李鸿鹄的口袋里。若要彻底转让,所有的账目首先全部要公开才是明理。既然在这紧要关头,李鸿鹄把黄伟亮拉了出来,那么后一部分未交付的资金就让黄伟亮出吧,权当黄伟亮卷走的那笔资金已交付朝阳养老院后期工程。

许风萍一见到蒋利,就一把拖到一边,神秘兮兮地说,蒋利,我不想和他们一样,扩大声势。你是我儿子的女友,坑人不坑自己的人,是吧?

望着口红胭脂全副武装的许风萍,蒋利无奈得左右不是,心里充满恨和鄙视感。是她儿子的女友怎么啦?每月的利息又没少给。什么叫坑人不坑自己人?难道老爸在做坑人的事?更何况钱是她主动投进来的,又不是拿刀逼你进来的。蒋利清楚地记得那天被男友小钱第一次邀请到家中吃饭,蒋利也只是介绍了自己和公司里的情况,许风萍就把银行卡放到她的手中,说,反正这些钱是给儿子结婚准备的,存在银行里还不如投资到上海龙泉资产管理有限公司。蒋利当时不肯接受,说一定要带她先到公司去看一看,然后再决定投资还是不投资。

这一下好了,听到风吹草动的声音,也不顾是她儿子的女友脸面了,和所有人一样,争着要去拿回自己的本金。蒋利无语,心里只念老爸赶快来救场。然而,蒋栋梁还在路上。

据说蒋栋梁昨天奔赴崇明看一所房子,准备在崇明开设一家度假村。这幢房子原本是崇明家具厂的工人娱乐场所,因为该老板事业搞大了,所以想迁移到更好更大的地方。此消息是从崇明家具厂出来的一位名叫曲汇河告知给蒋栋梁的。曲汇河是因为与家具厂老板产生分歧,一气之下离开的。那天在回上海的路途上,蒋栋梁的车子差点撞向曲汇河的车。因曲汇河车技好,化险为夷。也正因为如此,曲汇河与蒋栋梁认识了。蒋栋梁希望有一位像他那样的驾驶员在身边,于是,曲汇河替代了黄伟亮的位置,做了蒋栋梁贴身的驾驶员。

蒋总,别着急。影子正,怕什么?我过去那个老板乔敦品行一塌糊涂,他的事业不也撑大了吗?曲汇河一边把着方向盘,一边对蒋栋梁说。

黄伟亮举报我非法集资的事,公安立案了。蒋栋梁说。

我那个乔老板进进出出好几次了,最后也没有查出他什么。曲汇河始终绕道回答蒋栋梁,如果他能让我不忘记上海有个家,我也不至于与他激化矛盾。属猪的曲汇河毫无忌讳地说起了他的家私。他告诉蒋栋梁,他的老婆是一个很能干的女人,人也长得不赖。可是他到了崇明家具厂后被鬼招魂了,等到他醒过来,已在那个鬼地方待了整整三年时间。说完自己的经历,曲汇河要蒋栋梁考虑清楚,怕不怕被鬼招魂?蒋栋梁没好气地看了曲汇河一眼,从牙缝里挤出几个字:没出息。曲汇河提醒蒋栋梁别不信被鬼招魂,很多事就是鬼使神差,让你不知不觉陷进泥坑。他说蒋栋梁之所以能够让黄伟亮堂而皇之地卷款逃走,肯定被鬼招魂了,就像他一样,稀里糊涂与老婆分居,跑到崇明岛混了三年,最后与乔老板不欢而别。心中的苦只有自己明白,怨不得谁,他能够懂得此时此刻蒋栋梁的心情。

曲汇河话说完了,车子也开到了目的地。当蒋栋梁踏着沉稳的脚步走进公司大门,便先挥手向大家问好,然后拉开包的拉链,给大家过个眼,说,钱,我有,不但发放利息的钱足够有余,而且谁想退出会员队伍,我也马上给钱。不过随后话锋一转,从今开始,每位会员每月的利息在原来的基础上涨1%,而且每年递增。

鸦雀无声。一群六七十岁的,甚至八十有余的会员们似乎已消耗尽刚才发挥的体力,蒋栋梁的这番话确实像一颗亢奋的药丸,竟然将他们个个提足精神,并将他们的目光充盈到能穿透一叠叠红色光亮的力度。许风萍开始虽然举棋不定,忽而看看蒋利,忽而瞧瞧蒋栋梁,又忽而窥视边上其他会员的神态,但经不起在原来的基础上涨1%的诱惑,最终举起双手,闭住双眼,一口气呼出,我不退出,我坚决拥护蒋总的光荣事业。

蒋利不得不佩服人民币的力量,也不得不承认老爸的能耐。自己怎么没能想到用此方法来稳住会员们的心?其实老爸时常对她说,做他这个行当,就像悬在空中的索道,不可以有一个关节出事。小时候老爸就带她坐过索道车。她清楚记得那一次,她在索道车上探头向下看,害怕得把头往蒋栋梁的怀里靠,并嘴里不时地叫着,爸爸,我怕! 蒋栋梁笑着说,我不让你坐,你非吵着要坐,现在感觉害怕了? 没有回头的路,害怕也要抵达目的地。蒋利离开蒋栋梁的怀抱,闭住眼睛,咬咬牙,心里默默念着数字,不一会儿索道车就到达目的地。等到她和蒋栋梁一起下车后,再回望,也没觉得啥,只感觉给自己壮了一次胆。

　　然而这次乘索道非小时候那次索道。这次她坐在索道车上已经感觉到了,如果不是她老爸修缮及时,后果不堪设想。老爸虽然这次没说没有回头的路,但是她实实在在感到这条路确实没有回头机了。通过这件事,蒋利看到了人心叵测。她甚至想过,等到风波平息下来,她要亲自登门拜访抚慰那些将钱投放在公司里的前辈们,还有许风萍的家她也要上门一次,当面说明她与小钱已经没有同行的可能。

　　昨日电话里那些非要把钱讨回去的声音,现在个个变得柔和起来。有的说,蒋总,你一心为养老事业,我们肯定支持你;有的说,蒋总,原来是小人在捣乱,我们的脑子也太简单了,怎么会听信谣言,跟着风一起闹事? 有的索性说,蒋总,我再投一笔钱,我喜欢过那种"候鸟"式养老的生活。

　　许风萍听到有人在说"候鸟"式养老,也马上凑上去议论一番,说像候鸟一样冬天去三亚、夏天去黑龙江或四季如春的昆明,最好是双鸟同飞,这样的日子才是神仙过的日子。许风萍在描绘的过程中,目光不时地瞟向蒋栋梁,仿佛蒋栋梁就是她另外一只候鸟,时刻准备要与她一起飞行。当有人问她怎么会了解得那么透彻,许风萍更会显露出一副得意洋洋的神态,把蒋利来她家时,向她介绍公司发展规划那些话和盘托出。蒋栋梁在详细听的过程中,发现许风萍并没有把乱七八糟的称呼放进去,自然露出满意的笑脸。

　　蒋利虽然对许风萍这样编故事颇为反感,但看着蒋栋梁灿烂的笑脸,感觉蒋栋梁已活过来,因此也没有觉得许风萍有什么不对劲的地方。当人渐渐离散之后,整个办公室只留下蒋栋梁时,蒋利迫不及待地沏了一杯茶,递上去,说,爸,您辛苦了。蒋栋梁看了看蒋利,接过茶,示意让她坐下来,他有话要对她讲。当蒋利坐下来,蒋栋梁把一个手指头指在蒋利的额头上,问她这个场面好玩吗?好端端的不留在她妈身边,非要来上海轧闹猛。

蒋利却理直气壮地回答蒋栋梁,我不来你身边行吗?说着,蒋利开始向蒋栋梁描绘起当时那种排山倒海的场面,并把当时每个人的一举一动复述和摹仿给蒋栋梁,尤其摹仿许风萍时,蒋栋梁看得忍不住哈哈大笑起来。蒋利看蒋栋梁笑,她也捧腹大笑,一边笑,一边说,别看许风萍见钱眼开,但在这个节骨眼上,倒是帮了老爸一个大忙。说完这些话之后,蒋利有些疑惑问蒋栋梁,私人企业这样集资,算不算违规操作?

蒋栋梁的神色一下子紧凑起来,望着蒋利,长叹一口气,反问蒋利,你说呢?蒋利一时回答不上来,但她心里希望这样做不属违规。为了不让父亲的神经总是这样紧凑,她马上转换镜头,对蒋栋梁说她想登门拜访那些受到惊吓的以及没有来"轧闹猛"的前辈。慰问工作不能小觑,蒋栋梁从紧凑的神色里抽了出来,伸出一个大拇指,正想说些什么,这个时候,曲汇河手拎着一个大蛋糕进来,一边将车钥匙随手扔在桌上,一边风趣地说,跟着蒋总走,我曲汇河终于可以有家了,今天回家为老婆过一次生日。

老婆过生日还需要大张旗鼓吗?买一个蛋糕恨不得人人知道,真没出息。蒋栋梁喝着蒋利沏的茶,没好气地说。站在一边的蒋利向曲汇河扮了一个鬼脸,替蒋栋梁说,曲叔叔,等我们上海龙泉资产管理有限公司业务做大了,你想要多少蛋糕就给多少。曲汇河听后,马上解开蛋糕的丝带,掀开蛋糕盖子,当着蒋栋梁与蒋利面说,是男人,肯定要把目光放远,宁可不要眼前的小蛋糕,希望将来有更多更大的蛋糕等着我。

别乱来,别切。蒋栋梁与蒋利父女俩异口同声说出口。曲汇河一只正想切入蛋糕的手马上缩了回来。拿回去为你老婆过一个完整的生日吧。蒋栋梁补充一句。

你以为我真的会切吗？曲汇河一边收起蛋糕，一边叹气说，真不知道回家如何跪洗衣搓板呢。

曲叔叔，我教你。蒋利没大没小向曲汇河说，却让站在一边的蒋栋梁赶快将她朝办公室外赶，你太不像话了，大人的事你都要插手。蒋栋梁没好气地说。曲汇河却觉得蒋栋梁对蒋利约束得太宽泛，一家人用不着长辈小辈之分。蒋栋梁用一种无奈的眼光看着曲汇河，说，习惯要成自然的，可以想象你过去环境给你带来的习惯。曲汇河正想张口解释时，有一位公司会员名叫郁向阳的，急急忙忙朝办公室跑，与蒋利撞了个满怀。蒋利你也在啊？说着，郁向阳朝蒋栋梁方向走，然后在他耳边嘀咕起来，不一会儿蒋栋梁就起身，让蒋利吩咐下去，明天下午一点半骨干们到公司开会。

公司的骨干，也就是加入公司会员的积极分子，热心为公司扩大会员队伍，以积极的态度宣传公司形象的人。这一年来，郁向阳已为公司介绍了 100 名新人进入龙泉老年俱乐部。郁向阳曾经说，蒋总给了我们这个平台，我们要好好地干，一是为了对得起蒋总，二更是为了自己。

郁向阳说更是为了自己，这话一点也不假。她与黄伟亮几乎同时进上海龙泉资产管理有限公司，所有的风雨，蒋栋梁经历过的，应该说她基本都看到过。她经常会在家人和朋友面前说，这个公司就像一片桃林，蒋总打开桃林的大门，随便让人进来摘桃，而摘桃的人互相争斗，看谁有能力摘得多。真不知道等到摘完之后，会是如何的结果？也不明白蒋总到底是怎么想的？为了能彻底明白蒋栋梁来龙去脉，她不像其他人一样，人云亦云，人哄我也闹，她只是站在一旁，或者说站在比别人高一点的位置上，看蒋栋梁的每一举动，甚至，她已想到下一步的计划。不是有人说过这样的话吗？鸡蛋是不能放在一个篮子里的。这一点她比一般人更清楚更实际。公司里很多人都看不惯她，说她嘴上一套，行动上又是一

套,什么对得起蒋总,说白了,除了为自己还是为自己。当她在蒋栋梁身边转悠时,很多人都一致认为她又要搞什么鬼了。

蒋栋梁是根本不会在乎别人的目光的,也不相信别人背后向他汇报什么,他只相信眼见为实的道理。根据业绩,蒋栋梁自然把郁向阳选在优秀会员的位置上。所以对这样优秀会员,只要有困难,是当仁不让的帮助。按蒋栋梁本人说法,就是人与人之间是相互的,只有当你付出了,别人才会跟着你一起付出。刚才郁向阳在他耳边嘀咕,说的是她的丈夫被查出胃癌,她得请假回家,能否有人顶替她的位置?

说起郁向阳的位置,在公司里可谓是蒋栋梁的左右手,担负公司的一切调度工作,也称作监理。至关重要的工作岗位确实需要有人顶替。当蒋栋梁得知这一情况,脑子里第一个反应,就是召集公司里的人——募捐!趁此机会凝聚大家爱心的力量,融洽快要散去团结的气氛。蒋栋梁甚至会想到所有的机会都是天给的。他得充分把握好这个机会。曾记得四川绵阳大地震,也就是追杀黄伟亮的时候,蒋栋梁怀里揣着两万元现金,带着公司的骨干一起前往救灾区。当一道道付费处得知蒋栋梁他们是去四川绵阳募捐的,便一路绿灯,一辆大巴士在畅通无阻中顺利地到达震灾区。蒋栋梁拿到当地政府一张红色的募捐证与一张收到款子的发票,马上拍下照片传送到自己的博客里,点击率急剧上升,让他有一种成就荣誉感的同时,也在博客上回应大家,行善会积德,会扫去自己原来存在的业障,否则不但不会减轻,反而使自己的口味也会莫名其妙地加重,让自己辨别不出真正想要的口味。

此时,当蒋栋梁发出口令,要公司的全体会员加入这场募捐活动时,很多人是不情愿的,但私下互相商量之后,还是决定积极参与。当一张百元红钞扔进募捐箱之后,就会说上一句,蒋总,我是看在你的面子上的,尽量配合你的工作。然而,许风萍走到募捐箱前,扔进一百元的时候,却没有和大家一样说上这么一句话,而是说,既然已经做了,干嘛还要说这种风凉话?谁愿意以这种方式接受施舍?

事后,许风萍还特地与郁向阳拉近距离,把这次募捐过程中人们所讲的话传达给郁向阳,并添了一点酱和醋。殊不知郁向阳是见过风浪的人,她对许风萍这种雕虫小技,一眼就识破。她说,别在我面前说谁是谁非,只要你没说过就可以。许风萍似乎根本没有感到郁向阳话中之话,自以为是地说,我怎么可能说风凉话呢?我是蒋利的未来的婆婆,蒋总是她未来的亲家,怎么会说胡话呢?再说谁愿意接受这样的钱?郁向阳听到许风萍这句话,用眼睛死死盯住许风萍,冷冷地一笑,说,你的脸皮也真厚。

啧啧啧,我倒是看出来了,你在吃我的醋。许风萍眉飞色舞,心里泛起阵阵涟漪。这些年来,她把自己打扮成与年龄不相符合的模样,与蒋栋梁走近,她满怀希望自己不仅能成为蒋利的婆婆,更能希望成为蒋栋梁的妻子,哪怕与蒋栋梁同居没有名份也成,只要能有朝一日在上海龙泉资产管理有限公司立足。谁知许风萍真不争气,一点小惊小吓都承受不起,如郁向阳所言经不起风浪的女人,还配与老板套近乎拉关系吗?

你说什么?我吃你的醋,你不要搞错。蒋总会看上你这种要当婆婆做奶奶的女人?如果非要说我吃醋,也许就是你比我先守寡,我还有老公。郁向阳不屑一顾地回答。然而,许风萍根本没有听明白郁向阳在讽刺她,只是感觉郁向阳在与她争风吃醋。按蒋栋梁的年龄,为什么不能看上像她这样年龄的女人?难不成蒋栋梁还有想入非非的思想?不知为什么,当郁向阳重提到她的老公时,许风萍好像记起了什么,便继续拉开嗓门:你知道吗?曲汇河准备接替你的位置。你老公生病,完全可以请一个保姆来服侍,你干嘛离开这么好的座位呢?

我是什么座位呢?为大家无偿做事的监理。郁向阳说到位置气不打一处来:为了这个位置,顾不上家,这一下好了,我要把过去顾不上家的时间全得补上。谁爱来坐我的位置谁来,这位置是带晦气的。郁向阳充满情绪说着。

呸呸呸,你不要瞎讲好吗? 怪吓人的,好像我未来亲家做的是损人不利己的事一样。据我所知,你在这个位置上并不是无偿做事的。你以为你能瞒天过海吗? 许风萍两片鲜红的嘴唇一张一合,尤其是说到"未来的亲家",故意把厚厚的嘴唇粘贴一起,仿佛一分开,这几个字便会从她的牙嘴里逃出去。

我瞒天过海? 郁向阳不屑一顾地朝许风萍看了一眼,怀疑她那两片红得发烫的嘴唇怎样才能瞒过自己的年龄?

我是说现在谁是雷锋? 我未来的亲家也不可能做雷锋的事啊。许风萍每一句话都离不开"未来亲家"几个字,使郁向阳实在听不下去,顺手在她的嘴唇上捏了一把,嘴上虽说她在帮她驱赶虫子,但心里在骂她恬不知耻,如果蒋栋梁能看上她,这个公司也真的是差不多了。郁向阳记得黄伟亮曾对她说过,蒋栋梁混在老人堆里这条路走对了。她开始也不明白黄伟亮这句话的意思,后来想明白确实有道理。

其实,许风萍是单相思也好,自作多情也罢,与她郁向阳有什么丝毫关系呢? 只要她能为自己所用,管她讨厌还是不讨厌。如果通过许风萍来打探杨芝芳为什么不出现在这次聚会要钱的行列中,也不是没有可能性的事。

于是,她拐弯抹角,绕了一大圈,向许风萍问起这件事。许风萍一开始脑子还没有反应过来,但经过郁向阳提醒过去在章志忠手下做财务,后来被蒋栋梁挖过来,从此跟着蒋栋梁没离开半步的杨芝芳,许风萍才想起来这个人。噢,这个老太婆,好像是在章志忠夫人手下干活,后来章志忠夫人把法人代表转让给章志忠后,章志忠嫌她老,想辞去她,结果被我未来的亲家看中。听说杨芝芳活动能量特别大。许风萍张拢着两张红红的嘴唇,向郁向阳解释,杨芝芳不出现在这次聚会要钱的行列中,肯定我未来的亲家暗中给她吃了定心丸。再说,滴水之恩,涌泉相报,她毕竟受过我未来亲家的恩赐。

嫌她老? 做财务的越老越有经验,那个飞翔公司的章老板哪是做生意的料？郁向阳冷冷地说。是啊，据说他的夫人是一个很能干的女人，但他夫人去了国外才把法人代表转让给他的。有一次听我未来媳妇蒋利说，章志忠与我未来亲家是一起长大的老邻居。郁向阳捂住双耳，终于向许风萍狠狠地瞪上一眼，心想，"未来亲家"不离口，你累不累啊？到了这种年龄的人了讲话还不能托住下巴。正在自我陶醉的许风萍根本不会理会郁向阳那般神色和心里在嘀咕什么，她告诉郁向阳，她会进一步打听杨芝芳的。

事后不久，许风萍终于打探到杨芝芳不出现在这次募捐行列中的原因。原来龙泉的办公大楼是一幢居民楼，因有人举报而被封查。为了不把事情扩散出去，据说杨芝芳四处寻找商务楼，在短期内很快找到。那天，借了一个场地招集大家募捐之际，杨芝芳正好在网上订购了一批办公桌椅和办公用品而无法赶到募捐现场。

当许风萍得知此消息，真相大白后，情绪波动很大。来到医院病房找到郁向阳，却忘记该汇报的事，而是一味地说，连我许风萍都瞒过了，杨芝芳的本事够大的。郁向阳连忙将许风萍往外拖，唯恐让丈夫听到什么。当郁向阳把许风萍拖到走廊时，冷眼看着她，问道，什么本事够大的，还有什么事能瞒过你？许风萍像受了刺激似的，经郁向阳这么一说，更加神经兮兮了。想想真窝囊，还有什么事能瞒过自己，可偏偏这件事就是瞒过了自己。办公大楼被查封，然后搬到新的地方，这么大的动静怎么她会不知道啊？

郁向阳发出一丝冷笑，说，有些事情也要凭资格的，没有轮到资格怎么会听到真话呢？让你打听，就打听到这些老掉牙的事。

老掉牙的事？许风萍更加一头雾水，两眼呆呆地看着郁向阳。郁向阳两眼却始终不正视许风萍，觉得这个人只会钻在钱洞里，或者只会重复"未来亲家"这几个字，智商几乎是零。难道就不能打听一下蒋栋梁手上怎么会有钱足够应付这一次战争？郁向阳想到此，很快联想到黄伟亮逼他写罢免蒋栋梁的名单的经过。那天晚上，她与小姐妹从舞场出来，往回家方向走的时候，冷不防从角落里蹿出一个黑影，只见黑影一头将她蒙住，然后把她拖到家里，打开门和灯,原来这个黑影就是黄伟亮。黄伟亮二话没有解释,只是拿出一张早就写好的罢免纸,逼着郁向阳签上自己的大名。郁向阳知道自己理亏,一次不经意地说漏了嘴,竟然让黄伟亮当真起来。面对一把刀与一双淫邪的目光,她只能签下自己的名字。当黄伟亮一式几份,其中一份交给郁向阳后,她便将这份名单主动交给蒋栋梁。每每想起这件事,叹息自己的智商怎么这样低,自以为做了一件聪明的事,其实谁能会说她聪明呢? 如今那个许风萍有目的性地迎合她,用她自己的一套方式与她套近乎,应该说她要比她聪明多了,凭什么论别人的智商呢?

噢,那天我听未来儿媳蒋利说,办公室在装修,所以临时借了朋友的场地。谁知道办公室是被查封的。许风萍恍然大悟。郁向阳虽然冷冷地看了她一眼,但只是在心里嘀咕,张口闭口"我未来的亲家未来的儿媳",那么蒋栋梁会告诉你他资金由来吗? 当郁向阳淡淡地对许风萍说,说不定蒋栋梁的资金是由杨芝芳帮着解决的呢。许风萍倒抽一口冷气,说这怎么可能? 她又不是孙悟空。难道她能明目张胆说出资金是为了帮助蒋栋梁过难关吗? 这不是此地无银三百两吗?

谁知没过几天,杨芝芳的家被盗窃,据说金银首饰偷去不少。这个消息被许风萍无意中得到,许风萍像在路上拾到钱包一样,欣喜若狂,揣怀着这一消息,又一次来到医院病房向郁向阳汇报情况。许风萍说,现在外面行情,报料一个新闻可得 50 元钱,我这么大的一个新闻告诉你,我能赚多少钱呢?

你们不能干这种损人不利己的事啊。躺在病床上的郁向阳丈夫用力拉住郁向阳的手,气喘吁吁地说。郁向阳冷冷地向许风萍睨眼,说,你不要幸灾乐祸好不好,人家家里被盗,对你有什么好处? 许风萍被郁向阳浇了一头雾水,说起话来也不利索了。这……这不是……这不是你要我打听杨芝芳的消息吗? 你……你还说有奖励。你这人怎么这样翻脸不认人的,怪……怪不得……你是做传销的行家。

　　两腿生在你身上,是我让你跑到我这里来吗?真莫名其妙。说着,把微笑传递给老公,对她老公说人要图报知恩,她不会干伤天害理的事。此时的许风萍的心好像被偷了似的,变成麻木的一个人。她颤抖地指着郁向阳,怪不得人家看不惯你,当面一套背后一套。今天让我许风萍算彻底看明白了。说完,掉头就跑。

　　等到许风萍离开后,郁向阳连忙向病床上的丈夫解释,你真不知道,许风萍一口一个"我未来亲家",现在全公司上上下下的人都在议论这件事,你说蒋总的面子往哪儿搁?我是实在看不下去才讽刺她,谁知她愈加疯狂,找到医院来与我理论。郁向阳的丈夫听到郁向阳自圆其说,长长地叹了一口气,说,但愿如此,但一个碗是敲不响的。

9

　　当曲汇河拎着蛋糕终于踏进家门的时候,温柔吃惊不小。她不敢相信眼前的事实,甚至她感觉自己是不是大白天活见鬼了?愣了半天,终于把陌生的目光朝向曲汇河,小心翼翼地说,你总算从遥远的西伯利亚回家了。曲汇河放下手中的蛋糕,奋不顾身一把抱住温柔,说,你在说些什么胡话?什么西伯利亚?不就是崇明嘛,现在我彻底回来了。

　　彻底回来了?温柔甩开曲汇河,向后退一步,又问,你总算认识回家的路啊?我是不是在做梦?温柔不敢相信眼前是事实的一幕。多少年了,她像活寡妇一样守着这个家,承受着一个正常女人所不能承受的心理压力。她经常看见邻居在她眼皮底下窃窃私语,她知道他们在嘀咕什么。她也想躲避那些人的目光,每次从家里走出来之际,先从猫眼里要张望一下,看看有没有动静,然后再轻轻地打开房门。然而这一切还不管用。有一天早晨,温柔和平常一样,先在猫眼里张望一下,然后打开防盗门,刚左脚跨出房门,右脚还没有完全跨到门外,隔壁张阿姨便急忙从屋里奔出来,用好

·24·

奇的目光看着温柔,嘴两边挂着一丝不怀好意的笑意。温柔像做贼似的,连忙反锁防盗门后,匆匆奔下楼。

温柔自从搬进这幢大楼后,曲汇河只与邻居们照过三次面。如果一次也不照面就罢了,可曲汇河偏偏与邻居照了三次面,而且每一次都向左邻右舍显示出他就是这一家的男主人翁。男主人翁突然消失在这幢楼里,那些会嚼舌头的人自然不愿意错过这个好机会,把所有想象都用上了。如今,曲汇河突然回家,这种被逐渐褪色的想象怎能不复燃起来?

曲汇河下意识地重新把温柔抱住,说,都是我不好,该打该骂全由你。我只是想告诉你,这次回来真的是彻底的,不再离开你。曲汇河心里盘算过,蒋栋梁已有意要收购崇明家具厂为度假村,即使以后重新要他在崇明坐镇,他也得把温柔带在身边,不能像以前那样,尽听乔老板馊掉的话,什么红旗不要倒,彩旗要飘飘,让他鬼迷心窍入了魔。曲汇河心里也思量过,不急于让温柔接受他的诚意,他相信自己的能力,权当向温柔第二次求婚,男人龙门要跳狗洞也能钻。

幸好蒋栋梁懂得做人的规矩,他让曲汇河正式上阵前,特意登门拜访了一次。曲汇河有一种得意之感,他觉得蒋栋梁是给足他的面子,如果在过去乔老板的手里那是从不敢有这样想法。他知道,蒋栋梁这样做是要让温柔有一种信任感,不用带着质疑每天与他过日子。然而,这只是出于曲汇河的希望,温柔却不敢往深层次去想,有几个男人不是在口是心非中过完一生呢?

曲汇河比我小吧? 那我叫你弟妹吧。蒋栋梁朝着温柔微笑地说,我是搞养老事业的,创业初始阶段确实会有一些困难和辛苦,若曲汇河不能及时照顾到你,望你能多担当一点。蒋栋梁知道,有些话不能再说下去,否则会有些尴尬。在借一步说话之际,蒋栋梁要曲汇河想清楚,若没有想明白,他允许给他时间去想。曲汇河毫不犹豫地回答,想清楚了,他决定跟着他干。

当曲汇河正式踏进上海龙泉资产管理有限公司的第一天,蒋栋梁就让他开车去找黄伟亮的踪影。曲汇河犹豫了一下，然后说，没有目标性地找，是徒劳的，即使你知道他有可能去的地方，这样找会带来他的防备心，倒不如你把黄伟亮的照片给我，说不定我在随便溜达中会碰到他。

蒋栋梁觉得确实有些道理，次日一早从公司的档案里取到了黄伟亮的照片，然后交给了曲汇河。曲汇河在黄伟亮照片背后写下了黄伟亮的名字，随手放进口袋。是晚回家，温柔在挪动沙发上的衣服时，无意中把曲汇河的上衣掉在地上，因为袋口朝下，袋内的照片不由地滑出来。黄伟亮的一尊肖像明明堂堂地亮在温柔的目光下。你的口袋里怎么会放这个人的照片？温柔好奇地问道。

你认识他？曲汇河好像比温柔更好奇。我怎么会认识这种人？只不过隔壁张阿姨家开了棋牌室，他是常客的原因吧，几次敲错了门。温柔说到这里，心中的怨气又油然而生，怨气的根结自始至终与曲汇河有关。曲汇河耐心地听着，听着听着，又一把抱住温柔，一边说，以后不会让人来敲错门了，一边心里嘀咕着，黄伟亮啊黄伟亮，正是踏破铁鞋无觅处啊。

然而，一连几天守株待兔却没有等到，倒是他陪温柔在多伦路文化名人街老电影咖啡馆喝咖啡时，却有了意外的收获。老电影咖啡馆，是用时光雕刻的咖啡馆，他俩并不浪漫，只是男人陪女人逛商场脚有点麻了，才顺道来到此。一杯蓝山咖啡，甘酸苦都具有的味道，倒是蛮适合温柔的心情。在这个阳光明媚的下午顺道而来，能够与消失几年的他坐下来，品尝一杯咖啡，希望能扫去今后生活里一些不该拥有的东西。

我真佩服女人逛商店的本事，男人不行。曲汇河一边大口喝着杯中的蓝山，一边说。

咖啡是品的不是喝的，你这样喝咖啡真是委屈了咖啡的心情。温柔的语调里夹着一丝委屈，随即端正了曲汇河的举止。曲汇河无可奈何地摇着头，说，我这么多年没有回家，发现你变成小资女人了。

　　是我变了,还是你变了? 曲汇河不提"回家"这个词倒也罢了,但提到此事,温柔憋了几年的气,又如山洪爆发似的,与他争辩起来,眼泪情不自禁地喷涌而出。我的品位是女儿教出来的。不管怎样,女儿很争气,出国有了自己独当一面的天地。温柔说着,微微抬起头,想到桌的右上角去抽餐巾纸,眼角不慎瞥到从门外走进来她照过几次面的黄伟亮的身影,还有在他身边一个陌生的女子以及跟随后面的一个陌生男子。想躲,却已来不及,黄伟亮早已上前打招呼。

　　黄伟亮看到温柔,第一句话就说,这次我没有敲错门,真不好意思。说着,两颗眼珠不时朝身边的曲汇河打转。曲汇河听着黄伟亮堂而皇之在挑逗温柔,便上前一把要抓住黄伟亮,被黄伟亮后面的男子连忙阻止,这位先生,你就是蒋栋梁新招来的曲汇河曲先生吧? 我叫章志忠,是蒋总的朋友。

　　曲汇河疑惑地看了看章志忠,嗤之以鼻,蒋总会有他这样的朋友? 蒋总真是瞎了眼。然而黄伟亮的那一双眼珠继续在曲汇河身上打转,心想,你就是棋牌室张阿姨说的,人间蒸发把老婆扔在家中不闻不管的男人啊!

　　你就是蒋总说卷款逃走要抓的那个人,真是踏破铁鞋无觅处,蒋总浪费了许多人力财力也没有把你找到,原来你就在我的眼皮底下。曲汇河好像记起了照片上的那个人,恍然大悟道。

　　怎么啦? 蒋栋梁身边又多了一个狗腿子? 黄伟亮思路敏捷,接着曲汇河的话,说,蒋栋梁是过河拆桥的人,你做他的狗腿子,早晚也要把你的腿废了。

　　也把我的腿废了? 莫不是蒋总已下过狠咒,一旦抓到你,要把你的腿先废,所以才心慌说要把我的腿废了。曲汇河一边哈哈大笑起来,一边伸手又想要现抓黄伟亮,准备交给蒋栋梁,却不料又被章志忠抢先阻止,朋友,别冲动,蒋栋梁正在被公安查询中。

　　蒋总被公安查询又怎么啦? 他是在做养老事业,不是在搞偷鸡摸狗的事。曲汇河理直气壮地回答的同时,也不自觉地联想到过去那个乔老板在打政府擦边球的事。人的风水轮流转，也许蒋栋梁没有越过倒霉运，碰上这些小人罢了。

蒋栋梁是个过河拆桥的人，与你明说，我就要惩罚他一下，我也可以这样对你说，是我提着现金举报给公安局的，举报他拿了老人的钱去放贷。黄伟亮也冷不防回答曲汇河，曲汇河心里不免犯憷，蒋栋梁真的比我那个乔老板还厉害吗？然而没等曲汇河想清楚，黄伟亮指了指眼前的空位，对曲汇河说，今天我约两位来此就坐是有事情的，你若想听，不妨可以坐下来参与一下。其实，我明白你只不过是打工的，你若是一个路道粗广的人，也不可能兜圈子来找我。

站在一边的温柔终于明白了来龙去脉，连忙拉住曲汇河的袖子，要他赶快离开此地。这个时候黄伟亮像疯了似的，突然从包里取出一张纸，举过头顶，朝着已被温柔拖向门外的曲汇河，大声地高喊，你来看看我手上的这张纸，上面写的是什么？

曲汇河下意识地站住，但没有回头。黄伟亮说，你不想看，也没有关系，就让我来告诉你，你听完后不信也没有关系，你可以回家耐心地问蒋栋梁，是不是有这么回事？没等曲汇河反应过来，黄伟亮把郁向阳的名字叫了出来。他告诉曲汇河，郁向阳的名字在这张协议的纸上，也就是说，她和他是同伙的，别误认为她现在为蒋栋梁做了多少事，蒋栋梁谋了多少利，也许这都是打入敌人心脏的一种手段。

在西伯利亚待得好好的，为什么要回家？温柔的头一下子被炸开，眼前一片漆黑，抓住曲汇河的袖子，埋怨道。咖啡馆外面，到处射放着明媚的阳光，到处炫耀着五彩纷呈的颜色，想当初她几次三番要曲汇河回家，可每次都被曲汇河一句"你烦不烦"的话给堵回去。曲汇河如今真的回来了，她又觉得不是她烦他，而是他在烦她，把她平静的生活彻底搅乱。

其实，五个人联名起来订了这份罢黜蒋栋梁的协议，曲汇河多多少少刮到一些风声，但具体是怎么回事却搞不明白，今天既然遇到了黄伟亮,无论如何也要向蒋栋梁汇报这件事。从咖啡馆走出来后,他就有打电话给蒋栋梁的意思,却被温柔阻止。你疯了,你有没有想过,你的老板是要黄伟亮的人,你不把人送到他面前,只打电话给他,你不是在讨骂吗?

讨什么骂?不要说别的,就凭黄伟亮以搓麻将为名义敲错门这个举止,我就得找个机会好好揍他一顿。我也真搞不懂,你为什么总让他敲错门?曲汇河一股气地打开闸门,便不知道如何关上了,气得温柔身体发抖,眼巴巴地看着他,眼泪"哗哗"地流出来,从喉管里喷出一句话,你无耻!

我无耻?你自己好好去想一想。我劝你以后别管我们男人的事。你难道没有看见在黄伟亮身边还有一个叫章志忠的人吗?他才是矛盾的焦点呢。曲汇河顾不上温柔的眼泪,一边说着,一边重新拿起手机,拨通蒋栋梁的电话,详细地汇报今天所发生的事,只听到蒋栋梁连声说"好"。曲汇河得意之余,正想回头告诉温柔,瞧瞧,男人的目光是远的。然而,一回头,温柔早已消失街面。

也就是这一天之后连续一星期,曲汇河与温柔处于冷战状态,曲汇河似乎老毛病又犯上,索性不回家。有一天,蒋栋梁请他小酌时,发现他有些不对劲,便一直追问到底。当得知这个原因而闹情绪别扭,他回答曲汇河,男人有时无理也会变得有理,在女人面前争面子逞什么英雄呢?他劝曲汇河,趁着彼此心中还装着对方,赶快回家,否则后悔药买不到。于是,曲汇河被蒋栋梁劝说回家。然而在路上想好的话,回到家却被温柔一句又一句冷言冷语,又似乎忘记一切,唯独那黄伟亮敲错门的事死死地钉在他的脑门里。

黄伟亮这种人难道不该打?就凭他搓麻将敲错门这个鬼鬼祟祟的样子,我就想打他。曲汇河早已把蒋栋梁的那些劝说抛在脑后。温柔原本想假如他能求饶也就算了,但是看到他死不改悔还理直气壮,气得把手一挥,你走吧,你有种当场抓住黄伟亮,给他一个嘴巴子。可惜我听见的只是风声没有看见雨点。你这些年来在西伯利亚学到什么?我不想看到你。那一晚,一个睡客厅一个睡卧室,整个一夜黑沉沉的,好像天再也亮不起来。幸好次日蒋栋梁来电说,要曲汇河和他一起跑一趟新疆,才让曲汇河逃离黑夜,解脱一时喘不过气的境遇。临走之前,曲汇河犹豫一下,最后还是来到卧室门外,敲了几下门,对温柔说他刚才接到蒋总的电话,要他马上随他一起去新疆,他不在家的时候望能多照顾好自己。等到曲汇河随蒋栋梁走后,温柔独自一人向春秋旅游公司报了名,准备到外地去放飞一下不愉快的心情。

这个时候,蒋利正好把募捐得来的3万元亲手交到郁向阳手中的时候,公安局有关人员来上海龙泉资产管理有限公司。蒋利不等公安开口,便先行解释,蒋总出差到外地,因为我们"候鸟式"养老不是口号,需要实地考察;实地考察也不是一句口号,要靠人去实干。公安看了蒋利一眼,问,你能代表公司的法人代表吗?换言之,你能担保法人代表的合法经营权利吗?我们不管什么"候鸟式",最基本的养老院实地存在吗?

当然存在!朝阳养老院不是实实在在的养老院吗?蒋利原本想驳回公安这一说法,却不料公安把蒋栋梁的历史翻开来,翻到他放高利贷的篇章里,让蒋利傻眼。蒋利心想,老爸的历史公安也要追查吗?这简直是哪壶不开提哪壶嘛!如果当初不是老爸蹲监狱的原因,老妈怎么会和老爸离婚呢?在她成长的记忆中,老爸喜欢做冒险的事,做有挑战性的事。其实说到底,这有什么?邓小平也曾经被削职为民呢,最后不也是成为一代伟人了吗?

公安拿出一份房屋假买卖合同,很严肃地告诉蒋利,如果不是这份假合同,还不会这么快发现蒋栋梁的养老院的水这样深。蒋利接过对方手中的假买卖合同,突然感觉拿着一个滚烫的烘山芋。这份假买卖合同上的名字不是她的同学小凤吗?阳光小区8号101室的王户主因背上赌债,有一次托朋友找到蒋栋梁,想借钱能及时还上赌债。蒋栋梁问房屋是否有?王户主起先没能理解清楚,原以为蒋栋梁要没收他这套仅有的房子。蒋栋梁说,到银行签个房屋抵押贷款合同,然后让一人办个房屋假买卖手续。

当时蒋利就马上想到了小凤。她是蒋利小时候在广西的伙伴，蒋利小时候在广西的伙伴，蒋栋梁蹲监狱的时候，是邻居小凤一家帮着来照管蒋利。所以，当有一次蒋利来上海看望蒋栋梁的时候，她便请求蒋栋梁能否让小凤来上海打工。不久，小凤如愿来了上海，在蒋利的帮助下，找到银行"三产"的一份差事，就是每推销（签约）一张信用卡拿一份提成。蒋利觉得这点收入简直是杯水车薪，远远解决不了小凤汇款回老家的需要。

于是，蒋利让小凤充当了这个房屋假买卖的角色。起先，蒋利找到小凤的时候，小凤很犹豫，但又经不起蒋利给她带来的诱惑。不就是与政府打个擦边球吗？为了家人，也得牺牲一下自己。小凤想了想，便很快答应下来。

蒋利现在恍然明白只要有一个月不还银行贷款，银行就会找上门。大概是银行找上门的时候发现住在里面的仍然是王户主，而不是小凤，发现有蹊跷，便通过公安部门，找到给王户主亲自操办的蒋栋梁。

蒋利揣着这张像刚刚从火炉里出来的合同，烫得浑身感觉钻心的灼痛。她不知道如何去向小凤交代这件事。她只能望着公安人员，无语。

别看我，我们已经找过小凤，她已经如实交代。公安人员说这话时，不带任何感情色彩，语气平淡得旁若无人，仿佛在和自己说话似的。蒋利不知所措，她用目光在怀疑对方的目光，心想，不可能，如果他们已经找过小凤，为什么小凤没与她联系呢？

当蒋利取出手机的一瞬，公安很敏感地想阻止。蒋利本能地向后一退，问，我能不能与小凤通电话？公安点头说可以，但必须当着他们的面通电话。当蒋利拨起小凤的手机号时，对方处在关机状态，让蒋利下意识地抬起头，两眼朝向公安，发急地问了一句话，是不是你们让小凤关机的？有什么事都冲我来，不要两头都吓唬。鸡蛋怎能碰得过石头？眼看再这么下去，即使蒋利表面上占了便利，但到头来倒霉的不也是蒋栋梁吗？于是，郁向阳急中生智上前劝阻,向公安赔礼,说蒋利口无遮拦,不懂轻重缓急。然后,郁向阳话锋一转,说,这种事应该找我们蒋总本人,否则口径不一致,又有文章可做,使得大家都有些尴尬。不妨等蒋栋梁出差回来,我们一定会如实转达。说着,郁向阳拉了蒋利一把,示意让她不要和公安顶嘴了。

一场风波在郁向阳委婉的话语中暂时告一段落,同时也让蒋利欠下了郁向阳一份人情债。蒋利说,等我老爸回来我一定会汇报情况,是你站出来平息风波的。郁向阳向蒋利笑笑,缓缓地松了一口气,说,这件事慢慢再说也无关紧要,只是担心人家会不会再找上门来?

事实上也是如此,是晚蒋利又打电话给小凤,小凤的手机仍然处于关机状态。然后打给蒋栋梁,想把白天发生的事告诉他,谁知蒋栋梁轻描淡写地回了一句,没事的,不要大惊小怪,一切等我回来再说。还没有等蒋栋梁回来,小凤的父母亲自来到上海找蒋利了。小凤的父母一见到蒋利,便说,姑娘,我们从小看你长大的。你父亲蹲牢狱的那些年,是我们帮着你母亲一起看护你的,这些你不能忘呀!

蒋利急得不知如何是好,只是摇头,泪水已夺眶而出。小凤的母亲看到这一情景,心一下子软下来,两个手指轻轻地拉了一下蒋利的袖管,说,孩子,不要哭,我们当父母的也是急,我们相信你的父亲老蒋是不会害我们小凤的。

蒋利收起委屈的眼泪,抽泣着告诉他们,我老爸不是那样的人,请你们一定要相信。等我老爸出差回来后,我一定让他去广西找你们。蒋利向小凤的父母承诺之后,妥善安排了他们这些天在上海的住宿,次日又为他们买好返程的飞机票。返程那天,送他们到飞机场时,再三要小凤的父母回去转告小凤,她俩是从小长大的好朋友,有她蒋利吃的,就不会忘记给她一份。蒋利这一番话和这些天的善举,感化了小凤的父母。最后蒋利是看着他们不停地流泪不停地擦泪上的飞机的。

其实,蒋栋梁与曲汇河去新疆之后又去了广西。这些天人就在广西。蒋利在电话里也知道蒋栋梁在广西为签一份合同而奔忙着。蒋利听蒋栋梁说起过广西阳朔有一幢三层楼面的房子,通过微信发给了她。开始的时候因租金问题始终没有达成协议,蒋利不明白老爸现在为什么会那么快与房东签下三年的合同?

蒋栋梁自然有自己的道理,只是现在不能和任何人讲。然而,当蒋利把这些疑虑和问题告诉给郁向阳时,郁向阳心里也是七上八下的,猜不透蒋栋梁葫芦里究竟卖的是什么药?

郁向阳这段日子一直是在七上八下状态中度过的。她猜不透蒋栋梁到底在想什么? 如果自己做得不到位,不能掩盖自己内心真实的东西,相反会把事情搞砸。但转而一想,既然现在蒋栋梁把她抬得那么高,她感觉自己应该是公司的中心。所以,对于她来说,好像如果再不问清楚,地球就要爆炸了。

于是,当她打通蒋栋梁长途,先向他汇报了房屋假买卖,公安找上门来了,小凤的父母从广西赶到上海了,不过这些事都被她打发了等等。蒋栋梁听后,感谢了一番。郁向阳觉得自己已铺垫好后面想要说的话,于是,便以领导的口吻问蒋栋梁为什么到处建基地? 蒋栋梁起先被她这一口吻一时愣住。但是一想到她的业绩,也就没有说出过激的话来。蒋栋梁只是心平气和地回答她,我不能坐以待毙。当郁向阳再要问下去,蒋栋梁马上回答,能否等我回来再说?

郁向阳很失落,但又不甘心。正当她在盘算未来的时候,谁知黄伟亮冷不防地打了一个电话给她,她盘算的计划突然被掏空似的,使她无的适从。黄伟亮烂醉如泥时告诉她,他们联合签名的协议这件事已告诉了曲汇河,并说她是奸细,是打入敌人心脏的卫士。黄伟亮提醒郁向阳,曲汇河这个名字应该听到过。

我是什么情况下签这个名,你心里最清楚,况且蒋栋梁是不会相信的。郁向阳咬着牙狠狠地回答。

你是什么情况下签的名? 总不能我要脱你裤子,你才不得不签名吗？你这个老女人，也不看看自己的年龄。黄伟亮冷冷地说。郁向阳从牙缝里挤出"你无耻"三个字，便挂断了电话。然后等待的是她七上八下的一番思想折腾。刚才黄伟亮问她是否听到过曲汇河的名字？她郁向阳怎么会不知道呢？那天蒋利生日圆桌吃饭的时候，她就坐在曲汇河的旁边座位上。她清楚地记得她要上卫生间时，必须要曲汇河站起来让位她才能离席，曲汇河故意不让位，除非她当着桌上所有人的面说出为什么会在罢黜蒋栋梁的名单上有她的名字？最后是蒋栋梁与蒋利出来为她解围才平息了这场风波。虽然她回到桌子上后彼此再也没有发声音，但她深深地把曲汇河印在脑子里，心里在想，我与你不会是同道。

郁向阳被黄伟亮这么一提醒，脑子里好像有了一点头绪。她想首先考虑的切入点就是如何不能让曲汇河受到蒋栋梁的信任，或者让曲汇河与蒋栋梁之间必须要有矛盾冲突。郁向阳的脑子里在盘算，先做哪一步然后再做哪一步。这个时候她突然想起那天蒋利生日酒席结束的时候，蒋利要温柔的名片，温柔说她没有名片，但可以留个号码给她。于是温柔用笔在纸上写下家中的电话号码，蒋利用手机输完温柔给她的联系号码之后，随手就把留有电话号码的纸扔在地上。郁向阳悄悄地把它拾起来，放进包中。

于是，郁向阳在包里翻出那张被蒋利扔在地上的纸。在得知曲汇河随蒋栋梁去新疆与广西出差时，拨通了温柔的宅电。当温柔接到郁向阳的电话时，郁向阳使出做传销的本事，与温柔套近乎，七转八拐，让温柔栽到云雾里。郁向阳暗暗想，反咬一口也是一种策略，你可以说我是奸细，难道我就不能说曲汇河的老婆也是奸细吗？如果这一计不成，那么再换另一计，我就不信是男人会沉得住这口气？

在男人的世界里郁向阳滚打了一辈子，难道她还不知道男人到底需要什么吗？无论是黄伟亮还是曲汇河，甚至是蒋栋梁，是男人都有他光鲜的一面，也有他丑陋的一面。曲汇河为什么会辞去原来的工作，这点破事已谁人不知？这点破事将它延伸开来不是

分分秒秒的吗？黄伟亮搓麻将故意敲错门难道全怪长舌妇的那一
张嘴吗？郁向阳相信自己一定有空子可钻。在与温柔通了一次电
话之后，更加证实温柔不是一个难以对付的人。

4

　　春风洗浴房的一群年轻美貌的小姐，排着队，正等着有人点上
自己的名字。其中有一位名叫强草鹤的少妇，涂脂沫粉，穿着一条
超短的白色裙子、露着肚脐的白色 T 恤，跤一双红色的高跟鞋，站
在门角边上，好像在等着一个人。

　　正当有人要点她的名字时，谁知黄伟亮悄悄地来到她身旁，用
身体抢先挡住，一手将强草鹤的小腰揽得紧紧的。强草鹤给人抛
了一下媚眼，意思好像在说，下一回吧，这次不行了。随后，她把身
体靠在黄伟亮的肩膀上，双双走进名叫"丹凤朝阳"的包房。

　　包房里，升腾着一股浓浓的雾气，裸露的身子在朦胧的雾气
里，给人一种梦幻般的感觉。黄伟亮赤裸裸的身子，躺在按摩床
上，闭上眼睛，舒服而又放松地让站在他身旁的强草鹤全身抚摸
着。白色的雾笼罩着强草鹤那一身白晰皮肤，使早已埋下的欲望
迫不及待地向外喷发。

　　黄伟亮欢愉地抱住强草鹤，感慨地说，宝贝，你是我的绩优股
啊！强草鹤的身子当然顺水推舟地朝向黄伟亮，两个赤裸裸的身
体贴在一起，能够听到彼此的心跳声，却被欲望的肌肤包着，使得
心怎么也跳不出真实来。

　　强草鹤柔柔地回答黄伟亮，我哪儿会是你的绩优股啊？儿子
还未从我肚里出来就成了没爸的孩子，私生子的妈哪会是你的绩
优股？也许可能要成为你废票一张了。说着，伤心而又生气地将
嘴唇贴在黄伟亮的欲望上。黄伟亮的整个身体被周围的雾气蒸得
像一块发酵的糯米团，膨胀着。他紧紧地把强草鹤的头按摁在自
己的膨胀着的欲望上，向她发誓，谁都能死，唯独她不会死。

这句话确实是黄伟亮的真实话,也是黄伟亮不止一次与强草鹤说的话。黄伟亮并不是在春风洗浴房里才认识强草鹤的。强草鹤是只身一人来上海打工的外来妹,房子正好租在黄伟亮家的隔壁。有一次,强草鹤的钥匙忘带,没法开门进去,黄伟亮自告奋勇地从自家阳台爬到强草鹤家的阳台上,顺利地让强草鹤进了自家的门。

强草鹤千谢万谢,而黄伟亮一边说不用谢,但一双眼睛却贼贼地看着强草鹤那对丰满的乳房。强草鹤自认为在无依无靠的上海,能得到黄伟亮的相助,就像在上海找到了根一样。所以从那天开始起,她对黄伟亮言听计从。黄伟亮也不是不识货,他一搭脉就知道强草鹤是几斤几两的人了。当有一次黄伟亮在外赌博输钱之后,便把主意打在强草鹤身上了。他直白地问她,帮别人打工能挣几个钱,如果我帮你介绍一个赚钱既快又多的工作,你敢去吗?强草鹤不假思索地回答,又不偷不抢,为什么不敢去?

就这样,他们私下签下一份协议,到了春风洗浴房工作之后,强草鹤每月要上交给他一千元,凡是他介绍去的朋友,强草鹤要抽一份子作为奖金给他。因此,对于黄伟亮来说,强草鹤当然是他的绩优股,谁都能死,强草鹤怎么能死呢?她死,一棵摇钱树不是没了吗?强草鹤为了能让钱来得更容易轻松一些,就答应了黄伟亮的要求。当然后来强草鹤觉得自己有些吃亏,动足了脑子想法隐瞒实际的收入,却没有想到黄伟亮在洗浴房里有为他通风报信的内线,强草鹤被黄伟亮三哄两骗就说出真实收入。后来强草鹤索性按规定把钱交给黄伟亮时,心里也想过这个问题,权当黄伟亮是她强草鹤在上海的一块跳板吧,这块跳板她一定会跳过去,希望一定会向她招手。

想到此,强草鹤狡黠地问黄伟亮,为什么?黄伟亮一股作气地从按摩床上坐起,然后抱住强草鹤,冲向浴池,狡猾地笑着回答,因为你是我的绩优股。强草鹤拍打着黄伟亮,说,真不知道你葫芦里卖的是什么药?上次让我和你去老电影咖啡馆,这件事你和章志

忠策划得如何了？你为啥要把那个曲汇河成为矛盾焦点？你总不会想打算把我推荐给章志忠与曲汇河吧？

黄伟亮紧紧地抱住强草鹤，哈哈大笑起来，说，你太聪明，不愧是我的绩优股。我准备想借章志忠的手打死蒋栋梁。他不想放过我，哼，我还不想放过他呢。看谁耗得过谁？强草鹤吃惊地看着黄伟亮，眼前掠过一丝惊慌，她不知道黄伟亮心里的仇恨种子会不会蔓延开来？

你怕了吗？你不想想老家里的儿子，还有你几个未成年的弟弟以及上了年龄的父母亲吗？你不活出点人样，一家老小怎么靠你？你又拿什么来供养他们？黄伟亮字字句句像把刀一样卡在强草鹤的脖子上，让她不得不果断地做出选择。是的，为了亲人她也要不择手段。

我怎么会怕？当时儿子在我肚里的时候，男人就离开了我，我也没有怕过，照样把儿子带到这个世界上来。现在为了儿子有好的生活，为了家人不需要风里来雨里去，我有什么不能做的？强草鹤的泪水含在眼眶里，却用强硬的口吻回答黄伟亮。黄伟亮一把抱住强草鹤，用舌尖舔在强草鹤的眼睑上，然后轻轻地对她说，确实不用怕，是生活在逼你，而不是你在逼生活，我们要同舟共济。说着，黄伟亮抱住强草鹤，跳进水池中。

正当黄伟亮与强草鹤鱼水之欢在兴头上的时候，手机声响了。黄伟亮听到另外一个女人的声音，于是他自然把背朝向强草鹤。强草鹤不是不懂男人这种小小的心思，但自己的位置还没有着落，其他人怎么可以抢她的地盘呢？于是，不等黄伟亮的身体完全转过去，便硬把他的头拨回过来，并将自己的耳朵靠向他的手机，想听听是哪个女人打来的？黄伟亮心虚地把电话挂了，谎称是蒋栋梁打来的，并接着前面的一句话补充说明，蒋栋梁是耗不过我的，因为我比他年轻。现在想起来求情了，我是不会理的，我铁了心要和他斗到底。他还想搞什么养老院？想把所有的光彩涂在自己的脸上，就去做他的白日梦吧！

黄伟亮一提到这件事,牙齿会咬得咯咯响。我黄伟亮不就是好赌吗?口袋里没钱了,开口问你蒋栋梁要几钱,又怎么啦?平时你在众人面前不是口口声声说张三借你多少钱,不用还,李四借你多少钱,不用打借条吗?怎么到我这里,不但不给,还受到你的教训呢?你蒋栋梁算是老几?

强草鹤听到了黄伟亮咬牙所发出的那种可怕的声音,害怕地用手在他的脸颊上,顺着抚摸,倒着轻柔,将信将疑地看着黄伟亮,说,我好像听到是一个女人的声音,怎么会是蒋栋梁特地打来向你求情的呢?黄伟亮显得有些不耐烦,他问强草鹤,刨根问底的女人是可爱的女人吗?他要强草鹤明白,他要带着她去干一番事情的,别为乱七八糟的事去斤斤计较,否则他真的要与她一刀两断了。

强草鹤不再发出任何声音。她知道自己是几斤几两的货色,如果黄伟亮真的答应要把她带出去,不再干整天为男人擦洗睡觉活的话,那不就是等于自己重新做人了吗?如果重新做人,而且能坐上养老院院长的位置,那么意味着从此以后不要在家乡人面前遮遮掩掩,而是可以趾高气扬地告诉大家她在上海从事着什么职业,更重要的是可以让儿子过上好日子,也让弟弟妹妹吃好穿好。所以,在这个节骨眼上,千万不能得罪黄伟亮,否则一不小心突然变卦,这不是让她永远翻不了身吗?

想象有一天能坐到养老院的院长座位上,强草鹤确实做过几次美梦,为了这个目标,也要努力去讨好巴结黄伟亮。当年黄伟亮可以为她从阳台上危险地攀爬过来,说明不能小觑他的胆识。他能从他家的阳台攀爬到她家的阳台,那么她相信自己总有一天也能从他身上跳过去。想到这些,强草鹤小鸟依人似的躲在黄伟亮的怀里,拣好听的话对黄伟亮说。黄伟亮眯着眼睛,像在问她又好似在说给自己听,我们是在交易一笔生意吗?这笔生意的成本是多少,成功率又会有多少呢?比如说我攀爬阳台到你家为你开锁,这样的投资我是有百分之百的把握的。可是这次呢?

强草鹤望着紧锁眉头的黄伟亮,只听到他嘀咕声,入在她耳里的只有四个字"交易"和"成本",再也听不清楚他从喉咙里发出其他的字句。来春风洗浴房的小姐们不都是用身体作为交易换取一份报酬吗?至于成本,一个好的身段好的身体不就是女人的成本吗?强草鹤按照自己的思维方式去猜测黄伟亮就是这么说的,心里也没有那么多的纠结了。

好了,身体也不能多泡,可以出浴了。强草鹤擦拭干黄伟亮身上的水珠,为他穿上浴袍,然后自己也披上浴袍,双双从浴房里走出来的时候,不巧碰到赤身裸体的章志忠迎面走来。不知是什么原因,不管穿浴袍还是赤身,都显得那样真实。不需要伪装有钱或没钱,一头栽在水池里,只是起点涟漪,充其量也只有点浪花罢了,绝对不会产生漩涡。

黄伟亮伸出手与章志忠握手时,仿佛已是多年未见面的老朋友似的,握手时竟然有说不尽的话。两个大男人确实得了一种健忘症,有些不合乎常理,再怎么样,也不可能把身边的女人给冷落吧?更何况这个女人与他们之间的利益有相当的关系。强草鹤故意把两个男人攥紧的手分开,装着一脸不高兴的样子,说,"春风"洗浴房里没有同性恋。两个男人好似清醒过来,分开手,黄伟亮重新把手放在强草鹤的肩上,而章志忠指着黄伟亮,不真不假地说,赤身裸体,独霸女人之外,还想有什么花招吗?黄伟亮起先没听明白,但经强草鹤一个轻微的动作,黄伟亮马上明白过来,哈哈大笑起来,指着章志忠,说,你这个老贼,再这样下去,准保把蒋栋梁整死。

章志忠指了指黄伟亮身上的浴袍,反问,你也不是一样吗?我完全是拜你所赐,你没有主意哪来我的举动?当章志忠提起上次在老电影咖啡馆遇见曲汇河后,便打探到故事有没有发展?黄伟亮诡诘地问,你说呢?你与蒋栋梁至少有生意上的来往,这个问题应该是我来问你,故事是朝好的发展还是朝坏的发展都是看自己。说着,他要求章志忠与他保证,已经联手了,就要联手到底,不能半途而废,半路上如跑到蒋栋梁一边去,做叛徒,他是不依的。

　　章志忠听着黄伟亮这番话,很不开心,这不是在含沙射影吗?前几天去蒋栋梁的公司,不也是受他挑动吗?葱头在前,恶人在先了,还要怎么样?黄伟亮望着一脸不开心的章志忠,阴不阴,阳不阳地说上一句,蒋栋梁给你提1%的利息,你不是认了吗?我黄伟亮又不是傻瓜,你和蒋栋梁是十几年的生意场上朋友,危难之际,一个人不可能没有恻隐之心吧?

　　章志忠好像受了天大的冤枉,一下子跳了起来,吓得旁边的小姐们胆战心惊。章志忠指着黄伟亮的鼻子,说,别用这种口气说话,要知道你还在被蒋栋梁追踪中。他已经说过,抓住你,就把你脚筋挑断。幸好今天你遇到的是我,如果遇到的是蒋栋梁,你往哪儿跑?总不能往小姐们的怀里躲吧?

　　你来劲了是吧?我怕他?上次在老电影咖啡馆,那个叫曲汇河不也想抓我给蒋栋梁吗?你以为你不阻止他就会抓我?黄伟亮不以为然地说道。

　　强草鹤眼看两个大男人收不住话题,便灵机一动,将养老院一事推到他俩面前,提醒他俩,那天在老电影咖啡馆所谈的事,什么时候能兑现呢?并提醒他俩,做这种决定不能拖拉,否则夜长梦多对他俩都不利。

　　黄伟亮和章志忠互相对视了一下,好像在说,是应该抓紧时间切入正题的时候了。其实,他俩也本来打算约好李鸿鹄下周一起来商量下一步计划,既然今天在浴室巧遇,那么就提前日程事宜吧。

　　章志忠看了看一边的强草鹤,带着有些调侃的语气说,鸡窝里要飞出金凤凰了,连做梦也没有想到的吧?强草鹤欣喜得溢于言表,点头,说当然。章志忠诡异地瞟了黄伟亮一眼,然后继续阴阳怪气地对强草鹤说,既然如此,你再体验一下其他男人的味道吧,过了这个村就没了那个店,养老院的生活是完全不一样的生活,你得要做好一切准备。

　　强草鹤当然听得明白章志忠所要表达的意思,脱去浴袍,卷入章志忠的腋窝下,攥住章志忠的腰,一边回应,是啊,过了这个村没那个店了,所以,趁今夜花好月圆,再给你俩服务一回,一边准备把章志忠拖向浴池。黄伟亮连忙伸出一只手朝向强草鹤,请记上一笔,章志忠是我的朋友,为他服务我是要抽成的。强草鹤狠狠地瞪了黄伟亮一眼,咬着牙吐出几个字,交易成功。

水蒸汽迷雾着整个池盆,水不深,但两个大男人还是故意要把自己整个身体陷进去,仿佛不深的水底有着他们要获取的宝藏。强草鹤趁他们不注意的时候,索性一把将他们的头按落水底,呛得章志忠和黄伟亮喘不过气来,两只手胡乱地向上攀升。强草鹤看着他们那副狼狈不堪的模样,一边疯狂地大笑起来,一边说,防不胜防吧?这就是山外有山,楼外有楼,你们俩别想利用我来赚你们的钱,有钱必须三人平分。

黄伟亮的水性好像要比章志忠好一些,他的头先浮于水面,打了几个喷嚏之后,就什么事也没有了。随手从边上拿起毛巾,擦了下脸,毫不客气地将强草鹤一团抱住,警告她,做人要有分寸,要知道轻重缓急,不要到头来也不知道自己是怎么死的!

任凭强草鹤怎么尖叫,黄伟亮也不肯放松。从水底钻出来的章志忠,像只水淋的鸭子,甩了几下头上的水,深深地吸了一口气,然后用恻隐之心的口吻劝黄伟亮别这样,毕竟是同一根绳上的蚂蚱,还没有起步,内部就要斗起来,蒋栋梁若知道后不要乐开花了吗?

谁知说到曹操,曹操就到。蒋栋梁一个电话打到章志忠的手机上,让章志忠唏嘘不已。他连忙做了一个"嘘"的手势,提醒黄伟亮和强草鹤不要再发出任何声音。随后,章志忠和声悦色地对蒋栋梁说,你和李鸿鹄之间的问题,我已管不着了,但我当然可以帮你推荐一个专门培训过院长的人来……

没等章志忠说完,蒋栋梁迫不及待地打断了话,你在哪里,我想见你。章志忠看了身边的黄伟亮和强草鹤后,偷笑起来,心想,这辈子看来要和你蒋栋梁扯上了。前几天,若不是紧逼你一步,你会这样轻易让我1%的利吗？他现在越来越明白一个道理，凡事要趁热打铁，只有在心急火燎的时候才能逼出一些什么。

听着对方蒋栋梁那种心急如焚的样子，章志忠一边慢条斯理地回答，知道了，我明天就想办法来找你，现在我人在外地，不可能飞过来，一边将回忆像沉在水底里的东西一样把它打捞了出来。记得小时候那年，章志忠与蒋栋梁打赌，谁能在三分钟内把煤球扔得最远最多，输者就给赢者五元钱。于是，蒋栋梁为了口袋里多这五元钱，把家中计划供应的煤球搬出来，没等章志忠把煤球搬出来，就抢先一步扔了起来。等到他三分钟之内扔完煤球，再回头时，发现章志忠早已不知去向。等到蒋栋梁遭到母亲一顿抽打的时候，章志忠则站在墙角偷偷发笑，心里嘀咕，真是一个大笨蛋。

挂断蒋栋梁的电话之后，章志忠一把将黄伟亮怀里的强草鹤拉到自己的怀里，心里还在嘀咕，真是一个大笨蛋，这么轻信别人的话，连我怀里的这个女人都不如。强草鹤被章志忠突如其来的动作，吓得尖叫起来。章志忠郑重其事地告诉她，明天开始，她的身份要改变了，所以，现在一旦从水里捞出来，意味着脱胎换骨，不再是过去的强草鹤，所以这种尖叫声以后不能有。

黄伟亮将上身浮在水面上，臀部翘着，两只脚像只鸭子，一划一划，闭住双眼，悠然自得，嘴里发出冷冷的笑声，心里好像又在盘算着什么东西。当突然听到章志忠在说蒋栋梁的女儿现在他的身边工作时，黄伟亮顿时眼睛一亮，心想，他怎么会没有想到蒋栋梁还有这么一个宝贝女儿呢？于是他连忙问章志忠是否有她的照片？章志忠问干吗？黄伟亮反问章志忠，你说我要干吗？如果我没有猜错的话，他的女儿和眼前的强草鹤差不多年龄吧？说着，一把抱住赤裸裸的强草鹤，再次问章志忠，是男人还能干什么？

章志忠睁大眼睛，摇手摇头，发出的声音也有些颤抖，尽管如此，他还是要阻止黄伟亮这种没有人性的举动。你一定会说我是畜生，但你又能好到哪儿去？难道蒋栋梁这个老东西会对你感恩戴德？你别忘记你已经卷入这场战争，你是逃不了干系的人。黄伟亮冷言冷语的同时,发出两道凶险的目光,使章志忠一时慑住,不敢与他再猛撞下去,他知道他有家有业,而黄伟亮是赤手空拳的人,他如果与他一拼,最终惨败的肯定是他而不是黄伟亮。

我知道自己是一个逃不了干系的畜生,你真不知道,我老婆如果知道我现在卷入这场战争,肯定也会骂我是畜生。章志忠索性向黄伟亮破罐子破摔,显露出自己一无是处,无能为力的畜生。黄伟亮听了章志忠那种趴在地底下的话之后,反倒没辙,只是两只脚用力地拍打水面,让水飞溅起一波又一波的水花翻滚。被黄伟亮紧紧攥住的强草鹤用力挣扎,并向章志忠求援,章总,救救我,你们要知道,我与蒋老板的女儿一般大啊。

什么意思?难道给章志忠暗示吗?黄伟亮说着,便松开强草鹤,并用两脚把强草鹤踢向章志忠,说,我希望你们都去向蒋栋梁汇报这一情况,如果他不给我一条活路,他女儿的处女身也就难保了。

从洗浴房出来与黄伟亮分开之后,章志忠越想越觉得后怕。虽然说他为了利益与黄伟亮勾结一起向蒋栋梁开弓,但他从来没有想过为了置蒋栋梁于死地而从他女儿开刀,这还是人干的事吗?不行,无论如何也要让蒋栋梁知道这件事,让他女儿赶快离开上海,否则他觉得自己真不是人了。

5

从广西飞回来的路上,曲汇河一直在纳闷,烧熟的鸭子怎么让它飞了?明明签订了合同,这不是在违约吗?蒋栋梁长长地叹了一口气,告诉曲汇河,其实他没有签字,冥冥之中有一种感觉卜一道风景会更好。曲汇河听着蒋栋梁这种比喻,脑海里又回忆起他与温柔恋爱时的情景。不是吗?其实曲汇河认识温柔之前,谈过一次恋爱,但是曲汇河总感觉不是很舒服,不断地说服自己下一道风景会更好。当遇见温柔之后,证实了自己,也证明了下一道风景确实好。曲汇河明白蒋栋梁这句话的用意。他欣喜地说，对，不签是好事，下一道风景会更好。

望着曲汇河的举止，蒋栋梁竟然会联想起黄伟亮在他身边的种种表现，他觉得曲汇河很多方面真不如黄伟亮。尽管黄伟亮的聪明不用在正道上，已经到了置于他死地的地步，但他还是认为黄伟亮是一个机灵不死板会动脑做事的人。尽管他恨黄伟亮到想打断他的腿，抽掉他的脚筋，但他觉得只要黄伟亮能改邪归正，他宁愿打残他，然后再养他。蒋栋梁感觉曲汇河就像浮在水面上的一条舢舨，只看见漂荡，却看不见归岸，他无法想象温柔这些年来是怎么挺过来的？想到此，蒋栋梁莫明其妙跳出前妻卫红的影子。是比较吗？蒋栋梁不敢联想下去，理智地收起那不着边际的思想，振作了一下精神，清理了自己混浊的目光，向曲汇河岔开话题，聊到了朝阳养老院的事。他对曲汇河说，这些天我一直在思考，觉得你老婆温柔该出来与你一起做事，可以避免不可预测的风险。曲汇河一时没有听明白，问为什么？蒋栋梁说，不要问为什么，今天回家，你可以直接告诉你老婆，我想要她去朝阳养老院做院长的监事。曲汇河更加听不明白蒋栋梁这句话的意思。

这些年来我不在家，真不知道她在家干什么，况且你也知道这次我跟你跑新疆广西之前，与她吵了一架，赌气出来的。院长就是院长，还有院长监事的职位？曲汇河说。蒋栋梁没好气地看他一眼，问，不是劝你向她求饶吗？跟老婆求饶有什么没面子的？怎么那天回家后又吵起来了？曲汇河不好意思地点头。蒋栋梁摇着头无奈地说，你真像你老婆说的那样，真是无可救药。不过女人嘛，在家闲着也不好，与你一起做事也就把过去不愉快的事给忘了。

蒋栋梁说到此，脑海里又不自觉地跳出卫红的影子。当年他与卫红协议离婚从民政局出来，不也是拿一句"拼命工作，时间可以把不愉快的事给忘了"的话暗暗给自己鼓气的吗？现在竟然可以用在曲汇河与温柔身上。当然，蒋栋梁根本没有指望曲汇河能听进去多少，因为这段日子对于一直跟随着他蒋栋梁的人，竟然不知道他的行踪,那天他一头好发被剃得光亮,曲汇河竟然没有朝他被关押进去方向想,甚至他半开玩笑半当真地说出真相,曲汇河竟然朝他半开玩笑去想问题,这样的人蒋栋梁还能指望什么? 既然曲汇河不知道他在广西到底发生了什么事情,那就隐瞒下去,反正事已过去,人也出来,权当自己半夜行走不慎摔倒在阴沟里吧。

其实,合同违约是他的事吗? 对方设下了陷阱他当然要违约,难道对方以违约的名义让他赔款就得服从吗? 然而一场厮打便被打进监狱。出狱之后,他给自己理了个光头,来到广西最好的洗浴中心洗了一把澡,然后像没事人一样,给曲汇河打了一个电话,让他赶快与他碰个头,他有要事与他商量。见面后他却忘记究竟是什么重要的事要与曲汇河商量。既然如此轻松地说下一道风景会更好,那么就给自己一点潇洒的空间,尽量让一些不愉快的事忘记。他对曲汇河说,如果你没有把握回答我,那等回上海再说吧。

第二天一早抵沪,蒋栋梁就直奔公司。当一进公司大门,先听到杨芝芳家被盗的消息,又听到说盗窃贼就是黄伟亮。然后蒋栋梁走到办公室,从办公桌上又一眼看到《市场经济》报的头版新闻。这个时候一张晴天的脸马上变成阴雨天。当拿起报纸,从头至尾阅览之后,更是一团火往头顶上冲。他两眼朝向天花板,自言自语,我到底做了什么孽了,怎么跟我没完没了呢?

报纸上那个标题"上海龙泉资产管理有限公司非法集资",以及标题下面的一段文字像虱子一样在吸着蒋栋梁的血。他一边拼命地吸着烟,一边进入沉思。就在他心底纠结不堪的时候,窗外的马路上突然响起一阵刺耳的声音。原来是两辆车相撞,造成互相伤害。警察很快赶到,量尺寸,做笔录,拍照……一阵阵喧闹声高过楼房,蒋栋梁也探出头,居高临下,清清楚楚地看到这一幕。

来不及感慨,只见章志忠像幽灵一般,悄然站在他身后,用手轻轻地一拍,着实让蒋栋梁吓一跳。章志忠看着蒋栋梁光亮的头,调侃他这段时间不见人影,肯定到监狱转过了,不等蒋栋梁回答,章志忠又嘲笑他怎么也开始爱管闲事来了。这种飞来横祸的事每时每刻能撞见。

蒋栋梁缓过神，顾不上回答自己为什么会光头，直接切入养老院和养老院院长的主题。章志忠则不温不火地回答，他今天来的目的就是这个。蒋栋梁望着故意装出一副正人君子的章志忠，火气已冒上来，说他最恨既想做婊子，又想立牌坊的人。说着，把办公桌上的《市场经济报》扔给章志忠，接着说，你别跟我解释，这事肯定与你有关。我知道你和报社那些记者有说不清道不明的关系。

章志忠接过蒋栋梁扔过来的报纸，看也没看，便说，是不是"非法集资"的报道？你别说，这事真的和我无关。蒋栋梁冷笑起来，问他，你看也没看，怎么知道报上报道的是我"非法集资"的消息呢？你在哄谁呢？是不是你把那些记者的肚填饱了？

蒋栋梁说这话当然有根有据。那一年的一天，飞翔贸易有限公司因员工在英文打字上出了差错，引起了一场官司。原本想在《市场经济报》上公开赔礼道歉，却在这个节骨眼上认识了《市场经济报》报社某个资深记者。这个记者告诉章志忠，他能搞定这场风波，但是要出一点血。章志忠当然明白出一点血的意思。果然，几点血平息了一场风波。事后，章志忠与蒋栋梁生意往来的时候，无意中把这件事透露出来。当时蒋栋梁还取笑过章志忠，你以为自己是谁？这还不是靠你夫人打下的基础。

章志忠知道自己上了蒋栋梁的圈套了，很快装出一脸委屈的样子，向蒋栋梁解释，今天我是好心好意来想成全你一件事的，而不是伸出脖子给你套圈的。我好歹也是飞翔集团的法人代表，我不可能去做破罐子破摔的事吧？害你，不也是断自己的财路吗？章志忠一边说着，心里却在琢磨，要不要把黄伟亮准备害他女儿的事告诉蒋栋梁？他甚至想过如果把这件事如实转给他听，他会是怎么的模样？章志忠心里装着复杂的矛盾，不知如何化解开来。

别装得一副委屈的模样，你这点鬼把戏小时候我就领教过了。还记得扔煤球赌五元钱的事吗？你以为我不知道你躲在墙角偷笑我吗？男人是不可以做小鸡肚肠的事，怪不得你的夫人要远离你。蒋栋梁一语道破。

你怎么哪壶不开提哪壶呢？我今天过来是与你谈正事的，你怎么说着说着就说到个人的私事上呢？再说你的前妻不也离开了你吗？我们今天有必要互相揭瓦房吗？章志忠尴尬地回答着的时候，心里还在嘀咕，蒋栋梁啊蒋栋梁，我如果把黄伟亮要害你女儿的事说出来，你还会像现在这般神气的样儿吗？

蒋栋梁没有接章志忠的话茬，收起报纸，话锋一转，重新切入主题，我是不可能再拿出钱给李鸿鹄了，但是，这个养老院我肯定要定了。章志忠看了蒋栋梁一下，没有直面回答，却转了一个大弯，慢慢道开来。他要蒋栋梁明白，法人代表不转到自己的手里，意味着什么？就好比是一个女人让你睡了，但你不给她名份，这个女人算什么？

蒋栋梁挥了挥手，骂章志忠狗嘴里吐不出象牙来，什么事都用上床睡女人来当比喻。章志忠讥讽蒋栋梁假正经，是男人难道还有不喜欢这种东西的吗？蒋栋梁有些不耐烦地问章志忠，今天他来是和他扯谈女人的事，还是谈养老院的事？章志忠说，本来就是正在谈养老院的事，只是用上床睡女人的比喻，来和你分析当下的窘迫。你看，你已经交付了一部分资金，在规定时期内没有交付完另一部分的资金，李鸿鹄怎么可能把法人代表转给你呢？

你懂什么？李鸿鹄拿了民政局发放给养老院 300 个床位的 450 万补贴，一个转身，再向我索取 450 万转让费，你给我评评，有这个理吗？为了不让公安定我"非法集资"的罪名，我认了朝阳养老院，也就同意交付给李鸿鹄 450 万转让费。但是，民政局给的 450 万补贴，如何解释与交代？因为当我按受朝阳养老院，我得和老人们以及民政局要有所交代。蒋栋梁一支烟接着一支烟，不停地抽着，烟雾在他的头顶上盘旋，像一连串金额数字在他头顶上盘旋一样。

当章志忠一句"民政局是不知道你们在做交易转让的事"的

话,再一次敲响了蒋栋梁的警钟。蒋栋梁先"咯噔"一下,但很快恢复常态,冷笑地说,不知道最好,我倒要看看,李鸿鹄花掉了民政局给他的450万补贴,又拿走了我一部分的转让费,他究竟是退还是进?

可是你目前最需要的是实地……还没有等章志忠说完,蒋栋梁连忙打断,我现在为什么在搞"候鸟式"养老基地?全国各地很快都有我的基地,我还怕公安继续来查我的非法集资的事吗?我要收下朝阳养老院,只不过是我好久没有舒展公鸡上的羽翼罢了。说着,蒋栋梁舒缓了一下身子,挥了挥两个手臂。望着窗外的交通事故还在处理当中,便感慨地说,天上不管掉的是馅饼还是石头,他全接受。

章志忠窥探蒋栋梁的目光里有股杀气,不怒自威,恰似那杀生的修罗魔君在世,在心里自觉或不自觉地比较起来,他与黄伟亮之间,谁更狠?此时的章志忠希望自己纯粹扮演一个中间人的角色,或当个裁判也行,最后见机行事,成为一个享受成果的坐收渔翁。然而,一切都晚了,黄伟亮怎会放过他?人说,吃人的嘴软,拿人的手短。谁让他有一段时间整天和他混在一起,与公安官员们换杯推盏的呢?如果金盆洗手,他这个贸易公司还能继续立足吗?与之比较,虽然说蒋栋梁也不是一盏省油的灯,但蒋栋梁吃软不吃硬的脾气,足可以让他章志忠有喘口大气的余地,然后找到退一步的空间。

章志忠不由得叹出一口气,目光中充满无奈。蒋栋梁自然不知道章志忠心里在想些什么,但根据他平时的所作所为,也能估算出他能想些什么。因此,看着眼前这副模样的章志忠,心里不由地好笑起来,但是表情上还是装着若无其事的样子,问道,院长什么时候给我带来?章志忠很快缓过神,回答,随时。蒋栋梁沉默,算是默认了。递了一支烟给章志忠,笑着说,你这小子,变化也太大了,前几天来我这里气势汹汹地要讨回自己的本钱,今天却要给我送养老院的院长。

呵，你是生意人，要知道，生意场上没有永远的朋友，也不会有永远的敌人，只有永远的利益，况且我们是同学又是老邻居，能与别人一样吗？章志忠接住蒋栋梁的话，重复着朋友与利益的关系。

你在我面前谈什么生意？在生意场上谁跌打滚爬时间更长？其中的道理我还用你和我讲？说着，蒋栋梁与章志忠聊起了他们分开十年里的经历。他说他倒卖过凤凰牌自行车，也做过钢材生意。当蒋栋梁说到他在广州进服装拿到上海来卖这个主意，就是张惠给他出的，章志忠吃惊不小。

你觉得很惊讶是吧？蒋栋梁哈哈大笑起来，别往深层次去想，你夫人就是觉得我有人品，觉得因果有报应，所以想用她的方法帮我，来赎你的罪。

我有罪？章志忠一边问着，一边心里在揪着自己，恨不能把自己的心揪得粉碎，一个大活人竟然不知道自己的老婆与他有过一段来往。他确实不敢往深层次去想，也确实不能在他面前提"生意"二字。原本想借此机会与他重复扔煤球打赌那些陈芝麻烂谷子的事，谁知到头来却把脸伸过去被他任意打。章志忠实在想不下去，只能对他说，好了，我说不过你，今天我来是给你推荐院长的事。

好的，我可以明确告诉你，你推荐的院长我肯定要，什么时候给？蒋栋梁回答章志忠时，脑子里将早已盘算着要把曲汇河的老婆温柔送到养老院这件事浮现出来。名义上说女人在家不宜长待，实质上蒋栋梁是要温柔去卧底，谁知道章志忠送来的院长是什么样的素质与货色？

其实，自从自己要有一个实地养老院开始，蒋栋梁就想过院长这件事，可院长不是什么人都可以做的，必须要有院长的上岗证。过去，自己干的行业与养老事业无任何关系，所以在他周边也一时找不到养老院院长的人才。既然章志忠主动给他推荐院长，他自然会接受，同时防患于未然，多年在生意场上给他的经验，不得不让自己留了一个心眼。

　　章志忠看着沉思的蒋栋梁，猜不准他的心思有多深，便战战兢兢向他解释，他推荐的院长不但有院长的任职资格证书，而且她还是Ｓ民政局里李科长的表妹，他要蒋栋梁仔细想想，大树底下是否乘荫凉？

　　大树底下确实可乘凉，但我蒋栋梁向来不愿意靠树乘凉，否则我也不会是现在的样子，在西天取经的路上，爱与妖魔鬼怪较量。蒋栋梁不愿意在章志忠面前屈服，章志忠也不愿意在这个问题上与蒋栋梁斗下去，他怕再说下去又要绕道张惠的话题上去了。他不是怕蒋栋梁揭他的短，谁没有短处呢，而是觉得他与张惠之间的死结，不是能让人来揭短可以松结的。这些年来他已习惯捆着死结生活了，虽说认为一切都看各人的造化，但他最后还是腾出一点人性的空间告慰自己。于是，章志忠推脱还有其他事，要告辞的时候，向蒋栋梁抖出一句话，如你爱你的女儿，赶快让你的女儿离开上海吧。据黄伟亮狂言要破你女儿的处女身。

　　蒋栋梁听完章志忠这句话，一时半会没有缓过神来，两道目光却直逼向章志忠。章志忠后悔自己不该在这个场合说这件事，后退几步，想避开他直逼的目光，连忙解释，我是听说的，你不要以为是他亲口对我说的，其实我与你一样，都在找他的人影。不料蒋栋梁拿起桌上那份报纸，揉成一团，向章志忠扔去，要置于我死地，就直接向我开炮，打我女儿主意，这是人干的事吗？畜生！

　　章志忠一边把捏成团的报纸扔进纸篓，一边说，是的，畜生才会想出这样的事。不过，我想黄伟亮只是说说而已，这么耸人听闻的事我是必须要与你通报一声的。说着，长长地叹了一口气。蒋栋梁问他叹什么气？难道是后悔把黄伟亮想向我女儿开刀的信息告诉了我，还是你夫人暗地里帮助我而使你怀疑我？如果是这样，你太小看你夫人与我了。章志忠冷笑看着蒋栋梁，一边摇头，一边说，你也太小看我章志忠了。

　　小看你？我蒋栋梁从来没有小看过你一天，是你估高了自己。尽管如此，蒋栋梁还是忍着一颗恼怒的心，两手作揖，说，不管怎么

说，我还是要道一声"谢谢"，谢谢我们做过邻居做过同学。不过你如果遇到黄伟亮，请告诉他一声我等他。

等到章志忠出了公司大门之后，蒋栋梁很快拨打曲汇河的手机。曲汇河此时正好在火头上。原来曲汇河在家拨通温柔的电话，而温柔却没有接他电话而气恼，他甚至敲响隔壁张阿姨家，打探温柔是否看见？张阿姨阴阳怪气地回答，你们这一对夫妻有意思，不是男人不在家就是女人不在家，像躲猫猫似的。让他更加恼火。但他还是强笑着对张阿姨说，我是说我家温柔是否会在你家搓麻将？张阿姨连忙把头摇得咣咣响，她说，怎么可能呢？你家老婆平时把门关得死死的，如果不是我家牌客黄伟亮敲错过几回门，你家这扇门是不会主动开的。说完，冷冷地一笑，关上门，将曲汇河拒之门外。

曲汇河吃了闭门羹后，越想越气，越想越觉得温柔与那个黄伟亮有不清不白的关系。当蒋栋梁终于拨通他的电话之际，他不问青红皂白把一肚子怨气撒在蒋栋梁身上。养老院就是院长的职位，还能有院长监事的职位？我听也没有听说过。再说了我也没有能力管住自己的老婆，她与黄伟亮跑了。

曲汇河的这一通牢骚就像一桶汽油，把蒋栋梁身上的一团还没有熄灭的火重新燃烧起来。其实蒋栋梁原本拨通曲汇河的电话，一是想告诉他黄伟亮要暗算他女儿的事，二是杨芝芳家被盗的事他是否知道。因为杨芝芳没有向他提到过这件事，要不是今天从公司大门进来听到这些风声，他还蒙在鼓里。然而，刚拨通电话，就听到曲汇河一通怨气。什么？你说什么？蒋栋梁神经马上紧绷起来，你再跟我说一遍，你看见黄伟亮了？是什么时候的事？曲汇河被蒋栋梁一联串的问号问得头一下炸开来。他知道自己闯祸了。

我让你进公司大门的第一件事是什么？你竟然回答我，溜达溜达指不定可以撞见黄伟亮，敢情你们被黄伟亮收买来一起骗我？你们这对恩爱夫妻……蒋栋梁说不下去，气喘得似乎很厉害，连电话这头的曲汇河也听到。曲汇河回答，蒋老板，我如果撞见黄伟亮，怎么会不把他抓回来给您呢？曲汇河说到这句话时，脑子里马上想到温柔曾阻止过他向蒋栋梁汇报黄伟亮的事，难不成温柔真的与黄伟亮有不清不白，才会极力反对他这种行为？

你这小子今天如果不和我说清楚，我饶不过你。蒋栋梁一边咳嗽，一边不依不饶地说。曲汇河突然进退两难了，一只手情不自禁打了一下自己的嘴，心里嘀咕，我叫你嘴快，把不住门！心里再有牢骚，也不能把自己的老婆往坏里猜疑吧？

你老婆与黄伟亮跑了？你想做缩头乌龟吗？蒋栋梁的牙齿咬得咯咯响，男人再窝囊也不能让女人把绿帽子往自己头上戴。更何况你还没有调查清楚就开始下结论，你这是对谁负责？你这样的人除了能驾驶之外，还能做什么？蒋栋梁气恼地说。

蒋总，我是被气糊涂才说胡话的。与你跑了一趟新疆与广西回家后，发现温柔不在家，敲了隔壁人家的门问温柔去了哪儿，可人家阴阳怪气训了我一顿，我恼火才这么回答你的。曲汇河说。

嗨！正因为我考虑到你们夫妻过去长期分居带来隐患，才请她出来到我公司与你一起干，这样你们可以在工作中培养感情并可以相互关心。不过，与老婆吵架，也不至于骂老婆与别人跑了，更何况黄伟亮是什么货色？你还敢把自己的老婆与黄伟亮扯到一起？虽然我与你老婆只见过一次面，但从你的故事从她的谈吐中，我能看出她比你有能耐。

我老婆学历比我高！曲汇河连忙向蒋栋梁解释。

肯定是的，所以我想请她出来做养老院的监事。蒋栋梁说着，又仿佛想起什么，连忙问曲汇河，杨芝芳家被盗的事你知道吗？与蒋栋梁交流，经常会遇到这样的情况，明明与你说这件事，会突然来个大转弯说到另外一件事，不了解他性格的人会跟不上他的思路。曲汇河似乎已习惯了他这种方式，在他看来这与蒋栋梁虽然不会驾车，但会指挥他驾车一样，他经常会来个急转弯驾车的动作，临时决定掉头改换前行的方向。

曲汇河说，我是与你一起回上海的，再说被盗的事即使知道了，又能怎么样？你总不能让大家募捐吧？蒋总，这种事最好还是不要知道的好。蒋栋梁听后，"咯噔"了一下，心想，他还有必要把黄伟亮暗算蒋利的事告诉他吗？如果他还是这句"这种事最好还是不要知道的好"的话，让他的面子往哪儿搁？蒋栋梁叹了一口气，自言自语道，幸好在广西那些事没有如实说出来，否则说出来他不但帮不了什么，而且有可能会把此事传送出去。于是，他回敬了曲汇河一句：你啊，真的是一个没有出息的家伙。然后挂断了电话。

挂断曲汇河的电话，蒋栋梁犹豫了片刻，最后还是拨通了杨芝芳的手机号码，问了事情的经过。杨芝芳接到蒋栋梁的电话，有些激动，原本有一肚子的牢骚也不知道跑到哪儿去了。她告诉蒋栋梁，都怪自己没脑子，出了门竟然会忘记关窗门，这是自己在引狼入室，怪不得狼来侵犯自己的家门。偷了就偷了吧，破财消灾，让偷贼去生病，换自己一个健康的身体赚更多的钱。

蒋栋梁听完这些话，颇为感慨。想起把黄伟亮揽进来，自己不也是忘记关了窗门疏忽大意，才引狼入室的吗？原本想打个电话，安慰一下，结果被杨芝芳安慰。她说，蒋总，没事的，开张营业也得要买鞭炮了，现在鞭炮不用买了，用这个就来庆祝我们办公室乔迁之喜吧。蒋栋梁再也听不下去了，连忙说，杨姐，我知道你是在安慰我，可我能好受吗？我真的欠你很多。杨芝芳说，我是你姐，什么欠不欠的？以后不准你说两家人的话。蒋栋梁点头应允，挂断杨芝芳的电话，又马上与曲汇河联系，他想告诉曲汇河杨芝芳根本不会是你所象中的人。然而，一连拨了几次，一直处于盲音状态，让蒋栋梁的火莫明其妙地涌上来。

曲汇河手机处在关机状态中充电，自然接不到任何人的电话。曲汇河在房间里转悠一会儿，还是觉得要出门溜达溜达，于是打开橱门，顺手拿出一套西装，然后翻箱倒柜想找一条匹配的领带时，无意中在抽屉的一角里发现一只毛巾鞋。这只不同寻常的毛巾鞋,让曲汇河回想起当年与温柔认识的经过。他俩是在黄山认识的,准确地说是在黄山爱情锁景区认识的。那天,曲汇河与他宝钢同事们在排云亭的爱情锁前拍照留念,其中有一位同事出了一个游戏题目,闭眼一分钟,然后睁开后,看哪位女孩子从你身边经过,便是追求的目标。大家听后纷纷赞同,按年月大小很快列出曲汇河排在第一位。正当曲汇河闭住眼的一瞬,只听到不远处有一个尖叫声。他睁眼一看,只见一位女生一脚缩在另一脚后面,不肯落地。原来是她脚上的鞋不小心一滑,滑向山涯。曲汇河连忙奔到这位女生的边上,从自己包里取出一条毛巾,很快做成一只简易的鞋子,让她套上。于是他们有了以后的故事。

曲汇河穿上西装系上领带出门的时候,满脑子里还浮现当年的景色。时光就像一把无情的剪刀,在一块好好的布料上不经意地错剪一刀,好像就无法修补回来。他心里明白,自从回来以后无论他多么努力去弥补过失,但终究是一只有裂痕的碗。他当然也明白蒋栋梁的用意,有时恨自己为什么没有蒋栋梁那样聪明,做养老院的监事到底是在帮他还是帮自己呢? 曲汇河不敢往后想,既然坐上老板的车为他驾驶,那就好好地驾驶吧。

6

温柔是接到曲汇河电话,得知他与蒋栋梁从广西飞回来的前一天,才随春秋旅游团去了普陀山。谁知,这个团队里的"驴友",大多是成双结对的,唯独温柔和一个与名叫黄蓓蕾的女人是单枪匹马,导游很快把这两个毫不相干的女人安排在一个房间。

刚才曲汇河打电话进来的时候,温柔正好在收拾行李,是黄蓓蕾第一时间把发出铃声的手机传递给她的。温柔说,不想接。黄蓓蕾一脸诡异的神色,问,他怎么盯得那么紧呢? 他也太在乎你了。难不成半老徐娘的年龄还怕别人拐跑啊?

温柔没好气地说,半老徐娘怎么啦? 干嘛把自己说得那么可怜？生气的目光不由自主地朝她看去。黄蓓蕾连忙摇手，解释她不是这层意思，她说她自己与老公是"少作夫妻老作情人"，半老徐娘自然也有糟老头相伴。黄蓓蕾说结婚开头几年一直在家，等到儿子初中还没有毕业，老公下海做生意，全国各地跑，从一个月回家一次发展到几个月才回家一次。间隔最长的一次是一年之后才回家，黄蓓蕾说这样的关系已不是夫妻而是情人的关系。说到此，两眼有点湿润，微微拭擦一下，再三强调，半老徐娘并不是有意说温柔，而是在说自己。她羡慕温柔有这样关心的男人。

温柔听了黄蓓蕾一堆解释后，才微微松了一口气，也消除了对黄蓓蕾不满。心想，不就是一个陌生人嘛，干吗要火烛小心呢？于是，对黄蓓蕾后来的话，也开始渐渐愿意接话了。当黄蓓蕾说到自己当年恋爱时，温柔也提到了当年黄山爱情锁的故事，也提到了20世纪的1978年，曲汇河在上海宝钢工程打下第一根钢管桩到后来宝钢武钢合并、人员分流，最后下海做钢管生意，因经营不当而倒闭。温柔始终没有提到崇明家具厂里的故事，她觉得对她来说这是一个空白，没必要与他人一起填补这一空白。

电话铃声再次出现。正听得入神的黄蓓蕾被突如其来的电话铃声猛地打断思路，她下意识地凑近去一看，是曲汇河，于是问温柔，这次到底接不接？温柔并没有回答黄蓓蕾的问话，而是走过去，拿起手机。曲汇河好像听到了杂音声，便问温柔现在哪儿？和谁在一起？温柔原本想实事求是回答他，可一想到自己这次出行的原因，便没好气地反问他，你希望我能和谁在一起？

曲汇河的脑子里又浮现出黄伟亮的身影来。人怎么会有这种感觉，一旦脑子里产生了不可思议的联想之后，拔也拔不去。但他这个时候还是有理智，既然打算求饶了，就不能不克制一点情绪，于是，他拍了几下脑袋，似乎要将脑袋里那些阴影拍走，然后无可奈何地向温柔求饶，老婆，我已经受不了，你在哪儿？温柔说，我出门没向你汇报，你就受不了？

老婆，别与我开这种玩笑了好吗？你是知道的，男人要比女人脆弱多了。快回来吧,我有事要与你商量呢。温柔被曲汇河一口一口老婆叫着,一口一口哀求声莫明其妙给软化了。一旁的黄蓓蕾有些憋不住了,说,怎么和我那个男人一个德性呢?我俩真是有缘,碰到一起了。

温柔则不屑地瞥了黄蓓蕾一眼,说,哪会是一样?他若是认准了一件事,从不会降服。之所以能这样服软,肯定有他自己的道理。温柔向黄蓓蕾说这句话的时候,是带着一丝虚荣心的。

啧啧啧,开始护短了。我又没说什么。黄蓓蕾说,有些男人就喜欢编着谎来骗我们这种弱智的女人,哪个女人愿意男人在外花天酒地不顾家的。不瞒你说,刚开始的时候,我也想不通,可是日子久了,也就不把他当一回事了。对于他的出现或消失,黄蓓蕾就感觉像自家的门铃响了,然后去开门一样平淡。黄蓓蕾快人快语,单刀直入,不管温柔是如何的想法,她劝温柔有些事情一定要想开,想开了日子就轻松了。

温柔觉得黄蓓蕾真是不可理喻,谁想不开了?我难道在你面前流露过什么,怎么话里话外句句带着刺耳的声音呢?真是杞人忧天。明天一旦离开普陀山,谁还认得谁?谁还能干涉谁呢?她就权当黄蓓蕾是个疯女人,暂时让陌生人胡说八道让她疯一把。温柔想到此,也没什么可与她计较的,更不在乎刚才在她面前是否透露过什么信息了。只要从现在开始把自己的嘴巴管紧就可以。谁知,黄蓓蕾慷慨地把手机号码和家住地址都告诉了温柔之后,也要温柔留下联系方式,温柔尴尬不已,却拗不过黄蓓蕾一再请求,被动地留下了手机号,然而家住地址怎么也不肯留下。黄蓓蕾则说她那个男人经常不回来,如有空,到她家来坐坐。

温柔心想,一旦离开普陀山之后,谁还会认识谁?交换手机号码,只是应付,谁吃饱饭没事干,串门唠叨那些不登大雅之堂的事呢?趁黄蓓蕾进卫生间洗澡时,温柔给曲汇河发出一条微信,实话实说了她现在的地理位置,并告诉他,回家后再说。曲汇河收到温柔的微信之后,心情似乎好了许多,问温柔,你能否给我一段视频,好让我知道也让我放心你和谁在一起。温柔回答,和我合住一个房间里的是一个陌生女子,你说我能发视频给你吗?你如此不信我,只能说明你本人是一个不负责的男人。

曲汇河多想反驳温柔,可话到嘴边又找不到话了。一个不负责男人的骂名早在那个时候定下了,看样子这个骂名要一直背负下去,直到离开人世。然而他还是想不明白,他只是让她拍个视频给他看看而已,怎么绕来绕去,又绕到他是一个不负责任的男人上去呢?假如你真想让我拍视频,我可以拍,但侵犯别人的隐私权,你能负得起这个法律责任吗?

温柔正说着,黄蓓蕾换上一套白色的睡袍,从卫生间出来,带着一股湿漉漉的味道。一边用毛巾吸干头发,一边问温柔在和谁打电话?又问这次怎么会一个人出来旅游?温柔装作没有听见似的,挂断曲汇河的电话后,只顾打理自己的行李。黄蓓蕾觉得温柔小器透了,一点也不大方,干吗要藏着掖着呢?她快人快语自我解释,这次我一个人出来就是老公已一个月没回家,我气不过,所以找旅行社一个人出来旅游。其实我希望找一个单身异性合并一个房。温柔突然停下手中的活,吃惊地抬头看了黄蓓蕾一眼,心想,现在的女人思想都是那么开放吗?

干吗用这种目光看着我?我就是这样想的呀!不过,与你合并一个房间也蛮不错的。黄蓓蕾伺候完头发,一屁股坐到床上,头微微朝向温柔,继续说,不过想归想,但不一定会这样去做,最重要的是看眼缘。嗨,有时真让人不服,男人可以花天酒地,女人为什么要守住贞操?

温柔并没有搭理黄蓓蕾的话,只是低头沉思,想象刚才挂断曲汇河电话后,他会在哪儿?温柔想象不出他会在哪儿?男人的话有几分能当真?所以她不去想,尤其近年来发丝间已出现几根白发后,她更说服自己不要去想没有用的事。

你一定会认为我是一个十三点的女人,浪荡的女人,是吗?黄蓓蕾一边将发乳抹擦在自己的发丝上,一边对温柔说。可是我想告诉你,女人的歇斯底里症状是被男人逼出来的,向来好男人会成就一个优雅的女人。温柔被黄蓓蕾这么一说,下意识地走到镜子前,检测自己的形象是否露馅了? 黄蓓蕾捂着嘴笑,却笑得人仰马翻。她说,你照什么镜子呢? 你怎么可能成为歇斯底里的女人呢?

温柔突然感觉自己上了黄蓓蕾的当,如果不及时补救,真的要被她当笑料了,于是,索性站在镜子前,反复照着自己那张还算可以拿得出去的脸,自言自语,男人工作压力大,有时顾不上女人,其实女人也可以对自己好一点的。温柔这么说着,心里努力地想象着一个好男人的工作压力是如何之重。她在臆想的时候,似乎也忘记了周围的一切。这个好男人至少不应该像曲汇河那样的,斯文、温文尔雅、举止有礼雍容大度是她心目中的好男人。当黄蓓蕾再次问她怎么会一个人出来旅游时,温柔竟然脱口而出,曲汇河出差外地。

其实这时候,曲汇河坐在一个小饭馆,点了几样菜之后,正准备拨打蒋栋梁的电话,他想让他来帮他分析一下男人与女人之间的心理活动。然而,当他拨通蒋栋梁的手机号码,自己还没有开口,蒋栋梁就抢先问他,这么快找到老婆了? 老婆没让人拐跑吧? 你们老夫老妻商量得怎么样了?

我老婆独自一人去普陀山旅游了。曲汇河呷了一口小酒,原本想问的话想说的话全抛在脑后,机械地回答了蒋栋梁的问题。

原来没有被黄伟亮拐跑,哈哈,那好吧,等你们消息,我可以明确告诉你,工资不会低。蒋栋梁一边吻着窗台上那盆红豆杉,一边心平气和地说。那盆开得正盛、碧绿的叶子、有一种欲湿杏花雨感觉的红豆杉是蒋利送的。蒋利说老爸60岁大寿马上要到了,作为女儿,送上一盆碧绿青青的红豆杉,给老爸每天吸着红豆杉的绿草气,好有一个健康的身体。

人人说红豆杉很难服侍,一不小心就会枯死。蒋栋梁不这样认为,他说,不管做什么,只要上心地去做,再大的困难也能克服。看着眼前活力四射的红豆杉,仿佛拦在他眼前的一道道阻碍自然消失。

所以，当曲汇河打电话给他时，蒋栋梁正处在好心情时候。心情好了，说起话来的态度也不一样了。他愉悦地告诉曲汇河，温柔的工资不会低，他认为温柔是好女人，这个院长监事的位置非她莫属。作为男人，曲汇河听了蒋栋梁这么一抬举，自然得意一番。得意之余，酒量也大了一些，酒量大了以后，更加忘记那些胡思乱想的东西了。借着酒兴，便说，蒋总，温柔回来我就与她一起来公司找你。

挂断蒋栋梁的电话之后，曲汇河机械地又将手机拨通了温柔手机号码。这个时候温柔在阳台上扭动腰肢，手机放在白色的床单上。正在试穿衣服的黄蓓蕾下意识地把目光朝白色床单上扫去，看看是否以视频的方式打过来的。温柔听到自己的手机铃声，从阳台上返回进房间，望着没穿衣服的黄蓓蕾，顺口说了一句，难道怕对方以视频的方式打进来吗？

那当然，前面我口无遮掩只不过在嘴上，行动上我还是一个保守派哟。黄蓓蕾一边说着，一边提醒这只电话又是她老公打来的。温柔像受到刺激似的，脸马上阴沉下来，问黄蓓蕾，这种玩笑能随便开吗？明知道是我老公打来的电话，为什么还要说行动上是一个保守派，我老公可不是这样的人。

你又想偏了。黄蓓蕾觉得再这样说下去已没有意思了，拿起床上要试穿的衣服往卫生间里走。此时的温柔也没心思去接听曲汇河的电话，回了一个微信给他，不方便接听电话，然后重新回到阳台上，想想刚才回答黄蓓蕾的话怎么这样好笑。

当曲汇河没能接听到温柔的电话，又把电话拨回到蒋栋梁手机上，蒋栋梁显得有些不耐烦了。他说，我还要服侍小公室里的红豆杉，没有时间再与你绕来绕去了。挂断电话后，蒋栋梁的目光回到女儿为她买的红杉树上。这段日子他一直惦记蒋利的恋爱的情况。女儿的恋爱对象现在对他来说非常重要，这关系到女儿人生安全的问题，黄伟亮的阴影时不时在他心里罩着，对未来女婿的标准也有所变化,至于经济条件已是其次。蒋栋梁一边想着,一边准备打电话给蒋利,却是想到曹操、曹操就到,蒋利又捧着一盆红杉树进来。她说,成双成对才吉利。

蒋栋梁看到蒋利又捧着一盆红杉树给他,自然笑得合不拢嘴,他故意问道,是不是小钱送你的?心里却在祈祷千万不要是小钱。蒋栋梁也觉得自己好笑,怀疑自己真的进入更年期,一件事怎么会到了犹豫不决的状态?然而他还是能够安慰自己,如果换了别人,也会或多或少有顾虑。近段时间,许风萍经常有事没事要找上门来,有一次竟然要和他同行去新疆考察,说新疆海拔高,像他有哮喘的人需要有人在边上照顾,反正她没事干,就让她做他的志愿者。蒋栋梁当然明白许风萍的用意,可是他会让她这番用意成功吗?孩子之间的感情轮得上他与她无端地扯上去吗?他当然谢绝了她的要求,并暗自希望蒋利也能快刀斩乱麻。

蒋利看着老爸难得有这么一个好心情,不忍心去破坏,所以在蒋栋梁问起这件事的时候,给的答案也是含糊其词的。她俏皮地回答蒋栋梁,这种事就不用老爸费心了,有缘在一起,无缘则分手。外人再怎么施加力量也是无用的。

蒋利和小钱从认识到恋爱,也只是短短的一年时间。他们是在课堂里认识的。蒋利学的是财务管理学,管理学中有一门法律知识,是由小钱授课的。小钱某律师事务所的一名资深律师,正巧被这个学校聘用当法律顾问。开始交往的时候,蒋利被小钱的广博的知识所吸引,后来越来越发觉他原来是一个见钱眼开把钱看得很重的人。有一次蒋利和他在小饭馆里吃饭,最后结账时,老板多收了他二元钱的一次性洁具费,便与老板争得面红耳赤,使得蒋利在一旁尴尬极了。出了店门,就毫不客气地指责他,已经姓钱了,还要把钱看得这么重,干吗?特别是上次投资闹事,蒋觉得再与小钱恋爱下去,最后自己怎么死都不知道。所以,自那天起,她就与小钱的关系渐渐疏远了。

今天特意把这盆红豆杉送到蒋栋梁办公室,其实也是事出有因。原来许风萍早就得知自己的儿子被蒋利甩了，很不甘心，再加上那次被蒋栋梁婉言谢绝不让她与他新疆同行，更加不甘心。当获悉蒋栋梁60岁大寿，她送上一盆名贵的红豆杉，亲自送到蒋利的手中，并附带一句话，说郁向阳是个两面三刀的人，要她和蒋老板小心她的行为。蒋利是接受过郁向阳的帮助的，并认为欠下过她的一份人情，在这个当口蒋利怎么会去听许风萍的这句话呢？不过，再怎么说，人家亲自送来为老爸过生日的礼物，出于礼貌也要应付一下。但是没过几日小钱得知这一情况，马上来找蒋利，说这盆红豆杉很名贵，报出价钱同时顺便从口袋里取出一张发票，气得蒋利二话没说，便掏出钱扔给小钱。小钱说他不是这个意思。蒋利说不是这个意思，已经是这个意思了。打那以后她暗暗发誓，托人非要买到正宗的红杉树不可。

蒋栋梁一点也不知情，但是望着眼前女儿又送来一盆红杉树，不由自主地欢喜与激动起来，一激动便夸女儿说话有道理，也不去追问其中的缘由了。他心里始终有一个想法，以小钱的性格与为人，是不可能保护好女儿的，换言之，黄伟亮对付小钱这类人是绰绰有余。然而，他不能把真相告诉女儿，只能回答说两个人在一起确实是靠缘分，同时又问她的妈的态度是怎样的？

老妈的态度应该与老爸是一致的。爸，你什么时候能与老妈复婚啊？温柔撒娇地将手摁住蒋栋梁的肩，说，老妈是爱着老爸的，你们不复婚，难道我结婚时要办两次喜酒吗？人力财力都浪费，合算吗？

你怎么哪壶不开提哪壶？我说你恋爱的事，怎么说着说着说到你妈和我身上呢？蒋栋梁不耐烦地让蒋利快滚一边去，蒋利不肯。蒋栋梁没好气地说，等你结婚了你就知道爱的责任是什么，这世上没有后悔药可买。如果你决定要与小钱断绝关系，就要断得清清楚楚，不要藕断丝连。

当然！我看不起他，把芝麻看成大西瓜，这种男人我怎么能看上？我才不会为了离婚去结婚。蒋利说着，把刚送来的一盆红杉树推移到另一盆边上,紧接着说,这两盆红杉树是我为老爸生日买的。蒋栋梁却在想,不会为了离婚而去结婚?在这个世界上,谁有先见之明呢?是现在年轻人的思想新颖,还是自己已落后于时代的步伐?如果在万般无奈下,谁愿意结婚后就准备要离婚的呢?他觉得自己的步伐并没有偏离轨迹。

是晚,蒋栋梁打电话给曲汇河,问他是否与温柔提到这件事的时候,曲汇河正好把温柔接回家里,气还没有喘一口。其实,在接温柔回家的途中,他俩之间就断断续续地交流了各自的思想与见解,不外乎今后的生活与工作。温柔也向曲汇河表态,她这次单独出行原因不想多提,只是希望彼此不要为了工作而影响生活。工作是为了生活,但不是破坏生活。她更希望出租车开到家门口,到了家后,以前的事不要再提了。曲汇河表示支持。然而,当蒋栋梁一个电话,曲汇河又似乎忘记了什么,喘了一口气,便连忙把手机交给身边的温柔,说,老婆,还是你直接与我的老板沟通吧!

什么事?要我答应你们去做奸细吗?温柔一边在整理刚回家的行李,一边心不在焉地问。这一问让曲汇河目瞪口呆,她怎么说成做奸细?后来想一想院长的监事不就是奸细嘛。电话那头的蒋栋梁好像也听到了温柔说话的声音,连忙对着手机话筒说,曲汇河,向你老婆解释,不是奸细,是院长监事。

是啊,可我正纳闷着,她刚回来,我还没有来得及与她说这件事呢,她就知道她要去……没有等曲汇河说完,温柔便接上去说,要我去朝阳养老院做奸细,你们公司那个叫郁向阳上次来我家对我说的,她说做奸细没有好下场。

曲汇河连忙挂断电话不再让蒋栋梁听下去,他猜测那个郁向阳肯定是在他与蒋栋梁去新疆与广西那段时间来找过温柔。他觉得这个女人太可怕。他得理理思路,然后再与蒋栋梁沟通。

郁向阳怎么知道我家的地址?又怎么知道蒋栋梁要派温柔去朝阳养老院做院长监事?若不是蒋栋梁直接告诉她,还会有谁?曲汇河觉得做一件事没必要弄得这么复杂。难道蒋栋梁不知道郁向阳的名字已经在罢黜他的协议上留下的笔迹吗？他搞不懂无论是蒋栋梁还是郁向阳他们究竟在想干什么？他抬起头，朝温柔看了看，问，老婆，你怎么想？

温柔正想说什么，蒋栋梁的电话又打了进来，埋怨曲汇河为什么要挂断他的电话？他说，刚才我听到你老婆说郁向阳的名字。我告诉你，罢黜的协议上有她的名字，我早就知道了。她是被黄伟亮逼的，我怎么会去计较为我做事的女人呢？

我愿意去做院长的监事，试试在私营单位干活和事业单位或者国企到底有什么区别。温柔抢过曲汇河的手机说。曲汇河吃惊地看着温柔的一举一措，横竖感觉到他自从回家之后她的种种变化。他不知道自己曾经"彩旗飘飘"的时候是什么才使"红旗"更加艳丽了呢？

那天与温柔在床上折腾之后，曲汇河辗转反侧，不能入眠。以往与任何一个女人做爱之后都会很快睡去，今天，温柔像在他身上施了魔法，让他始终处在兴奋状态中。曲汇河索性坐起来，点燃一支烟，火星在黑暗中一闪一闪，思绪也在火星的闪动中飘飞。

曲汇河清楚记得他离家去崇明家具厂前一天的情景。那一天夜晚，曲汇河渴望能与温柔做爱，觉得明天一分开，也不知道什么时候能团圆。尽管温柔说又不是去西伯利亚打仗，只不过是去崇明，若想她也可以随时回家，但是她还是脱去衣服与他上床。谁知内裤沾满了暗红血迹，温柔知道自己来例假了。屈指数着日子，她恍然感觉到是该来的日子。充满渴望的曲汇河突然像蔫了的茄子似的，从温柔的身上下来，两眼望着天花板，很有一种无可奈何的样子。温柔从卫生间出来之后，看到曲汇河这副模样，便说，其实做爱与我们平时在工作上遇到困难一样，只要耐心开动脑子，都有解决的方案，这世界上方法永远比困难多，干嘛一遇到困难就泄气呢？温柔一边说着，一边把手伸向曲汇河欲望的区域。曲汇河被温柔素手轻揉之后，重新燃起了欲望后而使男人达到一种快感。

曲汇河望着熟睡的温柔，心里五味杂陈。不管是否情愿，生活总催促我们迈步向前。他知道自己是亏欠温柔的，所以老天要罚他，罚他回家重新认识与他半辈子夫妻的温柔。"试试在私营单位干活与众不同的区别"，曲汇河重新掂起温柔这句话，总感觉份量不轻。她究竟想干什么？难不成要辞退文化馆工作，一门心思来捧一份泥饭碗？想当年他下岗是时代的需要，像他这样一批人是在改革的浪潮中前行的，是被迫的是万不得已的，根本来不及思考，更不要说分析其中的区别。温柔曾经与他说起过在文化馆工作，做一份自己喜欢的事，图个安稳。难道她现在不需要这个安稳了吗？

怎么在房间里抽烟？温柔说着梦话，那种语调口吻就像来自于一位上级对下级的口吻，他真真切切地觉得温柔变了。他马上熄灭烟头，起身特意到卫生间重新漱了口，然后回到被窝。

次日一早，曲汇河去买早点心的时候忘记带手机，蒋栋梁连续打了几个之后，温柔猜测肯定有急事，要不然不会连续拨打他的手机。于是，破例接听了曲汇河的手机。当蒋栋梁听到是温柔的声音，也没有拒绝，而是说，你接听也好，我只是想问一下，你昨天在电话里说的话当真？你真的愿意进朝阳养老院当院长的监事？温柔笑着反问蒋栋梁，我是一个开玩笑的人吗？刚说完这句话，曲汇河手拿早点进家门，看到温柔拿着他的手机在通话，便半开玩笑地问，趁我不在，借我的手机与谁聊天呢？

温柔把手机递给曲汇河，说，我能背着你跟谁聊天呢？自己做贼还怕别人做贼。曲汇河接过温柔的手机，一看是蒋栋梁打来的，便知道蒋栋梁又为温柔是否去养老院当院长的监事而来，便顺口回答，既然答应了，肯定不会违约的。

7

黄蓓蕾回到家门口，是门内的人帮她开的门。打开门，黄蓓蕾惊喜得忘记如何张开双臂去拥抱对方，傻傻地呆着，迈不开脚步。

李鸿鹄张开双臂,一把将门外的黄蓓蕾抱了进来。黄蓓蕾闭住双眼,倚在李鸿鹄的怀里,享受着这一刻的幸福。原本在路上不时与温柔控诉他罪行时流露的神态,已荡然无存。

李鸿鹄问黄蓓蕾,你怎么不主动问我,今天怎么有如此的雅兴待在家中呢? 黄蓓蕾好像刚刚醒过来似的,抬起头,朝着看来心情非常好的李鸿鹄,问为什么? 李鸿鹄卖着关子,故意打埋伏,要黄蓓蕾猜猜,并说猜中有大奖。

黄蓓蕾冲着"大奖"的诱惑,东猜西测,就是没有沿着他在民政局里当科长的哥哥暗中设法改动450万资金说法的方向去想。李鸿鹄说,450万原本在账上写的是"补贴朝阳养老院每张床位"的说法,现在改成"改建朝阳养老院设施费",定位不同性质也不同了。他问黄蓓蕾,难道这不是一件值得开心的事吗?

黄蓓蕾对此一点也不感兴趣,似乎只对"大奖"感兴趣,因为没有猜测到,自然"大奖"也得不到了。黄蓓蕾很不开心,睹着气对李鸿鹄戏言,你真的认为你哥会帮你吗? 不要偷鸡不着反而蚀一把米。

黄蓓蕾说到"不要偷鸡不着反而蚀一把米"这句话,很快联想到这一路走过来的情景。不是吗? 好端端的日子不要过,非要随他一起折腾。听他哥哥一句"养老院能赚钱"的话,就把朝阳养老院拿下。看似转让出去,赚了一笔钱,但这种钱赚得安心吗? 难道把别人都看成傻子,自己是最聪明的人吗?

尽管如此,黄蓓蕾还是很快将这一页翻了过去。她觉得自己到了这一步,就该这样活着,有吃就吃,有穿就穿,有玩就玩,活在当下是享受,如有意想不到的惊喜,那更为好。比如今天回家,她根本没有去想李鸿鹄会在家里,然而给她一个意外,当然是她所希望的。又比如是晚,李鸿鹄在床上与她全心全意投入一起,这也是黄蓓蕾收到的一个惊喜的意外。黄蓓蕾很激动,几乎忘记了李鸿鹄欲望之外的更大欲望。

然而,李鸿鹄在与黄蓓蕾床上做事的时候,脑子里却一直在盘旋黄蓓蕾的那一句戏言。虽然知道这句话其实不是戏言，而是实在的一句话，但是，已走到这一步，就像驾着一辆车一样，脚踩上油门，导致无法刹车的结果，只能一直往前驾驶，也把这句话当戏言了。当李鸿鹄看着黄蓓蕾已睡去，便从床上起来，手拿手机，一边拨通他哥哥李科长的手机，一边走向隔壁的客厅。

哥，这件事没有问题吧？李鸿鹄有些不安。李科长的心态好像远远要比李鸿鹄好，回答李鸿鹄这个问题时，像一个局外人似的，似乎与他无任何关系一样。他告诉李鸿鹄，怕就不做，做了就不要怕，哪有刚刚启动车轮就想要刹车的道理？你要知道，你不怕鬼，鬼就不会来找你，你越怕鬼，鬼就越要来找你麻烦。

殊不知，李鸿鹄挂断李科长的电话，正想转身回卧室，被悄悄站在身后的黄蓓蕾吓得几乎要跳起来。人不做要做鬼呀！像幽灵一样站在我身后，干吗？李鸿鹄脸色很快泛白，手中的手机差点落在地上，黄蓓蕾伸手一把接住，生气地回答，你才像幽灵一样，睡得好好的，一转眼就没人影儿了。深夜还能有什么业务可谈？

李鸿鹄说，像我这样的人，还有时间概念吗？我不想回来原因就是在此，一回来不是听你唠叨，就是要和你做爱。人的精力都有限的，不要再折腾我了，我已经够烦了。黄蓓蕾啼笑皆非，站也不是，坐也不是，如果不是李鸿鹄随手扔了一叠人民币在桌上，完全有可能是另外一个局势。

这些年来，彼此之间似乎都知道了对方的需求。人民币可以在黄蓓蕾身上解决的事，绝对不会再用其他方法。而对于黄蓓蕾来说，既然很多事情不可逆转，就该让它顺其自然。尽管这些年来不承认自己已是李鸿鹄的情人，但是在李鸿鹄不敢堂而皇之让其他女人出现在她眼前，她觉得她就是正宗夫人。

收起桌上的一叠人民币之后，黄蓓蕾也无心去管李鸿鹄什么破事。次日当李鸿鹄离开她之后，她马上打电话给温柔，向她叙述了昨天她到家时所发生的一切。刚开始的时候，温柔出于一种礼貌，没有挂她的电话，只是把手机处在免提状态，扔在一边，只管做

自己的事。其实,温柔已有心理准备,既然黄蓓蕾要了她的联系方式,不可能不联系,只不过是她觉得联系得也太快了。有必要炫耀吗?无非说着一些不仅在床上得到了满足的快感,而且也得到物质和精神上的享受。和大多数在外流浪的女人一样,其生活的质量和生活的套路是相似的,再怎么炫耀,也无力掩饰自己内心的空虚。

然而,当黄蓓蕾提到她的老公转让朝阳养老院之后赚了一笔钱的话,温柔的注意力才稍稍有些集中。她一开始只是好奇,因为黄蓓蕾在描述450万转让费经过的时候,觉得有故事可寻。长期在文化馆工作让她养成了一种习惯,生活中她愿意捕捉的故事她就会关注。特别是当她听到黄蓓蕾评论到蒋栋梁言称自己在生意场上滚爬多年,却这么容易栽在她老公李鸿鹄的手上,温柔连忙放下手中的事,拿起扔在一边的手机,竖起耳朵听着,没听清楚的部分,还让黄蓓蕾重复一遍。温柔在黄蓓蕾重复之后,听明白了黄蓓蕾所说的一切,全都与朝阳养老院有切身关系的事。温柔心里暗暗好笑,这个上海龙泉资产管理有限公司是什么公司,一本糊涂账,感觉曲汇河跳来跳去,都在糊涂老板手中干活。

温柔揣着刚录下黄蓓蕾话语的手机,心想,帮蒋栋梁,不就等于帮曲汇河吗?那么曲汇河该不该帮呢?想到几年来蒸发人间,温柔的恨不由自主涌上心头。也罢,让他自生自灭吧,没有他,自己不也活过来了吗?当曲汇河一副醉熏熏的样子回家,并且满口胡话,温柔更加坚定就让他自生自灭吧。

老婆,今天我与蒋老板吵嘴了。曲汇河说。温柔闻着曲汇河一股酒气,没好心情地说,如我是老板,也要和你吵。你不知道驾驶员不能喝酒的吗?曲汇河摇晃着头,说,我今天没有驾驶,是蒋老板要我和他一起喝酒。他告诉我,他要在几年之内打造"候鸟式"养老模式,我不能仅仅是一名驾驶员,也要像一只候鸟在天空上飞来飞去。他把天空当成了他的家,我不行,我不能再像过去一样活着,这不是一个男人的生活方式,男人也需要尊严。

　　你到底想要和我说什么？温柔一边问，一边推开了一股酒气的曲汇河，走到卫生间，将浴缸洗涤了一遍，然后放满热水。接着说，男人确实需要尊严，而且靠尊严活着。你如果还知道一点尊严，你应该彻底离开这个该死的公司。什么像候鸟一样飞来飞去？你已经是什么样的年龄了，把自己弄成这样还有什么尊严可言？

　　我相信缘分，我冥冥之中感觉离开崇明，就是与你重逢与蒋老板认识的。再说，你不也答应做院长的监事吗？曲汇河跌跌撞撞跟进卫生间，直往浴缸里扑。还没有脱衣服，就往浴缸里钻，真是喝醉了。温柔一边说着，一边帮他脱去衣服。其实，养老事业是一项阳光事业，为什么不通过民政局，非要私下解决呢？温柔很不解。

　　老婆，你是路路通，又是谁告诉你的？难不成又是郁向阳这个女人告诉你的。这个女人的老公得了绝症，她还不肯安静，真服了她。曲汇河一提到这个女人就气不打一处来，劝温柔以后离她远一点。温柔回答，不是郁向阳说的，是朝阳养老院法人代表李鸿鹄的老婆黄蓓蕾告诉我的。

　　老婆，你路道真是广，你人还没有到公司报到，就与李鸿鹄老婆打成一片了？真佩服你。曲汇河说，据说李鸿鹄的老婆见钱眼开，只要有钱，老公也可以不要的。这种女人你也最好远离一些，蒋栋梁与李鸿鹄之间这么大一笔钱的纠葛，兴许就与这个女人有关系。

　　你真有病，还病得不轻。我又不是没有工作，难道你这些年蒸发人间，我是喝西北风过日子的吗？温柔一股无名火又往头上冲，让曲汇河有点摸不着头脑。原本想让温柔的酥手能在他身上轻揉几下，但看着她已转过身，去做自己的事，也不敢再提任何要求。他明白要想扭转夫妻之间的感情，不是一朝一日的事。谁不知道我老婆是做文化工作的。曲汇河认为好听的话谁不爱听，不管听得进还是听不进，闭上眼睛，凭自己的感觉演讲一段老婆都爱听的好话，一来检验自己演讲的水平是否退化？二来想证明自己在赎罪。

然而，当他闭上眼睛，在演讲他与温柔之间的爱情故事时，虽然会浮现出"飘飘彩旗"的那一双双手在他身上按摩的情景，但他反问自己彩旗像飘浮过的云，划过天际，能给人留下什么呢？闭上眼犹如瞎了眼。幸好老天让他重新睁开眼。是啊，这些年他蒸发人间，温柔凭借自己的收入把女儿抚养成人。曲汇河想到此，不由地自言自语，我真有病，还病得不轻。

你为什么不问一问我是怎么认识黄蓓蕾的？当他睁开眼睛，温柔又回到他身边，把毛巾绞干之后，随口问道。

我老婆是神，不问，也不要告诉我，更不要告诉蒋栋梁，神秘一点为好。曲汇河接过温柔的毛巾，犹如接住了希望，他在迷糊中感觉一道阻碍已在彼此之间散开，就像自己热水冲浴后，酒精已经渐渐从体内散去而使脑子有所清醒一些。而温柔刚才兴许听着曲汇河的一番演说，觉得自己有点过头，从橱里拿出替换衣服后，语气语调也柔和了很多。她告诉曲汇河，如果她拒绝去朝阳养老院的话，还会把黄蓓蕾所说的话和盘托出吗？我也想过，帮你的蒋老板，等于帮你。说完，温柔又补充道，去养老院之前，她还得去自己原单位一次。曲汇河听了温柔充满柔和的语调，脑子似乎更清醒了一些。

第二天，温柔没有到单位，文化馆的王秘书便打电话给温柔，问她今天是否能来文化馆。温柔心想，怎么如此巧呢？但嘴上却回答，我已经在路上了，有什么事吗？王秘书说，是市公安局领导通过文化馆馆长找到你，指定要你采访公安部英模的先进事迹，然后通过这些事迹写一首诗，准备在表彰大会上朗诵。王秘书说完后，特意补充一句，温老师，拿到外快要请客我们的。

温柔怎么也没有想到的是，她采访的那位公安人员的妻子竟然是她中学里同班同学马晓青。采访完那位公安人员，她与马晓青也续上旧日同窗的友情。事过境迁，时间真是一副好药。曾经马晓青拼命地追求班长，而班长穷追不舍地要与温柔好，从此，马晓青把温柔当作了她的情敌。中学毕业后，各自考上了不同的大学，也老死不相往来了。马晓青向温柔调侃，幸好和那个班长没有下文，否则她也不可能找到现在的丈夫。温柔从马晓青的神情里自然能看出她的幸福。

其实，温柔在写这首诗的时候，已感受到马晓青的幸福了。顺利地考进公安大学，在大学里认识比她高两级的丈夫季波折。当年是季波折不懈努力地追求她。按季波折说法，马晓青是校花，追求她的人很多，而他，是众多追求人中的胜利者。婚后，转换角色，变成夫唱妇随。为确保上海一方平安彼此都在努力奉献自己的力量。温柔写诗的时候，投入了全部的感情，甚至写到某一点，她还会伤感地流泪。一开始曲汇河看不明白这究竟为了什么？后来却又无端吃起醋来。而每次醋一发酵，温柔就会翻出曲汇河的老账。所以，大多都是以曲汇河失败而告终。

那天在表彰大会上，马晓青亲自为自己的公安丈夫朗诵了温柔写的诗。一片掌声和嘉奖之后，温柔也受到马晓青夫妇私下的感谢。上海吴宫大酒店优雅而宁静的环境，正迎合温柔的心境。不过这样的心境很快转化成女人常怀有的小小的妒忌心，温柔也没有逃过这种俗。

也许马晓青过于兴奋的原因吧，喝了没几口，便借着几分醉意，说起话来也不着边际了。她当着季波折的面，与温柔大谈那个班长的事。当年她确实妒忌温柔，如果温柔当年也考上公安学校，她的丈夫追求的一定是温柔，而不是她。说着，把手挽在丈夫的手臂弯里，然后把头微微靠上去，问季波折是不是这样？

季波折除了笑还是笑，那种好脾气真叫温柔看得羡慕。温柔无法想象眼前这个温和的男人在公安战场上是如何叱咤风云的？更加不能想象马晓青的这句假设成立后会是怎样的情景？当然，她更多会想人与人之间为什么差异那么大？从中学那个校门口两个人同时一拐弯，便拐出了不一样的人生。

就在温柔胡思乱想的时候，马晓青又胡言乱语道，学生时代都是小孩过家家的事,幸好没能与那个班长有故事,否则我眼前这位好丈夫就错过了。有失必有得,世上的好事哪有样样轮到你呢?马晓青的话越说越离谱,使得季波折尴尬万分。温柔为了不让尴尬气氛继续下去,便把话题岔开来。她说到了现在各行各业都需要文化来包装,她就是做这方面工作的。也许工作性质比较自由,所以在时间与空间上充足前提下,她选择的范围就大了。她告诉季波折,接受公安的约稿,一是看在文化馆的面子上,二是取决自己,她一直敬仰公安战士。

马晓青一听到温柔说敬仰公安战士,得意地朝季波折看去,然后把目光转向温柔,忘记问你了,你的先生在哪儿高就呢?温柔"咯噔"了一下,幸好没有暴露慌乱的神色,只是笑了笑,不紧不慢地回答,他的工作也需要文化包装。其实经过文化宣传与包装,起到的作用非同小可,文化是被包装对象的"内功"。说着,温柔马上话锋一转,世上都是一物降一物的,季老师,你真幸福,马晓青降服了你。

离席时,马晓青一定要季波折送温柔回家。她说,于公于私都得送她回去。温柔说不要那么客气,上海的交通很方便,请她放心。马晓青说,不是公车,是私车,我们从来公私分明的。温柔被马晓青这句话弄得有些尴尬,上句与下句根本连不上去的,怎么也提不到公车或私车啊,这分明在炫耀自己么?温柔执意要他俩留步。然而马晓青却把车钥匙交给季波折,执意要送温柔回家,并告诉温柔,我有虚荣心,学生时代你不给我机会满足,权当你现在让我弥补一下不可以吗?

无奈温柔只好答应下来。马晓青说,她就不必跟随了,家中还有其他事要做,就让季波折亲自驾车送她回家。温柔犹豫了一下,马晓青却说,我都不忌讳你怕什么?难不成还怕你吃了我的老公?说完,"咯咯咯"地笑起来,然后把季波折往外推,说,快去快回。

路上,季波折与温柔解释不要去理会马晓青,说她的个性就是这样。温柔的目光与季波折一样,一直正视着前方,温柔在回话时,也没有把头微微朝他那儿折一下。其实她就坐在副驾驶的座位上。当她回答一物降一物,都是缘分时,季波折笑起来,说,命运都是天生安排好的。温老师,你的文采真好,真的感谢你。温柔笑了笑,无语,目光朝着前方,只听到自己的呼吸声。

到了红灯处停下的时候,只见前面不远处发生了一起交通事故,几位警察正在现场量尺寸。温柔好像找到了说话的内容,便开口问季波折,季老师,假如马路上发生类似问题,或者是抢劫事件,你看到后会去管这种闲事吗?

这个时候,黄灯亮起,季波折开始握住方向盘,准备踩油门。抓紧补充一句,不会的,各司其职,我们一般要接到上级的通知才会去执行。温柔点点头,表示她在听着,目光依然朝着前方,心里在想一些问题。确实季波折说得一点也没有错,各司其职,在自己的职责范围内认真做好一件事,不违反纪律不触犯刑律就是好样的。温柔觉得自己确实有些跟不上形势发展,连这点常理都要向人请教。

温老师,你是马晓青的同学,以后要与她常来往。你别看她疯疯癫癫,其实她的朋友很少。温柔的目光终于朝向正在驾驶的季波折,有些吃惊。这有什么可以稀奇的呢?拍马屁求帮忙的人怎么可能是朋友呢?季波折的目光看着前方,但他好像看到了温柔的眼神,于是他淡淡地作了回答。

当温柔被送到地铁2号线,下了季波折的车,正好迎面遇见穿一身大红大绿的许风萍。只见许风萍张开那两片涂满口红的嘴唇,把温柔一声叫住,然后目光抓紧地朝向还未启动车辆里的季波折。温柔明白许风萍那双目光到底在关心什么,自己又没有做偷鸡摸狗的事,还怕她那张嘴到处乱说吗?虽说在她印象当中与许风萍没有见过面,但是许风萍却坚决地说见过,否则她怎么会叫出温柔的名字,并且知道曲汇河与她是夫妻关系呢?许风萍让温柔别怕她,尽管她的嘴有些快,但不尖刻,不像郁向阳,满肚子里装着她个人的小九九。

温柔懒得去想到底在什么地方什么时候见过此人,反正这类人与她不是一个频道的人,因此在她面前提任何一个人,她一概不会去相信。从包里取出手机,假装有事打电话躲开她,可这一遭反而带来了麻烦。许风萍连忙用身体挡住温柔的去路,一定要温柔把手机号码给她。说蒋栋梁原来是她未来的亲家,因为郁向阳从中挑拨、吃醋,让她做不了蒋栋梁的亲家,又说曲汇河对郁向阳恨之入骨了,就是因为趁他与我未来亲家一起出差去新疆的时候,她找上门来。说完,许风萍特意补充了一句,那天蒋利生日时问你要电话号码时,你把电话号码写在纸上,蒋利储存到手机上后随手一扔,就让郁向阳随手捡起。

许风萍望着温柔手中的手机,像装着无所谓的样子,继续说,我的嘴确实快了一些,但卑劣的事不会去做。比如说我要问你手机号码,是明明白白问你要的,不会像郁向阳那样做那些无法想象的动作。温柔听了许风萍这句话后,突然记起什么来了,原来蒋利生日那天饭桌上,蒋栋梁随口说了一句,郁向阳在,那个许风萍就不能请,这两个女人如在一起,恐怕这张桌子也要被掀翻。

温柔恍然大悟,想到自己马上要去朝阳养老院当院长监事,说不定这类人还能派些用场,于是,便把手机号码给了她,并顺手拍下了她在输入她手机号的视频,心想,若你的嘴不但快,还要添油加醋,这段视频便是最好的见证。

离开许风萍之后,温柔从包里准备取交通卡的时候,无意中发现包里多了一张交通卡。一张新的交通卡夹在一份材料里面,她马上记起当时是马晓青给她这份材料的,然后她把这份材料放进自己的包里,她想这一定是马晓青粗心将自己的交通卡夹进材料里了。温柔转身想打电话给马晓青,但又觉得有点不合适,这种事情还是碰面之后借说其他事情时顺便带出来为好。

没有想到过了几天,文化馆领导又分派她的任务去公安局,让她有机会见到了季波折。然而,温柔根本没法与季波折说上半句话,只见他在侦查科与审理科的办公区域跑进跑出,温柔站在接待室门口等待有人来接待她。接待室门口的走廊墙上，挂满了先进人物的照片。季波折那张一脸正气的笑容正朝向审理科室位置，温柔下意识地朝审理科室望去，突然有一种神秘感走进她的心里。好几次听曲汇河向她提到过黄伟亮卷款之后，交到公安的审理科的同时，调查蒋栋梁的有关材料也报送到审理科室。

温老师，让你等久了，真不好意思，近来案子太多。宣传科科长正从大门外走进来，看见温柔一个人在走廊上，便迎了上去。温柔回答宣传科科长时，还抓紧朝审理科张望了一下。当宣传科科长一边把一大堆材料交给温柔，一边欣喜地说，真的要感谢你的馆长，是他帮我出了一个金点子，建议我将这些材料里的案例写成故事，所以今天特地麻烦你温老师过来一次。

温柔接过宣传科科长手中一大堆要编写故事的材料，心里根本没有底，即便科长向她介绍材料里案例的由来，温柔也找不到感觉，她知道写故事首先一定要有故事情节，否则构不成故事的框架。为了不让自己白跑一次，温柔想一定要与科长说透这件事，否则要砸文化馆的牌子。于是，温柔随意取出其中一份材料，对科长说，这些内容都是高度概括或者是笼统性的一笔带过，她想要听的是故事。说着说着，黄伟亮的故事情节在温柔的脑子里又闪现出来，她多想借此机会打听一下黄伟亮卷款揭发蒋栋梁的事，但话到嘴边不由自主地咽了下去。

望着宣传科科长那锁住眉头的神情，温柔猜测科长一定在挖掘其中的故事，温柔多想能从科长的嘴里提供出某某公安战士的具体故事，然后得知该公安战士审理的就是黄伟亮卷款的案子。然而，科长向她陆陆续续挖掘出一些故事，却始终没有说出关于她想要得到的故事。最后，科长把季波折请进接待室，请他提供一些有关公安战士办案中的故事。季波折听完科长的陈述后，说，有关结案的故事都在你宣传科科长手中了，办案过程中的故事会等到结案后交给你的。说完，向边上的温柔打招呼，请温柔别介意，刚才因为忙而没有时间向她招呼。温柔轻轻地摇了摇左手，一只右手下意识地伸进包里，想把上次夹在材料里的一张交通卡还给季波折。

　　温老师，我今天把所有的故事都挖掘给你了。科长的声音让温柔的右手又下意识地从包里伸了出来。温柔你怎么这样拎不清呢？这个时候这个场面能当面把交通卡还给季波折吗？温柔暗暗跟自己叫板。收起所有的材料，温柔试着向科长提出一个请求，回去之后她会好好看手中的所有材料，但科长如果有新的材料，能否继续提供给她？科长说，当然。听到科长的肯定回答，温柔露出了笑容。从办公室里出来，一双目光下意识地朝审理科方向望去，揣着的一张交通卡，犹豫了几下，最终还是没能物归原主。

　　走在回家的路上，经过 Dior 品牌店，正好遇见黄蓓蕾从店门内出来，一股浓浓的香气随黄蓓蕾的目光一起渗入到温柔的身上。亲爱的，今天怎么又如此巧？这是女人的天性和通病吗？黄蓓蕾喜出望外，挡住温柔的去路。温柔想躲早已没有躲避的时间，眼睁睁地被黄蓓蕾拉进店内。我知道你如果不喜欢，也不可能经过这里。黄蓓蕾断言。

　　难道眼前这个女人就是法人代表的老婆吗？温柔一想到自己马上要去朝阳养老院任院长监事，便产生很多联想，她甚至幻想出李鸿鹄与蒋栋梁坐在一起交换合同的情景。尽管她的角色与黄蓓蕾不一样，但她知道连带关系的重要性。她不希望自己的丈夫曲汇河这种岁数的人，还东荡西游了，既然有缘与蒋栋梁碰撞在一起，只希望龙泉朝好的方向发展。

　　Dior 半个世纪来始终保持高贵优雅的风格，女人的世界里只有懂的人才能进来，我喜欢货真价实，那些冒牌货我是不屑一顾的。黄蓓蕾拉住温柔的手，从这个柜台走向另一个柜台，让温柔着实尴尬。幸好一阵手机铃声将温柔终于有理由解脱出来。

　　原来打电话进来的是许风萍。许风萍开门见山向温柔解释，她只是想试试，没有其他意思，望温柔别见怪。温柔望着远远的 Dior 大幅广告，发出一声长长的叹息声。

8

黄伟亮和章志忠带着李鸿鹄一起来到春风洗浴房,强草鹤迫不及待地迎了上来。今天强草鹤穿了一条超薄纱裙,里面的红色内衣内裤时不时要滑向男人的欲望里。强草鹤一头抱住眼前这三个男人,嗲声嗲气地问,今天是不是带我出笼,去朝阳养老院呀?

三个大男人被眼前这么一个女郎抱住,整个身子的骨头架一下子松散开来。等不及强草鹤进一步动作,黄伟亮和章志忠把自己身上的衣服快速脱去,颇有一种比赛谁脱得快的快感。李鸿鹄也许是一路想着下一步计划,所以不像黄伟亮他俩很快进入另一种角色,脑子也稍微木讷了一些,站着看他俩脱去衣服,竟然忘记自己该要做的下一步动作了。强草鹤则显得落落大方,索性把外面的薄纱撩去,剩下红短裤红胸罩,在水蒸汽十足的浴房里多了几分暧昧。

再深近一步,水蒸汽笼罩整个浴房,不管说什么话似乎都没了底气。强草鹤一边脱去仅有的内衣内裤,一边把黄伟亮和章志忠带到了包间。随后,又从包间出来,把站着不动的李鸿鹄拖了进去。一边拖,一边说,李先生,你怕鬼,鬼就要找你麻烦,索性看到鬼无所谓,鬼也不会接近你了。

李鸿鹄一惊,心想,怎么和我哥说的一模一样话呢? 连这种地方出来的女人也有这种见识,李鸿鹄不得不反省自己了。想想也是,既然已上了这条贼船,确实不能前怕狼后怕虎,否则什么事也做不成。想到此,被强草鹤拖住的手,被动转为主动,很快融入黄伟亮和章志忠的队伍中。

包间不大,仅放三张洗浴床,四张椅,一张仅放三个茶杯的桌,还有紧贴桌边上的放红酒的茶几。剩下的空间就是强草鹤为男人们服务的立锥之地了。黄伟亮看到李鸿鹄才跟随进来,第一时间在他的脑子里反应的就是"这小子是不是要背叛自己的言行"的想法。因此，从嘴里反映出来的语气也就变得生硬起来。他提醒李鸿鹄，都已上了贼船，不允许再存什么私心，要靠岸一起靠岸，要翻船一起淹死。

李鸿鹄当然明白黄伟亮的含沙射影。其实彼此之间心知肚明，谁不知道彼此的底细，你黄伟亮若对我居心叵测，我李鸿鹄也不是吃素的。我和你们合作，是借你们的力量，拿回我该要的数额。其实你们和我一样，为了自己的利益，不择手段。只不过是蒋栋梁在我们三个人面前，做了一回替死鬼罢了。

确实，李鸿鹄与黄伟亮从认识那一天开始，就有心照不宣的默契。李鸿鹄清楚记得，黄伟亮送他的母亲人称黄母来朝阳养老院入住时，是黄蓓蕾接待的。黄伟亮第一眼看到黄蓓蕾，便有一丝蠢蠢欲动的心思，还戏言都是姓"黄"，五百年前是一家，他的母亲也应该是她的母亲。说着这些话的时候，不是用手扶自己年迈的母亲，而是将手偷偷地伸向黄蓓蕾。黄蓓蕾当场就给他一巴掌。

这一巴掌竟然让李鸿鹄与黄伟亮走到一起。一杯茶几支烟的工夫，两个男人便把彼此的利益放到了尊严之上。一度，黄蓓蕾与李鸿鹄闹翻过。但是最终屈服的是黄蓓蕾。黄蓓蕾在自己的眼泪中看他们一步步走向交易。再后来一次，黄伟亮来朝阳养老院看望母亲的时候，得知李鸿鹄要转让养老院的心思，也正是他产生要整死蒋栋梁念头的时候。

黄伟亮的"提醒"，构不成对他任何威胁的。既然今天能够出来坐到一起，李鸿鹄想过了，在某种程度上，黄伟亮和章志忠在利益上比他更有欲望，所以所有的问题都不是问题了。李鸿鹄这么想着，底气也足了。当黄伟亮用这种口吻提醒他时，他也毫不客气地回答，男人脱了裤子，都是一个德行，不要光着身子看别人没穿裤子。什么靠岸一起靠岸，要翻船一起淹死，有种的话今天就在浴池里淹死自己。

包房里的水蒸汽越来越浓烈，足可以让赤身裸体的男女们很快进入角色。强草鹤熟练地将牛奶洒在眼前三个大男人的身上，然后用她纤细的手先按在已昏昏沉沉的章志忠身上，从头至脚，像一块海绵，把她的感知慢慢传递给对方。她已经熟悉每个男人的不同的敏感区域。看章志忠在昏昏沉沉中一惊一乍，让旁边的黄伟亮急得不停发送欲望的信息，已经顾不上李鸿鹄了。

强草鹤这个时候显得有些幸灾乐祸，她不急不躁，慢悠悠地对黄伟亮说，别急，亲爱的，你在听李先生慷慨陈词吗？他说有种今天就在浴池里淹死自己。你有这个种吗？说着，像云一样飘了过去。

章志忠闭着眼睛，却在偷笑，心里在想，老兄啊，这种事也能急呀？又不是急着出售养老院，只要找到替罪羊就没你的事了。干这种活，悠着点，才不会伤神气。瞧那个可怜的蒋栋梁，他现在还不知道你们在判他死刑呢，如要知道，还不抽掉你们的脚筋才怪。

章志忠这么想着，越发觉得前一阵子冲到蒋栋梁公司去是头脑发热的表现，这种表现不该是像他这样的年龄这样的生活阅历人的表现。毕竟他有自己的企业，自己的一部分资金投资在蒋栋梁公司里，别人不需要悠着，自己必须要悠着，否则吃亏的还是自己。特别是当强草鹤的身体碰触到他敏感区域的时候，他更加感受到最伟大的力量是隐忍克制。

其实章志忠也承认，飞翔贸易有限公司是属于张惠的。因为张惠陪同女儿去美国洛杉矶读书，便把这个公司交给他打理。洛杉矶是他老丈人扎根的土地。章志忠心里明白他与张惠的婚姻一开始就遭到张惠父母亲的反对，但是张惠死活要跟着他，作为心疼女儿的父母，只能软下心来。然而，婚后章志忠有了女儿之后，他与张惠之间感情开始出现裂痕。章志忠一颗可怜的自尊心时时要受到侵害，无论怎么努力，也保护不了自己。他想过离婚，但是张惠始终没有先开口提出来。他发现每次张惠在他父母面前总夸他好，并与他显得亲密的样子，他感觉到如果再不换一种方式活，恐怕真的要对不起自己了。特别那一次蒋栋梁在他面前提到张惠，更加感觉到男女关系，就像发牌似的，可以随意组合。

今天他原本没有想来春风浴室,完全是因为刚与张惠通了一次长途电话后而临时决定的。整整两年没有见面了,想在电话里能亲热一下,却被张惠浇了一盆冷水。一句"回来就回来了,问那么多干嘛"的话,让章志忠一时回不过气来。好在黄伟亮及时来电,说了一大堆事,很快让他跟随黄伟亮的思路,暂且走出了郁闷不快的区域。

强草鹤的身体在三个男人之间游离的同时,还不忘记自己要去朝阳养老院担任院长的光荣使命。她在抚摸每个男人的时候,总会提醒一句与养老院有关的话,仿佛自己现在就是养老院里的院长似的,眼前这三个躺在浴床上的男人好像就是行动不便不能自理的老人,需要她这个院长亲自来关心一样。从强草鹤的表情上看得出她太在乎这个院长工作了。

百年不遇难得的幸运,对于像草一样命的强草鹤来说,遇到黄伟亮,如同抓到一只生命中的金蛋,既然有幸砸到她强草鹤的头上,她怎么肯放过他呢?按强草鹤自己的说法就是赖也要赖在他身上。幸好黄伟亮也好这一口,扫帚和畚箕现成配套,自然有了历史性的发展。

黄伟亮一把将强草鹤的手抓住,然后将她的乳头抠在他的脚趾间,变态似的告诉强草鹤,我哪一天来朝阳养老院找你,你得马上脱掉裤子给我满足,否则你得从哪儿来滚回哪儿去。像从水里被抓到岸上的鱼儿一样,强草鹤仿佛失去了刚才那种的活力,战战兢兢地望着黄伟亮,问,现在那儿是蒋栋梁的养老院,你也敢去找我?

章志忠向强草鹤伸出大拇指,示意她说得完全正确,并把目光朝向黄伟亮,看他是如何反应的。谁知,李鸿鹄马上翻脸了,大声地说,蒋栋梁再不把余款交付清,我是不会把法人代表转给他的,什么养老院是他的,他充其量也只是为我打工的。

黄伟亮突然变着戏法不知从哪儿冒出一张工商银行金卡,向李鸿鹄挥了挥,说,今天我约你出来,就是想告诉你,我这张金卡里都是蒋栋梁的钱,既然他说话不算话,那我就索性卷走它,只是给他一个教训。现在我有两种方案给你选择,一是我准备把卡里的钱交给公安,让他们去处理;另外一种就是我代表蒋栋梁把剩下没交付清的钱给你。

李鸿鹄眼睛一亮,正想开口,却被黄伟亮一句转折的话给堵了回去。黄伟亮说,但是有一个前提,就是你出面摆平民政局相关人和出租朝阳养老院的房东。强龙怎能斗得过地头蛇,我不信,蒋栋梁再有三头六臂,还能强过地头蛇吗?

这时候,章志忠有些耐不住寂寞了,向黄伟亮递了一支烟之后,也给自己点燃了一支烟,不冷不热地递上一句话,黄兄,不管你是否把卷走蒋栋梁的钱交给公安,还是自己花了,反正蒋栋梁都被逼到悬崖上了。做一次好人吧,悬崖勒马,也影响不到你什么利益。

黄伟亮使劲地向章志忠递了眼色,让他别乱说话。而李鸿鹄也许满脑子都是一笔未拿到钱的事,所以他的耳朵里只装下黄伟亮所说的话,而没有在意章志忠说些什么了。当黄伟亮向章志忠递上无数个眼色,李鸿鹄只是闭上眼睛,任凭强草鹤的手在他身体上按摩。

谁知,黄蓓蕾这个时候电话正巧进来,铃声像一阵警报声一样,把李鸿鹄激的突然从浴床上跳起来。来不及披上浴巾,拿起手机,躲到墙角。这几个动作让旁边的黄伟亮和章志忠当作笑料讥笑他。强草鹤也在他背后使坏,在他与电话里的黄蓓蕾讲话时,不时地在他的颈脖上搔痒,使得李鸿鹄与黄蓓蕾说话之际还要阻止强草鹤的行为。

黄蓓蕾有点火了,在电话那头大声说,是我的车被人撞了,不是我撞别人的车,这么大的事,我总得打你电话吧?你干嘛这样不耐烦呢?是不是旁边有女人呢?强草鹤正想放开喉咙,李鸿鹄眼明手快地关闭手机,然后一把抱住强草鹤,警告她,还想不想在养老院做院长了?你现在就想与她翻脸,那好呀,我现在可以打开手

机,让你来和她对话。

　　强草鹤看着李鸿鹄手中的手机,战战兢兢地问,老板娘真的管养老院里的事? 李鸿鹄问,你说呢? 要不我来打个电话你来问问,是不是这么回事? 强草鹤不敢再发出声音,只是摇着手,示意哪里敢? 一旁的黄伟亮漫不经心地替强草鹤说了一句,车道上不是你撞我,就是我撞你,有什么大不了的事? 车撞了,有保险公司。

　　李鸿鹄冷冷一笑,你说得倒是轻巧。你是不是想说生意场上,不是你撞死我,就是我撞死你呢? 现在问题是撞车事件让我的女人遇到了。就在这时候,强草鹤的手机铃声响了,身边的这三个男人都以为是其他男人有约于她,目光不约而同地朝向她。其实强草鹤听到这个铃声也有些害怕,她害怕当着黄伟亮的面接单子,怕被他莫名抽掉一份子。然而,她凑近一看,是老家打来的电话。接听电话,是儿子的声音。强草鹤按捺不住自己的感情,激动地说,儿子,你怎么会打电话给妈妈? 儿子说,我想妈妈了。

　　李鸿鹄很想报复她一下,正要夺她的手机,却被黄伟亮用浴巾一手捆绑住李鸿鹄的脚,让李鸿鹄差点跌倒。李鸿鹄回头看到是黄伟亮做的手脚,正想冲上去回击他,又不料被章志忠阻止住,并问道,你是不是想把六月里的债还清? 你忍心剥夺母子情深的画面吗? 李鸿鹄无奈地看了看他俩,然后又看了看正在眼泪汪汪与儿子通电话的强草鹤,摇着头,叹了口气,一边说,算你们狠,一边便套上浴袍,往更衣室方向走去。

　　谁知等到李鸿鹄赶到现场,竟然看到蒋栋梁也在现场。李鸿鹄窘迫不已,心里不时地叫骂着,真是冤家路窄,旧的事没有解决,新的事又冒出来。调查中才知道黄蓓蕾的车是被一辆新疆车牌号的车撞了。驾驶这辆车的是蒋栋梁的一位来自新疆的朋友,名叫苗祥和。坐在副驾驶座的是他的儿子苗木。苗祥和是蒋栋梁很多年前做和田玉生意时结下的朋友。前一阵子蒋栋梁特地到新疆找苗祥和,把自己要在新疆办一个养老院的想法如数告诉他,苗祥和一口答应他积极配合,帮他找地方,并把他在北京受过养老服务行政管理培训的儿子也推了出来。这次专程是带儿子来上海看一看,顺便把新疆的一些情况向蒋栋梁汇报一下。当蒋栋梁得知自己的朋友从新疆连夜飞到上海,驾驶从新疆托运过来的车子,在路上发生撞车事件时,他自然赶了过来。

苗祥和一见到蒋栋梁,便委屈十足地苦诉,上海的马路真不是给新疆人开的。蒋栋梁为了在李鸿鹄面前不被笑话,故意把话岔开来,说他难道不是上海人吗?只不过支内去了新疆。在新疆扎根,不想回上海,还说风凉话。又责备他为什么耍小聪明把车子托运到上海?上海出租车到处都是,实在不行,他可以派车来接他。说着,特地朝李鸿鹄睨了一眼,然后继续对苗祥和说,不管怎么,在上海发生的一切,都理应由他蒋栋梁来承担。

李鸿鹄正想插嘴,被蒋栋梁连忙挡住。他对李鸿鹄说,我该做的我会做,但别借此机会渲染加重扩大一切事实。我和你之间的事没有了结,很快会解决,但不是这个时候,也不是这个地方。我只是希望作为一个男人,要有主张,不要人云亦云。

李鸿鹄觉得自己真是倒霉透了,走到哪都不顺。现在连洗浴房里的强草鹤都会时不时地欺负他一把,也有人随时护着她。这个蒋栋梁已经死到临头了,还能站在他面前威风凛凛,反倒自己再有理也成了无理的人。他多想把此时此刻黄伟亮与章志忠正在洗浴房的事用真实版陈述给他,看他还能对他威风凛凛?然而黄蓓蕾的手机铃声响起,是李科长大概无法打通李鸿鹄的手机才去拨打黄蓓蕾的手机,只见黄蓓蕾在李鸿鹄的耳边嘀咕几句,李鸿鹄便收回了刚才那个冲动的主意。他现在想来,既然蒋栋梁说的话,在场的人都能听到,那么他也要当着自己的老婆面争回一个面子。好,你蒋老板有种,男人嘛,确实要有自己的主张。

我若没有这个种,还能站在这里与你说话吗?蒋栋梁不等李鸿鹄开口说话,便拉住苗祥和父子俩离开现场。在与苗祥和换杯推盏之际,蒋栋梁不无感慨地说,我也只有在你这位老朋友面前可以坦白,用不着任何掩饰。苗祥和接受蒋栋梁换杯推盏,同样感慨地说，酒逢知己千杯少，谢谢和田玉能让我们交上朋友。只是我没能想到，做和田玉的你怎么会和养老事业扯上关系的？

一言难尽！不说，不说可以吗？蒋栋梁像个孩子似的，向苗祥和讨价还价。我这个人命贱，是一个闲不住的家伙，喜欢折腾。蒋栋梁虽然向苗祥和讨价还价，但是他的内心藏着的那些事已翻江倒海，扎着他的心直叫疼，却喊不出一声疼。

你折腾的范围也忒大了，哪有像你这样向全国各地折腾的。苗祥和一手把酒杯反推向蒋栋梁，一手做了"六"的手势，说，老兄，你已经耳顺之年了，该是享福的年龄了。

嗨！谁说不是呢？可老兄啊，我已踏上一列无法刹车的车了。为了踏上这一列车，我卖掉了房子。想想真好笑，过去是做房地产的老板，竟然连个窝都没有。蒋栋梁把酒杯里的酒一干而尽，不知是酒辣还是什么原因，眼眶里的泪不由自主地滚落出来。真他妈的混蛋没出息，想当年前妻和人家跑了，他不也潇洒地挥挥手吗？如今就这点破事还值得流泪吗？

别说了，老兄，既然我答应你，我肯定会认真做好。苗祥和说着，从包里取出一叠资料，交给蒋栋梁，继续说，这是新疆南山风景区，气候宜人，适合度假养老，我认为这个地方要比你上次去的地方好。

蒋栋梁不时地点头，烟云也随即上来，心里默默地想，如果龙泉的养老基地在全国遍地开花，我还在乎小小的朝阳养老院这个烫山芋吗？到时候看你李鸿鹄怎么收场？

这是一项宏伟的计划，规模太大，你的胆略我也不是第一天知道。苗祥和一边说着，一边在资料上比画着，老兄，不过话说回来，尽管养老事业这块领域我与你都是新手，但曲折的道路下前途还是一片光明，现在已经进入老龄化社会，不久的将来全国各地的养老院床位都紧缺，我刚才也是因为心急才说你折腾。

你只要看得明白就好，人不吃馒头也要蒸（争）口气。450万民政局床位补助费竟然私下独吞，还要伸手向我要450万转让费。

你能用这种手段对付我，我难道不会用其他更聪明的办法吗？蒋栋梁狠狠地抽了一口烟。

我终于明白了你的用意。苗祥和恍然大悟，收起摊在桌上的资料，说，等到在全国各地都有你的养老基地，你就把朝阳养老院扔一边，管他法人代表是谁，到时候不是你着急而是李鸿鹄着急。

蒋栋梁一声叹息，说，生意战场没有硝烟，却比硝烟弥漫还残酷，有些事都是逼出来的。你知道吗？当时黄伟亮把公司里的钱全部卷跑，公司上下翻江倒海，把我一步步逼紧，逼得我上 28 层高顶上，想一跳就了了。苗祥和听到蒋栋梁的醉语，心里咯噔一下，手中的酒杯差点翻倒。你不能吓我啊！那个时候你为什么不来新疆找我呢？苗祥和问。蒋栋梁摇摇手，劝他别紧张，都是过去的事，他现在已经活过来了。然后，话锋又一转，对苗祥和说他当初的心愿并不是这样啊。他问他想听听他当初的心愿吗？苗祥和望着酒量根本不如他的蒋栋梁，完全处于醉意状态，便两手搭在他的肩膀上，说，老兄，你当初的心愿暂且搁在心里，等到你在全国遍地开花之后我们再坐一起，我们互相交换彼此的心愿。

你有什么心愿？难不成要我的爱女嫁给你儿子？我到现在还没有弄明白我爱女怎么会与苗木恋上的？蒋栋梁问。苗祥和吃吃地笑着，酒杯情不自禁又朝蒋栋梁那儿碰去，说，有缘千里来相会，缘分来了，拆也拆不开的，就像你干养老事业，谁能说这不是缘分呢？蒋栋梁隐隐约约听出一些意思，迫不及待地对苗祥和说，老兄，你知道吗？黄伟亮这个畜生千方百计想要谋害我的女儿，而我这个女儿又不听劝，非要留在我身边……

怕什么？苗木壮得像头牛似的，谁有这么大的胆子靠近蒋利？苗祥和不等蒋栋梁说完，便把他的心思和盘托出，使得蒋栋梁跷起大拇指，连连说好，随即伸出一只手，要与苗祥和握手并承诺，蒋利的人生安全与幸福就托给你们苗家了。当两个男人正握手时，一阵手机铃声穿插进来，曲汇河的手机号码显示在蒋栋梁的手机屏幕上。蒋栋梁抓起手机时，只听曲汇河欣喜地告诉蒋栋梁，他无意

中听温柔说她在为公安一线的战士写故事，又听温柔说公安局宣传科给她的材料当中，虽然暂且没有你这个案子的材料，但我与温柔都相信良好的开始是成功的一半。

蒋栋梁突然大笑起来，同时把手机向苗祥和挥了挥，问苗祥和是否相信曲汇河的大话？苗祥和想起上次与蒋栋梁一起来新疆考察的曲汇河，便不假思索地回答，他这个人啊，说起大话来不知道停下。说着，哈哈大笑起来。曲汇河好似听到了他俩不怀好意的笑声，发急地解释，信不信由你。不过我得提醒你，这件事温柔是不准我告诉你的，是我偷着将这件事告发给你的，按道理这也是一种背叛。说完，挂断电话，余下蒋栋梁与苗祥和互相对视。

事实上曲汇河确实又说了一次大话。原来那天晚上温柔在电脑前一边翻看材料，一边在编写故事，曲汇河为了能借此机会拍温柔的马屁，便做了一份甜羹给温柔。当温柔身子移到桌前吃这碗甜羹时，曲汇河进一步向温柔献殷勤，一边劝她工作明天再干，一边收起电脑桌前的材料，不料，被温柔上前阻拦，说，你真是自说自话了，我手上的工作很重要，缺一份材料就写不成故事，这些材料都与案子有关。当曲汇河再问温柔有没有黄伟亮卷款这个案子时，温柔喝完碗中最后一口甜羹，问，这与你有什么关系呢？

就这样，曲汇河发挥自己的想象力，拨通蒋栋梁这个电话。互相对视之后的苗祥和正想要与蒋栋梁说些什么，只见蒋栋梁又拿起手机，拨打章志忠的手机号。殊不知章志忠此时此刻正与黄伟亮在洗浴房里谋划一件大事，这件事正与他有关。洗浴房内也许信号不是很强，蒋栋梁拨通章志忠的手机号时，发出间断性不连惯的声音。蒋栋梁有些不耐烦了，借着酒兴，大声地对准手机叫道，你这个老贼给我听好了，你介绍的院长我肯定要验收过，你千万不要从中出花头。说完，挂断电话，把手机紧紧地攥住，看着苗祥和，感叹，老兄啊，你一直跟我说，辨别和田玉的真伪有法则，可是辨别人的虚实真没有法则。

　　苗祥和拍了拍蒋栋梁的肩，欲说还休的样子，让蒋栋梁浑身不舒服，说，老兄，我俩之间你还有什么话不可讲？苗祥和长长地叹了一口气，终于把心底一直担心的事说出来。栋梁，你说辨别人的虚实没有法则，这是人心叵测。你在全国各地建养老基地，你的想法是好的，但是建地容易管人难，这个问题你考虑到吗？即使你天南地北飞来飞去，你所看到的肯定都是表面化，管理层的人又有多少真正懂得管理？

　　蒋栋梁摇着头，让苗祥和不要再讲下去。这个时候他很想听到亲人讲一些暖心的话。他说，其实男人的身子骨并不是铁打的，有时比女人还要脆弱。他对苗祥和说，你不是一直要解开我为什么不再结婚的谜吗？那我现在借着酒兴如实地告诉你。说着，又把杯中的酒一干而尽，随后向苗祥和慢慢道来。蒋栋梁说他迟迟不想再另娶女人的原因，只是自己一直闯荡江湖，长期在江湖边上走哪有不湿鞋的？前妻与他离婚也正是这个原因，怕哪一天再次跌倒，自己的女人也受到牵连，反复感觉这样做对不起对方，趁现在满脑子都装着扩大养老基地的那些事，就一门心思去完成它。顾此失彼，只怕到头来什么都实现不了，对己对他人都无法交代。

　　蒋栋梁似乎已经沉浸在自己的想法中，苗祥和只是作为他的听众，慢慢地听他陈述与表白。就在苗祥和跟着他的思路完全沉浸进去的时候，蒋栋梁却来了一个大转弯，对苗祥和说，再过一个月的新疆是一个冰天雪地的世界，到时候我要到那边过一个完整的冬日。苗祥和觉得蒋栋梁一定是疯了，明明自己在搞"候鸟式"养老，冬天的候鸟应该往南飞思维才正常啊，更何况刚才的话题与此时的话题根本联不上，苗祥和只能拍着自己的脑门，不知其解。蒋栋梁好像看出苗祥和的困惑，笑着说，我这人就是这样，从来不按正常思路出牌，我的爱女身上有我多半的基因，你的爱子要有思想准备啊。

9

病房里弥漫着一股消毒水味。一间两床空间的病房似乎变得有些空旷。昨夜,郁向阳亲眼目睹了隔壁床上的病人去世的惨景。她是抱着丈夫度过一宿的。一边抱着,一边哄着他别怕,她的老板一定会保佑他转危为安。于是,说起了公司里一些会员类似病情,最后在她的老板救助下,现在个个活得自在的例子来。总而言之,要他好好配合治疗,不要想着乱七八糟的事。就这样,丈夫在她的怀抱里渐渐睡着。

次日醒来,丈夫要小解,郁向阳弯着腰,将尿壶放进丈夫的被窝里,然后又从被窝里取出尿壶。丈夫突然将手拉住郁向阳。郁向阳急了,说,尿壶要翻了。丈夫恳切地说,向阳,你的老板人太好,你不要再与黄伟亮搅在一起了。郁向阳使劲掰开丈夫的手,放下尿壶,一脸无奈的样子。丈夫继续说,快和你的同胞妹妹取得联系吧,总不能父母的原因,就这样赌气吧？如果我走了,你还有一个同胞妹妹可以交心……

没等丈夫说完,郁向阳脚一跺,气急地打断他微弱的声音,并告诉他,她只认养父母是她的父母,亲生父母与她无关,更谈不上什么同胞姐妹了。从十岁开始过继给养父母之后,她从此就是郁家的女儿,而不是什么张家的女儿。那个名叫张惠的妹妹也永远停留在牙牙学语记忆中。现在自己已是六十多的人了,如果自己的父母真的思念她,肯定会主动来找她,可是这么多年过去了,风平浪静,她凭什么要主动去找他们呢？

其实,被人抛弃的滋味都不好受,她的丈夫并非没有这种感受。和她做了这么多年的夫妻,从来没有见她亲生父母的身影,只是从她养父养母的嘴里提到过。亲生父母这个词,对于郁向阳来说,只是一个词的概念,也不足为怪。可是,作为一个濒临死亡的丈夫,总得要交代几句话吧,能和就和,世事无常,别和自己较劲。妻子竟然听不进半句话,也只能罢了。所以,当郁向阳满腹牢骚时,他只能闭上眼睛,不予理睬。郁向阳仿佛也感觉到自己的情绪有些失控,端起尿壶,走出病房。

病房外的空气确实要比病房内舒畅多了,尽管只是在病房的走廊里,还没有到真正室外。这几个月里,郁向阳一直处在病房和家两点一线之中。丈夫突然倒下,确实偏离了她计划之内的事。她也越来越觉得,偏离计划的事往往可以帮助自己打破舒适区域,达到一种"自虐"的结果。当初不正是自己和黄伟亮随便说了一句话,说什么"养老事业有发展前景,与其围绕蒋栋梁去做,还不如自己做,我们为什么不联手排除他",才有现在意想不到的后果吗?

郁向阳觉得这是偏离她计划的事。她当初的计划是让蒋栋梁继续做他的民间高利贷的事,而她与黄伟亮等人联手一起做现在的事,其实根本不是如黄伟亮那样要把蒋栋梁置于死地。为了挽回由她造成的后果,郁向阳曾经带动过她周围的朋友,将资金投入到蒋栋梁的公司里,缓解蒋栋梁燃眉之急。在这个节骨眼上,蒋栋梁自然把她当成救星,也把她当成整个公司中的一块宝。既然如此,看事态的发展,看发展中是否对自己有利,再决定假戏真做,还是真戏假做。至于黄伟亮的质问,郁向阳不会害怕。黄伟亮当初是在什么情况之下逼她签字的?她应该在心里为自己铺垫好词句。

当她洗干净尿壶,从卫生间出来时,黄伟亮的电话果然又进来了。黄伟亮还是这句话,别假戏真做了,谁都不是傻子,排除蒋栋梁的名单上有你的名字,你真的以为蒋栋梁会把你当成他公司里的一块宝?好自为之吧,我们都是上了一条贼船的人。郁向阳一边听着,一边在打算用什么策略来对付黄伟亮。郁向阳也确实承认只要能看到这份开除蒋栋梁的联合署名名单,都会有一种疑问,为什么名单上有郁向阳的名字?蒋栋梁虽然没有在她面前提过半个字,这并不等于可以一叶障目。

温柔不是准备要跟随蒋栋梁去朝阳养老院做一双"眼睛"吗?郁向阳再次想到只有从温柔这边打开缺口,或许还能暂时缓一口气。上次她到曲汇河家中去就给自己定了两个方案,既然一个方案行不通,那就用另一种法子。郁向阳思索半会儿,拨通黄伟亮的手机号,直截了当地说,你听说过蒋栋梁要把曲汇河的老婆放到朝阳养老院做院长的监事这件事吗?这种行为也是插入敌人心脏的行为。如果你觉得曲汇河的老婆是个麻烦,我可以想办法不让她去。

是吗?你真是插入敌人心脏的地下党。好,你的意思我也明白,只要你成功不让曲汇河的老婆去养老院,我就向你承诺你签名真正的目的烂在我肚里。黄伟亮如此爽快地回答,却让郁向阳傻眼了。签名的真正目的?难道签名的过程与手段就可以忽略了吗?郁向阳不甘示弱,向黄伟亮纠正用词的不妥。黄伟亮则轻描淡写地说,好,我纠正,我说将这份名单为何存在的来龙去脉烂在我们所有人的肚里。郁向阳觉得再这样争论下去,发疯的不是黄伟亮,而是自己。于是索性挂断黄伟亮的电话,便把平时不常用的手机号向温柔发出一条留言。留言上的意思就是要让温柔别陷入蒋栋梁的圈套,蒋栋梁让你去朝阳养老院做院长监事是醉翁之意不在酒,到时候自己跳进黄河也洗不净女人的名声。

温柔接到这个陌生号码的留言,不知所措,过马路时原本朝商场方向走的,结果却朝反方向走,走到离家的小区没有多少路,才发现自己走错了。走错了就走错了呗,温柔索性回到家。当看见曲汇河压在沙发上看手机上的微信,她二话没说,抽出曲汇河躺在屁股下的一堆已有好几天未洗的衣服,走向卫生间。

谁欠你了,难道不能好好说吗?曲汇河从沙发上坐起,望着温柔的背影,不满地说。

洗不清脑子,就洗换下来的脏衣服,总可以吧?谁说谁欠我的。温柔说着,掏出手机,把一条陌生留言交给了曲汇河,继续说道,你自己看看吧,恐吓的留言现在也与我扯上关系了。说完,便回到卫生间。温柔把脏衣服扔在全自动洗衣机里,当水龙头打开,显示灯顺着浸泡、洗涤、漂洗、脱干的标签一点点滑落,听着机器转动的声音,就仿佛听到命运的轮子在转动,当显示灯处在洗涤标签上,便会以洗涤的方式转动,当显示灯处在脱干的标签上,便会以脱干的方式转动。温柔觉得自己就像眼前这台洗衣机,严格受电脑程序控制,否则就有故障,达不到洗衣的目的。

你也真笨,明天到移动营业厅去查查就知道是谁的,现在手机号码都用实名制。曲汇河说着,便把手机搁在一边,身体重新回躺到沙发上,两眼朝着天花板,自言自语,肯定是这个女人干出的勾当,可这个女人究竟想要干什么呢?

你在说什么?温柔尽管在卫生间,但还是听到曲汇河自言自语声。

没有说什么。这种人就是唯恐天下不乱。老婆,我相信蒋老板的为人,按照原来的计划,去养老院做你的院长监事。曲汇河说。

你在说什么?什么相信你老板的为人?你也不分析分析,人家在暗处,我们在明处,明处的人肯定会防不胜防,跳进黄河也洗不净,这句话的意思很明摆着的事。温柔说。

你们这些文人就喜欢咬文嚼字,在暗处的人,我也可以把他们抓到明处来,怕什么,只要老公相信你,其他人再怎么也枉费心机。就比如说吧,我们公司有个叫许凤萍你知道吗?与郁向阳过去穿一条裤子的人,后来不知为什么,成了仇人。她亲口告诉我,说有一次你俩在 2 号线地铁口遇见,她看见你是从一个男人的私家车里出来的,她以为我会跳起来,可我怎么会去相信这种女人说的话?曲汇河说完,从沙发上站起来,走到卫生间,关掉了洗衣机开关,硬行将温柔往卧室里拖,说,难道你不希望我能在你的眼皮底下工作吗？你不进龙泉，怎么和我一起工作呢？温柔直愣愣地看着曲汇河，心里在暗骂那个许风萍。

你如果真的会去相信那个女人说的话，你真是混蛋了。温柔说着，便把那天整个事的过程向曲汇河陈述了一遍，也把当日拍的视频给曲汇河看。曲汇河摇摇手，躲开温柔手中的手机，说他怎么会去相信一个疯女人的话？他真不想做混蛋的男人了。

黄伟亮不是因为有公安作靠山而为非作歹，现在我们也有了公安这条线路，不过，我同学的老公很正能量。温柔收起手机，缓和气氛，对曲汇河点到为止，而不想展开更多的内容。她想只要蒋栋梁这条路也是正能量，还能怕黄伟亮负能量吗？

次日一早，温柔赶在曲汇河前面起床，从橱里取出一套昨夜趁曲汇河睡熟之际已熨好的淡灰色的西装，准备给曲汇河穿上去朝阳养老院。这套淡灰色西装是她与他逛街的时候买下的，然而，只穿了一次，从此便挂在橱里再也没有拿出来过。不过也难怪，曲汇河突然人间蒸发，未能与橱里的这套西装说声道别，怎可能穿第二次呢？温柔昨晚在熨烫这套西装时，心中闪过一个念头，如果正如曲汇河所说他能在她的视线里工作，院长监事这份工作她想一直做下去。

当曲汇河起床穿上这套西装后，很快显示出他的精神来。温柔一边替他扣钮，一边开玩笑说，不管怎么说，你也是为老板开车的驾驶员，不能比你老板逊色，并排走，才能显示出该公司不是单枪匹马，而是有团队的力量。曲汇河伸出大拇指，"啧啧啧"地赞叹自己的老婆就是与众不同。他说，谁说不是，一个企业没有团队力量怎么行呢？

尽管温柔与曲汇河提早出门，然而蒋栋梁却比他俩更早到一步。市郊确实不同于城中心的空气，干净清洁，蒋栋梁很快感觉到这是一块风水宝地。尤其是他抬头意外发现院门口的梁柱上筑有鸟巢，蒋栋梁更明确了一个方向，不管李鸿鹄转不转法人代表，不管李鸿鸪承不承认民政局发放的 450 万补贴,在他心里已认识到这个养老院肯定属于他的。

想到这个份上,蒋栋梁所看到的东西也全都很明亮了,就连大厅的一角落处的金鱼缸,里面明明没有一条是活的鱼,在蒋栋梁的眼里也看作是条条鲜活的生命。一位拄着拐杖的祁老伯颤颤巍巍地走到蒋栋梁面前,向他汇报金鱼缸里的生命是怎么结束的经过。蒋栋梁很耐心地听着,但是祁老伯还是觉得蒋栋梁心不在焉的样子,于是舌头伴着牙龈,生气地责问蒋栋梁,你对人一点也不友好,不尊重别人说话。蒋栋梁耐心地对祁老伯说,你的话我全听进去了。于是,一五一十地复述着刚才祁老伯说的话,祁老伯闭着双眼,频频点头,脸上很快露出满意的笑容。

蒋栋梁望着祁老伯,心想,养老院里的老人原来这么容易满足啊。做老人工作,我们有时是不是可以用善意的谎言与他们交流呢? 蒋栋梁打算下一步计划就是要与曲汇河商谈这件事。

你是……突然从祁老伯背后闪出一个身影,蒋栋梁定睛一看,原来是黄伟亮的母亲。只见黄母老泪纵横,不知如何是好。蒋栋梁上前,一把扶住黄母,柔和地说,您只管安心地住在养老院里,至于我们小辈的事,您用不着担心。黄母听后,一头扎在蒋栋梁的怀里,哭得更加伤心。为了不影响后面的工作,蒋栋梁先劝黄母坐在大厅的沙发上,并从口袋里拿出一支烟,准备到大厅外去抽一口,平衡一下自己的内心。

蒋总,你比我们还要早。只见曲汇河风度翩翩,一边朝蒋栋梁这边走来的时候,一边从内侧口袋里也随即拿出了烟盒来。烟没有传递过去,还没说完半句话,身着一套紫夹红西装的章志忠从"奥迪"下来,一边向蒋栋梁高声招呼,一边让穿一套黑色西装的强草鹤赶紧跟上,唯恐一路上教她的话会忘记。

让强草鹤背熟这些话,是黄伟亮早已做好的功课。黄伟亮说,敌情有变化,我们要有应变能力。我了解蒋栋梁这个老东西,他做高利贷时从没看到过有坏账,郁向阳在他的眼里就是一只蚂蚁。这个女人还向我承诺,幸好我把她的话当耳边风。就这样,黄伟亮时时刻刻让强草鹤做功课。强草鹤开始蛮有兴趣,后来厌烦了,觉得还是陪男人睡觉洗澡轻松。黄伟亮就用话刺激她,你想到过家乡的父老乡亲吗?想过自己的儿子吗?难道你父母愿意看你做三陪小姐吗?如果想放弃院长的职位,随时随地。强草鹤被黄伟亮这么一刺激,便识相地服从命令。在上前车,黄伟亮再三关照章志忠,路上再逼她背诵几遍。

当章志忠把强草鹤介绍给蒋栋梁,说这是在其他养老院当过院长的强草鹤。强草鹤递给蒋栋梁一个媚眼,让一旁的温柔和曲汇河看得很不对劲,曲汇河随口说了一句,这个人我和温柔好像在哪里见过?强草鹤下意识地躲到章志忠的背后。章志忠很快意识到事情的严重性,心里在痛骂黄伟亮,千算万算却没有算到强草鹤在老电影咖啡馆与曲汇河他俩照过面。章志忠头上冒出一阵冷汗,但还是故作镇静地对曲汇河说,曲兄又在瞎说呢,现在撞脸的事时有发生。

你这小子好大的胆,对,蒋总,我想起来了……还没等曲汇河说完,这时候,从走廊里传来一阵声音,只见祁老伯拄着他手中的拐杖,摇摇晃晃地蠕动过来,说,这里来新院长了?是哪位?我要跟新院长说道说道。强草鹤害怕地从章志忠的背后观察着曲汇河与温柔的动静,发现温柔把曲汇河拖到一边并没有注意她,而是在说话,便从章志忠的背后闪出来,机灵地搀扶起祁老伯的手臂,回答,老大爷,是我,我是院长,我姓强,以后您就叫我强院长。

好好好,强院长,我要跟你说道说道。祁老伯说着,便手指向正在与曲汇河说话的温柔,这个人不好,她经常要打我,我不喜欢她。强草鹤警觉地观察曲汇河与温柔的动静,尤其是温柔,不时地在琢磨,他俩会不会真的认出我来?在一旁的蒋栋梁听到祁老伯这句话,哈哈大笑起来。然而没有劝说祁老伯,而是对边上的章志忠说,患过脑梗塞,说话颠三倒四,不要信这位老伯。说着,便大声叫曲汇河与温柔不要再说悄悄话了。

当曲汇河与温柔重新回到原地,曲汇河已变得平静,递给蒋栋梁与章志忠的烟时,脑子里还想着,难道那天在老电影咖啡馆里真的看走了眼?应该是看走了眼,量章志忠这个小子也没有那么大胆。温柔在三个男人抽烟交谈时,把白眼丢向了强草鹤。此时的强草鹤不是没有察觉温柔的白眼,也不是不怀疑温柔肯定察觉出来了。但既然如此,也要将错就错,就一口咬定是撞脸或者说看走了眼。她清楚记得那天,曲汇河与温柔只注意到黄伟亮与章志忠,并没有注意到她,更何况她那天的发型与打扮与今天完全不一样。她相信一定会瞒过去。

祁老伯兴奋得有些站不稳了,脸上深深的纹路也跟着一起跳动。虽然气短,声音低弱,但还是让所有人听得清清楚楚,一句"强院长,我喜欢女护工帮我洗澡,可没有人帮我解决这件事"的话,让温柔情不自禁地笑出声来。

强草鹤很尴尬,担心温柔已经记起老电影咖啡馆里那个人就是她,便匆匆地扶起祁老伯朝房间里走。蒋栋梁趁机对温柔说,你看看,养老院素材多不多?你与其给你们文化馆写报道,还不如静下心来到朝阳养老院工作。蒋栋梁说到这里,话锋马上一转,我是为你着想,男人是要靠在女人眼皮底下管教出来的。

说完,哈哈笑起来,拍了拍边上的曲汇河,问,是不是这样?温柔好像听明白了蒋栋梁的意思,心里也似乎感到没有像刚才那样有压力了。在这个当口,她怎么能把自己的怀疑告诉给蒋栋梁呢?她应该对蒋栋梁的脾气有所了解,如果说开来,老电影咖啡馆曲汇河与黄伟亮照过面这件事无疑会让蒋栋梁知道,这对曲汇河来说有什么好处呢?

想到此,于是顺着蒋栋梁的话,回了声,是的,大多男人的德性就是这样。说着,把目光朝向曲汇河。曲汇河像是受到极大的委曲似的,一边向温柔使眼色,一边对蒋栋梁说,蒋总,请你不要在这么多人面前说我好吗?男人的本性也是能改的。此时蒋栋梁没有搭理曲汇河,只是把目光递给章志忠,好像在说,我把温柔放到朝阳养老院,与你介绍院长给我,并不矛盾。

章志忠望着蒋栋梁他们一唱一和,自然不傻,不是听不出子丑寅卯来,只是有些事情不能说白,刚才的担忧也渐渐消除,原来温柔这女人是在为自己的丈夫挡架。各自的算盘在各自的心里,你会打,我也会打,大家都会打,只是看谁算得过谁。章志忠心想,蒋栋梁你这个老贼,你已经陷入一个怪圈里,爬也爬不出来了。你以为身边温柔这个小女人是你的亲信吗?她也有自己的心思,即使是你的亲信,难道就可以打败黄伟亮了吗?你不是处在势均力敌的状态里,而是你寡我众,连民政局的人也不会帮你,我真为你捏一把汗。

事实也正如章志忠所想的那样,当日下午民政局的人就来检查工作。会议上,蒋栋梁也是这样把温柔介绍给领导们。其中一个领导立马给蒋栋梁看脸色。她说,我们这里是养老院,不需要有什么记者来采访。久经战场的蒋栋梁冷不防被一盆水浇得竟然忘记了词,而温柔却好像不知水的深浅,只知道有水就要蹚过去,所以,当她很快扔了一句"有什么见不得光的事不能让记者采访"的话,引起了整个会场轩然大波。蒋栋梁暗暗叫好,他觉得在这样的场合,就是要一人唱红脸一人唱白脸,以他做老板的身份,想暂且给民政局领导一点面子。

于是,当民政局人想把温柔赶出去的时候,曲汇河见势不妙,抢先一步把温柔拉向会议室外。他想,与其被你们赶,还不如我把她拉出去。曲汇河发现蒋栋梁跟着走出会议室,也不管三七二十一,责问蒋栋梁这到底是怎么回事?我老婆第一天进养老院就是来受骂的,原来院长监事就是这么当的吗?曲汇河说着说着,差点就要把认出强草鹤的事告诉给蒋栋梁,却被温柔眼明手快地阻止住。这是干吗呢？外面的事还没有搞清楚，自己人就要先干起来。温柔说。

我也没有想到民政局会明着帮李鸿鹄他们，但有一点我明白，现在我能依靠的也就是你们夫妇俩。蒋栋梁向曲汇河递上一支烟，无奈地说，你也知道，对于养老院这一块，我们真是外行，但既然有缘扯上了，总得有一种人在屋檐下不得不低头的忍耐吧？要说人生经历和性格脾气，你说我会忍让吗？

可是我老婆她……还没有等曲汇河说完，温柔马上打断他的话，说，都别说了，我实在看不下去才情不自禁，我是帮理不帮亲。温柔想如果再不把话岔开来，指不定又要出什么蛾幺子了。她心里在骂曲汇河一根筋，再这样下去，到头来连蒋栋梁也不会说他好。于是她便拉了拉曲汇河那款西装，向蒋栋梁开玩笑，蒋总，今天你的打扮还没有曲汇河那样有精神，老板的体面在这类会议上很重要，如果今天你穿得再精神一点，很有可能局势不一样。

温柔的玩笑让尴尬的气氛很快化开来，曲汇河不得不补充一句，蒋总，我这一辈子欠你的。蒋栋梁说，既然是欠的，那就再为我操办一次六十岁的生日吧。我女儿整天与我瞎嚷嚷，我被她烦死了，你来邀请一些人员吧，在这之前我还得与苗祥和跑一趟新疆。曲汇河朝温柔看了看，问，养老院里是让院长来喝你的生日酒还是让我的老婆来？总不能两个一起离开养老院。蒋栋梁想了片刻，回答曲汇河，就让那个强院长去吧，温柔留在养老院我放心。

曲汇河疑惑地望着自己的老婆温柔，总感觉这已经不是自己的老婆了。过去的温柔是一个藏不住事的人，现在怎么也学会圆滑了？就拿老电影咖啡馆这件来说吧，明明看到黄伟亮后面跟着章志忠与强草鹤，可她偏偏说一定是他俩看走了眼。既然是看走了眼，为什么要说这是为了保护他呢？而蒋栋梁又认准要温柔来当院长监事，这到底是唱的哪出戏呢？曲汇河羞愧自己白活了这几年。蒋栋梁生日那天，上海正连下了几场雪，刚从新疆赶回来的蒋栋梁还未弹去新疆的雪花,便又沾染上申城的飘雪。他现成做了一回寿星,所有的事务他让曲汇河来打理,女儿蒋利做曲汇河的下手,结果蒋栋梁没有喝醉,曲汇河先被人灌醉。蒋栋梁望着醉如泥人的曲汇河,叹息早知道会这样,就索性让温柔过来了。

更糟糕的是蒋栋梁六十岁寿辰的第二天,强草鹤驾车带了几箱毛巾和云片糕到养老院,然后让养老院里的员工按一条毛巾和一小包云片糕分好,装在塑料袋里,发放给在住的每一位老人,并要求送上一句话,蒋总昨晚六十岁生日。当员工把这份礼物送到祁老伯的手里时,祁老伯左看右看,总觉得有些不对劲。于是,他一手拄着拐杖,一手拿着蒋栋梁六十岁的生日礼品,颤颤巍巍来到温柔的办公室里寻找答案。

还没有等祁老伯说更多话,温柔一看到这些东西,马上领悟到这是一个恶作剧。当她走出办公室,只见员工还在继续发放这些礼品。温柔不管三七二十一,一把夺下员工正在发放的东西,并命令一直跟随在后的护理部主任,马上到超市购买熟泡面和真空包装的酱蛋,送给在住的每一位老人和员工。护理部主任接过温柔购买熟泡面和真空包装酱蛋的钱之后,特地申明,你是代表蒋总,我们自然听你的。但我们又是养老院的员工,按理是听院长的。但是这个院长太年轻,一点也不懂老祖宗留下的规矩,一个大活人生日,怎么可以送毛巾和云片糕给人呢?我听你的吩咐就是了。但是发生什么后果与我们这些拿工资的员工无关。

温柔回答,与你们无关,一切后果由我负责。祁老伯颤颤巍巍地还跟在温柔身后,看到温柔并不温柔,而是凶巴巴的样子,便说,你不能打我,你还是没有强院长和气。说完,手拿着已换下来的生日礼品,不知道在嘟囔什么。

等到护理部主任一切在温柔的吩咐中完成任务之后,温柔才想到要给曲汇河打个电话问究竟,昨晚他也在场,是谁这么恶作剧而不去阻止?曲汇河兴许昨日的醉酒还未散发,所以温柔的声音就像浇在他头顶上的雾水。你干吗啦？你是院长的监事，又不是我的监事。什么恶作剧？蒋老板昨天很风光，我给他安排得井井有条。曲汇河有一句没一句地说完，挂断电话，不再理会温柔。

我这是在干吗？一周只能回家一次，这与过去的日子有什么两样？还说他能在我眼皮底下兜转，会有什么事？温柔觉得自己已走进怪圈。正当她想与蒋栋梁打电话时，不料强草鹤一头冲进温柔的办公室，气急败坏地指着温柔的鼻子，把最难听最龌龊的语言泼给温柔。温柔蒙了，想不到强草鹤会来这么一手。

此时的强草鹤像占上了风，似乎忘记了老电影咖啡馆与温柔照过面的事，也忘了黄伟亮与章志忠曾经的教诲，把"春风"里那种德性完全显露出来。等到强草鹤骂累了，温柔才清醒过来。她轻轻的一句"看你这副德性，就知道你是从发廊里出来的女人"的话，让强草鹤顿时傻了眼。

其实温柔哪会知道强草鹤背景，她只不过被她骂得气昏了头。哪一个正常女人能忍受这样的辱骂？温柔不由地怨恨起来，今天自己是不是撞见鬼了？她在被强草鹤骂的时候，没有流出一点眼泪。倒是强草鹤被温柔这么一骂，像是遭到天大委屈似的，伤心地哭了起来。一边哭，一边还不停地骂，似乎除了能骂人以外再也找不到什么词与之辩论了。

马晓青的一个来电，恰是时候给温柔解了围。温柔告诉马晓青，今天她确实想出来散散心。马晓青听着温柔的口吻有点不对劲，似乎也猜出一点什么，便马上说，天塌下来有地顶着，有什么事想不通的。快出来，我请你喝咖啡。

依旧是老电影咖啡馆。只是这次被马晓青安排在三楼。旧旧的木质地板和楼梯以及昏暗的灯光，确实掩饰了温柔郁闷的心情。马晓青一看到温柔，就风风火火地解释，本来是我丈夫季波折约了他的同事出来吃饭，还特地要我叫上你。可我在电话里发现你有些不对劲，怕和这件事有关，所以，我才单独约你。

　　温柔看着马晓青,苦涩一笑,心里不时地拷问自己,这到底是哪儿跟哪儿的事呢? 怎么会到了让别人同情可怜的境遇呢? 想当年都是她同情别人,你马晓青难道忘记了上学时的情景了吗?

　　温柔这种根本没有底气的小心思,在风水轮流转到现在得意的马晓青面前,已不值一提。还没有等自己收起苦涩的笑脸,马晓青开始表功起来。她说,前几天她为他过了一个小生日,却当作大生日一样来忙前忙后,让他感动得不得了。男人嘛,就像个孩子,你哄哄他,他就会和你掏心掏肺。

　　温柔听到马晓青"生日"两字,马上想到了那次强草鹤送给养老院里老人的礼品,便问,如果你生日有人送你一块毛巾一块糕,你会怎么想?

　　是你遇到的,还是你老公遇到的? 做这种事的人肯定对你有刻骨铭心的仇恨。马晓青说,你也知道,我和我老公因为职业的原由,被人恨是见怪不怪的事。生日送毛巾送糕有啥稀奇,我和我老公收到花圈这种事也有。当人家送花圈给你时,你就当收花篮一样接收,心情不就好了吗?

　　温柔摇摇头,回答,既不是我遇到的,也不是我老公遇到的,我只是说如果遇到该会怎么想,原来你是这样想,真服了你。马晓青看了温柔一眼,说,不对,你肯定遇到事了,否则怎么会对我说"正好出来散散心"的话呢? 是不是真的遇到有人送你这种玩意了? 毛巾擦脸擦脚的,糕点可以填饱肚子,多好的事,干吗愁眉苦脸?

　　温柔轻轻地呷了一口咖啡,苦笑地看着马晓青,心想,难道自己真的在做吃力不讨好的事,惹得曲汇河也不愿意接她的电话吗? 那个强草鹤真的确确切切是在咖啡馆里被她遇见的强草鹤吗? 温柔多想开口说让马晓青帮忙调查一下强草鹤的身份,但话一到嘴边,还是咽了下去。干吗呢? 吃力不讨好的事还嫌不够多吗?

　　温柔,你还没有告诉我关于你老公的情况呢。他像不像我们上学时候的那个班长? 马晓青好奇地问。温柔答非所问地回答,如果你遇到一个从洗头房里出来的女人指着你的鼻子骂你,你会如何的感受?马晓青瞪大眼睛反问道,温柔你今天真的遇到什么事了?温柔摇摇头,说,没啥,只不过自己遇上鬼了。马晓青说,我不知道像你这样身份的人怎么会遭遇发廊女人的骂声,但有一点我只是想劝你,该认真的时候一定要认真,不该认真的时候一定要看淡。温柔听了马晓青这句话,也不知道什么缘故,竟然会脱口而出,我离婚了。马晓青发呆了,这种吃惊程度不比当初得知班长追求的对象不是她而是温柔差多少。像温柔这样的人不应该是单身,不管怎么说,至少要和她一样有一个优秀的男人在身边。

你又在瞎说了,就像当初班长追求你已成为事实,你却要瞎说不是事实。如果真的,我后悔那天让季波折开车送你回家。不过你是不是单身,我会打探了解的。马晓青好像有所防备,她知道女人最需要防备的就是这一点。

你的职业病好厉害,调查我也是你的职责范围吗?温柔好像看出了马晓青的心思,便装出一脸调皮样说道,但心里却着实地想了一番,人既然拗不过命运,就认命吧,即便马晓青可以天天把他的丈夫挂在嘴边,她也可以放之一边。她真的不想在任何人面前说家长里短,尤其在这种情况下重逢的老同学面前。

好老公是要靠老婆炫耀出来的。说着,拿起手机正想拨通季波折的手机号,却不料被季波折抢先打进来。马晓青无不自豪地对温柔说,你看看,这就是心有灵犀一点通,夫妻间是要有感应的。

就这样温柔一直在马晓青炫耀声中结束这次"散心"会。与马晓青分手后,温柔在回去的路上,一直在琢磨,自己为什么会在马晓青面前说自己离婚呢?真是昏了头,自己又没有沾过一滴酒,虚荣心怎么会油然而生?谁知当天晚上,马晓青向温柔发来一条短信,说她不应该告诉她已经离婚,这样会让她无意中设置一道防卫墙。

温柔接到马晓青这条消息,轻轻地抽了一口冷气。原本想返回去把交通卡还给她,但收到这条消息之后无疑让她犹豫起来。这个马晓青,醋劲怎么这样大呢?

10

办公室里的红杉树依然充满着生命的活力。蒋栋梁与曲汇河两个男人在谈工作时,偶尔也会插穿进关于上次生日发放礼品的事。蒋栋梁说,也真难为温柔了。曲汇河说,老板,若不为难,干脆就直接把院长的位置换下来,院长的任职资格又不是考研究生文凭,没啥稀奇。

你也真是的,你真的以为我让温柔来做院长监事的?蒋栋梁递了一支烟给曲汇河,你啊,真不明白你怎么想的?与我待在一起工作,总得有长进吧?你老婆比你有悟性。

别人夸自己的老婆,自然听得进去,即使把自己贬得一塌糊涂也没事。曲汇河灭了烟蒂,说,温柔如果在养老院坐镇,我也干脆搬进养老院,省得现在不是我接她回家,就是她送我回家。

你有没有出息?要么人间蒸发,要么粘得不能分开,这都不是男人要做的事。我准备培养你担当整个上海龙泉资产管理有限公司的总经理,你得改变原来的习性。蒋栋梁严肃的口吻,让曲汇河不敢往下说。蒋栋梁说他喜欢摊开来说,男人到了这个年龄应该成熟了,犯浑的时间早过了。于是,他毫无忌讳地说到了他的过去,也说到了他与前妻那点事。

真是说到曹操、曹操就到。此时此刻,蒋利带着她的母亲卫红兴致勃勃地来到蒋栋梁的办公室。一进门,就硬把蒋栋梁从座位上拉起来,说,我把母亲带来了。蒋栋梁被蒋利的突然袭击,搞得不知所措。曲汇河看着情况不妙,马上找了个托词离身。

今天我来,主要是想告诉你一个信息。广西阳朔有一幢楼房,原来是当地政府的办公楼,因需要迁移,所以这幢楼空了下来,准备出售。我得知这一消息，马上打电话给女儿，听女儿说起你先前去广西阳朔看过地，后来没有签下这份合同，她让我先来上海再说。卫红一五一十地向蒋栋梁解释由来。

蒋栋梁频频点头，并亲自为卫红沏了一壶广西吕仙茶。他说，这是你家乡有名的好茶，也是你爱喝的茶，是我去广西看地时买的。

谢谢你！卫红接过蒋栋梁的吕仙茶，说，我只是把信息传达给你，你若觉得不好，我马上回去……还没等卫红说完，蒋栋梁连忙接上去说，我考察的地方没有你那块好，我决定和你一起过去看看。如果真的好，我会购买下来。

站在边上的蒋利听到父亲说要和母亲一起回广西，捂住嘴，背朝他们，偷偷地笑，暗想，尽管革命尚未成功，还需努力，但是，她已经向成功迈进一步了。

话再说曲汇河离开办公室，驱车朝温柔那个方向开去。晌午才到朝阳养老院。曲汇河还没有走到楼梯口，就听到祁老伯从房间一直追逐出来的声音。祁老伯穿着裤衩和一件破旧的棉布衫，口里一直嚷着，我要强院长帮我洗澡！曲汇河四处张望，走廊里除了一个只弯着腰拖地板的清洁工之外，再也找不到一个人影。祁老伯嚷着要强院长洗澡的声音还在继续，似有一种揭瓦房盖子的感觉。

这怎么行？曲汇河想再没人加以阻止，这个局面真的不能收场了。正当他要上前去搀扶祁老伯时，只见祁老伯一声大叫，严厉地对曲汇河说，你们都不如强院长，我喜欢她帮我洗澡，你一定要帮我找到她。

兴许吵闹的声音过于大，温柔往边上楼梯口下来，看到曲汇河正拉住衣衫褴褛的祁老伯，尴尬得马上把目光移去。这个时候曲汇河也看到了温柔，于是，大声地朝温柔叫道，快去叫那个强院长，老人这点服务要求也是需要满足的。说着，又朝向正在弯着腰拖

地板的清洁工说,快把祁老伯扶回房里。清洁工听到曲汇河的声音,连忙放下手中的活。而温柔也到处寻找强草鹤,心想,这个女人肯定是从发廊中心出来的,我不能就此让她这样辱骂我,如果证据抓住,这个仇一定要报的。就在她院内院外的来回寻找时,突然被一阵熟悉的却一时猜不出是谁的声音叫住。

温柔回眸,只见穿着一身金黄色连衣裙的黄蓓蕾,已站在她身后。温柔尴尬之余,脑子里很快琢磨如何编谎应付她。谁知黄蓓蕾根本不在意,丝毫没有流露出惊讶的神态,像是知道温柔的身份似的,开门见山问强草鹤在哪儿? 然后一边拉住温柔"噔噔噔"朝大厅的楼梯走去,一边说,强草鹤的身份你知道不? 这种人你们还敢用?

这次应该是第三次与黄蓓蕾见面了,三次不经意地撞见,怎么都会让她不知所措。温柔记得当时与她住在同一间房间的时候,告诉过她,她是在文化馆工作的。黄蓓蕾一定会觉得奇怪她怎么会在朝阳养老院工作,或者一定会猜测她说话的可信度。黄蓓蕾颈上挂着一条闪闪发亮的项链和金锁片,在温柔的眼睛里反射出来就是一枚企业法人代表的印章。

躲已经来不及,只能迎着闪闪发亮的光了。温柔尴尬地回答黄蓓蕾,这不是我关心的事,管她是什么样的人。话音刚落,只听见楼上祁老伯"我要强院长帮我洗澡"的声音又传开。黄蓓蕾用力指指,对温柔说,你听听,强草鹤就是这种人,过去在大浴房里为男客人洗澡,现在到养老院里为男老人洗澡。这种人你们还敢用? 若被民政局知道,法人代表还能转过来?

温柔不知如何是好。还没等有时间问为什么,黄蓓蕾急着接上一句话,不行的,法人代表是要快点转给你们的,但钱必须要到位。温柔被黄蓓蕾这种莫明其妙的话而发急,忘记问黄蓓蕾怎么知道强草鹤是大浴房里为男客人洗澡的消息,从嘴里脱口而出一句,这是我和你能解决的事吗? 什么钱到不到位? 急着要与李鸿鸹分钱吗?

黄蓓蕾起先一愣,但很快恢复神色,镇静之后,反问温柔,难道你不希望你的老板名正言顺成为法人代表吗?不过话说回来,我是李鸿鸹的合法妻子,当然首先考虑到利益得失的问题,你充其量也是为老板打工的人。要知道,没有名分的味道是很难受的。黄蓓蕾在"名分"两字上着重地高了一个音节,然后继续说,你看看,强草鹤这种女人与任何一个男人可以睡在一起,但没有名分,多可悲。我真不明白你们都是什么眼光?

黄蓓蕾停顿片刻,想想自己这句话说得不妥,便及时纠正,其实我更想说的是对于打工者来说,与没有名分的女人一样,在利益上哪能与名正言顺的正室相提并论呢?今天我一来是代表李鸿鸹也是代表民政局发放慰问品给住院老人,二来顺便告你强草鹤的真实身份,别把好心当成驴肝肺。

说着,像一股烟似的,从温柔身边晃过。温柔的目光里只停留住黄蓓蕾颈上那枚闪闪发亮的锁片,好像肾虚似的,反馈到耳里的是"嗡嗡"直响的声音。温柔也不知道这一天是如何与曲汇河回家的。

一路上,曲汇河牢骚连篇,埋怨温柔不该劝他一起把强草鹤的身份瞒下来,蒋栋梁对他俩不薄,干嘛不及时告诉他,而要等到把养老院弄得天翻地覆呢?不过话说回来,即便如此,这种女人一看就不是好货色,蒋总也应该会识破,可他的眼睛长到哪儿去了?温柔几次想开口,把刚刚黄蓓蕾说的话告诉他。然而,望着曲汇河情绪高昂的样子,若自己一旦说出口,还不要人仰马翻吗?更何况黄蓓蕾是出于私利,但自己出于私利与她并不等同,凭什么要完全相信黄蓓蕾的话呢?可是,不相信他人,难道还要怀疑自己的眼光吗?若在曲汇河也同样的怀疑之中不旁敲侧击,难道要等到蒋栋梁亲自发现才去收拾残局?

尤其想到强草鹤指着她鼻子破口大骂时的情景,温柔觉得确实不能这样便宜强草鹤，不过她也要让黄蓓蕾的脑子里的概念改过来，我温柔确实不是朝阳养老院的员工，只是来帮忙的。于是她添醋加酱也要把黄蓓蕾今天告诉她的话告诉曲汇河，以便让他尽快向蒋栋梁汇报来弥补自己先前的过失。在准备把真相说出来之前，温柔先让曲汇河把车在边上靠一靠。曲汇河以为温柔要去超市买东西，便说，家里吃的东西全有，你还想买什么？温柔说我要你靠一靠还问这么多干吗？无奈曲汇河只能将车找到靠边的站位。

当车子停下，发现温柔并没有想开门出去的样子，曲汇河便问，怎么又没有购买欲了？温柔两眼望着前方，想了半天才说出口。你知道吗？养老院里那个强草鹤不仅是在老电影咖啡馆遇见的强草鹤，更是洗浴房里的"小姐"。

你让我把车靠边就是为了讲这一句话？曲汇河疑惑地问道，难道老婆你怕我激动把握不好方向盘？老婆啊老婆，你真不了解你老公，难道你忘了我与蒋栋梁是怎么认识的吗？

人间蒸发前的你，我能了解。温柔没好气地回答。曲汇河敲打着方向盘，无可奈何地说，看样子我这个短处要被你一直抓着不放了。于是，你一句我一言像打乒乓球似来回，竟然蒋栋梁的电话铃声都没有听见。当发现时已过了十来分钟。曲汇河说，我回电给蒋总，这件事等到见面再说吧，电话里说不清楚。当真的拨通蒋栋梁的电话后，曲汇河早忘记自己说过什么话了，把强草鹤的真实身份如数地告诉了蒋栋梁。

谁知蒋栋梁既不感到惊奇也没有发火，只是对曲汇河说，卫红刚才说她找到广西阳朔有一幢楼，我想还是让你陪我去看一下；另外百名将军想到我们崇明度假村办一个书画展览，你马上去那儿布置一下，至于其他事情缓一缓。然后，蒋栋梁又把要布置的事情一一交代，或许还有一点不放心，便补充一句，这次不要像上次我生日那样搞砸搞浑了。

曲汇河疑惑地看着温柔，说，真奇了怪了，蒋总就是想着哪一出就哪一出。上次与他一起去广西看地，也说好，现在他前妻找了一块地，也说好。不过话说回来，千好万好总是老婆好。想到此，曲汇河好像记起什么，连忙对温柔说，你有没有发现蒋总的发型有所变化？那是上次与他一起去广西时，突然变成了光头，后来就成现在的发型了。是不是那个时候他又被抓进去过了？温柔没好气地瞟了曲汇河一眼，说，还不按照你老板的吩咐，去崇明关心百名将军办书画展览会一事？

等到曲汇河到了崇明度假村之后，才发觉蒋栋梁的用心良苦。确实在这个当口，凝聚和激发正能量太是时候了。在布置会场与其他事宜之际，曲汇河慢慢知道了百名将军办书画展的来龙去脉。原来，黄伟亮认识了一个中间商之后，开始向中间商兜售生意，问如果成功能给他多少分成？中间商说，利润50%。于是，黄伟亮向中间商说出了在蒋栋梁身上可以骗钱获得利润。中间商听后便与黄伟亮纠缠在一起。百名将军书画展的牵头人正好与这个中间商的父母是邻居，在聊天的时候了解了彼此的需求与想法。就这样，将军的牵头人认识了中间商，然后认识了蒋栋梁，最后中间商便顺理成章地做成了这笔生意。

曲汇河自言自语，这不明摆着的事吗？蒋栋梁为什么还要跳黄伟亮挖好的坑？然而蒋栋梁不这样认为，他反而要感谢黄伟亮，他说很多事往往都是因祸得福。他觉得百名将军首先就是正能量，明知道吃亏也要做，权当是为公司做一次广告。

事实上的结果比想象中的还要好。画展结束后，百名将军都给蒋栋梁留下了联系方式，并把各自儿女的名字与联系电话都留下，其中一位拉住蒋栋梁的手说，以后我们直接找你，不再找中间商了。事后，在与蒋栋梁和卫红一起去广西看楼房的路上，曲汇河跷起大拇指，说，老板你真行，你的目光确实比一般人远。黄伟亮这小子再耍小聪明也没有用。

　　曲汇河说到这里，突然想起朝阳养老院里那个院长的身份，再一次向蒋栋梁提起，并告诉他，这个确切的消息是出自于李鸿鹄的老婆口中。曲汇河觉得纳闷，温柔单独出去旅游，导游安排她与另一名单独出行的游客住一个房间，谁知这名游客竟然是李鸿鹄的老婆。

　　这有什么稀奇？世上凑巧的事多了去了。其实我还知道，强草鹤这个女人你俩早相撞过，在老电影咖啡馆里是吧？你俩怕我会责问这个女人是跟在黄伟亮身后的，为什么不如实汇报？蒋栋梁淡淡地说。曲汇河一脸惊讶，不知道自己在哪地方说漏了嘴。

　　你确实说漏了嘴。于是蒋栋梁把曲汇河什么时候什么地点向他汇报过这件事一五一十地重复了一遍。曲汇河恍然大悟，搔着头皮，骂自己真的得了老年痴呆，连这点记忆都没有，并在心里不时地对温柔说，老婆啊老婆，你真是以小人之心度君子之腹，蒋总已全部知道。

　　这些都是过去式，何必要为难与我一起共事的朋友呢？蒋栋梁一边说着，一边下意识地看了卫红一眼。其实这次完全可以与卫红两个人前去广西，但他偏偏带上曲汇河。做养老事业已让他整个身心精疲力竭，他不想在旅途中无端穿插过去的一些恩怨。他怀疑过自己是不是得了情感的忧虑症，但不管怎么样，他给自己一个目标，不完成养老事业，不谈个人的事。

　　卫红似乎也看出蒋栋梁的心思，所以在她与蒋栋梁曲汇河三人同行的路上，并没有去接蒋栋梁的话，而是对曲汇河说，你夫人真能干，为了蒋栋梁，宁可守在朝阳养老院当监事。曲汇河听到卫红开口说话，这才感觉自己这次真不应该与蒋栋梁一同前往广西。他搔了搔头皮，好像自己做错了什么似的，内疚地说，是啊，这次我真不应该和你们一起去广西，我老婆一个人在养老院，我真不放心。

有什么不放心？还怕有人把你老婆吃了？蒋栋梁没好气地回答。曲汇河好像来劲了，犟倔着头，说，那个院长是从洗浴中心出来的"小姐"，我老婆成为这种人的监事，我怎么不怕？

卫红连忙把茶递给曲汇河，强露出微笑，说，兄弟，你夫人一定行，蒋栋梁不会看走眼。广西那边的事你俩得互相有照应，一个人有时真拿不准主意。

谁说我拿不准主意的？蒋栋梁把手中的茶杯往桌上一推，气恼地说，这些年一路走来，不都是我一人拿的主意吗？我让曲汇河一同前来，是因为……因为我不能让他俩总是粘在一块，否则我的养老院要成为娱乐场所了。蒋栋梁说到"因为"二字，停顿了一下，然后自圆其说地接了下句，而卫红好像听出了子丑寅卯，连忙将头往另一边转，不想让自己尴尬神色被发觉。

其实这些年来，卫红也在反思自己当初的行为。一个女人家，拖着幼小的女儿，在最需要男人的时候，蒋栋梁却面临牢狱之灾，是隔壁小凤一家人伸出了援助之手。但是这毕竟不是长久之计，女儿有父爱才能平稳一个家。那个时候，蒋栋梁的母亲寄了一封信给广西的卫红，让她别等了。再说，她已为他俩算过命，蛇与猪是相克的，兴许他俩能成为朋友而不是夫妻，蒋栋梁还有可能转运。当小凤的表舅闯进了她的生活，卫红果断地与蒋栋梁离了婚。谁知等到把蒋利扶养成人，小凤的表舅突然脑溢血而离世。卫红仿佛一夜之间又回到了原点。

当蒋利对她说蒋栋梁现在搞候鸟式养老，在全国各地寻找养老基地，问她广西有没有地方，她犹豫过，矛盾过，斗争过。等到她听说她看中的一块地方再不赶快买下，就要被人抢走，她才答应蒋利去上海找蒋栋梁。

如果广西阳朔那边的一幢楼买下，你与女儿负责管理，反正你也会烧一桌好菜，让前去那儿的龙泉会员可品尝到你的手艺。蒋栋梁轻轻地对她说，她的神色才缓过来了，回过头，朝他笑了笑，点头表示接受他的指挥。

　　飞机降落到广西之后，首先考虑的就是住宿问题。卫红建议蒋栋梁与曲汇河不要再破费借宾馆，可以住到小凤家里去，也可以直接在她的屋子里住下。她又说这些年来她与小凤一家已不分你我了。卫红说这句话的时候目光始终在蒋栋梁身上，看他神色的变化而使自己的语调能够有轻急缓重的节奏。蒋栋梁摇摇头，心在想，你现在住的屋子有过那个男人的气息，我怎么可能做得到？你想到哪一出就唱哪一出，可我堂堂一个老板，弯腰进别人家屋里留宿，这辈子他还没有想过。

　　站在边上的曲汇河好似显得有些不耐烦了，拉开嗓门说道，要不这样，蒋总，你就跟卫红姐一起回家，我随便找个地，哪怕到浴房过夜也可以对付一宿。

　　你脑子真病得不轻。蒋栋梁的手指了指曲汇河，气得话再也说不下去，一边掉头就走，一边拨通"如家连锁店"的电话号码。无奈，曲汇河只能跟随在蒋栋梁身后，让卫红一个人站在原地发呆，两行泪水控制不住地流了下来，直到蒋利从上海打来电话，她方才醒过来。蒋利问老爸是否去看过小凤的父母亲？上次公安来查询这件事的时候，小凤与她有过误会。卫红望着蒋栋梁远去的那个方向，长长地叹了一口气，回答蒋利，你是了解你爸的，他能容你想一想再说话吗？他去宾馆去开房间了。说完，伤感地哭出声来。

　　妈，你这是干吗呢？男人嘛，有时也像个孩子，是要靠人哄的。蒋利像久经战场似的，用自己的经验传授给卫红。卫红又长长地叹了　口气，说，你老妈就是这个命，认了吧。挂断女儿的电话之后，打了一辆的士，朝回家的方向驶去。到了家门口，只见小凤的父母早已站在门口，迎候着。他们以为卫红一定会与蒋栋梁一起回来，谁知从出租车里出来的竟然是她一个人，一脸沉闷的样子向他们走来，他们很快明白是怎么回事了。为了不让双方处于尴尬状态,他们没等卫红说些什么,便转过身,朝自己的屋里走去。

卫红胡思乱想了一夜。不过次日午时,蒋栋梁却拎着大包小包来到卫红的家,让她陪他一起去看望小凤的父母。卫红见到蒋栋梁,似乎也忘记了昨日是怎么被她熬过来的,欣喜地接过蒋栋梁手中的东西,就朝小凤家跑,并且对蒋栋梁说,这个时候他们一定挑担回家。

挑担回家?蒋栋梁疑惑地问道。卫红转过身,看见蒋栋梁疑惑地看着她,步子并没有向前迈开的意思,便放下手中的东西,向蒋栋梁解释了由来。原来小凤自从回广西之后,一直郁闷在家里,有一段时间不肯走出去找活干。为了能鼓励小凤重振精神,她的父母以身作则,用挑担串街走巷的方式做起了小买卖。渐渐地小凤有了灵魂的触动,知道心疼父母,不忍心看到父母这样为她操心,便鼓足勇气走出去找工作。现在小凤已经找到一份收银员的工作,然而她的父母肩上的担子已卸不下来,说是成为一种生活的习惯。为了不让小凤知道这件事,他们趁着小凤上班的时候,挑担出门,赶在小凤下班还没有到家时挑担回来。

蒋栋梁听完卫红这一番陈述,给自己喘了一口气,然后从包里取出一叠人民币,交给卫红,让她找一个红包送给小凤的父母,说,权当是自己向他们赔礼道歉吧。卫红接过蒋栋梁手中的钱,然后在抽屉里随意找到一个崭新的红包,一边把钱套进红包里,一边说,我想他们一定不会再责怪你了。卫红把钱套进红包之后,突然记起什么,连忙转过身,微笑地朝向蒋栋梁,栋梁,六十岁生日女儿帮你做过了,听女儿说……

没等卫红说完,很快被蒋栋梁打断。别说了,无非你想说有人在我生日时恶作剧,这有什么稀奇?如果这样的恶作剧能让我死,那么这个世界上死的方法太多了。卫红看了蒋栋梁一眼,轻声地说,我只是想说,既然是温柔为你挡了一架,那无论怎么说也要对曲汇河和气一点,把他俩安排一起工作才是你要考虑的事。蒋栋梁说这个还用得着你说吗? 否则我怎么会把温柔安排到养老院呢?

11

"兴达"茶室开在城镇区最为热闹的地段,它离朝阳养老院只有两公里之远。"兴达"茶室也是叶兴达开的,虽然挂着经营茶室的牌子,但走进去有一种曲径通幽的感觉。经过茶室再往里走,便是洗脚区域,走出洗脚区域,又进入另一个活动棋牌室场区。

养老院房东叶兴达今天先约了李鸿鹄前来就坐,他想要搞清楚李鸿鹄与蒋栋梁之间到底僵持到什么程度,而使自己要面临拿不到蒋栋梁房租的困境。叶兴达当然不愿意这么轻易得罪蒋栋梁,毕竟他心里明白这么爽快的老板现在已不多见。

李鸿鹄如约而至,但他却没有先到指定的茶室,而是一脚跨进了洗脚房。当他躺在按摩床上,叫上按摩小姐之后,便拨打了叶兴达的手机号码。叶兴达得知李鸿鹄不在茶室,而是在洗脚房,火气很快上来,骂道,他妈的,你比我还要会玩女人啊? 我这是"兴达"茶室,不是洗脚房,赶快出来到茶室。

有谁不知叶老板你是这里的地头蛇啊,我们都会以为阿庆嫂真的是开个茶馆而已? 李鸿鹄一边往茶室里走,一边回答叶兴达。等到他俩碰头时,李鸿鹄开口便说,叶老弟,你的房租不应该我来出,你得找蒋栋梁。

他妈的,你真小看蒋栋梁了。他个小气,问题是你俩之间的矛盾不能把我当成靶子。叶兴达一边递烟,一边说。

如果蒋栋梁不把剩下的钱给我,我就没收养老院,到时候由我来付你的房租。李鸿鹄满脑子只是那笔钱。叶兴达哈哈笑起来,说,逢人就说大话,你若真的想收回养老院,何必当初? 请你把这些没用的话说给不懂的人去听吧。说完,看着两个服务女生正端着糕点与茶向他俩走来。等到茶与糕点放到桌上,叶兴达冷不防将两个服务女生推到李鸿鸪身边,女人与茶,由你选择。

李鸿鸪不知道叶兴达这么做究竟是为了表达什么,他疑惑地盯着他看,不知所云。叶兴达说,当你口渴的时候,肯定首先想到茶,而等到你想要女人的时候,女人早没了踪影。所以说,两全其美的事都给你拥有,可能吗?

李鸿鸪好像听出一些道道来,双手作揖,向叶兴达请教。叶兴达说,今天我约你到此地,就是想告诉你,黄伟亮与章志忠不是你的朋友,劝你别指望借助他们的力量来达到自己的目的。李鸿鸪望着叶兴达的两唇一张一合,翻来覆去说黄伟亮与章志忠有目的,不是自己真正的朋友,便想到了昨晚哥哥提醒他的一番话。哥哥说,你别指望所有的人,特别是房东叶兴达,他是一个十足的吃了原告就吃被告的奸商。

其实,李鸿鸪今天来也没有指望叶兴达能为他打开一条光明的路,他始终坚信一条,蒋栋梁不把剩下的款子交出来,他是不会把法人代表转让给他的。所以,当叶兴达约他来到他经营的茶室时,他先跨入洗脚房大门。

我想问你,你一开始就想转让,目的与原因是什么?不就是想拿了民政局的450万之后走人吗?你真以为自己是一门心思为老人服务的善人吗?难道你不怕到时候连你的哥哥的命也保不住吗?叶兴达时硬时软的语气语调,始终在一个不快不慢的节拍上说,并不时用余光扫向正在沉思的李鸿鸪。

服务女生端着水果盘又朝他俩座位上走来。当走到叶兴达面前,叶兴达攥住服务女生的手臂,问,今天让你来侍候李先生,愿意吗?服务生回答,当然愿意。叶兴达朝着李鸿鸪睨去,不冷不热地说道,这盘水果可以免费,但你必须付服务之后的费用。你要知道,这些服务女生每月是拿我工资的。说着,叶兴达自豪地环顾四

周的一切,呷了一口茶,继续说道,一个门只要开着,就是钱,这么一个大的养老院门开着,我不收租金,我干嘛来着。

看着李鸿鹄好像还没有走出这个牛角尖,显得有些不耐烦,他最后扔了一句话给李鸿鹄,蒋栋梁之所以要在全国各地设立养老养生基地,自有他的原因,他不可能在一棵树上吊死。说完,搀住服务女生的手臂,就往洗脚房走去。

到了洗脚房后,叶兴达连忙拨通蒋栋梁的手机号码,问他在哪儿? 蒋栋梁说,他现在南汇会龙寺庙。叶兴达哈哈大笑起来,说,做养老事业的人应该要朝那儿走走。蒋栋梁说,不是走走,我是在修缮这座寺庙。叶兴达说,修缮寺庙肯定花费不少钱,所以说,对于养老院租金,蒋老板肯定不在话下。

叶兴达兜了一个圈子,落脚地还是停留在他的房租上。蒋栋梁不是听不出来叶兴达打这个电话的真正用途,只是他哪有时间将精力耗在这件事上,转来转去,无非就是钱,我蒋栋梁宁可把钱花在修缮一座寺庙上,也不可能让你们的阴谋得逞。昨夜真的是母亲确确切切地托梦给他,要他到南汇修缮会龙寺庙。这不,一清早就赶到寺庙,跟随弘基法师刚念完《大悲咒》。

是的,钱对我来说,只是一个数字概念。蒋栋梁回答电话中的叶兴达。弘基法师一句“南无阿弥陀佛”,让蒋栋梁很快挂断电话,将心重新回到弘基法师身边。弘基法师两手作揖,语重心长地对蒋栋梁说,阴阳运,万物纷纷,生意无穷尽。母亲大人托梦于你,是让你度心而不是度人。禅意,一种发自本心的清净。

于是,弘基法师带蒋栋梁在寺庙里兜了一圈,最后脚落在大雄宝殿里。大雄宝殿内有三尊佛,殿内居中为娑婆释迦牟尼,左侧为净琉璃世界的药师佛,右侧为西方极乐世界的阿弥陀佛。据弘基法师说,左侧、居中、右侧分别代表前世、现世和来世。在净琉璃世界的药师佛下,弘基法师轻轻地取出一本应该有年头的皇历,告诉蒋栋梁,“栋梁”与“龙泉”这两个名字在这本皇历里都出现过。

蒋栋梁突然傻了眼。他不知道如何去接应弘基法师。弘基法师却认真地一边翻阅，一边说，"龙"，在五行里属于木，"泉"在五行里属水。木，五行之始也；水，五行之终也，水生木，此其父子也。

当翻阅到"龙泉"一页时，弘基法师在蒋栋梁的脸上轻轻拍了几下，蒋栋梁仿佛感觉到有一股清凉的水在他脸上掠过。他想起母亲生前经常对他说，他刚出生不久，经常闹哭，不肯睡觉，母亲就用了一种土办法，用芦苇叶蘸水扑在他的脸上，惊奇的是他真的乖乖地睡着了，不再闹哭。蒋栋梁疑惑这是不是冥冥之中的事？"龙泉"两字确确切切地出现在这本皇历里，是一位先人的法号。他隐隐约约感觉到这就是母亲的法号。

弘基法师让蒋栋梁的脸贴在大雄宝殿的柱子上，讲起了当年建造这座寺庙的故事。故事围绕"栋梁"讲述，无论是大雄宝殿，还是前厢房或东厢房，都有一段与"栋梁"切身相关的故事。一位先人就用"栋梁"作为他的法号，一直在佛堂里奉献自己无私的爱，并指引四方的信徒为爱国爱教，传播精神。弘基法师告诉他，你的名字一定是佛赐给你的，你得好好善待自己的名字，千万别弄丢了。蒋栋梁起先不明白，名字是母亲起的，从出生到现在，除了微信上起过网名，蒋栋梁三个字一直没离身过。不过，经过弘基法师一解释，蒋栋梁豁然开朗。弘基法师告诉他，人生最大的敌人是自己，有人伤害你，说明有人来渡你，你要善待。你命中有劫，与你的名字分不开，但不能因为你的名字有劫而去改名。

蒋栋梁回答，他站不改姓坐不改名，他会记住弘基法师的教导。走出会龙寺庙，感觉心空一片蔚蓝，从眼睛里看到的东西也变得干净美好。比如他路过一家大型花店，会情不自禁地让驾驶员停下车。其实平时蒋栋梁怎么会到花店去走走呢？今天却让他例外。当他走进店门，便听到一位大约将近七十岁的老太太，拉开大嗓门，与店主争吵起来。

走近一步，听了她们争吵的几个回合，蒋栋梁听明白了这位大嗓门老太太原来是该花店的钟点工,因为招聘到一位年轻人,借她年龄已超过的理由,让她回家,并强调声明,不许她饭店门前摆粥摊。这位老太太就是冲着店主这句话争吵起来的。她说不许饭店门前摆粥摊,说明是害怕的表现。既然害怕一个老太太的行为,就别找原因辞退我啊。

蒋栋梁饶有兴趣把这位老太太请到一边,说他很欣赏她,问她想不想做老人事业?当蒋栋梁把公司性质简单地跟她说了之后,这位老太太马上答应,说,我家住奉贤区,奉贤区有一个叫梁典镇,我的名字也叫梁典真,真虽比"镇"少一个金,但我这个人爱财,是君子爱财,如果你不嫌我老,我就跟着你干。

蒋栋梁频频点头,一边笑一边回答,我是搞老年人事业的,怎么会嫌你老?

你公司里全是像我这样的老人工作吗?梁典真好奇地问。

当然!当蒋栋梁为梁典真在奉贤区专门设了一个分部,郁向阳正好忙完丈夫善后的事宜。原本想休息一会,但不甘心看着梁典真初来乍到就要与她竞争。有一天蒋栋梁召集公司骨干们开会时,郁向阳赶了早,来到蒋栋梁办公室。还没有切入话题,蒋栋梁心里就有了数,不管郁向阳从哪个角度与他交流,他都会给她一句话,竞争是这个社会必然规律。黄伟亮、李鸿鹄用不择手段向他公开挑战,而他要在全国各地方建设养老基地,在上海各区设立分部,是公司发展的必然趋势。堂堂正正做人有什么理由不可以面对她呢?

你有话赶快切入正题,下面还要开骨干会。蒋栋梁一边看了看手腕上的表,一边催郁向阳赶快把要说的话说出来。其实,蒋栋梁知道郁向阳要说些什么话,无非要讲怎么会突然出现一个不起眼的老太太,并且要为她独立开一个分部,但郁向阳偏偏绕道而行,只问蒋栋梁,她能否像梁典真那样,也能单独开一个分部?

蒋栋梁不假思索地回答,好啊,你家住在闵行西渡,那我就再开设一个西渡分部。说完,心里暗暗庆幸,同时开两个分部不就是有了竞争对手了吗?他不就是要的这个结果吗?当走入会议厅,蒋栋梁把郁向阳与梁典真请到他左右身边就座,向大家宣布了这个决定,并补充说明,谁有能量站出来独立开设分部,他一概支持。

蒋老板,我是老太婆,没什么能量,但我会尽力去做好,说不定哪天我那个店主被我俘虏过来,也成为龙泉人。梁典真拉开大嗓门。坐在蒋栋梁右边的郁向阳咬着双唇,似乎在沉思一件什么事情。突然她站起来,向蒋栋梁微微鞠了一个躬,问,我能不能把杨芝芳带走?

蒋栋梁愣了片刻,终于反应过来,说,不行,杨姐从一开始就跟着我打天下,算是龙泉的元老,现在杨姐在龙泉总部坐镇,她不能离开,其他人你都可以挖走。郁向阳又向蒋栋梁微微鞠躬,说,其实我只是看中杨芝芳做过销售……不过,没啥,我会开辟陌生市场。郁向阳在杨芝芳做过传销这句话后,稍稍停顿片刻,并且偷偷观察蒋栋梁的神色之后,又继续把话说了下去。

做过销售的人更有经验做我们的事业。蒋栋梁一句话把郁向阳堵了回去。你以为我听不出什么道道来吗?我在这里可以告诉大家,杨芝芳大姐她过去在章志忠夫人手下做财务的,但被我挖过来了。她是功臣,黄伟亮卷款逃跑想整死我,但老天有眼,是杨姐救了我,让我活了过来。郁向阳听得很不是滋味。杨芝芳是功臣,难道她已经不是了吗?她觉得蒋栋梁的重心已经偏离,她不能再像以前那样受到宠爱。这种感觉始终会被黄伟亮黜免名单上有她的名字所牵绊。她表面上虽然向蒋栋梁频频点头,但心里又在盘算,从她浑浊的目光里似乎还能发现什么。

噢,今天还有一件事要向大家宣布,过去"4100"的会员一律改为"2800"。蒋栋梁说。蒋栋梁这一宣布也意味着宝塔型的销售将彻底消失,同时也在告诉郁向阳,你的"4100"模式过时了。当她动员被她招进来的亲戚朋友试着抽去一部分集资的钱,想吓

唬一下蒋栋梁时,却没有预料到梁典真动员了她的亲戚朋友入会并把大量的资金投向龙泉。

有一次,郁向阳好不容易约到蒋栋梁,想向他解释一些情况。蒋栋梁看到她,连忙打电话给梁典真,让她到他的办公室来一次。郁向阳尴尬地望着蒋栋梁,问这是什么意思呢?作为老板不能将她的功劳一笔勾销吧?凡人难免会犯错误。蒋栋梁说她多心了。他让梁典真来是因为梁典真早约了他,他一直没有时间,毕竟她投了那么多钱,总想问问她到底是怎么想的,人的一言一行总会跟着自己的思路。蒋栋梁含沙射影,更让郁向阳忐忑不安。然而越是忐忑不安,越是想解释一些什么,却越适得其反。

蒋栋梁摇摇手劝她别再解释,让她能在闵行西渡开辟新市场也是对她的信任。郁向阳一时无语,却又不甘心就此罢休。如果她另辟一条路,借他的平台,在西渡仍然做"4100"模式,蒋栋梁与梁典真还有什么招呢?郁向阳想到此,倒抽一口冷气,默默地问自己,如果自己这样做,会是怎么样的结局?管它呢,我不能输给梁典真,更不能输给杨芝芳。

在以后一段日子里,郁向阳把蒋利攥得紧紧的,只要苗木随蒋利到西渡去查账,郁向阳就会好饭好菜侍候他俩。有一次蒋利实在不好意思,便劝说郁向阳别这样,只要把工作做好就可以。郁向阳说,好客就误认为别有心思吗?蒋利,我对你好又不是头一天,是吧?说着,便把目光朝向身边的苗木。望着身高马大的苗木,郁向阳伸出大拇指,说,找男人就应该找像苗木这样的男人,可以让女人有一种安全感,不像那个许风萍的儿子,连自己都保护不了,还能保护自己的女人吗?她夸蒋利就是有眼光有福气。

苗木听了郁向阳这句话,疑惑地看着蒋利。他从来没有听蒋利说起过这件事,所以说他不知道许风萍的儿子是谁?更不知道郁向阳说的究竟是什么意思。蒋利有些尴尬,让郁向阳别再说下去。郁向阳装着若无其事的样子,说,我说过什么了吗?我又没说什么。有时候说的话是一种提醒是一种警示,小姑娘,你琢磨我的话后你会感谢我的,难道你不希望自己的男友有保护你的能力吗?

蒋利拉住苗木,一边说"莫名其妙",一边往外走。彻底离开郁向阳的视线,蒋利突然抱住苗木,哭了起来。苗木抚慰蒋利,过去的事情什么都不要说,我就是与现在的你谈恋爱。我觉得这是个是非之地,我还是想带你去新疆或者回广西。

我知道,老爸也是这样对我说的。蒋利虽然这么说,但她觉得心里不是滋味,原本仅仅是不想在他面前提到小钱的事,并没有想隐瞒自己过去。其实过去她与小钱并没有像其他恋人一样,顶多也是手挽手的程度。然而今天郁向阳当着苗木的面的那番描述,谁都会展开想象力。她相信苗木也不例外。想到这些,蒋利的眼泪不断地往外流,想对苗木解释,却被苗木的手拉住,不让她开口。等到苗木把蒋利送到蒋栋梁身边时,蒋利泪水不止,哭着把今天发生的事告诉给蒋栋梁。蒋栋梁不顾苗木在场,当即不给她面子,数落了她一顿,是你自己要来到我身边,好好的一份工作辞去,有你烦的时候了。

不辞去工作,我怎么与我老妈准备为你打理广西的事呢?蒋利原以为老爸会为她的眼泪说上几句好话,谁知老爸会这样不给人的面子。于是,她用力擦干眼泪,把上次他与母亲一起去广西时是否顺便去看过小凤的父母的事提上来,蒋栋梁不假思索地回答蒋利,这还用得着你来提醒我?我哪一次到了广西是空手去看望他们的?蒋利趁父亲把话回答到这个份上,便顺势而为把问题推进一步,她问蒋栋梁那几天为什么不住在自己的家,非要开宾馆住?她又问母亲能做到什么程度他才可以原谅她?一个女人在万般无奈下另嫁男人,也有她的苦衷,毕竟她在一段成长的岁月里,有他的空白,却是母亲和那位叔叔填补了这个空白。

蒋栋梁呆呆地看着蒋利,心里在嘀咕,明明是我要去教训她一番,结果却被她莫明其妙地教训了。不知道如何回答,只能让苗木赶快离开他的视线,否则他真的受不了。苗木马上领会蒋栋梁的意思,拉住蒋利的手往外走。蒋栋梁呆呆看着苗木把蒋利往外拉的动作,直到蒋利完全消失于他的视线中,还没缓过神来,一阵手机铃声突然在办公桌上响起。

蒋栋梁两手心在自己的两只耳朵上搓揉了几下,然后拿起手机,接听起来。还没有等他开口说"喂"字,只听到叶兴达嚷嚷起来,嚷声中无非就是赶快解决租金之事。蒋栋梁很冷静地告诉叶兴达,其实租金已经准备好,迟迟不给的原因他不是不知道。再说他既然是房东,那么他应该主动把整个养老院的设计图纸交到他手中,好让他这一方懂图纸的工程师摸索清养老院里的地理位置结构。蒋栋梁问叶兴达,这些最基本的东西也没有向他交代过,幸好这些常识都是他手下的人提示的。

叶兴达被蒋栋梁这么突然袭击,心着实地"咯噔"一下,他已记不起其实比钱更贵重更有价值的图纸搁放在哪里了。叶老板,据我所知,养老院里烧水的锅炉要按时检测或者要整改,这些都关系到图纸的问题,你总不能让我带着隐患来接纳养老院吧? 蒋栋梁进一步说明。

这……这是你自己找的事。我原本是借给李鸿鹄的,民政局登记的名字也是李鸿鹄,蒋老板你要知道,你接纳养老院民政局是不知道的。叶兴达话锋一转,故意把话题岔开来。蒋栋梁有些火了,重重地拍了一下桌子,对着手机的话筒,问叶兴达,照你这样说来,李鸿鹄接纳养老院时,不需要图纸吗? 可问题是李鸿鹄向我透露过一条信息,就是图纸你准备给他时,我已经在接纳朝阳养老院这件事,所以,图纸也就没有交到他手里。

叶兴达心里暗骂李鸿鹄真不是东西,干嘛要主动向蒋栋梁这种外行的人说明情况呢? 你以为这样做,蒋栋梁就能顺利把余款交付给你吗? 真是在做一场美梦。叶兴达这么想着,开始把自己地盘上的人名字报了出来,告诉蒋栋梁,他叶兴达之所以能在这块地盘上站稳脚跟,没有两下子怎么可能? 不就是一张图纸吗? 要想借这个原因不给我房租,要么你给我马上滚,要么刀血相见。

好,那我们找个地方在28层高楼顶端相见,可以吗? 噢,再把李鸿鹄也叫上,三个人在28层高楼顶端,他可以做裁判,我俩刀光见影。蒋栋梁也要出年少气盛的腔势,回复叶兴达。叶兴达问为什么要上28层高楼? 蒋栋梁回答,你去问黄伟亮就知道为什么了。他卷款逼我走到28层高楼,在那层顶端我鸟瞰上海的一切,纵身一跃我都不怕,我还怕养老院锅炉失修的后果吗?

叶兴达倒抽一口冷气,心想这个老东西比我还厉害,这样与他拼到底我合算吗? 到头来租金拿不到不算,弄不好还要殃及民政局的人,更多的是祸害到帮过他的朋友。他叶兴达虽然在黑道上混,但黑道上也有道规,不能由着自己的性子来。他庆幸自己没有面对面与蒋栋梁交锋,否则真不知道如何给自己下台阶了。蒋老板,其实我是很佩服你的胆识,像李鸿鹄黄伟亮这些人我是看不起的,我只是近段时间被李鸿鹄缠得烦心,所以与你声音大了一些,请见谅。

对不起不要出现你的口了,我蒋栋梁也不是不讲道理。既然你提到黄伟亮这个名字,我有一事相求。蒋栋梁看叶兴达语调缓和下来,自己的口吻也随之平稳许多。叶兴达问什么事? 蒋栋梁说据有人对他说,黄伟亮要想破他女儿的身子……

什么? 让他去死吧! 叶兴达还没等蒋栋梁说完,便在电话那头又开始骂起来。他告诉蒋栋梁,你女儿的人身安全就是我的安全,我不会让黄伟亮的兽性计划实现的。叶兴达在骂声中挂断蒋栋梁的电话。蒋栋梁手拿着被挂掉电话的手机,却闭上眼睛,长长地叹了一口气,自言自语,难道我真的走在西天取经的道上吗? 妖魔鬼怪何时才能从我的周边消失?

叶兴达挂断蒋栋梁的电话之后,马上与李鸿鹄取得了联系。接通电话便破口大骂,李鸿鹄被他骂得几乎插不上嘴。也许叶兴达自己也不知道他在骂声中是不是已经问过李鸿鹄图纸这件事，反正李鸿鹄早把手机搁在一边，任他一个人发神经，继续骂声不断。叶兴达以为李鸿鹄真的没有话可说，便继续问李鸿鹄，为什么要对蒋栋梁提起养老院的图纸不在你身边这件事？然而问了好几遍，都没有回声，急得叶兴达又开始骂起来，他说再这样，他与蒋栋梁之间的事他叶兴达不管了，到时候看他俩怎么收场？

怎么收场？让章志忠做人质也是一种方法。黄蓓蕾这天晚上听完李鸿鹄陈述之后，对李鸿鹄提出了这个建议。当李鸿鹄慢慢琢磨，最后点头同意时，黄蓓蕾伸出一只手，向李鸿鹄要奖励。李鸿鹄爽快地从包里取出一叠人民币，递向黄蓓蕾时，又缩了回来，抽掉几张之后，再送到她手里。

黄蓓蕾很不开心，问李鸿鹄为什么要这么做？李鸿鹄回答，你说让章志忠做人质，只是说了一个大概，如果要章志忠做人质，也得让黄伟亮出来为他盖棺论定。黄蓓蕾拿着被抽掉几张的一叠人民币，眼巴巴地看着李鸿鹄，很长时间缓过神来，问道，养老院里那个450万能碰吗？

干吗不能碰？你再多管闲事，别问我要钱了。李鸿鹄没好气地回答。黄蓓蕾揣着手中的人民币，悻悻地走向自己的卧室，嘀咕着，我怎么也爱管闲事起来了呢？这个与我有关系吗？

12

一架飞机在空中飞行，正经过空中走廊。张惠坐在座位上，闭目，想着云如何被拨开，想着父亲这次除了来上海找姐姐的下落之外，为什么还要交给她去上海南汇会龙寺庙烧香捐款的任务？父亲不肯说，她也不能多问，只能自己去分析去猜测。然而推测的结果都被她一一推翻。想想也是，父亲年迈，能成全他的事，她不会拒绝。

倒时差一时让张惠适应不过来，抵达虹桥机场时，张惠竟然出现腹泻症状。在卫生间里如厕的时候，左思右想，最后还是决定打电话给章志忠。章志忠接到张惠这只电话时，马上朝张惠指定的地方赶来。在周转几回才找到后，只见张惠坐在长廊的长椅上。章志忠的双手微微张开，想尽量显示出小别胜新婚那种热烈之情。面对面色和神色都难看的张惠，章志忠很快将双手收了回去，心里不时地说，真是无药可救了。

张惠习惯性地理了理自己柔软的长波浪，振作起精神，微微地朝章志忠一笑，说，这该死的倒时差！章志忠一边接过张惠座位边上的行李，一边正想开口说话，却被张惠抢先一言，行李里有未开光的观世音，当心一点。章志忠的手和目光几乎同时落下，仿佛再进一步，行李里的未开光的观世音就不能再显灵。神情也如倒时差那般难堪。

章志忠自己也搞不明白自己到底是怎么啦？这些年来无论在办公室或在家中都放了一尊观世音，香与清茶每天不间断地供奉着，虽然不是百分之百信奉，但是觉得别人可以请进门安放供奉，他为什么不能呢？特别是看见蒋栋梁和黄伟亮都分别从寺庙里请进一尊观世音后，他也悄悄地为自己请了一尊。有一次在梦里，竟然梦见张惠变成一尊观世音，微笑地向他走来，然后手一挥，挥出一片云，带他到天空。梦醒后，他连忙上网查询周公解梦，说若是男性梦见观世音，事业成功在即。章志忠将信将疑，一直带着这种幻想，告诉自己，张惠就是观世音，飞翔贸易有限公司是张惠创下的，她是拯救我帮助我成功的观世音。

然而当张惠告诉他，她这次特地来上海，是受老爸之托，去南汇会龙寺庙，章志忠还是吃惊不小。张惠冷不防一句，权当去赎罪也无妨，生意人有几个干干净净的，足让章志忠冷汗不已。张惠望着章志忠木讷的样子，便说，快接我的行李，和我去南汇会龙寺庙。

不先回家吗？章志忠脱口而出。其实"家"这个字好长时间没有从他嘴里吐出来了,怎么一看到张惠,就会顺其自然地说出来呢? 章志忠说出这句话后,再也找不到任何接下去的词了,只是等待张惠的回音。张惠看了章志忠一眼,摇了摇头,说,去了寺庙后再回去吧。张惠在"寺庙"与"回去"的两词上,用了高低之音,分明已在回答章志忠。

会龙寺,通过近十年的努力,兴建工程已圆满完成,也成就了一方丛林、万龙聚会的浮屠道场规模。张惠的目光不时地左右扫视着,与会龙寺一样发出内心的感慨。当双脚踏进会龙寺大门,走进会龙寺第二期改建的大雄宝殿,迎面而来穿着袈裟的弘基法师,一手拿着佛珠,一手合一地念经。张惠连忙双手合一,以半跪的姿势向弘基法师请安。

章志忠有些看不明白,心里犯嘀咕,张惠怎么会有一个没有头发、头顶有七个香洞的法师朋友? 一系列问号一个接一个自答,他总算悟出了一个道理,张惠之所以与他冷战到现在,原来是因为她的心已出家。当症结被找到,章志忠从看不明白,变成了一种好奇,这种好奇驱使他要去窥探张惠今天在会龙寺的踪迹,从而来证实自己的判断是否正确。

张惠从行李里取出一尊未开光的观世音,呈递弘基法师,弘基法师从正位观世音到念大悲咒然后做法事这么一个全过程后,章志忠更加肯定了自己的判断,张惠是个铁了心肠要朝这个方向走的人。

弘基法师,我眼前出现一道道闪光,一直盘旋在我周围。张惠激动地说。弘基法师并没有马上应答张惠,而是继续他该做的事,只是两片嘴唇抖动得越发频繁。似乎一道道光亮就是从口中吐出来的,章志忠在一旁似乎也感受到了。

一阵手机铃声突然唤回了章志忠已经一步步被带走的意志。跨出大雄宝殿门槛,章志忠便接听还不知道谁打来的电话。当蒋栋梁一声"你这个老贼,竟然想两头得益,难道不怕遭报应",让章

志忠不自觉地流下冷汗。他下意识地回头张望大雄宝殿里的张惠与弘基法师，似乎一道道光亮朝他袭来，然后套在他的颈脖上，使他还不过气来。

章志忠自然明白蒋栋梁在说什么。李鸿鹄与黄伟亮串通一气，借朝阳养老院这块宝地，共同对付蒋栋梁，他只不过从中拿了一点皮毛，难道这个事也会让蒋栋梁发现？他心里不时暗暗骂李鸿鹄和黄伟亮不是东西，把他当作他们的替死鬼。想到此，章志忠心里也盘算好了，若是如此，他一定向蒋栋梁将功赎罪，任他怎么处罚。

老兄，我现在与我太太在南汇会龙寺，等她结束法事后，我马上来找你。事情不是你所想象的那样。章志忠不时地笑着，俨然没有平时那般气势了。

什么？你这种整天干缺德事的人还会进寺庙？寺庙会接受你这种业障的人？想忏悔也得要看看我是否同意？你知道吗？南汇会龙寺庙由我修建的，你不信去问问寺庙里的弘基法师吧。蒋栋梁简直不相信章志忠会很随便回答他在寺庙里。然而，当他听到章志忠说张惠回来了，已经在会龙寺庙里，觉得冥冥之中有感应，前些天他还梦见张惠出现在机场，醒来之后被烦心的事一搅和也给忘记了。

我确实与我太太在会龙寺，进了寺庙我不可能随便乱说话的，否则不是要遭报应的吗？章志忠认认真真的回答。当挂断蒋栋梁的电话之后，觉得自己真好笑，怎么会说出遭报应的话？难道自己不正是在做遭受报应的事吗？想到这个词，章志忠越觉得全身在冒冷汗，仿佛是弘基法师念经所发出的一道道光，射击在他还有生命的皮肤上。章志忠的脑子几乎被炸开。一路上，张惠与他说关于法事的事，他竟然一句话也没有听进去，使张惠很恼火，狠狠地抽出一句话，这样心不在焉，不怕遭报应吗？

脑子终于被炸开。章志忠再也无法克制这些年来，无端给他带来的压抑。他破天荒地骂了一句，受够了你这种没有人性的女人，还说我会遭报应，难道你不怕折磨自己男人而遭报应吗？说完，扬长而去。

车水马龙，人声鼎沸。盘旋在章志忠脑子里的就是"遭报应"三字，他假想自己已被南来北往的车子撞了，一阵阵手机铃声却以为是车子的喇叭声，他错觉的目光一直盯着前方的红灯，心里在骂驾驶员真是木鱼脑袋。

然而，手机铃声响了停止，停止了又响，直到他意识到这是他的手机铃声，而不是车子的喇叭声，才从口袋里取出来，接听。原来是李鸿鹄的声音。李鸿鹄又气又急地嚷嚷，你们两个人都在干嘛，打黄伟亮的手机处在关机状态，打你手机，只听见铃声，不见你的声音。

章志忠没好气地回敬，在天上飞！你可不要向蒋栋梁告发我在天上飞，也可两头得益吧？李鸿鹄哪有心思与章志忠耍嘴皮子，他说，我哥哥出车祸了，你得利不得利等善后再议吧，我打你这个电话只是来报个丧，你来或不来对你有益或无益权衡一下吧。说完，不给章志忠一点说话的余地，挂断了电话。

所有的事情都好像不约而同地聚在一块了，章志忠的头一下子裂开来，李鸿鹄凭什么说得利不得利等他哥哥的追悼会结束后再议？他凭什么要打我这个电话？还没有等他理清这些问题时，黄伟亮拨通了他的手机号码。章志忠的情绪马上高昂起来，要知道这段时间他一直打黄伟亮的手机，就是无法接通。现在黄伟亮主动找上门来，他的情绪能不激昂吗？不过还没有等他质问黄伟亮，却被黄伟亮抢先一步，这段时间我为什么联系不到你？你为什么关机？是不是跟哪个相好的厮打在一起？黄伟亮像连珠炮似的，让章志忠无法插进半个字。

你有空帮我去关心一下养老院里强草鹤，她那天与温柔干起来，我真担心已露马脚。黄伟亮言归正传。章志忠听后冷冷一笑，心想,强草鹤这种女人露马脚是早晚的事,现在把我当成救命稻草了,早干吗去了? 他问黄伟亮,如果事情真的发生了,他去了有什么用? 黄伟亮听到章志忠阴不阴阳不阳的话,急了,但他还是故作镇静,以同样阴阳怪气的口吻明示章志忠,你自己看着办吧。说完,便挂断了电话。

　　章志忠这些天来一直生着闷气,尤其张惠回来之后没有与他同房,各睡各的,更是气没地方出。有一天晚上,因张惠没有答应他房事而大发一通脾气之后,闷头就睡。凌晨醒来上了一次卫生间后,没有任何预兆,就套上衣服,直奔养老院。那天　清早,朝阳养老院边上的游戏房屋檐漏水,将放置的电脑浸没水里,造成此原因的根源在朝阳养老院的下水管道上。游戏房老板是福建人,一副穷凶极恶、恨不能要把你吃掉的模样。天还没有完全亮,就"噼噼啪啪"的无节奏地砸门,要院长出来,讨个说法。

　　福建老板在上海地基上能肆无忌惮,也是因为叶兴达撑他的腰。按温柔的说法就是躲在地头蛇臂膀下,小种鸡也能变成大种鸡。对于这种事,强草鹤尽管看得多了,但毕竟这里不同于其他场所,可以任她放肆。这天正巧是她值班,听到砸门声,一身正装匆忙奔出来,正好章志忠也从驾驶室走出来。章志忠看到大门口这样热闹,便三步并两步上前,只见强草鹤向福建老板拉拉扯扯,恨不能将自己的身体扑到福建老板身上,说什么所有的后果由养老院来承担。福建老板听了强草鹤这句话,以及强草鹤的肢体语言,气消除一大半,手挥一挥,说,废话少说,掏钱出来就是了。

　　章志忠望着强草鹤处理事情的那种方法与神情,脑海里晃过一丝她在大浴房里的情景,觉得张惠真不如眼前这个女人。他理了理一头乱发的头,然后给自己点了一支烟,静静地看着强草鹤。其实强草鹤早已发现章志忠,但她并没有上前与他打招呼。前几天黄伟亮就告诉过她,他这段时间没法来养老院关心她,他可以让章志忠来养老院走走。强草鹤当时没有直接回答黄伟亮拒绝还是接受,只是对黄伟亮说,她会与温柔周旋。

当强草鹤与福建老板一来一去谈定该出什么价位的时候,谁知让已经穿戴整齐、走向大门口的温柔听见。温柔睁着惺忪的眼睛,问,凭什么这样早下结论? 所有的后果由养老院来承担,风凉话谁不会说,只要自己不掏口袋就是了。

福建老板听到温柔这么些话,两粒眼珠又重新弹了出来,显露出一种打架的架势。温柔不依不饶,往事历历在目,似乎忘记自己只是监事的身份,只要面对眼前的强草鹤,就会显出本能的反应。她告诉福建老板,这种事应该是物业的事,物业与房东有直接联系。福建老板一手指着温柔,一手从裤袋里取出手机,拨响叶兴达的电话。强草鹤盯着温柔,咬牙切齿地问她是蒋总什么人? 凭什么来横刀插一手?

我是上海龙泉资产管理有限公司里的员工,是受蒋总的委托做院长的监事,为老板的利益着想是每个员工的职责。温柔只表示出淡淡的神色,回答强草鹤。章志忠躲在一边,看她俩争执,同时他的心里也在纠葛问自己,半夜三更从家里跑出来驾车到这里究竟是为了什么? 他有自己一份产业,他干嘛要看黄伟亮的眼色行事? 想到这些,越发觉得自己活得太窝囊,趁她俩在争执之际,连忙转过身,朝自己的车子方向走去。

章志忠转身离开的动作已被强草鹤发现,但她不敢发声,只能眼巴巴地看着他离去的背影。这个时候温柔正拨通蒋栋梁的手机号码,实话实说了朝阳养老院目前的情况,急得蒋栋梁大声地连续问强草鹤在哪。声音穿过话筒,让周围的人全部听到。温柔故意把手机朝向强草鹤,好像在问,接不接蒋栋梁的电话?

没有过中午,蒋栋梁揣着一百万人民币来到朝阳养老院,准备处理与李鸿鹄之间剩余的那些事情,顺便来看看今早到底发生了什么事。当蒋栋梁前脚刚到,李鸿鹄与黄蓓蕾后脚便跟着到,最后,叶兴达带着两个据他介绍是律师的人,一起走向他们谈判的会议室。

强草鹤很识相地尾随在蒋栋梁身后。进了会议室后，烫壶、洗杯等等一系列沏茶过程之后，还没有开口，只看到蒋栋梁一只大手砸在玻璃桌上，顿时整个玻璃台面被击碎，鲜血也从他的手指间隙里流出来。温柔与强草鹤同时走过去，温柔抢先挡住强草鹤身体。强草鹤只能退后一步。

不就是钱的问题吗？干嘛要鬼鬼祟祟在暗底里做事？黄伟亮给了你多少承诺？资金不到位法人代表不转让？你怎么好意思让萎缩的腰伸直？你算盘功能是不是与别人不一样，只算进不算出的，把我给你的利息当作有拿白不拿的冤大头吗？

蒋栋梁一连串的反问让全场的人震住。正为蒋栋梁包扎伤口的温柔虽然眉头紧绉，但心里还是感到一阵的窃喜，觉得戏已经开始，觉得强草鹤的末日即将来临，她从强草鹤的瞳孔里窥视到其瓦解的内脏。她在等待着胜利的一刻。

多么优秀的院长，竟然是从那种地方出来的人，我蒋栋梁怎么会翻进这个臭阴沟里？还有章志忠这个老贼，昨天在电话里我也警告过他，做不该做的事要遭报应。蒋栋梁一边左手捂着受伤的右手，一边问温柔今天一早发生了什么事？温柔正想回答，只见叶兴达抢先一步，笑着回答，这种小事还值得在这个桌面上讲吗？回头我去解决这件事。现在我们只谈剩下一部分资金的事。要不，我来做一回老娘舅。

黄蓓蕾见势不妙，连忙走到温柔面前，说，这是男人的天地，我们做女人的还是到外去聊聊吧。

这里没有女人，这里只有老板与员工。蒋栋梁大声地对黄蓓蕾说。谢谢你，李太太，是你告诉实情我才去调查，从另一侧面来说你出卖了你的先生。黄蓓蕾尴尬万分，想好的一台戏怎么就轻易地被蒋栋梁搅乱。

凭什么你来当老娘舅？各自有律师，法律武器是最好的老娘舅。蒋栋梁朝向叶兴达，说，吃了原告还想吃被告，做人不能这样缺德吧？难道你们这些人都不怕遭报应吗？蒋栋梁说到此，火又往头上冲，高高举起自己一只受伤被包扎后的右手，正想往下击，却发现悬空的右手正下方已是一片支离破碎的迹象。

你真吃饱饭没事干，脑子被水浸泡过的，人家蒋老板喜欢用什么人管你什么事？李鸿鹄拉住黄蓓蕾准备往外赶，就在这时，温柔一个"慢"字，让所有人静了下来。只见温柔把那次与她通话的录音播放出来，然后笑着问黄蓓蕾，你说强草鹤吞吃了民政局发放给养老院里老人的一百元压岁钱，确实有此事。因为我私下问过老人们，谢谢你给我提供这样的信息。李鸿鹄听完温柔的陈述，气不打一处来朝向黄蓓蕾，这到底与你有什么关系？你的本事真大啊，竟然让别人录下你通话的声音。

这就是你把老婆养在家中的结果，能怪罪谁呢？叶兴达眼看自己再不说，场面上的笑话还会不断出现。李鸿鹄也有理智，放开黄蓓蕾的手，低头向叶兴达与律师嘀咕，只见叶兴达与律师频频点头，说，今天就是来解决钱的事。

好！拿钱解决事。蒋栋梁接应了叶兴达与律师的话后，问，怎么解决法？450万民政局发放的补贴，再要我拿出450万的余款，这就是拿钱解决的办法吗？说着，蒋栋梁目光转向温柔，发出命令，你赶快让曲汇河开车过来。

蒋总，你忘了吗？曲汇河受你命令，今天去南汇会龙寺庙捐资修庙。看曲汇河刚才发的微信，功德碑上有你的捐资的名字。温柔一边回答，一边把自己的手机传递给蒋栋梁。

蒋栋梁看了一眼，然后抬起头，从包里取出一叠又一叠人民币，对在座的所有人说，你们看到了眼前是什么吗？钱！但今天我不会给你们，我想把这些钱再捐给会龙寺庙。说完，又重新把一叠叠人民币往包里放，只见叶兴达与李鸿鹄两眼直愣愣地盯着桌上看。

蒋老板,今天是来解决问题的,你这样做像是解决问题的吗?叶兴达有点上火了。他一上火便把地头蛇的腔调搬上来了。看样子蒋栋梁这次也有备而来的,他并没有马上应答叶兴达的话,而是转过身,对温柔说,本来我想让曲汇河开车过来,与你一起查强草鹤院长的账目,现在就让强院长主动交出账目吧,移交清楚后你就是朝阳养老院的院长了。说完,把目光重新回落到叶兴达身上,说,你作为我与李鸿鹄的中间人,不应该以这种方式让我交出钱来。头上三尺有神灵,你敢说不怕?如果说不怕,好,我蒋栋梁奉陪到底了。

叶兴达看到蒋栋梁这种气势,退缩了一步,仿佛地头蛇也要让强龙一下,他举起双手朝油光发亮的头上来回按摩了几下,然后又在自己的立领上整了整盘扣,最后双手作揖,慢条斯理地对蒋栋梁说,蒋兄,何必这样上火呢?我与你都在黑道上闯过,只不过咱俩过去不在一个地盘上。可是,现在既然撞到了一起,也只有两种可能了,要么团结一致,要么……

蒋栋梁突然站起身来,接住叶兴达的话,说,要么你继续与李鸿鹄狼狈为奸,是吧?不管什么结局,我蒋栋梁是不会赖你房租的。一个月不就是二十万人民币嘛,对于我来说,不就是悟空身上拔一根毛吗?悟空带着师徒西天取经,一路上遇到的全是妖魔鬼怪,拔几根汗毛作掩护,已是理所当然。

说完,蒋栋梁从包里取出一张早已写好的收条,并扔下一季度租金的支票,让叶兴达签收。随后,他抬起头,把目光投向李鸿鹄,冷不防地向他说道,你每月从我这里索取八万元,不管是高利贷利息还是我每月还你的债也好,既然你要向我算清一笔账,那么这笔账一起算,你已经从我这里拿了五个月。

好,你尽量算,本来我就不想这笔利息,太烫手。李鸿鹄回答。

你不想要?你不是每月要我把钱打到你太太的账上吗?蒋栋梁冷冷一笑,反问道。叶兴达觉得自己的房租已收到,对李鸿鹄磨磨叽叽已觉得麻烦,于是劝李鸿鹄不要把一句话重复讲,是男人总得对一件事告一段落。叶兴达并没有意识到自己一语双关,而蒋栋梁认为叶兴达就是在一语双关,什么叫作是男人总得对一件事告一段落?他蒋栋梁是顶天立地的男人,不会做偷鸡摸狗的事。觉得再这样磨蹭下去,自己真的是娘娘腔了,于是再次吩咐温柔赶快叫强草鹤把账目拿出来,随口向强草鹤扔下一句话,你是女人,我不想追究你的责任,但必须把账目弄清楚。说完,就朝外走去,但走了几步,又转过身,从包里取出两叠人民币,交给温柔,说,给你当养老院的备用金。

当蒋栋梁走后,叶兴达望着眼前的一张支票,呆了好久,直到律师提醒他,下一步怎么办时,他方才醒过来。是啊,下一步怎么办?总不能让我一直跟在他后面帮李鸿鹄一起催款吧?说着,心里狠狠地骂了一句,我与李鸿鹄狼狈为奸?你去死吧!不过,心里这样骂着,但看着蒋栋梁离开养老院,也觉得自己没什么趣味,于是,自己拿起包也准备离开养老院。走到门口,又回头看了一地的碎玻璃,摇了摇头,自言自语,这个老东西,发起火来比我还要狠。

小说语录

❀ 残局中走棋,每一步即便是陷阱,也要深思熟虑,希望最终和棋。

❀ 人最痛的是说不出来的那些事,而且在痛上撒盐,要么疼得叫起来,要么疼得更麻木。

❀ 做贼心虚的人总要借助外在的力量帮助自己疗愈。

❀ 行善会积德,会扫去自己原来存在的业障,否则不但不会减轻,反而使自己的口味也会莫名其妙地加重,让自己辨别不出真正想要的口味。

❀ 有些事情也是要凭资格的,没有轮到资格怎么会听到真话呢?

❀ 这个世界没有绝对二字,每个人都有人性的闪光点与阴暗面,但这些并不重要,重要的是我们如何朝着光明方向迈进。

❀ 虽然说一个企业忌讳皇亲国戚,但一个企业更不能让某一员工在固定的岗位上使用过长,要么换岗,要么辞退,否则他(她)就会成为你的老板。

❀ 他有时会把龙泉比作是一个鱼池,游进游出的鱼儿们,竟然一不小心能闪进与自己毫不相干的鱼,一起欢畅。这是他的致命伤。

❀ 人生最大的敌人是自己,有人伤害你,说明有人来渡你,你要善待,你命中有劫,与你的名字分不开的,但不能因为你的名字有劫而去改名字。

❀ 其实认为别人老公好的女人都不聪明,上苍对每个人都很公平,为你开启一扇门,肯定要为你关上一扇窗。马晓青爱情事业双丰收,上苍却非要给她失去两条腿,好在她终于走出迷茫,能够重新认识自己。尽管她要把深爱的丈夫推出去,但我们不能乘人之危。

中篇

_1_

　　温柔上任院长后的第二天,便收到文化馆馆长指派到会龙寺庙采风的任务。温柔感受到这是天赐的。手上的账目凌乱不堪,虽然她没有学过财务,也不会做帐,但懂得账目与发票上的数字要相符合。强草鹤移交给她的账目,就像两脚有高低似的,不走路的时候看不出来,但一旦起步向前迈时,便看出破绽了。

　　但是权衡再三,温柔还是觉得采风重要,文化工作才是她的本份。更何况会龙寺庙与上海龙泉资产管理有限公司有关,不管出于什么原因,她得放下眼前的账目,先前去会龙寺庙。出门前文化馆馆长特意发了一条留言给她,进寺庙难免要为自己烧一炷香,最好别穿裙子。

　　温柔一跨进黄墙朱门的会龙寺庙,迎接她的是弘基法师。弘基法师看到温柔,两手作揖,一声南无阿弥陀佛后,问道,是不是来采访企业老板们捐款修寺庙的事? 一边说着,一边把她指引到一间挂有功德碑的厢房。温柔抬头往墙头望去,只见"功德无量"四个字醒目地刻在功德碑的正中央,"上海龙泉老人俱乐部蒋栋梁"几个字落款在上面。那天蒋栋梁赶走强草鹤等人后,向大家说过一句话,功德碑会保佑所有为老人付出心血的善良人。

　　做了一辈子采风的人,还没有碰见采风寺庙的经历,尽管温柔觉得这是天意,但她还是感觉这是她转换角色的前奏曲,是佛暗中给了她一双飞翔的翅膀。当弘基法师把温柔送到寺庙后门，再次强调蒋总的功德碑之所以单独挂起，而没有与其他人放一块，是因为超度完后的一瞬，只有这块功德碑能发出闪光。温柔眼前出现前几天蒋栋梁在养老院与李鸿鹄争执时击玻璃台的一幕，玻璃台的玻璃粉身碎骨，像一道火光，那是不是蒋栋梁的另一种超度而显灵出的光？

跨出会龙寺庙，温柔突然感觉到不能再小觑蒋栋梁，甚至觉得凭曲汇河这点能量是克不住他的。温柔的心里莫明其妙地开始乱起来，以至于过马路时，竟然不看红绿灯。幸好这是一条小马路，也是正午时间，来往车辆稀少，唯有一辆出租车行驶过来，没有穿过红绿灯，在街沿边上停了下来。只见从出租车里走出一位打扮优雅的女士，朝着温柔直呼其名，温柔连忙缓过神来，回眸，面熟，愣了半会，才想起来。

张惠！温柔激动地叫起来。能在小马路上巧遇将近三十年没见的同学，是不是一种天意呢？张惠觉得这就是天意。她很敏感地问温柔，我一下子认出你，那是因为你没有什么变化，你没有一下子认出我，我是不是变化很大？

哪里？是因为你的装扮变化太大，才让我一时半会认不出来。温柔连忙解释。事实上也是如此，从校园门内走到社会，然后到国外镀金，能没有很多变化吗？这次回国，说是带着父亲的使命，其实是皈依。皈依的女子给人的感觉一身清净，连笑起来的时候也是安静的。

听到温柔这么一解释，张惠莞尔一笑，说，你刚才的一幕好吓人，乱穿红绿灯，幸好只有一辆出租车在行驶。我原本是让驾驶员停到会龙寺庙门口的，看到前方好像是你，所以才让驾驶员提前停下。

温柔说，世上真有如此巧的事，怎么都让我碰上？你也要去那座寺庙吗？

　　是的,因为家父离开上海时去过会龙寺庙,所以我每次回上海时,总要替家父来还个愿。张惠回答。

　　还愿? 温柔心里嘀咕着,但没敢问下去,别人家的私事人家不说,你怎能问? 于是,温柔只以点头表示自己在听她讲话。你说世上巧合的事都让你碰到? 除了我,还有谁? 张惠好奇地问温柔。

　　温柔停了片刻,方才缓过神来。她觉得眼前这个张惠的心比她还要细,其实只不过一句感慨而已的话,竟然让她提醒了自己。她笑着回答她,前一段时间,我采访公安战士和其家属,想不到该公安战士的妻子竟然是马晓青,就是上学时候坐在你后面的马晓青。

　　是吗? 就是那个暗恋我们班长的马晓青? 张惠的心突然飞回到青春时光里,全身洋溢出那个时代的活力。她拉住温柔的手,说,我们找个时间和地方,约马晓青也一起出来,好好聊聊当年她与班长的故事。但是据我所知班长穷追不舍的是你啊。说着,捂住嘴,偷偷地笑,太有意思了,确实巧事都让你撞见了,说说看,班上还有什么同学让你巧遇了?

　　哪有这么多巧遇? 你也别乱说,青春年少的事哪敢当真? 温柔并没有因为张惠这句话而生气,学生时代的生活是纯真的,如今见面再提当年,也不可能有什么恶意,说说又不会少一块肉。温柔笑着说,不过你倒提醒了我,我们可以把过去的同学都聚集起来开一次同学会。张惠也说一定要把班长找出来,否则没意义了,当年我只顾学习,没有关心马晓青追班长,而班长追你的细节。说着,不由自主地笑起来,温柔也笑,这时突然手机铃声响起,是养老院打来的。对方告诉温柔,民政局明天有关领导要来检查,过去一直提醒强院长要添置食堂里工作人员的白色工作服,但强院长就是迟迟没有买……

　　不要再说了,赶快去购买。温柔想起养老院里还有一大堆事要等着她去整顿,短暂的快乐马上从她的脸上消失,心里又开始烦躁起来。张惠好像看出了她的心思，便说，你先忙，我也要去会龙寺，我们有时间再见。

好的，等约了马晓青再说。温柔一边说着，一边朝地铁方向那边走去。一条小小的马路似乎又恢复了平静。等到张惠来到会龙寺庙门口时，只见弘基法师早迎候在门口。张惠双手作揖，口中连连说"南无阿弥陀佛，让弘基法师久等了"。弘基法师也回敬她一声"南无阿弥陀佛"，随后带她到捐款室。张惠一进捐款室，便看到挂在墙上的那块"功德无量"功德碑，以及"上海龙泉老人俱乐部蒋栋梁"一行字，心微微颤了一下。

弘基法师发现张惠的目光盯着那块功德碑，便向她道出了原委，并告诉她，刚才有位叫温柔的也来此地，专门为这块"功德碑"进行一次采访。张惠好奇地望着弘基法师，追问一句，温柔？是刚才那位拿着相机来采访的温柔？弘基法师回答"正是"，张惠心里默默地念叨，刚才温柔说世上的巧事都让她碰到了，难道这件也是她所遇到的巧事？

阿弥陀佛！弘基法师说，现在企业老板修庙行善很多，不过像你这样华侨人士也不少，厚德载物，若不为今世，也可修来世。张惠羞涩地低下头，说，那天我皈依，就应该想到捐资，不为一块功德碑，而是为自己的心。

行善的人不论迟早，你的心已经证明一切。你只要记住自己皈依的法号就可以。弘基法师摊开功德账本与笔，呈递给张惠。张惠双手捧起，说，其实我还有一个未了的心愿，就是想找到从未谋面的同胞姐姐。听父亲说，因为她出生不久，就遭接二连三病的折磨，甚至有一次差点夺去生命。有位瞎子先生为她算了一卦，算出姐姐命中克妹妹，于是，父亲就把姐姐过继给父亲一位膝下无儿女的朋友。从此，再也没有音讯。她生命里还有一位同胞姐姐，也是近段时间得知的。也许父亲觉得自己虽然身体还算健康，但毕竟已到这个岁数。听父亲说，尽管当时把姐姐过继给他的朋友时，

签下协议,但是,经过这么多年之后,这份协议的承诺也有了可信度,不坚守或者继续坚守,对于他们这个岁数的人已经不重要。

弘基法师听后,一声声"南无阿弥陀佛",直把张惠送出寺庙后门为止。张惠走出寺庙,走到刚才与温柔相撞的一条小马路时,突然停下脚步,脑子里生出问号,便拿出手机拨通了温柔的手机号码。

温柔接到张惠的电话,正好与养老院里的员工开会。这些员工当中有一部分是章志忠和黄伟亮介绍过来的,是一个乡村的人,有帮派。有一位护理部负责人向温柔开条件,如果不加工资,他就拉着他的姐妹们走。温柔明白这个条件如不答应,意味一个人走,全村的人都走,全村人走,意味护理部变成空匣子。一片喧哗声让电话那头的张惠不得不多问一句,你在干吗啊?温柔起先不肯说,毕竟是一句两句说不清的事,有必要与一个刚见面的老同学谈这些事吗?更何况这是一件多么丢人的事啊,新官上任连一把火都没有点燃,就被外地员工先点燃了。然而最后经不住张惠一次次地追问,温柔说出了真相。尤其说到这一批同乡村的人都是章志忠等人介绍来的,张惠心里"咯噔"一下,这世上还真有那么多巧合的事啊?简直作孽,我什么时候可以赎清罪孽?

回到家,张惠只见章志忠站在阳台上,面朝向钢窗,抓着手机在破口大骂。从骂声中张惠听出飞翔贸易有限公司又遇到麻烦了。想当年,她是稳稳当当打好地基之后才把公司法人代表转给他,谁知这次回来后一条好端端的船变成了一条破船。

作孽啊!张惠不免感叹起来。她望着他的背影,看他手舞足蹈,每一句话都带脏字,她越来越理解父母为什么一开始就反对她这门婚姻。父亲一直说,一个人穷不怕,怕的是品行出问题。可是恋爱时她认为他除了会随时扔烟头,其他都蛮好,就连这次她让他去机场接她时,她看到的是他君子谦谦的样子。

这样下去不行,飞翔的名声早晚要败得不堪,这让她怎么安心? 张惠原本所有的计划似乎要在章志忠的骂声中所搅乱。做什么事都要有约束的,这条商业规则是一个做企业老板都要知道的。张惠趁着章志忠喘气的时候插上一句。

章志忠听到张惠的声音,连忙回过头来。他把手中的烟蒂下意识地想往钢窗外扔,但又似乎怕不好,连忙走到有烟缸的地方,将烟蒂掐灭。你回来了? 章志忠寻找着开场白。如今他已经适合与张惠用这种方式交流。

听说你为朝阳养老院不仅输送院长,而且还输送护理工? 张惠冷不防地问道。章志忠装着若无其事的样子,他知道在这个节拍上马上与她交锋,肯定不行。何必呢? 夫妻间形同陌路,已经没有必要为一件事而争得面红耳赤。

且不说院长的事。你知道吗,因为你输送的护理工都是同乡村的人,一个离开,全部离开,护理部主任拿涨工资与否来决定去与留。护理工是养老院的重阵之地,你说怎么办? 张惠一字一句让章志忠听得一愣一愣,心想,她刚来上海,怎么如此了解龙泉的内幕? 更让他疑惑的是她怎么会关心起别人地盘上的事?

不全是我介绍的,还有其他人,你别再提了。章志忠应该说多少也预先听到护理部主任准备把手下的护理工全部带走的消息。想到黄伟亮过河拆桥根本没有把他当一回事,他早就下决心如不能回到蒋栋梁身边,也不会与黄伟亮狼狈为奸了。

不全是你的事,那么我问你,杨芝芳是被你赶出飞翔的吗? 我现在不追究这种事,当务之急是看你赎罪的表现。张惠像一位穿着袈裟捏着佛珠的法师,每一句话里不是含有"孽"就是带着"罪",让章志忠像被念了紧箍咒似的,头痛欲裂,乖乖地如实招来。张惠听完之后,说,给你一天时间,马上输送新的护理工到朝阳养老院。

不管章志忠能接受得了这个要求与否,张惠马上打电话给温柔,让这些要求涨工资来威胁的人马上离开养老院。章志忠听到这句话后,急了,说,你怎么可以这样?一天时间?神仙也不可能这么快解决护理工的事啊。

可是你给过杨芝芳这样忠心耿耿人的时间了吗?张惠问。

这个老太婆被蒋栋梁带到他公司去干了,她还得感谢我赶走她呢。章志忠被张惠这么一逼,逼出了不该说的话。张惠并不惊讶,既然把公司交给他,她已经预料到会有这一天,只不过她装着糊涂等他来告诉她,而没有想到章志忠是在这种情况下失了口,才让她得知她所预料中的事。她还能说些什么?夫妻之间早没有了诚实度。

此时的章志忠心头的疑惑却变得越来越重,他想起张惠嫁过来的时候,蒋栋梁与他还是邻居朋友,她也与蒋栋梁有过生意上交往。章志忠怀疑张惠之所以与他冷战到现在,与蒋栋梁有分不开的原因。他认为自己像戴了一辈子的绿帽子刚被发现似的,两手狠狠地抓住自己的头发,欲狂不能。怎么办?满脑子里都装着一团疑问,装着男人最忌讳的东西,望着张惠,他感觉自己仿佛站在四面楚歌的境遇上,让人随意来宰割。然而一想到自己身上还有短处可以让人随手拿捏,章志忠只能退一步,不敢乱来。他想如果张惠真的与蒋栋梁有什么瓜葛,那么不管出于什么样的动机,只要张惠插手这件事了,死的肯定是黄伟亮而不是蒋栋梁。权衡再三,章志忠觉得为什么不能掉头转向蒋栋梁这一边呢?不管怎样他不会这么轻易死在自己老婆手上。

事实上也是如此。正当章志忠发愁如何在一天时间内把护理工全部搞定的时候,张惠第二天就把人送到朝阳养老院,亲自交给了温柔。温柔像获得一场及时雨似的感动得差点掉下眼泪,问张惠这么多年在国外,怎么还能马上找到这么多体力劳动者?

张惠笑着回答,这你不要多问了。俗话说,虾有虾道,蟹有蟹路。这八个护理工算我给你的见面礼吧。嗨,你什么时候约上马晓青,好让我回美国洛杉矶之前聚一次。温柔刚说了一个"好"

字，便从走廊里传来一声声"我要强院长洗澡"的声音，没有多少工夫，一丝不挂的祁老伯像没了主似的在走廊里乱窜着。

护理工呢？护理工跑到哪儿去了？温柔回过头，四处寻找护理工的踪影。然而，除了厨房间、医务室以及前台有人之外，所有老人房间里没有一个护理工。只见洗衣坊的一位女工探出头来，向温柔一边使着眼色，一边手指后边的方向，意思好像在说他们都在那个杂物间里。

老同学，在你面前不都是护理工吗？张惠一边说着，一边把八个护理工推向温柔，让温柔自己去分配。温柔似乎刚刚反应过来怎么回事，拍着自己的脑袋，调侃自己已被院长的职位冲昏了头脑。不过，等到温柔把这八个护理工带到各个岗位时，张惠独自一人在前台周围转悠。在与一个名叫韦琴的前台工作人员交流中，意外得知朝阳养老院与上海龙泉资产管理有限公司蒋栋梁有密切的联系。张惠暗暗想，自己无意中为蒋栋梁输送护理工，是不是一种天意呢？韦琴对张惠说，护理部处于瘫痪状态，这是早晚要发生的事，也就是说如果不瘫痪才是不正常。

张惠一时没能理解眼前这个自称从李鸿鹄手中就做前台工作的韦琴所说的话，她疑惑地问道，难道你一开始就发现这种不好的情况了？韦琴说，我虽然是这里的元老，但我只是做前台工作的，超过工作范畴的事我管得了吗？韦琴回答这句话时，语调口吻纯粹是一个局外人。张惠觉得再与一个局外人聊下去，也聊不出任何结果来。正想转过身，去寻找温柔的行踪，只听前台的韦琴嘀咕了一句，蒋老板接了一只烫山芋，他根本不懂养老院经营方法，法人代表李鸿鹄远远比他聪明多了。

难道法人代表不是蒋栋梁吗？张惠越听越糊涂了，想转身问个明白，却最终还是拗不过自己一点小小的自尊心，死活没有回头，而是拿出手机，拨通温柔的手机号码，说她有事要回去，让她慢慢地处理好工作，有空再联系。当离开养老院之后，张惠马上又拨通温柔的手机,提醒她,这八个护理工都是刚刚出道的,蛮纯粹的,好好对待她们,她们是不会与你犟头倔脑的。温柔回答,明白。张惠又补充一句,时间长了如谁犟头倔脑也是常理,不过到时候要懂得更换人。你不明白没关系,到时我们见面再与你详谈。

张惠挂断温柔的电话之后,自己在心里默默祈祷,做善事是在修行,我是在传授经验给你这位老同学罢了。回忆起当年自己创建的飞翔贸易集团有限公司的时候,其实她也碰到过像温柔现在所发生的情况。她清楚记得有一年贸易滑坡,吸引外资处在乏力状态中,同时市场需求疲软而导致公司员工大量流失。在这个节骨眼上,有人竟然向她提出加工资留人的条件。然而,张惠很冷静,她并没有让这些人冲昏了自己的头脑。她想过,她宁可重新换血,也不能让那些人在趁火打劫中取得胜利。幸好洛杉矶的父亲在关键时刻伸出援助之手,在财力与人力双重的帮助,让她起死回生。在这件事上她很感激杨芝芳这位老大姐,在她危难的时候对她不离不弃。如今她想帮助温柔这位老同学,多半也是受杨芝芳老大姐的影响。

张惠很想亲自约杨芝芳出来,又找不到任何理由。见了面除了赔礼道歉又能说什么? 就在她左右为难的时候,她的手机正好进入一个飞翔公司的电话,说是在财务大检查中时,发现了漏洞,章总的电话无法接通,他们通过档案里的资料才找到她的手机号码。张惠倒抽一口冷气,幸好我在上海,如果我在国外呢? 张惠不敢再往后去想,只是答应等她来公司后再说。

当她拨打章志忠的手机号,仍然处于无法接通的状态时,她首先想到要与蒋栋梁通一次电话。在上海这座大城市里,除了刚刚遇到的老同学温柔之外,也只有蒋栋梁能够帮她拿主意和解决困难,不向他求助,还能找谁? 当蒋栋梁听完张惠的陈述,脑子里第一个反应就是章志忠投资到他公司名下的那笔钱肯定是他挪用了飞翔公司的公款。蒋栋梁拍了一下自己大脑门,说,我怎么没有想到这一点呢？

张惠没有听明白蒋栋梁的意思，她不知道究竟发生了什么？蒋栋梁急忙问道，你现在哪儿，我来找你。张惠望了望四周，也不知道自己在哪儿，捧着脑袋在想，也没有想出一个准确的方向。蒋栋梁知道张惠这个时候肯定晕头转向，便补充一句，就在飞翔公司碰头吧，顺便我把杨芝芳带来。

不，不要，这个时候与杨大姐见面不合适。张惠连忙阻止蒋栋梁的做法。她说，还是在外找一个茶馆，她真的撑不住了。一声"我真的撑不住"，让蒋栋梁心酸不已。自从她回上海，自己还没有与她见过面，趁这个机会见上一面也可以让自己放心。蒋栋梁回答张惠，可以，等你找到地方后告诉我地址就行。

当张惠在一家伦敦风味的 Costa 连锁店坐下的时候，便拿出手机拨通了蒋栋梁的手机号。蒋栋梁依着她给的地址叫了一辆出租车过去。当彼此见面的瞬间，还是有一种小小吃惊的感觉。张惠说，几年不见，你真的老了不少。蒋栋梁说，费心费神，能不把人折腾老吗？望着满脸心思的张惠，蒋栋梁来不及等服务员上茶，就迫不及待地切入今天见面的主题。他说即使章志忠真的挪用公款，也要先联系到他本人再议这件事，他劝张惠先别着急下结论。

张惠点点头，看着服务员为他俩上茶之后，也进入了一种状态。她告诉蒋栋梁，为了能赎章志忠的罪，她已输送护理工到养老院，解决温柔的燃眉之急。蒋栋梁知道张惠这是在故意转开话题，目的是不想让他这么快涉及那件事。原本想顺着她的话回应一句，但不料，张惠一句"听说朝阳养老院的法人代表不是你的"话，让蒋栋梁不知所措，多么丢人的一件事，怎能一时半会与她说得清？既然她在故意转开话题，那么我也先绕开这个话题，接应她开始的话回答吧。于是，蒋栋梁清了清嗓子，说，我已经听温柔向我汇报过此事，我还听说你俩是同学，嗨，真让我羡慕，可我与章志忠也算是同学吧？可他……还没有等他说完，张惠马上打断他的话，不让他说下去,别说了,我们俩都信佛,养老事业本来就要靠善人去做,行善是我们的终极目标。

蒋栋梁吃惊地望着她。他虽然知道一个人气愤到极点形象会走样,但他还是不敢相信张惠这么优雅的人也会如此。她也许已经感觉自己有点失态,连忙转了一个话题,对蒋栋梁说,她在会龙寺看见他那块功德碑,才明白了一切。然后她又向他陈述了这次来上海的缘由,这次她回国是受父亲之命,要她寻找同胞姐姐的下落,所以,近段时间才要留在上海,谁能想到今天会接到公司里那个电话……

张惠再也说不下去了,眼泪充盈在眼眶里,知道再不避开蒋栋梁的视线,肯定会夺眶而出。于是,她连忙转过头,将视线朝向营业柜台上,定睛看着服务员那熟悉的操作手势,努力将自己眼眶里的泪水吸收回去。

这样吧,我想办法先把他投资在我公司里的钱拿出来补这个洞,其他事等见到章志忠再说。蒋栋梁不忍心看到张惠伤感流泪的样子,只好硬着头皮承诺这件事。其实他心里明白,公司账目里的钱也不是随心所欲可取出来的。毕竟是一笔大数目的钱,一旦抽出来,虽然对他来说不是七级地震那么厉害,但至少也有三级地震之程度,晃动几下也够你感受了。

张惠收起眼眶里所有的泪水,回过头,用感激的目光看着蒋栋梁,说,章志忠的业障几时才能赎清啊? 这里,我代他向你道一声歉意。张惠正想站起身来,要向蒋栋梁鞠躬,却被蒋栋梁连忙阻止,一边说她这样做会让他无地自容,一边回忆当初章志忠带领他手下的人闯进他办公室那种凶狠的样儿,心里不免骂起章志忠,也在骂自己为什么会这样粗心让章志忠钻了空子。

不过,恨归恨,蒋栋梁还是不停地打电话给章志忠,直到第二天的晌午打通为止。蒋栋梁根本不会想到章志忠这些天竟然在郁向阳那儿,其实这个电话也是郁向阳偷着打开章志忠的手机后才得以被蒋栋梁打通。郁向阳这些天来被章志忠缠得烦死,说如果不是她给他出点子,他也不可能挪用公司里的款子。郁向阳说她只不过是一种建议,谁能知道拿自己公司的钱还叫犯法?郁向阳好几次想打电话给蒋栋梁,结果理智阻止她的行为,她想只有打开章志忠的手机,也就是把麻烦交给蒋栋梁。

当章志忠接听到蒋栋梁的电话时,也在纳闷手机怎么会处于开机的状态?他以为蒋栋梁会骂他,但蒋栋梁并没有骂他,而是问他这些天为什么搞失踪?有家不回,还要关闭手机与外人失去联系?当蒋栋梁答应只要他实事求是,他会帮他解决这件事。

就这样,章志忠终于出现在蒋栋梁的面前,并把事情的经过一五一十地向蒋栋梁交代。当蒋栋梁听完章志忠的陈述,心里感慨起来,章志忠,你也有上当的时候,聪明反被聪明误,误给郁向阳啊。然而在这个当口,蒋栋梁脑子急转弯,还是想到一件与张惠有关的事。难道郁向阳早已知道章志忠与张惠是夫妻关系?要不然郁向阳怎么会向章志忠出这样的主意呢?蒋栋梁深深地抽了一口气,自言自语起来,我这个平台越搭越大,人也越来越多,究竟是好事还是坏事呢?

2

黄伟亮带着强草鹤去韩国的时候,韩国正好是炎热多雨的季节。强草鹤原以为黄伟亮带她去浪漫,她早听说过了小法兰西是韩国最充满浪漫的地方。然而,黄伟亮却把她带到首尔整容一条街。强草鹤下意识地摸着自己的脸,充满复杂的心情。哪个女人不爱美呢?能让自己变得洋气不带土味有什么不好呢?甚至她想到整容后,让全世界的人都不认识她,改头换面。回忆起被蒋栋梁从养老院赶走的情景,气不打一处来,她认为这比与男人上床还要羞耻。如果当时脚跟前有一个洞,她马上就会钻进去。她已经没有脸面回到大浴房。

　　望着这条街上的人来人往，以及墙上挂着整容前后的广告牌，强草鹤一边在张开想象的翅膀，一边在思量她身后的鬼影。凭自己对黄伟亮的认识，他不会这么大方仅仅为了她的美而特意带她到韩国整容。

　　整容后，让全世界的人都不认识你，然后带着你整容后的新脸去勾引蒋栋梁，你干不干？黄伟亮奋力地抱住强草鹤，两眼死死盯着她的双眼，问道。强草鹤连忙把目光往其他地方移，不敢看他。其实勾引男人对她来说，就是一份职业，大浴房里的那些男人们，哪一个不被她调教得服服帖帖呢？然而，黄伟亮所提出来的事非同一般啊！

　　蒋栋梁也是个有七情六欲的男人，你权当自己还在洗浴房里为男人们擦背按摩。被男人骂甚至被男人打，只要人民币送到你口袋里就是本事，你难道不想报这个仇吗？黄伟亮紧追不舍，不让强草鹤有喘气的机会。你要知道，男人的事业兴与衰都取决于身边的女人，如果你成为蒋栋梁身边的女人，那么我相信以后的天下就是你强草鹤的了。

　　强草鹤慢慢地把目光重新回到黄伟亮一双凶残的眼睛上，不再像刚才那样觉得害怕，心开始蠢蠢欲动起来，就像当初准备去朝阳养老院当院长时那样，重新有心中一幅好蓝图。在描绘蓝图时，也有担忧，她说，整容换新脸，改姓换名，那身份证上的名字我是强草鹤，这个馅很快会暴露。

　　我都替你想好了，这个不用你操心。黄伟亮慢慢松开强草鹤的身子，然后冷不防地在她丰腴的胸口上狠狠地摸了一把。强草鹤不敢肆意地叫出声来，人来人往的陌生街头，只能任凭眼前这张熟悉而又阴暗脸的人摆布。黄伟亮告诉她，有时候做事就要冷不防，也叫出其不意。刚才我的这个动作就是出其不意。你如果拿我这个招使给蒋栋梁，用你的色骗取他的心，然后将他的心挖空，让他疼得叫不出声,羞愧得不敢叫出声,你胜利了。

强草鹤摸着自己刚才被他狠狠抓疼的胸口,好像明白了一切,下意识地将头朝墙上挂着整容的广告牌望去,仿佛看到自己那张新脸已挂在广告牌上。她拉住黄伟亮的手臂,说,走,整容去。当强草鹤从整容室走出来,已彻彻底底不是强草鹤了。在回上海途中,黄伟亮为她起了个新名叫"叶百合"。本来想叫她"野百合",但是考虑到身份证名字的规范,于是,在让人伪造身份证的时候,决定制作成"叶百合"。

一天,黄伟亮在朝阳养老院对面的一家旅店里开了一个房间。强草鹤起先不明白,心里也有点障碍,问黄伟亮,和我睡觉,难道开一个星级宾馆的房间都不肯吗? 黄伟亮没有及时回答她的问题,而是打开旅馆房间电灯与窗门,只见窗帘被一阵阵风吹拂着,仿佛窗外的灯光连同星光都被风带了进来,他把强草鹤的衣裤扒得精光,在窗口下肆无忌惮地亲吻她。强草鹤发出嘶嘶的叫声。

对,就这样叫,你要用叶百合的叫声赢得蒋栋梁的身体。你现在权当我是蒋栋梁,你想象每发出一次淫叫就有人民币进你的口袋,耗尽蒋栋梁的体力就是耗尽他的钱财。我卷走他这么一点钱,他就气喘不过来,你如果吸干他身上的血,不就是要他的命了吗? 黄伟亮一边疯狂地占领她的身体,一边吼道。

身份证! 身份证! 强草鹤没有忘记自己的身份,在黄伟亮的疯狂的欲望之下声嘶力竭。

你现在是双重身份。记住,"叶百合"的身份证仅仅是蒙骗蒋栋梁眼睛的,其他地方慎用,毕竟这是伪造的,是违法的。我是在与你一起走钢丝,你的目的是报仇,而不是真要成为他的女人,懂吗? 黄伟亮狂欢之后,终于停下了对强草鹤身体的侵略,从包里取出"叶百合"的身份证,交到她的手中。

强草鹤战战兢兢接过"叶百合"身份证,莫名地又害怕起来,两眼发呆地望着黄伟亮。黄伟亮的嘴慢慢地贴近她的耳,轻轻地告诉她,别怕,与蒋栋梁上宾馆开房间,不要鬼鬼祟祟,一般是不会识破的,如果借一幢别墅就让他出钱借他的名义,如果买一幢别墅就让他直接拿出钱来,以你弟弟的名义买下来。总之,强草鹤的身份不能让蒋栋梁察觉。

借别墅以他的名义,他哪天把这份承诺收回去怎么办……没等强草鹤说完,黄伟亮连忙打断她的话,对强草鹤说,没有如果,千万不能以你的名义,难道这点小伎俩都不会使吗? 强草鹤摸着自己赤裸裸的身子,对黄伟亮说,我除了这身子,没有其他本事了,勾引蒋栋梁也得先有什么来铺垫一下吧?

有,你不是告诉过我,蒋栋梁近期为破寺庙捐款修造吗? 他既然喜欢这个,你不妨弄个什么佛商协会唬弄他一下。黄伟亮一边摸着她的身子,一边狡诈地笑起来,四颗板牙肆无忌惮地暴露在唇外,让人有阴森森的感觉。强草鹤知道虽然勾引男人是她的强项,但这次的任务毕竟与众不同。她站在黄伟亮面前,像僵尸一样,一动不动。

我已经为你安排好了,在会龙寺庙门口候着他的光临。这时候黄伟亮两眼望着窗外对面的养老院大楼,继续说道,你这次扮演的角色非同养老院里的院长,若这步棋子走好,全盘皆赢。

就这样,强草鹤如黄伟亮手中的棋子,安放在蒋栋梁的棋盘上。终于有一天,她打探到蒋栋梁要去会龙寺庙的消息,于是她便精心打扮一番,对着镜子反复照,默默地为自己打气,你不是强草鹤,是叶百合,这次只许胜利不能失败,否则太枉费你自己这张漂亮的脸蛋了。

这一天会龙寺庙举行传统的浴佛节活动。只见僧侣手持甘草茶做成的浴佛水,向前来的每位施主洒去,随之,诵经声忽远忽近回荡在晴朗的天空上。强草鹤两手作揖,却心神不定,两只眼睛四处游移,寻找着蒋栋梁的踪影。功夫不负有心人,终于在卧佛堂里见到蒋栋梁。只见蒋栋梁跪拜在卧佛前,好像在念叨自己昨夜做到卧佛的梦,今天又是浴佛节,佛的旨在一定会让自己大吉大利。

强草鹤故意把一瓶未盖紧的矿泉水放在蒋栋梁跪拜的地方,然后自己在他身边的一个空位上跪拜下来,用余光注意蒋栋梁的举动。当蒋栋梁欲想站起来的时候,强草鹤悄悄地将手朝矿泉水瓶上一挥,矿泉水瓶轻易地朝向刚要起身的蒋栋梁身上,盖子一脱落,水一半渗在地上,一半已打湿蒋栋梁的裤子。强草鹤连忙掏出手绢,一边要帮蒋栋梁擦拭,一边向他赔礼道歉。蒋栋梁下意识地推开强草鹤的手,一双眼睛也不经意地朝她望去。

蒋栋梁的心里"咯噔"了几下,毕竟他是男人。强草鹤趁着蒋栋梁的"咯噔"几下时,发出两声"南无阿弥陀佛",一脸的虔诚着实让蒋栋梁多看了她几眼。强草鹤趁着蒋栋梁多看她几眼的时候,抓紧把话题切入到他那块功德碑上。很快,蒋栋梁让强草鹤走近了他。

一天,蒋栋梁把强草鹤带到公司,让她熟悉周围的环境和相关业务流程,然后能成为他的秘书。强草鹤望着凌乱不堪的办公室,马上撸起袖口,动手打扫起卫生。她这一举动蒋栋梁看在眼里喜在心里,想想女儿比她小不了几岁,但女儿哪能会做这种脏活?尤其强草鹤沿着沙发爬到书橱顶,然后站在书橱顶用鸡毛掸子掸去屋顶的灰尘,让蒋栋梁感动不已,恨不得自己也能爬上去,帮她一起掸去屋顶的灰尘。

正巧这时候,蒋利闯进来,看着蒋栋梁站立在沙发扶手上,两眼望着书橱顶上的强草鹤,惊叫起来。老爸你在干吗呢?这是清洁工干的活,你瞎掺和什么?蒋利拿起桌上蒋栋梁的茶杯,揿开茶盖,一边把水往肚里灌,一边说。

什么清洁工?她是叶百合,为你老爸打理业务来的。蒋栋梁两眼仍然盯着上面的强草鹤,一边回答蒋利。叶百合?我看还是叫野百合吧。蒋利说着,让强草鹤赶快下来。强草鹤沿着书橱顶慢慢往下蠕动,她穿了虽然是一条超过膝盖的半长裙,但因为两脚一上一下幅度有些大,再加上一脚踹了一个空,裙边翻起浪花,里面的衬裤一览无余。

老爸,你聘用这种女人来打理业务?你不要引狼入室。蒋利睨着一点没有羞涩感的强草鹤,没好气地说,我告诉你,你如果动坏脑筋而来靠近我老爸的,当心一点。蒋栋梁听到此话,连忙用手向蒋利的后脑勺轻轻地敲打几下,搞不明白她到底吃了什么药?

其实,蒋利并没有吃了什么药,而是亲眼目睹许风萍指着鼻子骂郁向阳的一幕。细心调查后,得知郁向阳让许风萍做卧底,打探与蒋栋梁有关的所有人行踪,大概许风萍没能拿到实际数目的钱,便与郁向阳翻脸。蒋利伤心透了,心想,老爸为郁向阳带头募捐,她丈夫过世,还特意让她送一笔丧葬费给她。不管怎么说,老爸这么做总没有错吧?为什么还要用这种方法算计呢?她想想自己虽然与小钱断绝关系,但只是年轻人情感上的事,与家长无关,她还是把许风萍当作龙泉的一员,她的钱至今仍然投资在龙泉里,每月的利息按时打到她的账户上。人要学会感恩,但蒋利觉得老爸在喂养一只狼。刚刚闯进蒋栋梁的办公室,只想来向他汇报这一情况,一路上还在想,见到老爸一定要提醒他,凡是想靠近他的尤其是来路不明的人一定要进行调查和考验。

当蒋利看到老爸办公室里来了一个穿着时尚的陌生女人爬了这么高,这哪儿是在打扫卫生,分明是在勾引老爸么。蒋利看到此情景,火冒三丈,似乎也忘记自己为什么要闯进老爸的办公室的初衷。

我就是吃药了。蒋利指着强草鹤,问,你究竟从哪儿来的,谁介绍进来的?怎么会与我老爸认识?你的身份证让我看一看。看到蒋利这么咄咄逼人,蒋栋梁觉得自己的面子真的无处搁,如果再不让强草鹤离开,办公室真的要爆炸了。强草鹤也倒蛮知趣,抖了抖身上的灰尘,看了看蒋利,心里在念叨,你凶什么凶呢?有本事向黄伟亮去凶!如果遇到黄伟亮你还再能凶起来吗?然后向蒋栋梁使了一下眼色,便离开办公室。办公室里只剩下蒋栋梁父女俩。

快滚到你母亲身边去,我不想看到你。蒋栋梁这次真的动真格了,蒋利被蒋栋梁这么一怒,委屈地哭诉起来,我如果滚到老妈那边去,你少了一位火眼金睛的人。你知道吗?郁向阳与许风萍在背后算计你,你被人卖了还帮别人数钱,你傻不傻?我好心好意提醒你,结果……

算计就算计,我早就知道了,还用得着你来提醒我。蒋栋梁打断蒋利的话,狠狠地说。蒋利突然收起眼泪,吃惊地望着蒋栋梁,不知道如何去应答。这个时候,蒋栋梁的手机铃声响起,蒋利缓过神来,一根筋马上吊起来,唯恐又是谁来骚扰自己的父亲。自从她把母亲与他联系上后,她一直在关注着蒋栋梁的行动。她想伸出头张望手机屏幕上的名字,谁知是一连串的手机号码,连蒋栋梁也不知道是谁打来的。

当蒋栋梁接听的时候,只听见张惠在说,谢谢你,栋梁,你帮了我一个大忙。蒋栋梁下意识地看了看身边的蒋利,然后转过背去,淡淡地回了一句,我们彼此还用得着谢吗?蒋利不甘心,走到蒋栋梁的前头,两耳贴近蒋栋梁的手机,蒋栋梁想赶也赶不走她,于是索性将手机调到免提状态。等到蒋栋梁说到"你别去责怪章志忠了,其实也有我一部分的责任"的话,蒋利方才放心下来。她向蒋栋梁扮了一个鬼脸,轻轻地问道,是不是章叔叔的夫人打来的电话?

栋梁,养老院的法人代表要及时更换过来啊,否则就是为他人打工。蒋栋梁来不及回答蒋利的问话,张惠冷不丁地又提到了养老院法人代表的事。蒋栋梁只是轻轻地回答,我知道了。等到蒋栋梁挂断张惠的电话后,长长地叹了一口气。蒋利紧追不舍地问道,是不是张惠阿姨打来的电话?张惠阿姨碰到了什么难事?蒋栋梁回答,是啊,章志忠那个老贼投资的钱竟然挪用了飞翔公司的公款。

蒋利睁大圆眼,惊讶地问,啊!就是那天他带了一帮子人闯进你办公室要拿回他的本金,而他的本金就是挪用飞翔公司的公款吗?蒋栋梁说,是的,不过现在已经帮他填补了这个空缺,所以,张惠来电话感谢。蒋利恍然大悟,一边点头,一边说,原来是这样,这么一大笔钱从公司的账本里一下子抽出来,会不会影响公司的正常运转?蒋栋梁把头深深地埋下,同时深深地叹了一口气,心想,不要说这本金是他的,就算不是他的本金,在这个节骨眼上,我还能见死不救吗?蒋利你要知道,是章志忠那个老贼透露给你老爸说黄伟亮要陷害于你啊,我蒋栋梁是欠章志忠一份人情;养老院的护理部一时陷入困境,是张惠及时相救,我蒋栋梁又欠了张惠一份人情,两份人情理应当还啊。

蒋利连忙从座位上站起来,悄悄地站到蒋栋梁身后,一把抱住他,说,叹什么气,我只不过随便问问而已,飞翔公司不会有事,我们龙泉也不会有事,刚才听张惠阿姨关照你养老院法人代表的事,我觉得老爸是不能再拖下去了。蒋栋梁看了看蒋利,无奈地说,女儿,爸与你商量一件事成吗?蒋利问什么事。蒋栋梁说,你能否回到你妈的身边去?或者与苗木一起回新疆,反正上海这地方不要再待下去了。蒋利两手紧紧抱住蒋栋梁,撒娇地说,老爸是不是不要我啦?

蒋栋梁用力将蒋利的手松开,没好气地点了她,正要开口说话,只听手机铃声又响起。他俩一开始都以为又是张惠打来的,蒋利说,张惠阿姨又有什么事要找你麻烦了?蒋栋梁在拎起手机的同时,没好气地对蒋利说,你是我的领导吗?什么事都要经过你的审核吗?

接听电话才发现其实是温柔打进来的,他连忙向温柔解释,刚才这句话是教训他的女儿,说他的女儿真不懂事。温柔说她没有在意他刚才到底说了什么,只是想向他汇报。当她开口答应一个刚住进来的老太,可以把自家的钢琴带过来,院里的老人就说,那么他们也可以把家里的电饭锅电瓷锅带到养老院。她告诉老人,院里有规定不能带用电的物品进来,老人们偏偏不依。

蒋栋梁边听边在想,等到有一天自己建立一所养老院,把这里的老人都带走,朝阳养老院这只烫山芋重新还给李鸿鸪,让他爱怎么折腾就怎么折腾。噢,是吗?那你答应那个老太把钢琴搬进养老院是怎么回事?蒋栋梁在问温柔这句话的时候,脑海里也浮现出自己正在建立的各地度假养生基地里,应该要配置一架钢琴的情景,那种优雅的情调能提升老人的修养。

听到蒋栋梁这么一问,于是温柔向他娓娓道来。原来有一天由一双儿女将他们的母亲送到养老院时,告诉温柔,他们在为父亲过七十岁生日那天,母亲为父亲演奏了《致爱丽丝》钢琴曲,谁知音乐还未停止,父亲因心脏病突发,猝死在饭桌上。从此,母亲一直在自责中过日子,要么自言自语,要么几天不说话,长期的忧郁使她患上了老年痴呆症。然而一曲《致爱丽丝》永远在她的脑海里在她的手指间,如果近段时间不发生煤气灶上烧着东西,人却锁上门往外跑而差点导致一场事故,他们还没有考虑要送母亲进养老院。起初母亲不肯来,最后答应她把家中那一架钢琴也一起带进养老院,她才肯进来。儿女们与温柔商量能否腾一块地方摆放那一架钢琴?也许钢琴有点醒目,尤其这位老太弹奏时那种优雅而投入的神态,不得不让一些老人产生妒忌。

蒋栋梁听完温柔的陈述,马上答复她,钢琴可以搬进养老院,带电的用具一律不准带进来。说着,正想开口问温柔,张惠是不是还在养老院,当说出"张惠"两字,连忙将嘴堵住,然后停顿了一下,把"张惠"两字卡在句子里,变成"不要张口就说会不会让老人妒忌"的话。温柔也没有察觉出来,觉得老板说得对,自己凭什么张口说老人们会产生妒忌呢?只要自己把厨房里的伙食抓好,合着老人们的胃口,另外附加一条老人可以让厨师加工菜肴的项目,这样还怕老人们把电锅类带进养老院来吗？

其实，温柔与蒋栋梁通话的时候，张惠刚好离开养老院。然而，蒋栋梁总感觉张惠还在养老院，甚至在想象她正与李鸿鹄谈判450万的事。如果接管养老院的是她，这个局势还能成今天这样吗？蒋栋梁眼前的镜头在交替着，仿佛此时此刻张惠就是院长，或在电工间查看电梯维修记录本，或在厨房间，又或在那位老太房间里，欣赏她的《致爱丽丝》钢琴曲。

那夜，蒋栋梁做梦时真的梦见张惠替代了温柔的位置。只见张惠坐到了院长的宝座之后，原本一脸的谦和马上变成了威风凛凛的样子，用严厉的口吻要求温柔把养老院里的账目交出来。温柔说她只管行政工作，不管财务账，如果要查账，可以直接找蒋总。于是，张惠飞上了天，在天空中盘旋好长时间，才把蒋栋梁从乌云里抓了出来，训斥他包庇有罪，要坐大牢。蒋栋梁一听要坐大牢，吓得连忙跪地求饶，说自己已受够了牢狱之苦，他愿意把整个养老院交付给她。张惠冷冷地说，朝阳养老院谁不知道是一只烫山芋，谁接谁倒霉，她才不会上他的当。她要蒋栋梁记住，她来接管院长的位置，是帮他搞一次大革命，从前台到护理部，彻底换一次血液。蒋栋梁拼命地喊不能啊，没有换血液的设备条件怎么能彻底呢？突然，张惠在清扫卫生时，扫出一大堆破旧不堪的账本来。当她用双手去拿地上的账本时，只见一团烈火燃烧起来，烧到她的手她的身，她惨叫起来，四处寻找逃身的出口处。蒋栋梁见此情景，一边扑火相救，一边说，别害怕，账本上的账是对的，是查账的人在虚报事实。

蒋栋梁在气喘吁吁中醒过来。打开灯，翻箱倒柜寻找自己的哮喘喷雾器。等到一切忙完，一口气终于处于缓和状态时，他在心里开始嘀咕道，张惠该是一个怎样的人呢？在一次张惠约他出来一起吃饭时，蒋栋梁借张惠上厕所之际，私下问起章志忠，他是否在郁向阳面前提到过张惠的名字？章志忠不加掩饰地回答，他在所有人面前不会掩饰飞翔贸易公司是张惠开创的,也不掩饰老丈人的扶持。章志忠说自己尽管浑浊,但在老丈人与张惠面前还是敬畏三分,因此在他人面前也会自然流露。

章志忠说完,疑惑地问蒋栋梁今天怎么会突然问起这个?蒋栋梁并没有回答章志忠这个问题,而是说,祸从口出难道这个道理不明白吗?再说你不知道张惠在她的生命中还有一个比她大十岁的同胞姐姐吗?你与郁向阳是聪明反被聪明误,都有要击垮我蒋栋梁的目的,结果搬起石头砸自己的脚。

章志忠吃惊地说他不知道张惠还有一个比她大十岁的同胞姐姐,他问蒋栋梁怎么比他还要了解呢?章志忠的疑惑又莫名其妙地涌上心头。蒋栋梁连忙解释,这件事也是你出事时我才知道的。他告诉章志忠,张惠这次回国是受你老丈人之托,来寻找自己的同胞姐姐,可她没想到是来帮助你解决公司里的漏洞,你应该感谢她才是。

当章志忠正想说什么,只见张惠重新回到自己的座位上,望着蒋栋梁与章志忠那种神神叨叨的样子,疑惑起来,我在你俩面前还有什么可以议论的事?蒋栋梁虽然回答,你又有什么事可以让我在章志忠面前议论呢,但心里却在想,在郁向阳扭曲的心理状态下,还是暂且不要让张惠知道她要寻找的姐姐远在天边,近在眼前,否则一旦张惠知道章志忠投资到他公司里的那笔钱是郁向阳出的主意,事情会变得更糟。蒋栋梁这么一想,也如释负重,他觉得自己并没有亏对佛祖。在张惠去账台埋单的时候,蒋栋梁关照章志忠,今天的事只当没有发生过,如果再乱说话,以后发生任何的事他就不管了。章志忠想到自己挪用公款的事,还是有些后怕,他向蒋栋梁保证,以后听你就是了。

听我就是了?蒋栋梁哈哈大笑起来,小时候扔煤球比赛的事我还没有与你算账呢。这个你也记得啊?我真服了你。好,还有什么账,一起算。章志忠说完这句话时,张惠埋单回来,接住章志忠这句话,就说,栋梁,你确实要与他好好算一笔账,挪用公款不是一件小事啊,要吃官司的。

<h2 style="text-align:center">3</h2>

郁向阳好像发现了蒋栋梁已经知道章志忠挪用公款这个主意是她出的,好几次想开口解释,都被蒋栋梁有意避开。这种婆婆妈妈的事只能话越说越多,他哪有工夫把精力耗在这上面?南京那边刚刚与房东签下租赁合同,临时派夏老板去南京基地照看一下,夏老板是洗衣房的老板,蒋栋梁是他的常客,因夏老板毛遂自荐,并信誓旦旦地说一定会帮蒋栋梁管理好,于是蒋栋梁又相信了这一回。结果在财务大检查时,发现南京基地的账目一团糟,再进一步检查,发现夏老板早已逃得不知去向。这个时候蒋栋梁才知道夏老板向他毛遂自荐的时候,那个洗衣房早已盘给别人。蒋栋梁头痛欲裂、啼笑皆非,想想自己怎么经常会在阴沟里翻船?他在审视自己的时候,那个梁典真老太太有一次也给了他一个忠告,不是什么人都可以进龙泉的。这世上同情的人多了去了,从你用这样的方式把我介绍到龙泉,我就看到你这个老板太好讲话,但是没有人会同情你的痛苦,因为那是你自己的选择。

这段时间,蒋栋梁在南京基地已经弄得精疲力竭,还有什么心思听郁向阳解释什么。郁向阳觉得自从梁典真进了龙泉之后,她越来越被冷落。既然如此,郁向阳想何不动员她的亲戚把投放在龙泉里的钱抽一部分回去,看你蒋栋梁头痛不痛?当郁向阳动真格后,却不料梁典真马上发动她的亲戚朋友将资金投入到龙泉,及时消除隐患。这一消息又很快在公司里传得沸沸扬扬。有一天许风萍有意拉住梁典真,执意要请她吃饭。梁典真说我从来不会贪图小便宜,你请我吃饭无非想说原来解燃眉之急的不是郁向阳。

许风萍被梁典真一语道破很来劲,索性厚着脸皮硬把梁典真拉到一边,在沿街的长椅上坐下,接着梁典真的话题展开来。梁典真有点恼火,说这是干什么,我又不是同性恋,我回去还要安排去朝阳养老院一日游的名单,再坐下去,我会坐立不安。

许风萍原本想趁此机会发泄心中对郁向阳的不满,她凭什么要默认是她出资才扭转龙泉的乾坤?但谁能预料到梁典真原来是一个不吃这一套的人。如果要站起来离开也得是我许风萍先离开,怎么好事都让你们占尽便宜呢?于是,许风萍突然从长椅上站起来,直嚷嚷,我未来亲家的账户里也有我的资金,有什么稀奇呢?说完,掉头就走。梁典真被弄懵了,望着许风萍远去的背影,狠狠地骂了一句,花痴,蒋总如果有你这么一个亲家,也倒八辈子霉了。

次日,梁典真领着二十余人来到朝阳养老院。这二十余人都是梁典真一手领进龙泉大门的人,他们当中有的是梁典真小区里的邻居,有的是"驴友",这些"驴友"是她在进龙泉之前结下的朋友。其实她与花店老板吵架之前就有打算,自己组建一个旅游团,说自己饭店门口摆粥摊只不过吓唬一下老板。她进龙泉的目的也是为了发展自己的旅游团,要不是得知黄伟亮卷款逃跑事件,她不会彻底改变原有的想法。她虽然信奉耶稣,与蒋栋梁不一样的信仰,但她知道,人要心存感恩,否则要下十八层地狱。为了能让会员们更加了解龙泉,她自己组织,邀请大家一起过来看看龙泉确实有自己的养老基地。

那天,天气炎热,梁典真一批人来到朝阳养老院已是吃午饭的时间。温柔看到梁典真风风火火的模样,便让员工送上一碗碗清凉的绿豆汤。这时,《致爱丽丝》钢琴曲从房间里传出来,让大家不约而同地朝着一个方向看。梁典真手拿绿豆汤碗,对温柔说,谢谢你有意安排,这要比我说上一百句强。随后,她悄悄地在温柔的耳边增加一句,你知道吗?温院长,我今天带的这批人全都喜欢钢琴独奏。

温柔倒抽一口冷气,她担心再这样下去很快会露馅。怎么是我有意安排的？前几天这位弹《致爱丽丝》钢琴曲的任老太太跟她吵，说祁老伯的名字怎么能和她死去的老头同名同姓？非要她向她说出正确的理由来，弄得温柔不知如何是好。昨天晚饭的时候刚刚哄住她，祁老伯的名字与她老头的名字听起来像同名同姓，其实写下来就完全不一样，每个人弹奏的水平也不一样。温柔夸她无与伦比，没有人能超过她弹奏的水平。

温柔担心的事还是发生了。爱好钢琴的会员们要梁典真带他们去看看这位弹奏《致爱丽丝》的老人，他们真没有想到养老院里的生活还能这么优雅。温柔多么想阻止他们这样做法，可找什么理由呢？她承诺过任老太太的儿女们，不轻易刺激他们的母亲，也吩咐员工们不准把任老太太当作痴呆老人来看待。然而，如果不阻止他们，若这么多人拥在她房间的门口，任老太太受了惊吓怎么办？这种事不是没有发生过。有一次祁老伯站在她房间门口，看她弹奏时，他也用调羹敲打饭碗，说他也会弹奏。就这样一来二去，任老太太受到刺激，大叫起来，影响了其他老人的正常生活。

当温柔正在犹豫不决时，有些人已经上楼来到任老太太的房间门口。因为动静大，吓得她连忙停下弹奏，躲到一旁，大叫，祁老伯的名字不能与我老伴的名字一样，要改，一定要改。当梁典真弄明白这件事后，把温柔拖到一边，说，你为什么不早解释清楚呢？嗨，院长也真难当，听说你原来是在市文化馆工作的，我过去在区文化馆当过馆长。

温柔望着楼上已渐渐消失的声音，便叹了一口气，露出一脸的无奈，心想，她是在湿手沾干面粉。曲汇河自从那次与蒋栋梁去广西后，没有回来过，按蒋栋梁说那儿更需要他，等到一切事情理顺后，再让他回上海。那么他真的回上海后又能怎么样呢？她下意识地看了看自己两只手，好像一大堆湿面粉沾在上面，让她想做其他事却有一种力不从心的感觉。

当过文化馆馆长的梁典真以她眼观六路的眼神好像看出什么

来了,便说,这段时间蒋总一直在南京基地查夏老板的账目。嗨,蒋总这个人怎么会这样轻信他人呢?黄伟亮的事件应该是他最好的教训了。不过等他回上海,我会提议能否让他找一个人来搭把手,也叫院长助理吧。

温柔原本吃惊梁典真这个老太太怎么把蒋栋梁的行踪摸查得一清二楚?但梁典真一句转折的话,让她更吃惊不小。在她脑子里第一反应的就是监视。于是,她马上摇头让梁典真别这样做,她不想让人误以为自己没有能力。梁典真说这与能力没有关系,能力再大的人也不可能事必躬亲。说着说着,她向温柔说起自己的例子来。她说,黄伟亮事件后,是我消除了蒋总的尴尬这件事想必你也听到过。但我要说的是我没有那么多的钱,是靠亲戚朋友汇聚拢来的资金。难道我能说我在亲戚朋友们面前没有面子,没有能力吗?

温柔其实早明白梁典真这番好意与她所举的例子的用意,但谁能知道她心里真正拒绝的理由呢?过去,她做院长监事,如今让人来做她的监事,这一道坎总让她过不去。尽管如此,温柔还是点头答应,于是梁典真拍了拍她的肩,说,就这么定了。很快,没有过几天,蒋栋梁打电话给温柔,说梁典真已向他反映了情况,他会马上派人过来,协助她一起工作。蒋栋梁在返回上海的路中,反反复复考虑,最后决定派叶百合去养老院协助温柔的工作。蒋栋梁准备去新疆的前两天,把叶百合约到他办公室来一次。

叶百合接到蒋栋梁的电话后,有一点不开心的样子,说他有事有人无事无人,这不是做老板的风格。说着说着喉咙有点哽咽。蒋栋梁最受不了的就是女人的眼泪和嘶哑的声音。他说,要不这样,我还是请你出来喝杯咖啡吧,我真的有事要与你商量。叶百合仍然赌着气,问他为什么不理睬她,她也想与他商量办一个佛商协会的事。她一直在寻找办公地方,现在找到一幢别墅。

蒋栋梁好像已经被叶百合的眼泪与嘶哑的喉咙冲昏了头脑,

听不出叶百合这句话的漏洞,亏他还是信佛的信教徒,佛商协会难道先要找办公地方,而且非要找一幢别墅这么大的地方吗? 蒋栋梁竟然回答她,好的。脑子里竟然闪现出一个商人时有的念头,佛商协会,肯定是商人加佛教办的一个协会,到时借她的人脉,为龙泉服务。

叶百合增加了一句,你是老板,说话要算数的。又柔又嗲的语音让蒋栋梁不喝也醉了。到了咖啡馆见面后,两个人都想争着先把自己要说的话说完,最终蒋栋梁让了步,慢慢搅着杯中的咖啡,仿佛就是搅着脑子里的一点心思。叶百合在陈述她的佛商协会与别墅办公室时,不忘记两只眼睛发出电光。蒋栋梁似乎没有接住这一束光,在陈述他朝阳养老院时,不觉想起那些不开心的事来。然而,越想到不开心的事越会找你不开心。就在这个时候,养老院温柔打电话给蒋栋梁,说房东叶兴达又到养老院来闹事,说他要让他的朋友来养老院任一职务。也许是蒋栋梁的手机音量调到最高一档,温柔说话的声音让叶百合听得一清二楚。她猜测这肯定是黄伟亮与叶兴达商量好的事。

她暗喜,但见到蒋栋梁那恼火的神情,心里好像又有点不忍心,手不由自主地伸向他,在碰触他的手臂时,发出嗲悠悠的声音,佛会为我们渡船过海的。蒋栋梁缓过神来,看着叶百合,却忘记把手臂缩回去,只是回答,走,跟我一起去养老院。话虽这么说,但没有行动,咖啡杯依然原封不动地摆着,身子也在座位上原封不动地坐着,只是叶百合带电的眼光没有消失,以及那手与手臂之间有那么点灵动的呼吸。

到你养老院去就是你要与我商量的事吗? 叶白合柔和地问,脑子里浮现过往的情景。

对,我想让你去养老院做院长助理。蒋栋梁好像记起了什么,连忙将自己的手臂从她的手中抽出来,同时也站起身来。叶百合看到蒋栋梁站起来,也下意识地站起身来,暗想,这个老东西要我到养老院当温柔的助理,这是不是天意呢? 这件事恐怕黄伟亮也没有想到吧?

我现在就跟你一起去吗? 叶百合依然柔和地问,但身体的上半部分已渐渐地靠向蒋栋梁。蒋栋梁似乎满脑子是朝阳养老院那些事,对于叶百合小小的动作他根本没有心思在意。他只是蜻蜓点水似的在她的肩膀上点了几下,提醒她小心台阶。叶百合一双又细又高的高跟鞋在台阶边缘上晃动,若再往前一点点,就会滑向下一阶。她下意识地把手往他的臂膀里攥,一股香水味有意地飘向蒋栋梁。蒋栋梁顾不上了,自己的脚往下一阶梯的时候,也顺便拉了她一把,就这样,把她带到了朝阳养老院。

当蒋栋梁把叶百合带到达养老院后,叶兴达早跑得无影无踪了,养老院除了优雅的《致爱丽丝》钢琴曲声,再也听不到任何声音了。顺着蒋栋梁的目光,温柔马上解释,这就是我跟你提起过的任老太太,脑子不好使,但弹奏《致爱丽丝》曲子时根本看不出她是受过刺激的人。

叶百合趁着他俩在交流时,偷偷地发送微信给黄伟亮,说蒋栋梁把她带到养老院,让她来当温柔的助理。黄伟亮接到叶百合的这条微信后,马上回复了她,好,真是天意啊。能方便电话吗? 叶百合回复她现在正在养老院,不方便,晚上再联系。黄伟亮回复时给她发了一个大拇指的图像。

我忘了给你俩介绍了,叶百合你过来。蒋栋梁一边让叶百合靠近一点,一边对温柔说,我已经听梁典真汇报情况了,今天我带了一个人专门来协助你院长工作的,算是院长助理吧。温柔下意识地把目光朝向叶百合,叶百合哆嗦了一下,随之她口袋里的手机也震动了一下,这是微信的震动,她知道这一定是黄伟亮又回复她的话了。她得脱身看看手机上的内容,兴许就是能帮她出上主意的内容。

蒋总,过去我当别人的院长监事,现在我做院长了,你也派人来当我的院长监事,这是不是一件很好笑的事?温柔不悦地说。蒋栋梁连忙解释,不是监事,是助理。温柔说,这有什么区别?我这里真的不需要什么助理,前台韦琴也可以做我的帮手。

不要推脱了,你不是说那个叶兴达也吵着要拉一个人进来吗?我先拉一个人进来,他还敢再拉人来吗?蒋栋梁一边说着,脑海里马上出现张惠这个名字,出现那天的梦,如果张惠来当朝阳养老院的院长,是好事还是坏事呢?蒋栋梁像在梦游似的突然想到这个问题。就在他想到这个问题时,张惠突然出现在他面前。只见她慢悠悠的步子正朝温柔的方向走来。兴许蒋栋梁的背是朝向张惠的,他们彼此都没有发现,唯有温柔看见了,直等到温柔欣喜地叫了一声,蒋栋梁与叶百合才下意识地回头看去。

当张惠看到蒋栋梁时,两手作揖,微微鞠躬,蒋栋梁发现眼前的张惠与前两次见面时的模样完全不同。至于说到底有什么不同,蒋栋梁自己也说不上来,反正让他感觉已回到过去的日子中。温柔睁大眼睛,吃惊地问了一句,原来你们认识?

岂止是认识,她的老公就是章志忠,飞翔贸易有限公司的章志忠。蒋栋梁说。张惠不经意地看了蒋栋梁身边的叶百合,很不是滋味地回答,我已经皈依,你也一定是佛的信仰者吧,信佛的人是不能轻易近女色哟。

瞎说话不是你的性格。她叫叶百合,是来协助温柔工作的院长助理。说到此,蒋栋梁停顿了一下,清了清嗓子,然后继续说,我又不是在真空里生活。张惠苦笑着说,我是明知故问,你是张冠李戴。人说择日不如撞日,今日撞见你,不知有空否?蒋栋梁说今日真没有时间,要不改天我请你吃饭。张惠说是我请你吃饭,哪有道理你请我吃饭呢?蒋栋梁问为什么?张惠向前走了一步,故意把叶百合挡住,然后说,上次是与章志忠一起吃饭的,我觉得那次还没有把话说透,我不是不聪明的人。蒋栋梁连忙双手作揖,请求张惠千万别这样说,否则他真的不能与她交往了。张惠捂住自己的

嘴,说,信佛的人怎能说这些话呢?一切随缘。

　　当蒋栋梁把叶百合交给温柔之后,便与眼前三位女施主告别。紧接着温柔尴尬地看着张惠,不知如何是好。张惠被温柔看得有些怪怪的,抓住她的手,说你是不是想说我怎么就是章志忠的夫人呢?站在边上的叶百合听到这句话,也不敢把目光朝向张惠,微低着头,脑海里浮现出过去一幕幕情景来。她想赶快躲一边,把信息发送给黄伟亮,让他为她指明一个方向。

　　温院长,请吩咐我现在该做什么?叶百合想只有说这一句话,既体面尊重她又能暂且避开她俩。温柔也觉得叶百合此时站在她俩中间是累赘,于是马上叫了前台韦琴领她在养老院先转悠一圈再说。当叶百合消失在她俩眼前时,只见张惠冷不防地一句"刚才这个叫叶百合的女人很邪乎,蒋栋梁是怎么想的",让温柔着实地愣住。她排斥是因为她过去做院长的监事,现在却让人做她的监事,至于其他,她哪能一眼看出人家邪乎呢?

　　温柔说这里不是说话的地方,还是到她的办公室去说话。张惠默许时也随意拉住了温柔的手。当穿过边门的走廊,迎面正有一男一女向她俩走来。温柔定睛一看,原来是季波折与马晓青夫妇。今天是什么日子啊?怎么都往养老院跑?自从上次向马晓青失口说自己离婚后,再也没有单独见面过。所以,现在见到马晓青与季波折双双迎面而来,温柔一时尴尬,不知如何是好。张惠随温柔的脚步停止而停止,两眼吃惊地望着前方的马晓青。

　　你说看出那个从来不认识的女人很邪乎,那你就看不出站在眼前的这个人是谁吗?温柔一边装着漫不经心的样子,一边把马晓青从季波折身边拉到她身边,对张惠说,这就是马晓青。然后又对马晓青说,她就是张惠。

　　马晓青与季波折几乎异口同声,怎么会这样巧在这里碰见?张惠说,温柔是这里的院长。一人多职啊!马晓青像找到打开话匣子的钥匙,我说呢,脚踏两只船,活得滋润。

　　什么脚踏两只船,你会不会讲话呢? 温柔说话的时候,发现季波折的目光正盯着她看。这时候,一阵优雅的《致爱丽丝》钢琴曲从房间里传出来,马晓青倒退一步,重新回到季波折身边,抬头看着季波折,说,你姨在弹钢琴曲,要不你先上去看看,我随后就到。

　　啊? 这个弹奏《致爱丽丝》钢琴曲的任老太太是季老师的姨啊! 温柔大吃一惊。是啊,要不然我们夫妇怎么会从市区赶到郊区呢? 不赶到这里来又怎么会撞见你呢? 而且又怎能知道你原来是脚踏两只船。马晓青说完,一边哈哈大笑起来,一边把季波折推出去,说,这里没有你的事了。

　　你不是上次跟我说要我约她见见面吗? 今日撞到一起来了。温柔对正在左顾右盼的张惠说。张惠说,是啊,我在找刚才前台韦琴到哪儿去了,让她顶着,我们三人找个地方坐坐。马晓青有些惊奇,心想张惠怎么连这里员工的名字都能叫出来? 她觉得张惠与温柔的关系肯定要比她来得近,心里不免有些不舒服了。我去关照我老公一声,让他在驾驶室等我。马晓青说。

　　温柔向张惠看去,不知如何应接,倒是张惠脑子很快反应过来,阻止马晓青,阿弥陀佛,你别让你老公把我们看扁了,好不好? 既然撞到一起了,吃个饭又怎么啦? 今天我来做东。

　　不了,你们难得有今天,我就不掺和了,我可趁此机会与我姨多说些话。季波折不知什么时候从楼上走下来,与温柔和张惠打招呼。马晓青好像忘记了刚刚为什么不舒服的事了,挽住季波折的手臂,俏皮地说,到时如果她俩欺侮我,我要来讨救兵的,这是你公安的职责。

　　朝阳养老院恢复了一时的平静。叶百合像一只老鼠似的发现院内没有动静,便不知从什么地方钻了出来,不过看见前台坐着的韦琴,还是收敛了一下。她知道她必须马上与黄伟亮见面,否则她真不知道如何将这台戏唱下去。

　　怎么办? 只有两种可能,一是借口离开,二是支开眼前的前台

韦琴，赶快让黄伟亮过来一次。然而，她找不到理由可以走出养老院这扇大门。韦琴说温院长吩咐在她没回来之前她要替她代管。就在叶百合焦急万分的时候，黄伟亮的电话进来了。黄伟亮说他现在就在叶兴达老板的茶室里，他会让叶老板打电话给韦琴找理由让她来茶室，这样他就可以来养老院与她见面了。

叶百合战战兢兢地偷看了韦琴一眼，然后收起挂掉的手机，等待叶兴达打电话给韦琴和黄伟亮的到来。确实如此，不一会儿，韦琴拎起电话，接听起叶兴达的电话，只听到韦琴一句"物业费"，然后马上回答，好好好，我到你这里来一次。叶百合听到这句话，心里一块石头终于落下。

当韦琴离开养老院不到一分钟，黄伟亮像个幽灵似的，马上闪进养老院大门。见四周没人，他一把抱住叶百合，在她的耳边悄悄地说，你混得比我好，女人的一张好脸确实能迷惑男人。叶百合连忙推开黄伟亮，你不看看这里是什么地方？这里有监控。

黄伟亮两只贼眼突然向四周扫去，说，你怎么不早说呢？叶百合回答，你给我机会了吗？紧接着，她把黄伟亮拖到没有监控的地方，单刀直入，我给你的微信你肯定看明白了，现在我怎么办？

顺水推舟，想办法与蒋栋梁上床。黄伟亮一双贼眼死死盯住叶百合。一阵优雅的《致爱丽丝》钢琴曲再一次飞扬起来，穿过他们的阴谋，叶百合感觉身上有一股电流，灼伤了她的每一根神经。黄伟亮好奇迹地顺着钢琴声张望过去，四肢不知不觉又移到监控区域，只见季波折从楼上走下来，目光不经意地撞到了黄伟亮，黄伟亮的贼眼也撞到了季波折，像一只老鼠看到猫似的，不敢往前也不敢后退，傻傻地立着，眼看着季波折一格一格楼梯往下走。

季波折往下走的时候，两眼始终盯着黄伟亮，心想，这个人不就是参与赌博而被拘留的人吗？怎么这样快被释放出来了？黄伟亮心里也在琢磨这世上怎么有如此巧合的事？躲开养老院的眼线，结果还是撞到眼熟的，而且是在公安打过照面的人。

不允许你的名字与我老伴的名字一样。楼上的任老太太突然大叫起来,季波折不假思索地返回去。黄伟亮又好像活过来,连忙退缩到无监控的地方,对叶百合说,我这里不能久留了,你好自为之吧!说完,便仓皇逃走,急得叶百合直跺脚,这是干吗呢?干吗呢?

前台的电话铃声响起,仿佛跟着叶百合一样焦虑急促,韦琴还没有回来。听蒋栋梁曾关照过她,如前台没人,电话铃声响起,只要自己在场,必须要接听。她现在不是强草鹤,是叶百合,她要学做院长的助理。想到此,她连忙跑到前台,趁着电话铃声还没有断,拎起了电话筒。

当对方得知叶百合就是蒋栋梁派来的院长助理时,便自报了家门,说她叫郁向阳,是龙泉会员,想问院长在吗?叶百合多想说自己就是强院长,但她知道一旦无理智,死的人就是她。所以她还是理智地克住自己,回答郁向阳,院长与她的几个同学出去吃饭,不在养老院。

郁向阳听到上班时间出去与同学吃饭,这不是可以让她抓住一个汇报的机会吗?她自然不会直接向蒋栋梁汇报,蒋利过两天和她一起带人来养老院参观,让那个新来的院长助理去跟蒋利说,如果蒋利知道了,那么蒋栋梁不就明白了吗?郁向阳想到此,很得意地告诉叶百合,请你转告温院长,过两天我要带一些人来养老院参观,让她准备好可口的饭菜。

叶百合挂断电话,正想转身,只见季波折急匆匆地朝前台走来,让叶百合莫名其妙心虚起来。季波折一句"你是不是这里的工作人员"的话更让叶百合胆战心惊,脸一下子刷白,不知如何回答。

真不好意思,我手机没电了,充电宝也在我妻子包里,你能否让我用座机打个电话?季波折不好意思地问道。

打给谁?叶百合战战兢兢地问道。当她听到季波折说是打给他妻子时,大大地松了一口气,心里开始抱怨自己,一点也经不起风浪。人家明明把自己当成这里的工作人员,干嘛自己吓唬自己?于是,她连忙腾出一个地方,让季波折借用前台的座机,自己假装做事,耳朵却竖起来,听季波折到底是不是打给他的妻子。

当季波折拨通对方的手机,听见显然是从有隔音效果的饭店包房间传出的声音,很旷远。马晓青像抓到救命稻草似的,让季波折赶快过来,说她俩在攻击她。只听张惠说,你别胡说八道,佛有眼睛的。

季波折说他马上过来。挂断电话后,季波折对叶百合说,谢谢你。我想顺便问你一下,刚才那个人上哪儿去了?叶百合的神经又突然紧张起来,心虚地看着季波折,战战兢兢地回答,我是新派来的工作人员,这个人我不认识啊,据前台韦琴说,这个人的母亲也住在养老院里,大概是来看望他母亲的。

我没说你认不认识那个人,我只是问你看见他离开养老院了吗?季波折凭他职业习惯,感觉眼前的叶百合有些不对劲,他刚才分明看见她与那个人在说话,怎么一转身说不认识呢?为了不打草惊蛇,季波折没有再追究下去,只是从口袋里掏出几枚角币,说这是他付电话的钱,然后没等叶百合说什么,便朝养老院大门外奔去。

赶到马晓青所说的饭馆,还没走到所在的包房门口,便听到包房里面传出三个女人不同音质的声音。马晓青的声音最响亮,有一种你追我赶的架势。三个女人唱一台戏,别看马晓青平时工作上雷厉风行,其实私下也会显露出小女人味。不过,与她的两位同学相比,季波折觉得她还是有点收不住自己,他真担心她会唱出违反纪律的戏。

等到季波折出现在她们三个人面前时,马晓青的声音突然戛住,两眼朝向季波折,然后像燕子似的飞过去,挽住季波折的手臂,显露出骄傲的神态,向她俩说道,我和我夫君一辈子手牵手,从来没有分开过。说完,把俏皮的眼神朝向季波折。季波折不好意思

地连忙将话岔开来,问马晓青,还需要添什么菜吗? 我去请服务员过来。

季老师,桌上还有那么多菜没动过呢,浪费是违反八项规定的。温柔一边说着,一边站起身来,想去账台结账,却不料被张惠拉住。今天说好是我做东,谁也不要与我客气,我还想继续听马晓青恋爱史与事业发展史。张惠说着,向季波折跷起大拇指,夸他俩满满的正能量,好人有好报,功德无量。

季波折更加不好意思地低下了头,而马晓青越发骄傲地把头仰得高高的,说,季波折是我的,谁也别想抢走,即使那些歹徒要抢走他,我就随他一起去。张惠发现马晓青在说这句话的时候,眼眶里已充盈了泪水。她知道公安人员的生命不属于自己的,而马晓青能说出这样的话,可想而知她对自己丈夫的爱是多么深切。所以刚才与她回忆当年班长的那些事也成为一种调侃了。你不要乱说话好吗? 按佛祖的说法乱说话的人也有业障。张惠双手作揖,告诉马晓青,不要让无端的业障染上你的身。

张惠说到此,眼泪不知不觉地涌在眼眶里打转。或许她联想到自己的婚姻,她怎样才能狠狠地妒忌一回马晓青呢? 可是妒忌也有业障的啊。张惠不敢往下去想,都是各人的命,注定要这么一路走过来,只有学会为自己擦眼泪。当她偷偷擦去快要从眼眶里流下的眼泪,不经意把目光向季波折投去,只见马晓青也抬头望着季波折,季波折看上去一脸不好意思,便把目光朝向温柔,然后以职业的习惯问起温柔几个问题,岔开了刚才女人爱唠叨的话题。温柔被季波折这么一问,神经马上紧张起来。是吗? 韦琴不在前台岗位上,还有陌生人进进出出? 噢,我回养老院后去查查监控。

张惠听到温柔提起韦琴在养老院的职责,似乎也想起那天输送护理工的情景来。韦琴在她的脑海里印象浮现出来。于是她马上把上次韦琴对她说的话复述给温柔听,要温柔明白,人的形象都是浮在表面的,心却藏在深处,只是看自己站在什么样的位置上。

望着季波折与张惠同时看着她并提醒她，温柔不知道应该先听谁的，谁的话才是有作用的。当季波折说，如果你们吃得差不多了，该让温柔回养老院了，温柔才感觉到有人帮她解围。而季波折在说话时不忘记身边的马晓青，风趣地对她说，我的手机充电宝怎么会在你包里？这个问题也要追查一下，否则让我难堪，刚才的那个电话是借养老院的座机打的。马晓青听得一愣一愣，翻开自己的手机信息，确实如此。

在穿外套与检查桌上是否有遗漏的东西时，温柔又想起包里还有一张交通卡没能还给马晓青，她想现在正是还给她的时候。于是，她从包里取出那张崭新的交通卡，对正在起身的马晓青说起那张交通卡的由来。之所以迟迟未还，是因为没有找到很好的机会。

马晓青抬头朝季波折看去，并下意识地用身体挡住了季波折，有意地使温柔与季波折隔开了距离。怎么没有机会啊？难道我们是第二次见面吗？说完，假装看了看温柔还给她的交通卡，补充一句，这张交通卡本来就是你的，你不要再无中生有了。

温柔一时无语。张惠听到马晓青说温柔无中生有，觉得马晓青说话有点刺耳，因为不知内情，所以上前探问，她不想好不容易相聚的老同学就因为某些原因而不开心。马晓青把手中的交通卡塞给温柔，一边说这张交通卡本来就是你的，一边向后退一步，转身挽起季波折的手，问张惠，你想要知道我们之间还有什么秘密吗？马晓青诡秘地一笑，然后又放开声音大笑，说，我们的秘密多了，爱情的秘方我才不会告诉你。

1

任老太太在走楼梯时两阶台阶当作一阶台阶跨，导致整个身体从楼梯上摔下来。这一幕正好让带队前来的郁向阳撞见。郁向

阳在扶起任老太太的时候,四处寻找温柔的影子,而叶百合此时此刻就在不远处。据前台韦琴说温院长去消防处办公事,然而传到蒋栋梁的耳朵里却把前几天的事与今日的事混杂在一起,说温柔利用工作时间与她的同学吃饭,导致这一事故发生。

蒋栋梁接到这个电话,不问青红皂白,拨通温柔的手机,就训斥了她一顿。我把院长助理给你,不是要你推卸责任,你怎么可以利用工作时间出院与同学聚会呢? 现在养老院是非常时期,你不是不知道。

接到蒋栋梁的这只训斥电话,温柔正好与消防处的处长汇报养老院消防情况和如何落实消防措施的事。温柔回答蒋栋梁,她马上把现在的地理位置截图给他看。蒋栋梁说,正因为我信任你才让你当养老院的院长,而你让我失望,这件事等我回沪再作处理。说完,不给温柔说话的机会,便挂断电话。

温柔原本还想与消防处的处长交流有关消防时装秀的事宜,结果被蒋栋梁这么一搅和,心情全没有了。于是,她向消防处的处长告辞直奔养老院。一路上,她打电话问韦琴究竟怎么回事? 当韦琴一五一十向温柔汇报情况后,温柔明白了一切。她说,她已经在回养老院的路上了。

等到温柔赶到养老院,马晓青的车正好停在养老院大门口。从车里钻出来,看见温柔,便马上叫住她,说,没事的,别紧张。我姨的两个儿女都公差去国外了,季波折在岗位上一时半会走不开。温柔一把抱住马晓青,说,谢谢你的理解,但我们内部人偏偏喜欢幸灾乐祸。马晓青拍了拍她的肩膀,安慰道,幸灾乐祸的人不知道我与你是什么关系。

是谁? 温柔一边问,一边把目光朝向前方,只见前面的郁向阳把叶百合往温柔一方推去,自己只顾去做其他事。叶百合狠狠地看了她一眼,心想,我整过容了,完全是一个新人,而你的名字永远在黄伟亮那张名单上,谁人不知? 你把我推向温柔,到底是什么

意思？

　　大家都别紧张，我是任老太太的外甥媳妇。马晓青向现场的所有人说明自己是当事人的亲人，老人有闪失很正常，只要以后多加防范就可以了。现场所有的人当听到马晓青这句话时，都跷起了大拇指，包括郁向阳也跷起了大拇指，说有这么好的家属，养老院还怕管理不好吗？说着，有意把自己的身子朝马晓青靠。

　　一阵手机铃声响起，马晓青与郁向阳同时掏出各自的手机，结果是马晓青的手机铃声。显示屏上出现季波折的名字，她知道这个时候季波折给她电话，肯定有什么急事或重要的事情必须马上交代，马晓青连忙接听起来，果然是。季波折提醒她，只能听着不要回应，听完马上挂断电话。当季波折讲完"那个被保释出来的黄伟亮又被抓回去了，现在你马上回局里"这句话，马晓青只是"嗯"了一声，便挂断了电话。

　　马晓青收起手机，回头对温柔说，姨让她多费心了。她现在有事，回头会与季波折一起来养老院的。说完，便驾车离开，汽车的尾烟一下子喷发出来，大概长时间没保养了。随着汽车的一阵尾烟过后，养老院里又掀起一阵骚动。叶百合警觉地看着马晓青的车渐渐消失之后，掏出手机，拨打黄伟亮的手机，她想把那个弹奏《致爱丽丝》钢琴曲的任老太太摔跤以及摔跤后的事一五一十向他汇报。谁知，拨了几次，都处于一种关机的状态。她第一感觉就是刚才马晓青急匆匆地往外赶会不会与黄伟亮有关系？

　　我要强院长帮我洗澡，祁老伯的声音像一枚炸弹落在骚动的队伍里。嘈杂的声音突然戛然而止，所有的目光朝向楼上的走廊。叶百合下意识地摸了摸自己的脸，心里在安慰自己，我已经是叶百合了，不是强院长。环顾四周，所有的人都在注意楼上的祁老伯，而不是她，她方才心定下来。

　　温柔穿过人群，三步并作两步走上楼梯，走向正在呼叫的祁老伯。祁老伯看见温柔，而不是强院长，又是摇头又是摇手，他要强

院长洗澡。护工小兰对温柔说，祁老伯脑子时清时糊，像他患了两次脑中风，按这个状态算是好的。小兰让温柔放心，她是张惠老师派来的，张惠老师关照的话她都记在心里了。

温柔一阵感动，眼泪情不自禁地充盈眼眶，差点掉下来。小兰说，温院长，我是拿工资的员工，这是我的本职工作，我会把祁老伯哄回房间的。看着祁老伯在小兰的哄骗下，慢慢地静下来，温柔突然想到叶百合这个人。于是，她很快找到她，并提醒她是院长助理，这类事应该由她来协助管理。叶百合在点头应付温柔时，手揣着手机，心神不定。郁向阳疏散大家围观之后，走向温柔。温院长你好！刚才我听楼上那位老人叫强院长，是叫原来的院长呢，还是他叫错了呢，你是温院长啊！

温柔当然明白郁向阳话中之话，便笑着回答她，谁可以计较患过脑中风的老人呢？恐怕自己到了他们这种年龄，还不知道是啥样呢？说完，又朝向叶百合，关照她现在去任老太太的房间看一看。叶百合揣着手中的手机，心急慌忙地应了声，掉头就走。

看着叶百合这么听话地走向任老太太的房间，郁向阳向温柔使了使眼色，说，叶百合这个女人是招聘会上招来的吗？温柔好像没有听明白，疑惑地看着郁向阳。郁向阳说，比如大家都知道你是曲汇河的夫人，也知道你是在市文化馆不用坐班的人，来龙去脉不用查就知道你是谁，包括我也是，一个退休工人，拿出身份证便能查到我的底细。郁向阳说到此，停顿了片刻，脑子里马上出现自己当年被亲生父母亲送给养父母的情景。这个底细除了她死去的丈夫知道外，谁也不知道。她想每个人都有底细，她只不过向温柔打个比方罢了。

温柔听明白了郁向阳的意思，心想，这是蒋总带来的人，谁有权去过问呢？然而你郁向阳又是出于什么动机呢？好几次听曲汇河说她不是省油的灯，温柔不得不给自己打了一个问号。为了避免祸从口出，于是找了一个借口回避她。

过了几天,韦琴向温柔汇报工作时,无意间说漏了是郁向阳打过电话给蒋总,说任老太太摔跤的那天她正好与她两位同学外出聚餐。温柔想起事发当日,也就是她在与消防处的处长谈工作时接到蒋栋梁电话训斥的这件事,恍然大悟。韦琴发现温柔的神色有些不对,连忙向她说对不起,说她不是故意的,她只不过是前台,汇报工作是她的本份。

什么故意不故意的?故意又怎么样呢?只见叶兴达一副凶暴的架势,从养老院门外冲进来。第一眼看到温柔,便以命令的口吻,给你三天时间把养老院里的钱交出来,否则赶快滚出养老院。温柔面对眼前看似亡命之徒的叶兴达,脑子第一反应就是赶快打电话给季波折。季波折曾对她说过,只要有危及她生命的预兆可以随时打电话找他。

为了缓和眼前的局势,不让叶兴达发现她的动静,温柔装出一脸笑意,说,可以,其实我也不想在这里待了,你叶老板有接盘的意思,我立马打电话给蒋总。说着,拿出手机,装着想拨电话的样子,被叶兴达一手挡住。别指望你那个蒋老板了,他在新疆出事了,被抓进去了。

温柔一愣,心想,这怎么可能呢?前两天还打电话训斥她,这一定是叶兴达胡编乱造,想趁蒋总不在的时候,骗夺养老院里的钱。叶百合不知躲在哪处也听到了蒋栋梁被抓的消息,下意识地拿出手机拨蒋栋梁的手机号码,一连串的铃声响起就是无人应答。叶百合想如果真的被公安抓起来,手机肯定要处于关机状态,所以,她也不相信叶兴达所说的话。

正因为蒋栋梁被抓了,所以我是没指望他继续租我的养老院房子了,我查养老院的账没收养老院银行卡也是情理之中。叶兴达看着温柔退却的样子,凶暴的架势收回了一些,手挥挥,我做人也不是不讲情面,允许你现在与蒋栋梁打电话。

既然叶老板说蒋总被抓进去,蒋总的手机肯定要被公安没收。

我不想打了,我就遵照你叶老板说的,三天内我准保把养老院的账交到你手里。温柔一边说着,一边在想,只要你离开养老院,我马上打电话给季波折,三天后见分晓。叶兴达说,温院长真是爽快人。说着,看了看四周,当扫视到叶百合时,警觉地问温柔,叶百合这人到底是谁?

我是叶百合,是蒋总派来协助温院长工作的。叶百合想她再不能沉默了,否则一旦被赶出养老院,工资问谁去要。现在黄伟亮与蒋栋梁俩她都联系不上,只有暂且站在温柔一边,才能过这一难关。凭她这段时间与温柔接触,发现温柔不是这么容易答应放弃的,她一定会有办法对付叶兴达。

叶兴达不怀好意地睨了叶百合一眼,冷冷地说,院长助理,你们蒋老板也蛮会搞事的,一会儿是院长,又一会是院长助理,不管了,三天后一起给我滚蛋。叶百合冷冷地瞟了他一眼,心想,你这种吃了原告还吃被告的混蛋,去做白日梦吧,她才不会相信蒋栋梁与黄伟亮都出事。想到此,不等叶兴达离开养老院,便赶快找了个隐蔽的地方,再次拨打黄伟亮与蒋栋梁的手机。结果都处于关机状态。

叶百合的心突然慌乱起来。找不到蒋栋梁意味着骗不到他的钱,找不到黄伟亮意味着找不到下一步的计划,她像一只无头苍蝇似的,不知如何是好。突然,电话铃声闯入她的耳里,她想这个时候一定是蒋栋梁或者是黄伟亮回她的电话,却不料是她的弟弟打来的。弟弟在电话那头说,父亲住院,母亲一急,不小心摔了一跤,左手左脚都上了石膏,让她赶快回老家一次。

回家不就意味着带钱回家吗?叶百合原认为利用组建佛商协会租一套别墅办公室,会很顺当骗到蒋栋梁的钱,但谁能想到命运偏偏作弄人,三天之后又会是如何的结局?她多希望三天里蒋栋梁或者黄伟亮他俩之间任何一个人会出现在她面前。

谁知三天之后第四天,叶兴达笃悠悠地一路晃荡到养老院,然后自说自话闯进院长办公室,命令温柔打开保险柜,却不料被季波折三下五除二地反铐起来,交给了与他一起过来的几名干警。叶百合看着叶兴达被抓走,反而觉得自己的末日已到。

温柔深深地吸了一口气,两手作揖感谢季波折。季波折说,叶兴达不是他管辖范围,刚才那几位干警是他朋友手下的。听他朋友说叶兴达是这里的地头蛇,称王称霸,以为可以买通各个关节,他却不知道现在已行不通了。

《致爱丽丝》钢琴曲优雅地飞扬出来。温柔顺着声音向楼梯上望了一下,然后很快把目光回落到季波折身上,季老师,那天任老太太不小心摔了一跤,确实是我们院方的责任。马晓青与你都没有怪罪我,真让我感动,否则我的领导不会放过我。温柔说到"领导",当然是说蒋栋梁,这三天里她给蒋栋梁打过一次电话,蒋栋梁只是告诉她,他现在黑龙江伊春,再过一周时间就可以回沪了。

其实你姨是一位非常优雅的老太,我想……温柔看了看季波折,犹豫了一下,不知道该不该往下说。季波折听到温柔夸他的姨,自然高兴,便说,有什么想法说出来,养老院里的事都应该听你的。

我想组建一支老年时装队,让任老太太为这些老年时装队员伴奏,这支时装队来自于消防官兵的父母辈和爷爷奶奶辈。温柔说。你这个想法太好了,可我的姨自从患了痴呆症后,只会弹奏一首曲子。季波折说话的语调永远是柔柔的,与马晓青大相径庭的语调风格,她更喜欢与他交流。温柔连忙打断季波折的话,说,不试试怎么能说不行呢?季波折双手作揖,随同温柔上楼去看望他的姨时,轻轻地告诉温柔,黄伟亮被抓了。温柔突然停止脚步,吃惊地看着季波折,不相信这是事实。季波折柔柔地说,如果不把他抓了,我还真不知道黄伟亮与龙泉有关,与朝阳养老院有关。还与叶兴达有不可分割的关联。

那……那蒋栋梁没事吧？温柔战战兢兢地问道。

噢，中国成为世界老年人口最多的一个国家，中国政府支持像蒋总那样民营企业老板还来不及呢。季波折正向温柔解释时，任老太太好像已听见季波折的说话声，便两手扶住房间门框，两眼望着季波折与温柔说话的楼梯口，等待季波折能到她身边。

你看，任老太太能认人了。温柔发现任老太太远远地看着他俩，兴奋地对季波折说。季波折听到这句话也下意识地朝前方看去，姨果然站在房间门口远远地看着他。当季波折叫了一声"妈"时，只见任老太太露出兴奋的神态。

她不是你姨吗？温柔疑惑地问道，她以为季波折激动得慌乱了自己的口舌而叫错。当季波折把任老太太扶回房间后，与温柔说出原委。原来季波折是从小由任老太太一手带大的亲外甥，任老太太当作季波折是自己亲生的，由此季波折随他的几个哥哥妹妹的叫法，把任老太太当作自己的亲妈。

温柔听着原委越发敬仰他了，甚至暗暗庆幸当初是她接受任老太太留了下来，而有了后来的事。你看，任老太太一定能为老年时装队伴奏。温柔很有底气地说。任老太太听到温柔在夸她，连忙回到钢琴前，优雅地弹奏起《致爱丽丝》。季波折看着自己的姨，则说，我姨年轻时非常时尚，二十世纪五六十年代，她在上海百乐门舞厅替人钢琴伴奏。姨父与姨就在百乐门里认识而有了后来的故事。夫妻恩爱了一辈子，谁能想到一家子为姨夫过七十岁生日之际，姨深情地为姨父弹奏《致爱丽丝》钢琴曲时，姨父竟然突然脑溢血而死在生日宴席上呢？姨总认为姨父的死与她有直接的关系，受不了这样的打击才变成现在的样子。季波折说话的声音越来越轻，看得出他对任老太太的感情非常深。温柔正想去安慰他什么，却被他抢言一步，这是我家的私事，不说了，我今天主要是来执行任务的，顺便告诉你黄伟亮已被抓的消息。

谁知这么顺便告诉的消息让门外的叶百合偷听到了。叶百合原本想捕捉温柔与季波折之间到底有什么暧昧关系的事,好成为把柄当成她的资本,然而,温柔与季波折的把柄没让她抓住,却听到令她足够崩溃的消息。黄伟亮怎么会被抓起来?难道与那天季波折借用前台座机打电话有关?叶百合一想到此,心里不免打了一个寒战。黄伟亮被抓,意味她的假身份将被暴露。怎么办?她还没有与蒋栋梁联系上,老家的父母眼巴巴地望着她回去。叶百合决定再打一次电话给蒋栋梁,权当瞎猫抓死老鼠,碰碰运气吧。

想不到运气真给她碰上了。她试着拨打蒋栋梁的手机号码,铃声响起,蒋栋梁的声音便传到她的耳里了。蒋栋梁说他人还在黑龙江伊春,佛商协会的事等他回沪再说。叶百合听到这句话心里有所安慰,蒋栋梁还能把这件事记在心里,说明她还有时间骗取他的钱。

正当叶百合琢磨如何骗取他一点钱先寄回给老家父母的时候,蒋栋梁在微信上发了几张他在伊春考察的照片,他让她在温柔后面学点东西,或许以后他能派她更大的用场。叶百合看到此信息,再也想不出如何把话引到她所想要的话题去,心里思忖蒋栋梁是不是在与她捉迷藏?难道他不知道黄伟亮被抓的消息了吗?

我要强院长帮我洗澡!祁老伯的声音又像揭开了锅似的,在走廊里大叫起来。看见叶百合站在任老太太房门口,便直冲向她吼,你是强院长吗?强院长回来了,我要强院长帮我洗澡……温柔听到走廊里祁老伯的叫声,连忙从任老太太的房间里奔出来,只见祁老伯发疯似的朝叶百合这边追来。

昨晚梦见菩萨对我说她就是强院长,我要强院长帮我洗澡。祁老伯看见温柔,便手指着不远处的叶百合,直嚷嚷,看见季波折又重复这句话。温柔对季波折说,祁老伯的脑子比你姨还要糊涂,因为黄伟亮曾把一个从大浴房出来的姓强的女人介绍到这里当院长,帮祁老伯洗过澡,于是,祁老伯一直记住姓强的了,今天肯定是一种幻觉。

　　黄伟亮介绍过来的？季波折听糊涂了。温柔连忙解释，是章志忠带过来的，其实当时是章志忠与黄伟亮搞在一起的。你知道吗？章志忠就是张惠的老公。不过，章志忠与黄伟亮早已翻脸了，估计张惠也不可能让章志忠与黄伟亮有来往。

　　季波折一边听着，一边点头，不经意地朝叶百合那个方向看去，发现叶百合人已不见，而祁老伯的呼叫声仍然没有停止。凭自己多年的职业生涯，季波折认为如今科技发展，人脸识别系统的形成，即使整容也可以识别出原样。前两天他们就凭借人脸识别软件破了一个案子。季波折想祁老伯虽然有痴呆症，但是痴呆症患者也有潜意识，而不是幻觉，就像他的姨，虽然患上了痴呆症，但她潜意识里钢琴是她的最爱。

　　温院长，我得回去了，总之，你别忽略祁老伯这种看似糊涂的行为。那个叶百合进养老院时核实过身份证吗？别急着回答我的问题，黄伟亮能这样胆大妄为，肯定与你老板管理不当有关系。季波折即便说到这类铁板钉钉的事，语调也是柔柔的，温柔的脑子里无法将该想象的东西展开来，只能听从他的意见，多留一个心眼去观察。

　　在后来一段日子，温柔开始有心观察起叶百合的一举一动，尤其是当祁老伯看到叶百合那种拼命劲儿时，她做了一回有心人。有一次，她特意来到全护理房间，来到正在吃饭的祁老伯身边，从饭菜口味聊起，渐渐地往她真正想要聊的话题靠拢。当温柔问起祁老伯怎么会把叶百合看成是强院长时，祁老伯抹了几下嘴，饶有兴趣地与温柔说开来。他第一句就说，温院长，谢谢你没把我当成不正常的老人看待。然后他开始滔滔不绝地向温柔说明，他就是看出来此人就是强院长。温柔一边听祁老伯讲解，一边想着季波折对她说过的话，别忽略祁老伯这种看似糊涂的行为，时而清醒时而糊涂的老人更要相信他清醒时候的感觉。

　　当祁老伯说完他一整套看法后，好像觉得口有些干了，埋怨起这饭菜煮得太咸了,味精放得太多了。温柔想回答祁老伯,饭菜要清淡是她给食堂定下的制度,不可能制作得太咸,然而祁老伯突然一声"我要强院长帮我洗澡"的叫喊,着实让温柔吓了一跳。不管温柔怎么劝说,祁老伯就是不答应,非要强草鹤出来与他见面不可,否则他就要定温柔包庇罪。祁老伯问温柔,强院长有什么见不得人儿的事?院长帮助院里的老人是天经地义的事。祁老伯要温柔明白,我是在帮你减轻负担,任老太太的事你已经忙不过来了,我不能增加你的负担,我必须找强院长的麻烦,我不能允许你不关心任老太太,她弹奏的钢琴很好听。

祁老伯叫嚷的声音,躲在不知哪个角落里的叶百合听得一清二楚。其实她也想出来与温柔争个高低,可是偏偏她是这么倒霉,她只能像一只老鼠似的,只有没人时才能偷偷溜出来透一下空气,她当然知道如果再待下去,一定会待出一身病来。那天老家的弟弟又来电催她回家时,她才鼓起勇气告诉自己,不能听之任之了。她告诉弟弟,她已经整过容,她让家人有一个思想准备。弟弟问为什么?强草鹤说,上海不比老家,上海找工作都是看脸吃饭,没有钱我怎么寄钱给你们呢?弟弟说,那你尽快回家。

挂断弟弟的来电,叶百合在蒋栋梁的手机号码上不时地徘徊,心里思忖该如何圆谎呢?她努力地回忆蒋栋梁平时是一个并非小气之人,也是一个吃软不吃硬的人,现在只有他能为她解围。这该死的黄伟亮怎么偏偏会在这节骨眼上出事?叶百合紧紧地握住手机,闭上眼睛,圆谎的留言在她脑海里翻滚。对,就这样编,她不相信蒋栋梁有三头六臂能挡住女人的魅力。

一阵手机铃声折断了她的思路,儿子的声音像一种催化剂似的,让她情不自禁地哭出声来。儿子,妈妈也想你,妈妈马上回到你身边,到时候你不要认不出妈妈的模样来。叶百合伤感地对儿子说出这句话时,其实心里也做好了准备,自己这张脸早晚要面对家人。

　　然而这张脸后来始终没有出现在朝阳养老院里。那天温柔向蒋栋梁汇报这一情况时，马晓青正好来看望任老太太。马晓青以为温柔还在为这件事纠结，就埋怨起温柔来。她说季波折把上次来养老院的事都向她汇报了，如果再为此纠结实在不该。随后马晓青又进一步向温柔说明，她才没那么小气。季波折是公家人，能为人民做事是他的光荣，她只有支持才是尽到一个妻子的责任。

　　温柔听得有些莫明其妙，她不知道如何来回应马晓青的话，拿着一份刚才与蒋栋梁汇报情况时所记下蒋栋梁所交代的事，尴尬地说，我手上还有一些事，你先去看望你的姨，等一会儿我们再聊。马晓青回答，也好，我今天只是来提醒你，员工们的身份一定要核实，你看看我们过去那个班长，把每一位同学的家庭地址联系方式都装在他的花名册里。说完，像风铃般的笑声穿过温柔的耳朵。温柔看着她朝楼上飞奔，很快消失于她的眼前，深深地叹口气，这个马晓青到底吃的哪门子醋啊？

　　重新把思想集中到那份记下蒋栋梁所交代事的纸上，温柔总觉得蒋栋梁耳根太软，不善于用人，洗衣房的夏老板三言两语就能将他哄骗过去，还有那个强草鹤，被章志忠说成是有职称的院长，他也相信了。如今来了个叶百合，也不问什么来路，而这些让她记下的事有什么用呢？当天傍晚，就在马晓青离开养老院后不久，温柔突然发现祁老伯的房间里有响声，敲门进去，才发现叶百合在帮祁老伯洗澡。祁老伯看见温柔闯进没有上锁的房间，大声地叫起来，我要强院长洗澡，你是温院长，你给我出去。

　　叶百合急中生智，连忙从祁老伯的房间里走出来，向温柔解释，我暂时不能走，我要等蒋总回来。刚才回院时，发现祁老伯站在房间门口却小便失禁，为了弥补这几日没在院里上班，特意做了一次护工。说完，又返回到祁老伯的房间。

5

有林都之称的伊春,夏季凉爽,水资源充足。蒋栋梁与上甘岭区长漂流运动之后的一个下午,就《上甘铃区永绪龙泉养老院建设项目开发》举行了一次签约仪式。当双方在合同上签下自己的名字时,蒋栋梁心里充满了许多感慨,他不曾想到有心栽花花不开,无心插柳柳成荫。

蒋栋梁觉得自己快要成为飞人了,整天整夜在天空上飞来飞去。要不是那天在飞往广西的机舱里睡过头,让旁边坐位上的乘客推醒,上甘岭龙泉永绪养老院之事大概还在天上飞呢。自然推醒他的那位乘客就是曾在伊春民政局工作过的张红峰。出了机场,他俩各奔东西忙自己的事,以为只不过是某个驿站上的行人,不可能再相逢。谁知第三天蒋栋梁回沪时,又在机场候机室里遇见张红峰了,张红峰说他去申城做一个市场调研。就这样,在一问一答中无意提到了养老这块领域。当张红峰得知蒋栋梁正是做养老这块的民营企业老板,有一种相见恨晚的感觉。他欣喜地告诉蒋栋梁,这段时间他做的就是这个市场调研。

据不完全统计,目前中国65岁以上的老人占人口总数7%,有预测中国到了2025年,65岁以上的老人要占人口总数14%。中国政府会大幅度、大力度支持。张红峰说着,情不自禁拿出他自己写的"中国养老产业报告"给蒋栋梁,然后继续说,中国养老产业将迎来快速发展时期,党和政府高度重视,出台了一系列政策,这必将推动民营企业的发展。张红峰特地强调他们赶上了好时代。

就这样他们一起飞到上海,等张红峰办完事后,蒋栋梁与他一起飞了一次黑龙江伊春。蒋栋梁感慨地对张红峰说,在这之前一直在新疆与广西两地飞,想在那儿有自己的养老基地,想不到那两个地方还在考虑中,伊春却赶在前头了。张红峰听后,风趣地回

答,赶上时代并不是一句口号。说完,两人都哈哈大笑起来。

就在蒋栋梁准备回沪的前一夜,梦见一群妖魔鬼怪在追逐他,其中有一只小鬼摇身一变,变成叶百合,她用野百合的花粉扑在他的脸上,顿时使他昏迷过去,不省人事。于是,叶百合把他的衣服一件一件地扒开,每扒开一件衣服,就把花粉散在衣服上,然后衣服就变成百元大钞,当扒到一颗跳动的心脏时,蒋栋梁好像有所警觉,连忙捂住自己的胸口作垂死挣扎。就在这个紧急关头,弘基法师出现了,他手持杨柳枝就这么轻轻一点,叶百合很快又变成一只小鬼,羞愧地逃进深山老林。弘基法师双手作揖,声声念经,好像在说,想要做养老事业,一定要远离由魔鬼演变过来的女色。

蒋栋梁终于从梦中苏醒,出了一身冷汗,心有余悸。当叶百合突然拨响他的手机时,他怀疑梦里潜意识地暗示他什么了,于是连忙关闭手机,并把她打入黑名单,心里嘀咕,还好佛商协会的事没让她得逞,要不然钱打水漂了。他想这次回沪一定先去会龙寺请教弘基法师,验证梦的真实性。

其实,蒋栋梁也不希望这个梦会给自己的生活带来多大的危害,也不愿意去相信他在会龙寺里遇见的叶百合是一个吸血鬼。然而,当他来到会龙寺请教弘基法师,弘基法师给他结论后,他真的傻了,因为弘基法师说的话竟然与他梦里的弘基法师说得一模一样。佛商协会是佛商机构下的一个组织,是经有关部门批准设立的,弘基法师问蒋栋梁,叶百合这位女施主有资质吗?

经弘基法师这么一提醒,蒋栋梁恍然大悟,额头上冒出丝丝冷汗。原本一个生意场上的男人,不说吃喝嫖赌,身边若有一至两个年轻漂亮的女人也不足为怪。但他自从进入了养老这块领域,就像弘基法师说的,沾了女色会导致事业前功尽弃,到了阴曹地府那些老人也不会放过他。蒋栋梁认为他既然已走上了养老事业这条路了,没有必要再去遭遇妖魔鬼怪。否则不是给自己寻棺材吗?他必须按照弘基法师的说法去做,在养老事业的这条路上不与妖魔鬼怪碰撞。蒋栋梁原本只想与弘基法师解释他只是聘用叶百合而已,但话还没说出半个字,弘基法师马上阻止他说下去,好像他什么都明白似的。只要你能记住这世上没有无缘无故的爱,也没有无缘无故的恨就可以了。弘基法师说着,便把蒋栋梁领进卧佛堂。

蒋栋梁跨进卧佛堂,在卧佛前敬上三炷香。烟云袅绕,穿着袈裟的僧侣们开始念佛诵经,蒋栋梁连忙将手机处于震动状态,暂且让自己的心趋于平静,跟着僧侣们,双手作揖,默默祈祷。

温柔原以为蒋栋梁听到这个消息会激动万分,然而蒋栋梁给温柔的信号就是像听过路人故事似的,极其平常的一声"嗯"字,让温柔震惊不小。温柔这一震惊却给叶百合找到了新的出路口。叶百合想索性向蒋栋梁摊牌,说出真实的自己,应该是上策,前几天冥思苦想编的谎都令她不满意,也不圆满。蒋栋梁既然能放过黄伟亮,那么也一定能放过她,更何况假身份证还没有亮相过。她现在最需要的能得到蒋栋梁的同情,一种男人对女人的同情。

功夫不负有心人。有一次叶百合终于在会龙寺门口等到了蒋栋梁。蒋栋梁看见她的时候装作没有看见,故意绕过她。叶百合却厚着脸皮走到他前面,双膝跪地,让蒋栋梁的心又"噜"地动了一下,闪过一个问号,梦与现实应该相反的吧?

蒋总,能否救救我老家的父母?老父住院,母亲一急摔了一跤也被送进医院,家中急需要钱。叶百合哭诉着,两手想去抓蒋栋梁的腿,蒋栋梁警觉地朝后一闪,说,寺庙门口成何体统?你现在养老院当院长助理不是每月有工资吗?

蒋总你一定会饶恕我,叶百合就是强草鹤,这一切都是黄伟亮设计的。叶百合鼓足了勇气,终于说出真相。她知道与其让黄伟亮向政府坦白,还不如自己先与蒋栋梁道出真相。蒋栋梁一时糊涂了,他不知道叶百合在说什么?他悄悄地在自己的合谷穴位上弄了几下,有痛感,知道这不是在做梦。蒋总,在寺庙门前我不敢乱说话。叶百合望着蒋栋梁的心有所颤动，便装出一副诚意的样子。

如果黄伟亮不被抓，你是不是还想骗下去？蒋栋梁一边问着，一边却从包里取出一万元钱，扔给叶百合，说，回老家给你父母治病吧，谁让我是做养老事业为老人服务的老板呢？蒋栋梁拉上包的拉链，跨进会龙寺时还在想着这个问题，黄伟亮想出这样蠢的事情，但他自己又能聪明到哪里呢？叶百合就是强草鹤，在自己身边混了这么长的时间，竟然丝毫没有发现。想起那次蒋利要验证她的身份被他训骂一顿而后悔。蒋栋梁越想越不是滋味，一万元钱就权当给自己买个教训吧。然而蒋栋梁这么一个举动很快在公司里一传十、十传百地传开，传到最后拷贝已走样。

一天，蒋利带着苗木来到蒋栋梁的办公室，开门见山地对正在电脑上查资料的蒋栋梁说，爸，我们准备结婚，你准备给我们多少钱？苗木大吃一惊，急着说，原来你拉我到这里是向叔叔说这句话的？苗木说着，连忙向同样吃惊不小的蒋栋梁解释，他起先不知道蒋利有这个预谋。

我就是有预谋怎么啦？与其眼看自己的老爸做农夫，还不如让我来打蛇的七寸。谁会像我老爸这样傻，明明知道是一条蛇，还要拼命往自己的怀里揣。蒋利说着说着哭了起来，到韩国一整容，强草鹤变成叶百合了，你又不是不知道她的底细，这种女人你还要想入非非吗？

放肆！蒋栋梁的手狠狠地朝桌上拍去，滚，滚到你妈那边去。苗木看着蒋栋梁的脸发白，手在颤抖，气已接不上来，知道再这么下去肯定要出事。于是，他连忙把蒋利推出办公室，然后回到蒋栋梁身边，好说歹说才把蒋栋梁的气说平顺。

你们如果想结婚就赶快结婚，别为了这种家长里短的事弄出其他事来。蒋栋梁一边说，一边在想，讹传无非就这几个人，许风萍眼看自己的儿子被蒋利甩了，会甘心吗？儿女的婚事本来他不想干涉太多，这次他不得不提醒一句，你们结婚之后赶快离开这里，回新疆或回广西都可以，就是不能待在我身边。

苗木不时地点头应允。蒋栋梁看了看苗木，继续说，新疆的养老基地我正努力筹建，一旦成功，你可以帮你爸一起来管理。当然这个前提是你们必须要爱这个养老事业。蒋栋梁说到此，长长地叹了一口气，做养老事业的人怎么能看到老人受一点点罪呢？我给叶百合一万元钱是……

叔叔你别说了，我知道，其实蒋利也知道，只是她气不过旁人的讹传。苗木连忙打断蒋栋梁的话。蒋栋梁将手挥挥，示意苗木可以走了。苗木领会蒋栋梁的意思，再三强调"叔叔所做的一切我与蒋利都明白"这句话后，正想离开蒋栋梁的办公室，却被蒋栋梁突然叫住。你等一等，我有话要提醒你。苗木很听话地重新站在蒋栋梁前面，问，叔叔，还有什么事要吩咐的？蒋栋梁看了苗木一眼，拍了拍他宽广的肩膀，再三强调，好好保护蒋利，结婚后赶快离开上海，回新疆或广西都可以。当苗木答应蒋栋梁一定遵照执行，随后就离开了蒋栋梁的办公室。

蒋栋梁看着苗木朝办公室门外走去的时候，依然想着一个问题，女儿什么时候与苗木好上的？自己天南地北空中飞，女儿也受之影响，蒋利应该是在那次与他一起飞新疆考察时遇见探亲回新疆的苗木。蒋栋梁想得头痛欲裂，觉得再这样想下去，大脑肯定会出问题。于是，他用手在自己的头顶上抓了几下，然后两手挥动几下之后，重新回到电脑的显示屏上查阅资料，并拨通了张红峰的手机。

蒋栋梁开门见山地对张红峰说，你建议我在那儿购买车辆，好，这件事就托付你去操办了。蒋栋梁与张红峰通完电话的同时心里也有了盘算，20人座和45人座的中巴考斯特以及5人座的铃木轿车是他计划之内的事。他记得有一次张红峰与他都提到在各自的基地上要有车辆，才能达到候鸟式养生度假的目的。有了车辆之后还要办理一个旅游的营业执照等等一系列事情时,顺便带他去逛了汽车城。哈尔滨国际汽车城确实是黑龙江最大的一家汽车城,走进去,让蒋栋梁有一种心动的感觉。他自己也不知道为什么在别处没有一丝购买欲,而在这里突然有一种冲动。张红峰说买与不买是老板决定的事,但他必须把他所知道的说出来。

蒋栋梁的心里确实还有另外一种盘算,等到机会成熟,就把朝阳养老院这个烫山芋扔回给李鸿鹄。什么样的机会算成熟呢?这就是他要盘算的最实际的事。掐指算算,他身边有几人是他的得力助手呢?思来想去,张红峰是他最认可的一位。虽然苗祥和厚实,也是那些年打下的基础,可以说能交心的朋友,但苗祥和毕竟与他年龄相仿,还能在生意场上干几年?女婿苗木虽然年轻,但他没有这方面的灵性与用心,况且有人曾提醒过他,家庭制管理不可取。他决定在哈尔滨买车,也是想自己在那儿留下足迹。

有时蒋栋梁的脑子里也会飘过这种顾虑,黄伟亮联名要黜免他,而今却要考虑接班的人选,折腾来折腾去到底为了啥呢?前几天他与张惠又在没有相约情况下撞到一起。张惠是来向温柔打招呼的,说她要回洛杉矶而来到朝阳养老院的,蒋栋梁是接到民政局电话之后来到养老院的。蒋栋梁觉得这样反反复复也是折腾人的表现。民政局方面仍旧是一个老问题,法人代表到现在还没有转过来,民政局里的一笔补贴无法发放到养老院,意味老人享受不到应有的福利。

不过,自从李鸿鹄的哥哥车祸丧命之后,民政局内部整顿了一番,对养老院目前的经营状况做出客观的评审,蒋栋梁的心总算得到一丝慰藉。其实他要的也就是民政局的一句话。既然如此,民政局的这笔发放给老人的款子我不能拿,你李鸿鹄也没那么容易取走。尽管民政局再三强调法人代表尽量转过来,语气语调也很平和,并对蒋栋梁有这么大的魄力表示敬畏,但蒋栋梁确实感觉心累了。

眼看自己心软下来,表示不计前因会尽量把法人代表转过来,却被身边的张惠一句"西渡地区有块空地可以规划未来内容"的话,让蒋栋梁的心又提了上来。他觉得自己已经习惯这样的折腾,如谁不给他一点折腾的事反而觉得不舒服。张惠说先发现这块空地的是章志忠,前一阵子章志忠带她去了一次,她觉得确实有内容可做,如果章志忠能从这里赎罪,望蒋栋梁从西渡这方面考虑。

蒋栋梁一想到西渡还有一个办公地点,眼前便出现宏伟蓝图,亲自看着一砖一瓦从地面砌起,亲自看到自己设计的格局在不久的将来建成,心里那种美滋滋的感觉不由自主地表现了出来。他问张惠哪天带他去看一下。张惠告诉他,她马上要回洛杉矶一次,先让章志忠陪同他去,过一些时间她还要回上海。

等到民政局人走了之后没多少时辰,消防局的人来了。温柔一看到消防局人来检查养老院的消防设施,便马上想起那天与消防处处长谈及关于老年时装队事。于是,见蒋栋梁正好在养老院,就把这件事向他汇报了一下。温柔没有想到蒋栋梁也对老年时装队感兴趣,他要温柔赶快做好这项工作,引进这支老年时装队,也等于是成为龙泉的会员。

要让别人走进龙泉,成为你的会员,你用什么来吸引别人呢?张惠每次碰到蒋栋梁,都会听到这句话,于是,不忍心让他走偏,有意问了他。蒋栋梁愣了一愣,心想,目前已经成为会员不都是对龙泉的床位投资感兴趣吗?以后全国各基地建成,让会员们如候鸟一样飞来飞去,这样还不够吸引人吗?

像章志忠这样贪你利息的人自然有,但每个人的想法不会一样。张惠看蒋栋梁没有声音,便把章志忠再次拎出来,她知道章志忠亏欠他太多,只有她站出来缓解他们之间的矛盾,否则业障在她的身上加重,对她有什么好处呢?我知道章志忠坠入业障深渊,他也后悔,就给他赎罪一次吧。

刚刚说到老年时装队,怎么说着说着就把话题岔开来了。蒋栋梁故意拉回到最初的话题上去。他知道朋友多一个是一个,敌人少一个是一个,更何况章志忠只不过贪小罢了,与黄伟亮与李鸿鹄是两种不同性质的人。当然有些敏感性的问题只有让时间去解决,不必在这样场合里摊开来。

我知道。今天我来只是向温柔打个招呼。张惠说着,便把目光朝向温柔,等时装队引进龙泉以后,我也加入这个团队,在温院长带领下,展示时装之美。张惠索性把蒋栋梁冷落一边,只顾与温柔交流起八字还没有一撇的时装队。张惠在描绘时装队时,不经意地把佛教的理念融化到时装文化上,让蒋栋梁听得入神。离开养老院前,蒋栋梁再次提醒温柔一定要把这支时装队引进龙泉,他会投资一笔钱到这支时装队身上的。随后留下两个女人在继续唠叨。

这两个女人在一起,也无非唠叨一些近日来发生的事,如果增加马晓青参与,唠叨的内容就会有所不一样了。可是偏偏马晓青不在场,于是,温柔顺其自然地向张惠唠叨起前段时间进来一位驼背的吴老先生。这位驼背的吴老先生一进来就向院长解释,他是背了一辈子的黑锅而造成了他的驼背。其实吴老先生的年龄并不算高,七十岁,乌黑的头发,油光而又一排向后梳齐,一副金丝边眼镜架在笔挺的鼻梁上,衬托起一双会说话的眼睛。如果背不驼,是根本看不出李老先生年龄的。

背了一辈子黑锅,虽夸张了许多,但确有根源。不过和他背驼是没有任何因果关系的。历史的问题谁能说得明白,在那个年代一不留神给你扣上作风问题的帽子,有什么稀奇? 谁让吴老先生有一双会说话的眼睛呢? 连每天为他打扫房间的小沈都要和他开个玩笑,吴伯伯,您年轻时一定很时尚很风流。

吴老先生显得一脸的无奈,心想,背了一辈子黑锅,怎么进了养老院,还要背黑锅啊? 要知道他是和妻子吵完最后一次架,不再打算无端人间蒸发,用明朗的姿态向家里所有的人宣布他要进养老院的决定。两个子女想想也是，母亲一直主动和父亲为这种捕风捉影的情感问题吵架，终究不是个办法。既然父亲提出进养老院，当子女的应该鼎力支持。

吴老先生虽然脸上写着无奈，但一转身也就会很快将它忘掉，毕竟只是一种没有恶意的玩笑，不像过去他的妻子大动干戈，让他伤心伤肝伤神而来得刻骨铭心，不易忘记。前几天他的妻子突然到养老院找到他，非要他回去不可。当时吴老先生怪罪温柔为什么要放他的妻子进来？温柔耐着性子向吴老先生解释，他的妻子在门卫室的记录本上写着"同事探访"，门卫根本不知内情，更何况妻子来探望丈夫合情合理。吴老先生却无奈地问温柔，背黑锅的滋味你没尝到过吧？

说到曹操，曹操就到。只见吴老先生驼背弯躬，手拎着一袋黄橙，一步一步走进养老院大门，还没有走近温柔与张惠时，便高声地叫起来，温院长，橙子吃吗？张惠满脑里还停留在温柔讲述的"背黑锅"故事里，听到那个背黑锅的驼背向温柔打招呼，好奇地转过身。只见吴老先生像看到熟悉的人一样，向张惠打招呼，你不就是郁家的女儿吗？可是不对啊，郁家的女儿没那么年轻，郁家只有一个女儿，没有第二个女儿。

张惠与温柔对视了一下，觉得这个驼背的吴老先生真是背黑锅背得眼花了。你是不是叫郁向阳啊？驼背的吴老先生一步步靠近温柔与张惠，问道。温柔听到吴老先生在说郁向阳的名字，好奇地反问道，吴老先生，你认识郁向阳这个人啊？

她的爸妈是我的邻居，不过现在不是邻居了。听说她的爸妈也背过黑锅。嗨，背黑锅的滋味真不好受。吴老先生想不起是什么原因背上黑锅的，便说他只是听说的。温柔看了看张惠，凑近她的耳根，说，我们养老院可不是每个老人都是痴呆，吴老先生的脑子很好使，他误认你是郁向阳，肯定有道理。你不是要找你的亲姐姐吗？

你别这样以为。张惠觉得不可思议,父亲虽然向她说起她的姐姐过继给郁家的事,但不可能会有这么巧的事,更何况出于背了一辈子黑锅的老翁的口。当吴老先生得知张惠不信他的话,以为他在胡说八道,有点不开心了。他说自己的背驼但眼不花脑不呆,他要与张惠理论。然而张惠怎么可能去信吴老先生胡言乱语呢?只有说时间已来不及,得动身回洛杉矶是最好的借口了。温柔明白张惠如果再不离开,确实有些麻烦。于是,挡住吴老先生继续辩论下去的劲头,把张惠送到大院门口。

等到张惠离开后,吴老先生走近温柔,不服气地说,为什么不让我与她辩论? 她肯定是不敢承认。温柔忍不住地一笑,调侃地说,看样子张惠也要像你一样背黑锅。吴老先生说,别瞧不起人,我不是因为老弱病残才进养老院的,我是消防队官兵的家属那支时装队的队长,你信不信?

温柔听到这句话,睁大眼睛,不知所云。起先把张惠误认为是郁向阳还有点靠谱,现在说自己是时装队的队长,真是瞎编故事了。然而,吴老先生却绘声绘色,说到最后还是回到他老伴因为无端怀疑他,他受不了背黑锅而进养老院的。为了让温柔相信他,也证明自己确实没有在说瞎话,吴老先生对温柔说,哪天他让时装队进养老院为老人们慰问演出一次,就知道他的实力了。

温柔只能先相信一次,毕竟她自己也确实有这个心愿,希望消防官兵父母的时装队早晚能加入龙泉组织。既然眼前这位驼背先生能出面把这支队伍邀请到养老院,不管他是不是这支队伍的队长,看了再下结论也不迟。温柔想着,看出去的目光也不再带怀疑性了。当吴老先生发现温柔已经朝信任他的方向前进,便有点得寸进尺的样子,凑近温柔,神秘兮兮地问,温院长,那个院长助理名叫叶百合的怎么又不见人影了? 是不是没有脸待在这里干了?

温柔望了望四周的动静,发现韦琴在前台的座位上盯着她与吴老先生看,想要发表议论的动机也全然没有了。她以有事为由,先不谈论这些与工作无关的话题，她让吴老先生也可以进房间去休息了。吴老先生则嚷嚷，你不告诉我也知道，经常听那个祁老伯大喊大叫声也听明白了啥意思。这个女人一看就不是好货色，给她这个骂名肯定不会让她背黑锅。

吴老先生三句话离不开"背黑锅"三个字，早让温柔听了成为一种习惯。其实每个人都有一种口头禅，习惯了也不会去在乎。然而，这次当吴老先生说出这句口头禅，温柔却觉得不是口头禅。确实，叶百合在无人知晓的情况下再一次悄悄地离开了养老院，应该说蒋栋梁知道她的去向，否则也不会传出他俩之间的绯闻。然而，她有必要去关心这些不与她同道的人与事吗？况且蒋栋梁在她面前只说了一句话，以后前台韦琴协助她一起工作。

不经意地向前台看了看，发现韦琴的目光仍然朝她方向盯着，让她感觉浑身不舒服，心想，除非自己离开养老院不当院长了才能让自己舒服。然而温柔这种想法也过于谨慎，其实韦琴盯着她看，只是想告诉她，先前做院长的监事，后来做了院长又派人来助理，反过来倒过去原来就是同样的两个人，她觉得真有喜剧色彩。她希望自己做好前台工作，配合院长的工作，不说监理或者助理。

6

蒋栋梁又在天空上来回飞翔。这次他在新疆与广西之间来回飞，公事私事准备一起解决。女儿蒋利的婚姻一直在他心里装着，如果女儿完婚也等于完成了做父亲的使命。蒋栋梁这么想着，慢慢闭上眼睛，借着这个机会，想把这些天来忙得没工夫睡眠给补回来。

等到他一觉醒来，上了一次卫生间之后，在走向自己的座位时，不巧碰见朝卫生间方向走去的李鸿鹄。他们几乎同时叫唤对方的名字。李鸿鹄说，等兄弟方便后与你唠叨唠叨，我们好久未见面了。蒋栋梁似乎还没有完全苏醒过来,回到自己的座位时,惺忪的眼睛还在眨,觉得真有点不可思议,怎么会在这里遇见他。

听人说蒋兄现在做大了,我不得不佩服你的威力,兄弟我只能甘拜下风。李鸿鹄像一阵风似的又出现在蒋栋梁面前,然后向边上的乘客说了一些好话,边上的乘客竟然同意与他的座位对换。蒋栋梁半调侃半认真地说,会说好话的人不吃亏。李鸿鹄则笑着回答,蒋兄这是哪儿的话?今日能在天空上相遇,说明我们都是天马行空、又能守航道规矩的人。

450万民政局补贴!蒋栋梁单刀直入,李鸿鹄却发出长长的叹息声。然后他向蒋栋梁打了一个比喻,现在的局势就像一个女人怀了第一胎,却非要到医院做人工流产,等到下次想要怀孕,却再也怀不上了。他要蒋栋梁明白,其实他也想快点把法人代表转换给他,他也可以退让一步,转让费就算了他,不再伸手向他要了。然而民政局这一关很难过,难过这一关也意味着每年该下拨的政府补贴,只能储存在民政局,你我都拿不到。

蒋栋梁看了李鸿鹄一眼,不紧不慢地回答,是吗?听说民政局与你也签了15年合同吧?那我就熬,熬过15年,不管怎么样,都会有一个结局吧。李鸿鹄说,何必呢?你我为什么不能修复好彼此的关系呢?如果过去都是我的错,那我向你道一个歉,芸芸众生,竟然在一个航班的飞机上相遇。

空姐的声音开始出现,目的地即将到达,柔美的声音在乘客的耳边回荡起来。蒋栋梁向李鸿鹄两手作揖,说,咱俩的目的地都要到了,但愿都朝好的方向努力,爱女的婚姻也要我操心,我得亲力亲为。李鸿鹄也双手作揖,向蒋栋梁表示,养老院里有一处是违章建筑,如果消防局处不能通过的话,向兄弟打个招呼就行。说完,便返回到自己原来的座位上。

其实,在与其他人换位那刻起,黄蓓蕾一直朝他俩方向观望。当李鸿鹄返回到座位上时,黄蓓蕾便问道,你想要与蒋栋梁妥协

吗？你可要想明白，妥协意味什么？李鸿鹄显得有些不耐烦，你懂什么？黄伟亮与叶兴达都被抓，民政局现在谁也不帮，依法办事，如果不想办法，僵持下去，对谁都没有好处。

那为什么你先提出让步？黄蓓蕾问。李鸿鹄被黄蓓蕾这么一问，更显得不耐烦了。男人们的事你最好别多过问，就是因为你过问了太多，插手了太多，才导致今天的结局。这次我答应你去广西游玩，我们最好别谈游玩以外的话题。李鸿鹄一边说着，一边收拾东西。黄蓓蕾跟随李鸿鹄身后，心想，这么一个好机会一起出去旅游，不让发声就不发声吧，耐心等待下机舱，大自然景色应该属于她了。

下了机舱，蒋栋梁便从包里取出手机，刚打开，便有电话进来，是杨芝芳的声音。杨芝芳开门见山地对蒋栋梁说，蒋总，你不在上海的时候，上海总要有人当家作主吧？许风萍口口声声说你是她亲家，搞得办公室不得安宁。蒋栋梁听完杨芝芳的汇报后，不假思索地回答一句，从此以后我凡不在上海，上海你是总管，谁都要听你的。

这怎么行？我老太婆一个。杨芝芳哪里会想到她这么一汇报，竟然汇报出自己要成为领导人，急得不知如何是好，连连拒绝蒋栋梁的好意。蒋栋梁却很认真，说其实他早想好了，只是没来得及说，既然现在说上了，我就宣布你来当总经理。他告诉杨芝芳，许风萍这种人也只有你可以出面，我这个大男人怎么能出面呢？

蒋栋梁挂断电话后，却不知道究竟该往哪个方向走，兴许被刚才杨芝芳这个电话所气的缘故。想想真是好笑好气，那个许风萍，怎么世上还有这种不知羞愧的人呢？他已经想好，女儿结婚之后，绝不能再让她介入公司的任何事了，否则横来一棒也不知所向。

栋梁，走哪个方向也忘记了？不远处的卫红看见蒋栋梁好像没了方向感，便迎过去，大声地叫道。蒋栋梁不知道为什么，现在只要单独看到卫红，便有一种放不开的感觉。其实，动身前想好很多事,女儿结婚是终生大事,父母双双祝贺是必须出现在场面上。卫红听说他这个时候下飞机,提早来到接机处迎候他,也属于情理之中。蒋栋梁觉得现在的毛病出在自己身上,而不是他人。

蒋栋梁尴尬地看了卫红一眼,说起话来也没有那样连贯了。反倒卫红显得大大方方,向他汇报女儿这段时间里一直忙于嫁妆时,也不放弃向他提及养生基地的情况。蒋栋梁好像找到了话题,便接住卫红的话,开始发表起自己的见解。出租车的驾驶员借红灯之际,不由自主地看了看坐在边上的蒋栋梁与坐在蒋栋梁后边座位上的卫红,然后再把目光放回到方向盘上,等待向前行驶。

这次曲汇河也该与我一起回上海了。蒋栋梁冷不防地扔出一句话。日子过得真快,他们夫妻俩也分得太久,再这么下去,我要成了棒打鸳鸯鸟的人了。边上的驾驶员又忍不住地去看一眼蒋栋梁。坐在后座的卫红附和他的话,说这里也弄得差不多了,是该让他回去了。

我打个电话给曲汇河,让他安排我今天的宾馆。蒋栋梁一边说着,一边取出手机,拨通了曲汇河的手机号码。坐在后边的卫红眼巴巴地看着蒋栋梁把手机贴在耳边上,与曲汇河通电话,同时也眼巴巴地看着驾驶员好奇地瞅着他。她多么希望蒋栋梁能够与她说一声,今晚就睡在她家中了。其实,她的家不也曾是他的家吗?这么大的一处房子,前前后后加起来有五六间了,难道还不够他借住几宿吗?

卫红尽管这么想,但还是没有把自己想要说的话说出来,任凭蒋栋梁的性子。当车子经过百货商场时,蒋栋梁让驾驶员停下来。兴许是驾驶员没有准备,车无法靠位,如果要在百货商场停下,必须绕道而行。卫红劝说蒋栋梁算了,她该买的全买好了。蒋栋梁说如果是曲汇河驾驶,什么时候刹车就什么时候刹车,哪有无法刹车的例子。出租车驾驶员再一次向蒋栋梁望去,蒋栋梁这次好像发现了,为了掩饰一份歉意,便挥挥手,示意让驾驶员别停,往目的地开。

到了卫红的家后,蒋栋梁环顾了家的四周,过往再次进入他的脑海里。这么多年已经过去,他不明白自己怎么还会让往事泛上心头?他不是不信命,但恰恰是她的缘故,让他接连而三地在生意场上受到挫折,最后一次竟然没有让他逃过牢狱之灾。如今养老事业不比其他以往的一切生意,这么多老人在他手里,他不能妄自尊大,只有循规蹈矩,才能让这根链条顺利地转动。

卫红为他沏了一壶家乡茶,然后送上一份点心,看着他,有一种欲说还休的感觉。等到女儿成婚之后,你也别风吹雨淋了,就安心在我签下合同的基地上工作拿一份工资。蒋栋梁品尝卫红沏的茶之后,慢慢地向卫红道来。他说,儿女们都靠不住,趁着自己还十得动,就再干一点吧。

卫红点点头,说,儿大不由娘,好几次问她为什么会与小钱分手,与苗木是怎么认识的,她就跟我含糊其词,她只跟我说,反正你知道。蒋栋梁叹了一口气,对卫红说他确实知道其中的一些事。对于许风萍那些事,他也没有必要与卫红讲,何必要无端生出些不该牵扯进来的麻烦呢?他只是告诉卫红关于小钱的性格与女儿确实不能在一起。当蒋栋梁说到苗木时,马上联想起他在新疆那段生活来。如果不是苗祥和,他不知道什么是真正的和田玉。如果不知道真正的和田玉,他拿什么资金拿下朝阳养老院?蒋栋梁感慨地说,苗木的性格虽然和他的父亲有点差异,但这个孩子毕竟是苗祥和的儿子,况且蒋利与他有缘,做我们的女婿就做我们的女婿吧。

卫红听到蒋栋梁说"我们的女婿",感觉蒋栋梁并没有远离她,于是带着激动的心情走进厨房。蒋栋梁趁着卫红进厨房,拿出手机,再次拨打了曲汇河的手机号码。当蒋栋梁得知曲汇河在洗浴中心泡妞时,心里不免惹起怒火,你这小子怎么狗改不了吃屎的,我让你到广西来干什么的?我现在卫红家里,赶快来见我。蒋栋梁挂断电话，气已接不上来。卫红从厨房走出来，见状，连忙翻箱倒柜，她记得自己买了一支哮喘喷雾器，就是为蒋栋梁准备的。

别翻了，我包里有。蒋栋梁一边说着，一边从自己的包里取出哮喘喷雾器，喷了几下，气微微缓些过来，便长叹起来，真是恨铁不成钢啊，这样做怎能对得起在上海养老院工作的温柔？这次我必须带他回上海，否则我于心不安。

卫红听明白了蒋栋梁在说曲汇河，她本来想说男人嘛，老婆不在身边，偶尔玩玩也无妨，但话到喉咙口，还是把它咽了下去。女儿马上要嫁人，马上要成为别人的人，她自然希望未来的女婿能对自己的女儿好一辈子。如果这个时候当着蒋栋梁的面说出这种谬论，还不要让他借题发挥数落她一顿吗？卫红这么想着，哮喘喷雾器不经意地被她翻出来，拿在手中，想放回原处，又想递给蒋栋梁。

你就索性给我吧，以备无患。蒋栋梁看见卫红手拿哮喘喷雾器，一边说着，一边把手伸了出来。卫红索性顺水推舟，把手中的哮喘喷雾器递给蒋栋梁。就在这时候，蒋利与苗木拎着大包小包双双跨进家门。蒋利看见父母亲两手碰到一起，喜出望外，放下手中的东西，将两手紧紧抓住他俩的手，说，女儿希望爸妈的手永远牵在一起。

你在瞎说什么？还不滚到一边去，快要嫁人了，还是这样疯疯癫癫。蒋栋梁抽出自己的手，重新端起卫红给他沏的茶，对蒋利说，但目光里还是充盈着喜悦。苗木见状，马上从包里取出为蒋栋梁购置的西装，爸，这套西装符合你的气质，穿在身上一定显出你的气派。

当蒋栋梁在试穿苗木给他购置的西装时，曲汇河战战兢兢地出现在他的面前。蒋栋梁在镜子里看见曲汇河，连忙转过身来，来不及脱下身上的西装，一把抓住曲汇河的手腕，气不打一处来，问道，你是有责任的男人吗？曲汇河好像知道自己错在哪儿，任凭蒋栋梁怎么使劲，他只是忍住疼痛，不敢反抗。

　　我打电话给温柔,看你怎么与她圆这个谎。蒋栋梁松开曲汇河的手,寻找自己的手机。站在边上的蒋利灵机一动,趁蒋栋梁还没有找到手机,便把蒋栋梁换下的衣服连同衣服口袋里的手机藏了起来,然后嘻皮笑脸地对蒋栋梁说,爸,本来就是你不对,你干嘛让他们夫妻分居两地?

　　滚一边去。蒋栋梁一边脱下身上试穿的西装,一边说。苗木见情况不妙,把蒋栋梁换下的衣服放回原处,然后拖住蒋利往里屋走,曲汇河朝一步一回头的蒋利做了个鬼脸,蒋栋梁好像气未消,狠狠地对曲汇河说,这次和我一起回上海,这里的事由卫红一个人管就行,实在不行,卫红的兄弟们都可以来帮忙,总之,你必须回上海。

　　正当曲汇河想回答些什么,只听手机铃声响起,曲汇河与蒋栋梁同时在寻找自己的手机。卫红眼明手快,连忙从蒋栋梁的衣服里取出手机,递给蒋栋梁。蒋栋梁一看是温柔的电话,便朝曲汇河说,是你老婆打来的。曲汇河双手作揖,求蒋栋梁不要把他的丑事告诉温柔。蒋栋梁"哼"了一下,接听起温柔的电话来。

　　老板,养老院边上的游戏房你也租下来了?今天施工队来,说是你答应装修改建的,我怎么一点也不知道呢?听温柔这么陈述,蒋栋梁方才想起叶兴达被抓进去之前,与叶兴达推杯换盏时达成的交易。叶兴达信誓旦旦地对蒋栋梁说过,只要租下边上的游戏房,他可以免去他养老院租金半年。蒋栋梁想想也是,养老院边上是游戏房,无论从安全问题考虑还是存在其他因素,都对养老院里的老人不利,如果租下来,改建成与养老院有关的机构,不是一件坏事。后来,叶兴达被抓进去,他也忙于其他的一些事,把这件事给淡忘了。至于施工队开进现场,在他的记忆里真没有这件事。

　　据施工队讲,是你委托许风萍干的。温柔说。蒋栋梁听后几乎要崩溃发疯。一只手抓住自己的脑袋,问,是受我的委托?都长本事了。站在一边的曲汇河冷不防说出一句话,这是你平时惯的。

平时如果阻止她不许乱说话,现在她还能以你的名义做事吗?

蒋栋梁有点傻了,看着曲汇河,竟然忘记把手机递给他,好让他与自己的老婆如何圆谎?电话那头的温柔继续在汇报工作情况,那耳熟的声音在他身边回荡,仿佛人就在身边一样,让曲汇河充满复杂心情,他说完这句话,自己也没有方向。

当温柔说"我的工作情况汇报完了"后,蒋栋梁方才醒过来。我知道了,曲汇河现在我边上,你想与他说话吗?蒋栋梁问。温柔沉默了半会,回答蒋栋梁,我是在与你汇报工作。蒋栋梁好像一时半会没有反应过来温柔说的意思,顺着她的回答,继续说,与曲汇河不谈工作,谈你们个人的事。

老板,你能想象到夫妻两地工作,当中会发生什么样的变化吗?不过我也习惯他过去在崇明那会儿的生活方式了。温柔淡淡地,像说一件与自己无关的事。蒋栋梁方才听明白温柔到底在说什么。他叹了一口气,对温柔说,这是什么话啊?难道夫妻分居两地就会发生不可预测的变化吗?这次参加我女儿的婚宴后,就带他回上海。

蒋栋梁挂断电话,手指向曲汇河,气得半会才说出一句,我打造候鸟式养老,看样子还先要训练候鸟的飞翔素质。说着,只顾自己往外跑。户外的天空蔚蓝,蒋栋梁抬头仰望,好像很长时间没有这样抬头看天空了。树丛里有几只鸟巢,几只燕子正在飞来飞去,好像在捉虫觅食,树下几个调皮的孩子想奋力却又使不出劲,只能眼巴巴地抬头仰望……熟悉的场景仿佛是焦距从远一下子拉近,蒋栋梁情不自禁地伸出手摸了摸孩子们的头,感觉就是自己的当年。

一阵手机铃声又响起,蒋栋梁下意识地将手缩了回来,摸向自己的口袋。等到摁好应答键,还没来得及看一下是谁,只听对方的声音先入耳。老板,等到养老院这些事情办得妥当后,我准备离开养老院,因为我的岗位是在文化馆。温柔依然淡淡地说。蒋栋梁握着手机,不知如何回答才好。温院长,你是不是觉得当初让你进养老院工作,是为了能与曲汇河团圆,想不到最后还是让你们分开,是吧?

老板,我是来向你汇报工作的,现在把我的想法告诉了你,我也不打扰你了。养老院边上游戏房改建施工队已开进来,你要抓紧去解决这件事。温柔说完,便先挂断了电话。蒋栋梁的脑海里突然浮现出一片敲敲打打的声音来。他咬咬牙,拨通许风萍的手机,劈头盖脸地问,谁给你这么大的权利的? 你到底想要干什么? 许风萍好像早有所准备,所以接到蒋栋梁这个电话,并没有感到有什么吃惊的样子,而是嬉皮笑脸地说,做不了亲家,就不能为你分担一些事啊? 更何况这个工程是我儿子介绍的,把关、经济核算是他分内的事。

蒋栋梁气得差点晕过去,不知如何是好。许风萍见蒋栋梁没有声音,以为他默认了,于是,她得意洋洋地继续说道,我们俩做不了亲家,我还想做你未婚妻呢。我想论我的条件做你的未婚妻总够格吧?

放屁! 许风萍,你太不自量力了。蒋栋梁自己也不知道怎么会这么粗鲁。要知道他在女士面前从来不会有这么粗鲁的语言或表现。看来这次他真的受不了了。不过,当他知道骂出去的话是收不回来的时候,蒋栋梁也知道要弥补一点东西,于是,他缓和一点语气,说,许风萍,我女儿与你的儿子不可能成为一双,那你与我更不可能,八竿子打不着一起的事,你有必要说出来吗? 至于你自说自话把养老院的活接了,你自己考虑该负什么责任吧!

你知道郁向阳在你背后捣鬼吗? 许风萍竟然哪壶不开提哪壶,总使蒋栋梁在"咯噔"一下之后再斟酌如何应付她接下来的话。当许风萍再次提到温柔做养老院的院长是否够格时,蒋栋梁的火再次从心底冒出来。你到底想要干什么? 许风萍,你是龙泉会员,确实不错,但你的手伸得太长,不该你管的事你都要管。我倒希望你随郁向阳一起去西渡,把发展会员的工作做好。说完,再次挂断了她的电话。

一阵鞭炮声突然从耳边响起,只见一对新人在众人簇拥下款款地向前走,经过蒋栋梁身边,似有一股风吹过。蒋栋梁想,这个季节是不是结婚的季节? 他突然想起女儿女婿还在家里等着他呢。当他朝家的方向走了没几步时候,脚步突然又停了下来。那个是自己的家吗? 他在反问自己。

近阶段,蒋栋梁总会拿一些事反问自己,比如说当他真的同意章志忠去西渡协助郁向阳工作时,他也会时不时地反问自己,这种搭配合适吗? 事实上,自从章志忠要蒋栋梁看他的诚意与表现,章志忠把他公司里的客户推荐到西渡来,让郁向阳为他们讲解上课,争取这些优质客户进入龙泉。对于章志忠来说,干过坏事后才知道做好人的珍贵,人有因果报应,他不敢再乱来。

就在蒋栋梁参加女儿的婚礼时,接到章志忠的电话,向他汇报了一件事,说黄伟亮出狱之后,如果也有再进龙泉的愿望,他是否会不计前嫌同意他进来? 蒋栋梁手持酒杯,等待女儿女婿来向他斟酒敬酒,充满喜气已盖住过去一切不开心。刚刚他搀扶女儿走进婚礼殿堂,亲手交给女婿,也就意味女儿新的人生开始。当女儿女婿双双为他斟酒,并送上感谢的话语时,蒋栋梁心软了,心一软马上答应电话那头的章志忠,龙泉的门永远为所有诚意的人打开。

摄影师把焦距镜头对准了一双新人与蒋栋梁时,让边上的卫红也抓紧向蒋栋梁靠拢,走进他的镜头里。卫红看了看沉浸在喜悦之中的蒋栋梁一眼,犹豫不决,伸出一只手,想拉他的袖子,手又无处可放。这个时候,摄影师跑到他俩跟前,将卫红的身子推向蒋栋梁。沉浸在喜悦之中的蒋栋梁才发现卫红就在他身边,他看了摄影师一眼,连忙将卫红的手牵在一起,落落大方让摄影师来摄影。

酒桌上的手机铃声又一阵响起,蒋栋梁一时没有反应过来。

倒是身边的卫红不时地提醒，一边让他赶快接电话，一边已把手机递给了他。当蒋栋梁接听起电话时，只听见是叶百合的声音。蒋栋梁下意识地看了卫红一眼，卫红知趣地退了一步，把目光朝向正在敬酒致谢的一双新人身上。也许是室内太吵的原因，蒋栋梁一边接听电话，一边朝外面大厅方向走。

蒋总，谢谢你，家里总算安顿好，我儿子也不排斥我了，现在越来越与我融洽，我准备带着我的儿子回上海。我还能继续在龙泉工作吗？叶百合微弱的声音很快得到蒋栋梁的同情。他一边回答她，当然可以，一边在叹息，整容后儿子怎么敢认她是娘呢？蒋栋梁挂断叶百合的电话，在大厅里足足抽了两支烟后，才慢慢地返回到热闹非凡的酒宴上。返回到酒席上后，蒋栋梁再也没有任何心思，目光涣散，脑海里一直浮出叶百合的身影与声音。尤其是看到蒋利不时更换的新嫁衣，他的目光会叠叠重重出现叶百合与强草鹤的影子，然后会情不自禁地问自己，叶百合难道真的就是强草鹤变过来的吗？

办完女儿的婚事回上海的前一天，卫红准备了几大包喜糖塞进蒋栋梁的行李箱里，让他带到上海与大家一起分享。蒋栋梁看着卫红这种在他眼里都是婆婆妈妈的举止，不以为然地说，难道上海就没有买喜糖的地方了吗？要我带着这么沉重的东西干吗？说着，想要拿出来，不准备带上。卫红急了，急的时候说上一句发急的话，这点东西你就觉得沉，觉得是麻烦，但你把那些麻烦的人招进来，一点也不觉得是沉重的包袱。

蒋栋梁疑惑地看着卫红，然后将行李箱整了整，将这些喜糖盒整齐有序地放好，拉起拉链之后将行李箱扔之一边。你不要有疑心，女儿经常会与我讲起公司里的事，我知道你心善良，但善良的人会经常给自己设置路障。卫红终于把蒋利这段时间所告诉她的那些事说了出来。

你不要瞎听你女儿的话。蒋栋梁连忙阻止卫红这些想法。那

个叶百合比女儿大不了多少，黄伟亮搬起石头砸上自己的脚被关押进去，我怎能再落井下石？这种事情我做不出来，你也不要逼我去做。蒋栋梁一边说着，一边重新拿起行李箱，准备朝外走，却又觉得话还没说完，回过头，朝卫红看了一眼，轻声地补充了一句，没有必要扯上恩恩怨怨的事，时间会抹平一切。

7

《致爱丽丝》的钢琴曲在朝阳养老院又一次响起。吴老先生与祁老伯坐在走廊的长椅上，目光朝向任老太太的房间，吴老先生时不时还会向边上的祁老伯针对任老太的钢琴演奏水准评上几句。当然，别看祁老伯平时脑子不好使，但只要谁说任老太太的不是，他会马上跟谁急。幸好，吴老先生只说好没有不说好，让祁老伯安安静静地度过时光。

兴许这段时间，儿女们以及外甥季波折与外甥媳妇马晓青没有来看望她的缘故，任老太太坐在钢琴前，只要没人来阻止，她就会一直地弹下去。温柔想在离开养老院之前再做一件事，就是主动打电话给季波折与马晓青，问问他们到底是什么原因没有来养老院看望自己的亲人。

当温柔先连续拨了几次马晓青的手机，一直处于关机状态时，她才去拨季波折的手机，谁知一拨就通，让温柔有所欣慰。温柔原本想向季波折汇报任老太太近期的情况，然而，话到嘴边，却被季波折抢过去。季波折告诉温柔，马晓青为了救在马路上玩轮滑车的小男孩而不幸被车碾断了双腿。季波折的声音嘶哑，显然是过度伤心而致。他说，近段时间他们不能来养老院看望姨了，烦请温柔一定要替他们多照顾一些。

温柔听得毛骨悚然，她不知道接下来该如何安慰季波折，也不知道如何去说服自己。看来这段时间是没法离开养老院了。温院

长,我求你千万别去看马晓青,她的情绪很低落,我怕她……季波
折再也说不下去了,温柔能够感知季波折的心情,也能想象马晓青
无法摸到自己的双腿是一种怎样的心情。她是如此爱季波折,可
是双腿碾断,从此要面对生活中的种种困难,对于她来说还有能力
去照顾自己的丈夫吗?

然而,温柔最终还是接到马晓青的口信,能抽空去看望她一
次。那天温柔去看望马晓青的时候,季波折推着轮椅站在医院大
门口。马晓青明显化过妆,掩盖了憔悴,尽管不像往常一样疯疯癫
癫说话不着边,但看见温柔,脸挂上了笑意,开口还是说了一句不
着边的话,这下好了,我没法再照顾我的老公,如谁能够照顾我的
老公,我愿意让位。

马晓青你胡说什么?一个共产党人可以说胡话吗?在温柔心
目中季波折说话声永远是柔柔的,可这次她终于听到了另一个季
波折的声音,他在严厉地问马晓青这句话的时候,腰却慢慢地弯了
下来,两手抚摸她的双腿根部时,眼泪不经意地流了出来。

被救的那个男孩的家长来看过你吗?温柔好像找不到任何安
慰的词,只能从这方面切题了。季波折仿佛想起了什么,连忙直起
腰来,对温柔说,那个男孩的母亲就是上次我在养老院看到的那个
女士。季波折一时叫不出名字,只能向温柔描述起其脸部特征。
温柔连忙替季波折说,叶百合!季波折说,就是她,那天我手机没
有电了,到前台充电,还是她帮着照应的。

温柔的牙齿紧紧地咬住上下唇,心里在不断问自己,温柔啊温
柔,被救的对象对你重要吗?你干嘛不从关心的角度安慰马晓青
呢?这不是自寻烦恼吗?叶百合就是强草鹤,她在承认的同时我
们也查实了。温柔想要对季波折说的话,又被季波折提前了一步。
马晓青将两只完好无损的手摸着季波折的手,说能否让她与温柔
单独一起说说话?

温柔双手扶住轮椅的把柄,看了看身边的季波折,季波折好像

明白了什么,连忙说,我现在确实有些事情要离开,温院长麻烦你帮我照看一下。说着,向她俩告辞。当季波折的身影完全消失于她俩的视线,马晓青才拉起温柔的手,开始重复起当年在学校班长追的是温柔而不是她的情景来。

季波折说被救的男孩母亲是叶百合,就是到韩国整容过的强草鹤。温柔连忙转移话题,不让马晓青重提那些不着边际的过去。马晓青不是不知道温柔在故意转移话题,两种截然不同性质的话题,但对于目前的马晓青来说,前者更为重要。你不要打断我想要说话的思路好不好? 马晓青从来没像今天这样的表情,郑重其事地说,我很爱季波折,但我现在没有能力去爱他了,你能否帮我照看他一点吗?

你脑子没有受伤吧? 你以为季波折是一件物品吗? 原来你回忆当年班长的故事是想引伸出这个话题吗? 温柔一连串问话像扫机关枪似的扫向马晓青。难道你敢说你没有对季波折有一丝好感吗? 我们都已经是这个岁数的人了,应该要想明白一些事一些道理。马晓青说她俩就是这个命,注定要在同一场合有形或无形争一些东西。既然如此,她请求温柔能成全她。

温柔的内心确实复杂,只不过此时马晓青毫不掩饰地说出真相,让她来不及整理复杂的内心究竟装了什么,理不出一丝头绪,任马晓青自由编织。我准备来龙泉,做一些我力所能及的事。马晓青的话题突然转变,又让温柔措手不及。你帮我照顾季波折,我来帮你一起搞养老工作,这档生意你做不做? 马晓青快人快语,不给温柔有思考的余地。

那个强草鹤是什么样的人你知道吗? 温柔像钻进死胡同里,不知不觉地把话题回到那个节点上,希望能听到一些评语,哪怕是一句。但是,温柔很失望,她不但没有听到哪怕是一句关于强草鹤的评语,相反她要温柔明白,只要公民不犯法,不进大狱,我们都没有权利对任何一个人评头论足,而她要关心的是自己最爱的人。

马晓青双手把轮椅两边的轮子转动了一下，然后又切回到自己想要表述的话题上。

马晓青的举止真的与平时不一样，就如同强草鹤突然变成叶百合后，无法让人有想象的空间一样，也许经历过一些事之后，会改变一个人的性格。当马晓青再三提出她想进龙泉，想为龙泉做一些公益事情，而前提温柔必须替她照顾季波折。

你不用这样看着我，曲汇河这样的男人有我的季波折优秀吗？马晓青不等温柔说些什么，好似就知道温柔接下来想要说什么，替代温柔回答了该要问的问题，只想堵住她的嘴。温柔真的无语了，被揭了短被挖掘内心不是滋味的滋味，陡然间暴露无遗。她敢否认马晓青说的都是胡话吗？马晓青咄咄逼人的眼神，就如她一双职业的眼睛，你想逃就能逃出她的视线吗？

一开始我真的不知道你还有这么一种婚姻，是几次与你聚会时你无意中漏出几句话，让我发觉的。马晓青似乎已忘记自己是一个残疾、需要别人帮助的人，却迫不急待地想去帮助温柔。我知道，曲汇河也是龙泉工作人员，也知道他是一个工作狂，能为你们老板做事的人，但是这个并不矛盾啊。既然他长期要在异地工作，就让他在异地工作……还没有等马晓青说完，温柔连忙将她打断，告诉她，他马上要回沪工作。

温柔也不知道为什么要去回答这句话，这句话说出来有什么意义吗？这世上稀奇古怪的事怎么都会发生呢？即便承认自己欣赏季波折同时不失有喜欢的成份，但轮不到马晓青把自己心爱的丈夫往外推啊？即便是她与曲汇河有多少怨气，也不管她在她面前有没有失口坦露过自己的隐私，但温柔确实越发觉得疯的不仅仅是马晓青，她怀疑自己也快要逼疯了。

我已经决定的事不会轻易改变。马晓青郑重其事地告诉温柔，当年我放弃对班长的追求也是一件决定后的事，现在我决定加入龙泉队伍也是一件决定的事，希望你能成全我。温柔当然知道马晓青决定的一件事背后附加了另一个条件,如果按现在这种境况与她交流,那么即便说到明天也只能循环回到原点。温柔觉得先躲避一下为好。于是,她把马晓青交给医院里的护工之后离开了马晓青。

温柔离开马晓青之后,并没有直接回养老院,而是在各大商场兜了一圈。最后从杨浦五角场万达商场出来时,遇见章志忠与郁向阳。他俩一前一后迎面走来,双方的目光几乎同时集聚。温院长,你不是在养老院当院长吗? 怎么……郁向阳的心似乎有点虚,恐怕温柔先会问她,在西渡工作的人怎么会到杨浦兜商场? 所以,她索性先要温柔来回答她的问题。

温柔则朝章志忠看了看,脑海里便出现张惠的身影,出现张惠的身影,便会想起她要找自己同胞姐姐的事。温柔发觉有很多事越来越让她想不明白,明明知道自己的姐姐被父亲的一个姓郁的朋友带走的,自己也建议她不妨去见个面,而张惠偏偏说不急,并说不可能有这么巧的事。是自己想得太多,还是思维不能跟上他人的思维?

真不好意思,温院长,我已经被派到西渡分部协助郁经理工作。你是知道的,西渡分部是以开拓陌生市场为主的,今天我与郁经理就来到杨浦,这个大概要抢杨浦分部的地盘了。章志忠说到此,从包里取出今天新人入会填的表格,再三强调一下,这个是表格,不是当初黄伟亮罢免蒋栋梁的名单。他告诉温柔,去西渡也是蒋总让他去的。

温柔向他微笑了一下。郁向阳像做贼心虚似的,连忙把表格纸张收起来,然后也朝温柔笑了笑,说,原本我想要曲汇河来西渡指导工作的,谁知蒋老板偏偏让曲汇河去了外地,又要让你们分居两地。郁向阳语调很安静,好像在叙述一件与当事人无关的事,让温柔没有理由与她翻脸。即便找到向她发出攻击的出口点,却又联想到眼前站着这么个上了年纪的女人很有可能就是张惠的同胞姐姐,所以也没心思去与她议论一番,赶紧奔赴养老院,算是找到避开的机会。

　　等到温柔回到养老院,天色已晚,但老人们没有像往常一样回到各自的房间休息,而是三三两两围在一起,目光一致焦聚在消防通道上,显出一种焦虑的神态。然而据吴老先生讲,这些老头老太们因为没有见过风浪,所以稍稍风吹草动就惊天动地。按他的话来讲,哪个地方不需要消防设施与措施? 更何况今天来的是一群消防官兵的家属,她们特地用美丽的时装为老人们表演,这又有什么可议论的?

　　温柔望着驼背的吴老先生,很快想到争取要来龙泉做公益活动的马晓青,她想如果让他俩一起来带领这支时装队,倒是一件蛮好的事。这一夜,温柔想了很多,最多的就是如果让马晓青走进龙泉,自己是否还要离开养老院? 然而季波折那种温柔的样子总时不时在她的脑子里晃动,甚至她会把他带到那种年少气盛的日子,夹在班长还有曲汇河的中间,让她忽儿成为局外人,忽儿是局内人,掰着手指分摊在他们的日子里。这一夜,温柔也不知道是如何睡着的,迷迷糊糊,现实生活中的一些事情开始出现在梦里了。

　　叶百合领着儿子来到医院病房,看到马晓青就下地跪倒,说只因自己整过容,儿子不认她是娘,一段时间一直与她有抵触的情绪,说他要骑着滑板车去寻找自己的亲娘。她追得越紧,儿子滑得越快,结果造成这样的后果。她有罪,不应该听黄伟亮的话去整容,然后去骗蒋老板的钱财,如果可以重来,她还想做强草鹤。正当这时,温柔突然出现在叶百合的眼前,狠狠地扇了她两个大嘴巴,呵斥她赶快滚出去。然而叶百合看到温柔并不买她的账,连忙站起来,要反击温柔。就在温柔使出全身的力气要与叶百合对战的时候,被曲汇河的一阵手机铃声从梦里抓了出来。梦醒后的温柔全身感到酸疼,两只准备与叶百合对战的手还悬在半空中。

　　当温柔拿起床边上的手机时,只听曲汇河以试探的口吻对温

柔说,他马上回沪了。至于回沪是暂且还是永久,都没有说。如果是过去,温柔一定会问他,但这次温柔没有问,只是轻轻地"嗯"了一声。其实我也不想这样过日子,但是有什么办法,蒋老板需要我到外地,我只能服从。曲汇河说着说着便把一身的责任推到蒋栋梁上。如果是过去,温柔听到这样的话,一定会站在曲汇河一边替他说话。然而如今她听得乏味,心里很想说出一句"难道你一点也没有责任吗"的话,但终究还是没有说出口,只是以自己还没有睡醒为理由挂断了曲汇河的电话。

温柔心里虽然在说"难道你一点也没责任",事实上也在怪罪蒋栋梁,有这样的老板存在,每个家庭早晚都会被拆散。这些天里,温柔也接而连三地接到蒋栋梁的电话,电话里不外乎说的是养老院里的情况,还有曲汇河马上要回沪了之类的话,他说,曲汇河这次回沪后不让他再走了。温柔心想,蒋栋梁虽然是一家之主,但有时说的话并不是承诺,而是说过算过的,所以这次蒋栋梁虽然再三强调,广西那边有卫红和她的兄弟管理着,曲汇河可以调回到上海,但温柔着实地没有相信他这句话的存在。

当蒋栋梁与曲汇河一起回沪后,第一站就是直奔养老院,想借一些工作上的事能够三人坐一起吃顿饭,把该说的话当面说清楚,权当自己是和事佬。然而,那天温柔正在接待季波折与马晓青。当得知站在面前的就是龙泉的老板和温柔的丈夫时,马晓青非要与蒋栋梁单独聊一聊,使得温柔与季波折几乎同时要阻止马晓青的行动。温柔连忙向蒋栋梁说了原委,站在一边的季波折也向蒋栋梁解释,自从自己的爱人马晓青因救人而致残,经过一段时期的斗争之后,想进龙泉做一点力所能及的公益活动。这些事情都是公开的,没有必要单独聊了。

季波折说完这句话时,并没有正视过一边的温柔,温柔也明白彼此的尴尬之处在哪儿,明明一件好事,不能因为被马晓青这么一掺和,给搅乱了。蒋栋梁并不知道他们之间到底发生了什么,只是得知被救的人就是强草鹤的儿子而有些吃惊。蒋栋梁并没有感到世界太小,而是这两个当事人放在一起令他觉得怪异。蒋栋梁对马晓青季波折这类人没有好感,甚至有过敏性反应。这也难怪,蒋栋梁与公安这类部门也不止一次打交道。对于蒋栋梁来说,好比吃了一颗霉花生或者是一只含沙泥的蛏子之后,发誓以后再也不碰这类东西。

尽管如此,蒋栋梁还是被马晓青奋不顾身的行为所感动。为了这份感动,他很诚恳的邀请他们吃饭。马晓青欣然接受的同时,也要边上的季波折接受蒋栋梁的邀请。她说自己原本就打算加入龙泉的组织做些公益活动,在这顿饭里可以进一步了解一些情况。蒋栋梁听后心里不免起波澜。进一步了解什么呢?黄伟亮走黄伟亮的独木桥,我蒋栋梁走蒋栋梁的阳光道,如今黄伟亮不管是什么原因被抓进去,也已与他无关。

饭桌推杯换盏喝得有点高的时候,蒋栋梁吐出了自己的实情。他说他年轻的时候与公安有逆缘,当然这不是谁与谁之间的问题,是政策执行被执行的框架框住了彼此。现在他走在政策的前列,政府想要做的事情,他提前做了。比如养老这一块领域,大家的概念就是老得走不动的时候才进养老院,殊不知"一床难求"的境遇下,不是所有的养老院想进就能进得了的。他开创的一块就是进入老年阶段的"年轻老人"在全国各地游山玩水,像候鸟一样飞来飞去。

马晓青听得津津有味,忘记夹桌上的菜,在一边的季波折不时地为她夹菜,等到她回过神来,马上阻止季波折,说,我的两腿残了,但我的双手是好的,我不能再让你为我做多余的事。马晓青说完,便把目光朝向坐在她对面的温柔。温柔则埋头吃东西,不顾四周,连坐在她边上的曲汇河,也没有顾上。

季波折始终保持一种谦和的状态。当他听完蒋栋梁酒味中的陈述,以不紧不慢的口吻对蒋栋梁说,民营企业家投身养老事业,

体现了企业家们对社会的责任感,作为政府只有支持不能拖后腿。或许是一种缘,让我的爱人马晓青有缘加入这项公益事业的队伍中来。

　　但我有条件的……马晓青冷不防地插上一句,话只说了开头,便让季波折给堵了回去。这时候的温柔也突然抬起头来,警觉马晓青要当着众人的面,口无遮拦地胡说她要说的条件。事实上也是如此,若没有季波折反应灵敏,阻止马晓青,马晓青真的要说出来。做公益事业,还要谈条件,亏你还是一个共产党员呢。季波折的语调永远在一个柔和的基调上,马晓青好像察觉了,连忙顺着季波折的话,嗯嗯呀呀地应付了过去,但目光却继续朝向温柔这边方向。

　　这该死的马晓青,你究竟想干什么? 温柔咬着牙,心里嘀咕,如果我帮你去照顾季波折,与季波折投入了感情,你真的不后悔? 温柔一边想着,一边下意识地朝季波折望去。被蒙在鼓里的曲汇河为了能更好理解蒋栋梁说话的思想,便开始发表了自己的想法。他说,只要成为龙泉人,在允许范围内,能满足的条件一定会满足。于是,他举出很多例子,比如某一老人觉得上海夏天热,能否到黑龙江养老基地度假一个月的时间。这个条件很容易答应,因为龙泉的养老建设本来就是打造候鸟式养老。

　　曲汇河在举这类例子的时候,也不忘把龙泉的建设规模推出来。他明确表示这不是广告,而是敞开门,欢迎马晓青马老师进入龙泉的问候语。曲汇河把广告说成问候语,足让蒋栋梁欣喜一番。蒋栋梁原本要好好惩罚曲汇河,至少这种惩罚要让温柔看得见,但是曲汇河那种巧妙的言论,使蒋栋梁不得不重新斟酌,得把他与温柔马晓青放在一起开展工作。

　　在允许范围内的条件都能满足吗? 马晓青追逐曲汇河,似乎已忘记刚才季波折给她眼神警告与语言阻止了。当然,马老师说什么条件? 曲汇河好奇地望着马晓青,一个双腿残疾的女公安能提什么样的条件？

　　曲老师，别听她的，一名共产党员做了一点好事，就提条件，像话吗？季波折站起身来，扶住轮椅的把柄，几乎想要推她离席。就在这个时候，让蒋栋梁注意到一个细节，就是每当马晓青要说出条件那一刻，她的目光就会朝向温柔，而温柔的目光会不经意间转向季波折。蒋栋梁大胆地朝自己主观的方向去想，如果他的主观想法猜准确了，马晓青进入龙泉能量可发挥到极致，这对于他来说，不正是一件好事吗？

　　马老师，听说你是温柔的同学，你是不是希望当你进龙泉，助温柔一臂之力的同时，也希望温柔能为你分担照顾季波折的责任，是吧？蒋栋梁看着马晓青，一字一句吐出来，让马晓青频频点头。蒋栋梁随后朝有些尴尬季波折说，这个条件这么普通，你为何要加以阻止马老师说出来呢？不就是让自己的同学照顾自己的丈夫吗？龙泉有一支志愿者队伍，就是在关键时刻挺身而出，为需要帮助的龙泉人服务。

　　曲汇河听到蒋栋梁这么解释，恍然大悟，睁大眼睛，问马晓青是不是这层意思？季波折依然柔和的说，我健健康康的一个人，用不着谁来照顾的，我的爱人把我当成孩子了。季波折说完，哈哈笑起来，这笑声里依然掺有尴尬成分。曲老师，请你也别有太多的误解，我爱人虽然突然意外失去双腿，但她还是先考虑到我，因为温柔是我爱人的同学，于是，她急病乱投医了。

　　当曲汇河还想钻牛角尖一样钻进去时，温柔再也控制不住自己的情绪，一声"够了"让所有人的目光都朝向了她。我也希望能照顾到自己的丈夫，可是给我机会了吗？其实马晓青也希望自己能照顾她丈夫一辈子，但上苍给她机会了吗？温柔说完这些，头也不回，直往外奔去。

　　当晚，温柔回到养老院，死活不肯与曲汇河一起回家。曲汇河无奈，只好垂头丧气地独自一人回家。回家途中，路过加油站，便下意识地掉了车头,开到马路对面的加油站,谁知遇见他过去的老板也在加油。当那个老板叫出他的名字时,曲汇河着实地愣了一下。

离开崇明之后到哪儿混去了? 看这车辆,派头不小。那个老板摸着曲汇河的车,阴阳怪气地说。曲汇河付完加油费,调侃地回答,你想到我这里来混吗? 做老人事业。不过,乔老板怎么会看上整天与老人混在一起的行当呢?

别叫我乔老板。我已经不是老板了,还是叫我乔敦吧。我想告诉你,我偏偏对养老这个行当感兴趣。我们都老了,已没有彩旗飘飘的能力,即使有能力,也不感兴趣。乔敦说完,非要曲汇河能与他小酌,想把这两年来的情况与打算和他分享。

因拗不过乔敦三下两下的劝说,开始一夜不归的生活。满身的酒气满嘴的酒话,让这两个男人仿佛冰释前嫌,誓言一定甩掉彩旗飘飘的劣迹,把养老事业的旗帜高高举起。在谈到养老理念时,乔敦似乎比曲汇河还要内行,他说其实自从蒋栋梁盘下崇明家具厂之后,他就有意在观察蒋栋梁经营的路数,如果今天不遇见曲汇河,他也会想法来找他。

曲汇河伸出手来摸着乔敦的额头,问他没发高烧吧? 乔敦回答他没发高烧,只是借酒抒发内心的情怀。他夸蒋栋梁有魄力,踏准了时代的步子,有时候他会后悔当初把崇明家具厂转让给蒋栋梁。

这世上没有后悔药。曲汇河举起手中的酒杯,向乔敦晃了晃,算是干杯的动作,回答乔敦时已一干而尽。当他准备向乔敦重提那些年的事时,乔敦马上打断,再次申明,谁也不要再提过去那些上不了台面的事,他想进入龙泉的同时,也准备把他身边的人带进来,他相信蒋栋梁一定会欢迎他,也算是他俩分久必合的结果吧。曲汇河奇怪地看着乔敦,心里嘀咕,什么分久必合? 难道我与你成为龙泉的同事? 曲汇河觉得这世界真的疯了。

当然觉得这个世界令人看不懂的人还有很多。那天温柔从民政局开会回来的路上，又遇见了黄蓓蕾，温柔想躲却已经来不及。只见黄蓓蕾从包里取出一枚镜子，执意要让温柔照照，劝温柔这是何苦呢，好好的文化馆差事不干，非要到养老院来找这个折腾。温柔连忙避开黄蓓蕾手中的镜子，问她是什么意思？黄蓓蕾说，她哪有什么意思？只不过一直在纳闷一件事，那个从洗浴房出来的强草鹤竟然摇身一变，变成叶百合，你的老板也照样接受。如果换了我的老公，他哪会干这种蠢事？在蠢老板手下工作的员工，难道会变得越来越聪明吗？

说着，收起手中的镜子，向温柔笑了笑，转身朝反方向走去。温柔看着黄蓓蕾的背影，心里直犯嘀咕，这个世界真的疯了。

8

西渡分部开张之日，章志忠与郁向阳早早地来到办公区域，忙前忙后，唯恐还有什么环节被遗漏，希望尽可能在蒋栋梁莅临之前做好一切。对于章志忠来说，他认为这是他补过的机会。人嘛，不能再昧着良心做事，他知道这是蒋栋梁的大度，不计前嫌才使他获得机会的。西渡分部对于他来说是表现的平台，他不能总让人看到他就马上会联想到黄伟亮。要彻底与黄伟亮分割开来，只有用实际行动做出成绩，才能直起自己的腰来。郁向阳则不是这种想法，她纯粹是赌气来西渡的。既然她没资格请杨芝芳与她合作，那么她只有借助西渡这个平台，做出成绩与杨芝芳比试一下，也让蒋栋梁看看，谁才是龙泉的老辣姜。

另起炉灶，郁向阳主动提出不让蒋栋梁支援一分钱。她说，郁向阳过去是，现在也是，她要把大家曾募捐给她丈夫的钱，挣回来，然后还给大家，她不想背这个骂名背到老死。既然章志忠把话说到这个份上，她也不能薄情寡义。如果三个月没有业绩，章志忠保证自动退出，与她井水不犯河水。郁向阳爱听这句话，她觉得这是男人说的话，至少不像当初黄伟亮那种人，事情还没有开始，就让她莫名签下名字，以至让她背上黑锅，连解释权都给剥夺了。

不过，自从知道蒋栋梁把他俩安排在一起之后，他俩就有约法三章，在任何场合不准提黄伟亮的事，不准翻旧账。旧篇章该翻过得翻过，新的篇章现在摆在他俩面前，就得用实际行动书写人生，谁违规就惩罚谁。章志忠提议两个人之间一定要有中间人，于是，他俩把蒋栋梁拉了出来，作为他俩的裁判。

蒋栋梁得知西渡分部正式开张，放下手上所有的工作，赶到现场。其实，如果蒋栋梁不是他俩的裁判，作为公司的总领导，也得前来祝贺。谁知，蒋栋梁却带了叶百合一起过来，让章志忠与郁向阳感到格外的疑惑。也许叶百合就是强草鹤整容过来的消息，至今还未传入到他俩的耳里，因此他俩的疑惑并不是为了这个原因，而是觉得蒋栋梁怎么会突然带一个曾在养老院里做过的人过来？

不过还没有等他俩开口说些什么，蒋栋梁便抢先向他俩解释了一番，叶百合就是强草鹤整容过来的，同一个人，我今天把她带过来，就是让她加入你俩的队伍，与你俩一起共同把西渡基础打好，因为这里要建造养老院基地，分部开张是为了奠定基础，扩大人员队伍。蒋栋梁说完，便把强草鹤推向章志忠与郁向阳。章志忠与郁向阳根本来不及准备，听完蒋栋梁令人吃惊的解释，面面相觑，不知如何是好，各自的心里在想着同一个问题，计划打破了。

如果黄伟亮释放出来，一时找不到活干，我照样收他进来，放到西渡，你们四人搭建一个组共同把西渡工作搞好。蒋栋梁认真态度的神色，让章志忠与郁向阳猜不透他的心思。老兄，你没有发寒热吧？怎么说出来的话都像发过烧似的。章志忠用激将法，朝向蒋栋梁。蒋栋梁并没有直接回答他，他心想，你这个老贼几斤几两打小就磅过秤了。我就要这样组合，看你们是继续团结一致挤压我，还是各存心思为我做事？

你不是在张惠面前表态了吗？从今往后跟着我干。蒋栋梁回敬章志忠。章志忠一听到张惠的名字，似乎有一种无形的威力在他面前伫立，再也没有声音。站在边上的郁向阳却再一次警觉起来，张惠？难道这个张惠真的就是比自己小十岁的同胞妹妹吗？其实她也不止一次听到章志忠提起过，但一想到当初给章志忠出挪用公款的主意，她不敢再往后面想，她更希望这个张惠不是她的同胞妹妹。

当郁向阳战战兢兢地问蒋栋梁刚才在说什么时，蒋栋梁又一次提起张惠的名字，同时也有所警觉。他在窥视郁向阳的神色时，也道出自己真实的想法。他说，等到张惠这次回国后，我要与她好好沟通，如有可能也把她放到西渡，与你们一起干。

蒋栋梁把话说到这个份上，不得不为下一步做一个计划。其实，自从他有过让张惠来替代温柔的位置的闪念后，一直在构想张惠回国之后，究竟把她放在哪一块位置最合适？但自从西渡要开辟一个新天地后，这个想法有了实在的轮廓，他想争取张惠能进入龙泉，就把她介入郁向阳与章志忠行列里，不管是出于什么动机，如果在此她俩认下同胞姐妹，他在功德碑上又可以擦亮一层。至于叶百合，纯粹是他临时决定的事。他想下一步黄伟亮释放出来，该放在哪一块呢？联想到那一张联名黜免的名单，他觉得应该让叶百合与黄伟亮放在一起，这样想着，脑子里就形成了这样的组合概念。

郁向阳忐忑不安起来，蒋栋梁所描绘的张惠就是她的同胞妹妹。想到这些，好像往事又历历在目浮现脑里，五味杂陈的滋味涌在心头。郁向阳，你这点能耐也没有，算你白白混社会这么多年了。郁向阳在心里不停地警告自己一定要镇定，不能在蒋栋梁与章志忠面前有破绽，因为她还没有考虑好到底该不该认张惠是她的妹妹。

听章志忠说他有自己的贸易公司，章志忠已经在你的名下，难不成他的夫人张惠也要被你俘虏过来?那么他们自己的公司怎么办?郁向阳装作若无其事的样子问蒋栋梁,心里却在犯嘀咕,蒋栋梁你在唱哪出戏?西渡刚开张,什么人都往我这里塞,我这里成了垃圾箱了。

然而,蒋栋梁没有及时回答她,而是对边上的叶百合说,郁向阳郁经理你应该熟悉,她身上好多东西你可以去学,学进去了学到知识,你把叶百合变回强草鹤我也接受。然后又向郁向阳与章志忠抱拳,说,不管是强草鹤还是叶百合,请你们多关照她。章志忠看着蒋栋梁,心里也开始犯起嘀咕来,老兄啊,这个女人我与黄伟亮都玩腻了,你还把她当成宝吗?

蒋栋梁在准备去养老院的路上,接到张红峰的电话。张红峰说他正把新购买好的车开往上海。然后顺便购买一些上海特产带回家,对帮助过他的朋友们略表心意。张红峰说《用地许可证》批下来了,意味着龙泉有了真正属于自己的养老院。蒋栋梁得到这个消息后,像久旱逢甘雨、他乡遇故知一样,激动得差点掉下眼泪。要知道这好比是自己亲生的,想到朝阳养老院那些辛酸事,他倍感张红峰为他做这件实事,确实感到不易而不简单。用上海土特产犒劳那些有功之臣,这能算得了什么?

红峰,到了上海,我在朝阳养老院为你接风。蒋栋梁说完,便与养老院的温柔取得联系。当得知有一支消防官兵家属的时装队在养老院里慰问演出时,蒋栋梁欣喜地回答,他马上到,如果有缘,就把这支队伍吸纳进来。等到蒋栋梁赶到养老院,吴老先生带领这支时装队迎候在大门口。吴老先生说他不能把这个功劳给温院长抢了,因为这是他引进的团队。蒋栋梁一开始以为吴老先生在开玩笑,一个驼背的老人,怎么会带领一支花俏的时装队呢?不过,当时装队老太太们异口同声地回答,确实是吴老先生引领他们进来时,蒋栋梁方才明白,其实每一件事都不能看表面。

吴老先生对蒋栋梁说,只要您有方法和能力阻止我老婆来这里跟我吵,我就保证把这支队伍完整交到你手上,成为您手下的成员。吴老先生说这一句话的时候,眼神很认真,似乎在做一笔买卖,私下磅秤过,这一笔生意可以交易成功。

当蒋栋梁进一步听完吴老先生为什么会独自一人进养老院养老的过程,情不自禁地笑起来,暗想世界之大真是无奇不有。笑过之余,不免把目光转移到温柔身上,好像在问她,作为院长,怎么没有方法帮吴老先生解决夫妻之间矛盾的事,非要吴老先生要与我蒋栋梁协商量这件事呢?温柔不是没有领会蒋栋梁的眼神,她觉得过分解释反而显得自己不大方,该汇报的事她过去全部与他汇报了,她不能因为他当时没有听进去,而在这里反驳他。

吴老先生发现蒋栋梁的眼神朝向温柔,以为是蒋栋梁要与温柔商量这件事的认可与否,于是,马上对蒋栋梁说,老板,温院长也希望时装队能够融入龙泉,让龙泉的文化提升一个台阶。这支时装队的成员是消防官兵的家属,都有一定的水准。说完,吴老先生暗示温柔为他鼓掌,这一可爱的神情让蒋栋梁又情不自禁地笑起来。

就这样,说着笑着,时间一晃又过去了两个时辰。张红峰的手机铃声让蒋栋梁的思路重新回到那个点上。红峰,我已在养老院,一切见面后再说。蒋栋梁挂断张红峰的电话后,欣喜地拍了拍吴老先生的肩膀,说,就这么定了,我会在这支时装队身上投资的,也会让你的夫人不来养老院与你吵架。吴老先生听到这句话,拍手叫好,并让时装队每位成员用掌声致谢。

后来在与张红峰一起吃饭的时候,蒋栋梁也许喝了点酒的原因,话自然多了些,从时装队开始讲起,讲到了龙泉不仅需要自己的养老院,也需要一支属于自己的文化团队。蒋栋梁在描绘那些场景的时候,展开了丰富的想象力。他向张红峰说出实情,他年轻时喜欢写诗,只是踏上生意的征程之后,再也没有碰触过诗。但他骨子里还是热爱诗,从时装队一举一止、一颦一笑,他感觉诗的激

情在召唤他。

我姑姑张晶英会写古体诗,她爱唐诗宋词。张红峰望着蒋栋梁那充满激情的神态,情不自禁地把远在他乡的姑姑拉了出来,然后又补充了一句,他姑姑在伊春审计局工作,这次建造龙泉永绪养老院的《建设项目规划用地许可证》和《建设项目工程许可证》都是他姑姑一手操办的。

龙泉为什么不能有一个诗歌团体组织呢? 蒋栋梁像是自言自语,又像是问张红峰。突然,他激动地拍了一下桌面,人几乎跳起来,让正在伸筷子的张红峰吃惊不小,连忙把手缩了回去,问蒋栋梁干吗? 蒋栋梁欣喜地说,张惠温柔她们都是诗的爱好者,我怎么会刚刚想起她们来呢? 多亏时装队激发了我的诗性。蒋栋梁说着,忆起了一些事来。

那年他喝章志忠的喜酒的时候,听到张惠朗诵过舒婷的《致橡树》。蒋栋梁想到这些情节时,更加兴奋不已。他在描述这些情节时,自然穿插了他那些陈年往日的故事。他告诉张红峰,其实他认识张惠要比章志忠认识张惠的时间还要早。蒋栋梁也不知道为什么要把这些东西说给张红峰听,只是感觉心里堵得不自在,既然今天有人陪他喝酒,并提到有关文化事宜,顺便讲讲就讲讲吧。蒋栋梁在职的时候,张惠做过他们半年时间的厂校老师。蒋栋梁清楚记得有一次考试临近到交卷的时间,是张惠偷偷拿了几个答案给他,使他勉强过了关。也就这么一次,让蒋栋梁铭记在心。后来有了各自的事业,张惠也与他提到过用文化包装企业的建议,但他走进"与人斗其乐无穷"的怪圈里,哪有脑子再装得下浪漫情怀的诗韵? 而知道温柔会涂几笔是听曲汇河在喝酒兴奋时说起的,那次老将军们在崇明办书画展览时,据说温柔为老将军们写过一首诗。不管别人谦虚与否,蒋栋梁既然想到了一件充满正能量的事,必须要去做,并且要做强做大。

想到这些,连忙打电话给温柔,说,如果养老院里的事可以停一停,就来马路对面的一家饭店,他有事要与她商量。等到温柔从养老院里出来,出现在蒋栋梁身边,问他有什么事时,蒋栋梁倒说不出什么来,只让她先坐下,然后才把他与张红峰认识的经过告诉了她。温柔觉得奇怪,难道打电话说有事,就是为了讲他怎么会与张红峰认识经过这件事吗?

蒋栋梁的舌头有些硬,说起话来不利索。他两眼望着张红峰,却问温柔,二三十年同学怎么会碰到一起的?我得让章志忠这个老贼也来寻找四十年未见的老同学,他路比我广,一定有办法找到。说着,拿起桌上的手机,要拨打章志忠的手机,却被张红峰止住。张红峰说,你是老板,老板的形象很要紧,我不希望让公司里任何一个人都看到你现在的模样。

温柔听到红张峰这句话,很尴尬,其实她也不想看到老板一副醉态的模样,与其这样,还不如在养老院听任老太太弹奏《致爱丽丝》曲子,或者看祁老伯用碗与调羹敲打作为伴奏的动作,或者就索性听吴老先生讲他背驼的故事……她想转身离开,但还是被蒋栋梁喊住。蒋栋梁卷着不太利索的舌头,对她说,他真有事要与她商量。没有等温柔反应过来,蒋栋梁似乎又沉浸在自己的思想里,他感叹章志忠打小比他会耍小聪明,比他会多一个心眼,同学们的联系方式他都会留下来,当时他还嘲讽他娘娘腔,现在想来他才是细致周到的人,只不过这个人没有选择好朋友,将小聪明用错地方。

老板,这些话你应该对张惠说,张惠和章志忠又不在场。温柔憋得实在受不了,提醒蒋栋梁。蒋栋梁似乎一点也不着急,而是一句话与一句话之间分几个段落,很不连贯。我真的有事要找你。你知道吗,郁向阳与张惠其实是同胞姐妹,应该说郁向阳早已知道,但我不能告诉张惠,怕张惠知道章志忠挪用公款的主意是郁向阳出的会受不了。蒋栋梁说完这句话之后,把酒杯朝张红峰的酒杯上碰。张红峰也是个真性情的人,举起杯子,对蒋栋梁说,好吧,既然想喝,就痛痛快快地喝,也不要藏着掖着了。老板,你不像上海人,像东北人。

　　好,就以你这句美言,我得想说,我们得需要打造一个文化的企业和有品牌文化的企业,诗,只是文化艺术的一部分,我想专门设置一个文化部门,或者是设置一个像老年大学一样的园地。蒋栋梁突然舌头不打卷了,一口气说完,心中积压的东西好似都释放出来了。他再次向张红峰举杯,却对温柔说,你可以回养老院了,接下来是我与张红峰之间的事。温柔好奇地看了看蒋栋梁之后,便离开了饭店。

　　温柔离席后,蒋栋梁举起酒杯,想一口而尽,却被张红峰阻止,老板你不能再喝了。蒋栋梁虽然酒杯被张红峰夺下了,但话匣子却怎么也收不住。他突然问张红峰,叶百合是否认识?张红峰回答,你不说,我怎么知道,难不成是你的情人?蒋栋梁哈哈大笑起来,怎么可能?她是黄伟亮相好的,原来名字叫强草鹤,去了韩国整容后,便变成叶百合了。蒋栋梁趁张红峰听得入神之际,便拿起桌上的酒杯,往自己的嘴上送。

　　张红峰这次没有去抢蒋栋梁的酒杯,他知道,蒋栋梁能够在他面前唠叨关于女人的故事,肯定蒋栋梁自己内心有故事。他想听下去,至少想知道这种没有质量的女人,为什么会让身为一个龙泉的老总所牵挂?

　　蒋栋梁一干而尽后,好似得到了一时的欲望满足,舔舔嘴,继续津津乐道地说,原来我也不知道强草鹤就是叶百合,是黄伟亮被抓进监狱之后,她跪在我面前说出真相的,我还记得她是在会龙寺门口跪下的。蒋栋梁说到此,停了下来,望着张红峰,问他在寺庙门口下跪意味着什么?张红峰回答,你不解释我怎么知道,但有一点凭他直觉这个女人不是什么好货色。他劝蒋栋梁离她远一点。

　　我也知道她不是什么好货色,但如果她不跪地求饶不说出自己的真实身份,我不也被她的容貌所迷惑吗?蒋栋梁告诉张红峰,他扔了钱让她回老家为她父母治病，谁知过了没久，一个名叫马晓青的女公安为了救在马路上玩轮滑车的小男孩而自己不幸被车碾断了双腿。这个被救下的小男孩就是叶百合的儿子。那个叫马晓青的女公安就是温柔学生时代的同学，如今要求来龙泉当志愿者。蒋栋梁说到此，又为自己斟了一杯酒，然后朝张红峰的酒杯碰去，说，你不为我碰杯，我自己干了。

张红峰这次还是没有劝酒，只是看着蒋栋梁，问了一个问题，你是借酒和我绕这么大的圈子，到底想表达什么？比如你为了希望有一家属于自己的养老院，你不惜钱财去投资，当然，我感谢你相信我去实施这件事，从中我看见你的目标与志向。但是你刚才陈述的这件事，我却没有看到你究竟想表达什么？

蒋栋梁被张红峰这么一问，似乎脑子有所清醒，情绪也有些高涨起来，他拍了一下桌子，激动地说，我与她没有任何瓜葛，现在她被我分配到西渡，与章志忠放在一起了。等到黄伟亮释放出来，我还打算把他们三个人放在一起呢。

别人不理解你蒋老板这种做法，我理解。不过，但愿如此，仅此而已。张红峰一边说着，一边把蒋栋梁的酒杯向他这边移，意思在告诉他，酒后该吐的话也差不多吐完了，适可而止为好。蒋栋梁回答张红峰，他还没有吐完心声。他向张红峰又透露出一个不是秘密的秘密，他说别看他做过房地产，现在全国打造养老基地，可他连自己一个窝都没有。张红峰说没有窝你睡在哪里？总不能天天住宾馆吧？再说了，一年四季的衣服总不能跟着你东跑西走吧？你在吓唬谁？蒋栋梁觉得张红峰认为他在说疯话，可他觉得自己句句在说清醒的话。当蒋栋梁提出要带他去西渡看一看时，张红峰用手指了指自己与他，问，喝了这么多酒，还能开车吗？

有驾驶员。蒋栋梁说。张红峰向蒋栋梁伸出一个大拇指，意思夸他脑子还算清醒。车子也买了，公司也逐步走向正规化，那么你难道没有想过在上海增加一个车队和一个旅游部吗？张红峰以试探的口吻提醒蒋栋梁。蒋栋梁被张红峰这么一提醒,脑子又清晰了很多。他自言自语地说,打造一个候鸟式的养老机构,不开设旅游部怎么行?开设旅游部的同时不建立一个车队又成什么体统呢?说着,他掏出手机,打通驾驶员小秦的手机后,非要张红峰听他的,择日不如撞日,让他跟着他去西渡一次。无奈张红峰顺从了蒋栋梁。在车子上,蒋栋梁又向张红峰夸起小秦。他夸小秦年轻不怕吃苦,他走到哪,他就驾车到哪儿,有一次从上海驾车到广西,全程两千公里,几乎开了一天一夜的时间。说完,长长地叹了一口气,我也舍不得年轻人啊,可是曲汇河现在与他的老婆关系搞得这样僵硬,我怎么放心让他帮我驾车呢?张红峰问,就是刚才那个温柔院长吗?蒋栋梁一边应答着,一边已沉睡过去。

再说温柔离席回到养老院后,只见吴老先生被他的妻子追逐着,问他为什么要待在养老院?驼背的吴老先生扶了扶鼻梁上的眼镜,说,你去问我们的院长,我为什么会来养老院?别看吴老先生是驼背,但身子轻,一股烟似地便躲到温柔的身后,让疑难杂症交给温柔来处理。温柔面对眼前咄咄逼人的吴老夫人,只能打电话给他们俩的子女。吴老夫人问为什么要打电话给她的儿女们?温柔说,不与监护人联系那又如何呢?

温柔越来越觉得身心疲乏,她不知道解决了吴老先生与他夫人之间的矛盾之后,接下来还会有什么问题要她解决?其实眼前马晓青就是一个问题。一天,马晓青带着一份好心情,坐在轮椅上被季波折的推着来到养老院,说是来看望自己的姨任老太太,其实是正式加入龙泉行列,从养老院开始入手。当她见到温柔时,开门见山地说,我没有预先与你招呼就来了,只是不想让你犹豫不决。

温柔始终没有领会马晓青这句话的深刻含义,她不经意地朝季波折看了一眼,心里情不自禁地飘过一些东西,她不知道究竟是马晓青疯了,还是自己要努力去自作多情?当马晓青再次把这个话题放在她面前时,温柔突然醒过来,这种事不是她这类人能做的。她当务之急要做的就是如何调整好马晓青那些无规则的思绪。

季老师,任老太太目前状况很好,她不仅会弹奏《致爱丽丝》,现在还会与人聊天呢。你放心好啦,现在又有马晓青在我身边,还等着派她大用场。温柔转了一个话题,向季波折汇报了任老太太的目前身体状况,同时也避免了只有自己知道的尴尬。不过,当她自己说出这句话后,后悔了。因为她原本是要打算离开养老院,但是表达出这句话,不是分明意味着自己还想继续待下去吗?只见季波折频频点头,连连致谢,他仿佛除了这些,再也没有其他方法表达了。

马晓青就这样来到养老院当志愿者。有一天许风萍带一批人来养老院参观,马晓青正好被季波折推着轮椅与老人们在聊天。许风萍记性过人,一眼看见季波折的时候便能回忆起有一次他送温柔到地铁2号线的这件事,她像发现新大陆似的,张开一张涂满鲜艳的口红的嘴,说,把温院长送到2号地铁口的肯定是你吧?真是一表人才,与我们的温院长很般配。今天是不是特意看望温院长来的?

前台韦琴似乎有些听不下去了,便走向许风萍,心里还在嘀咕,养老院是老人们养老的地方,为老人工作是我们的职责,你们三天两头来养老院,不仅带一张吃饭的嘴,而且带一张说三道四的嘴,增加我们工作量不算,还要增加我们的心理负担。因为心里有嘀咕,所以流露出的神色也有些难看了。你在瞎说什么,坐在轮椅上的是温院长的同学马老师,来养老院当志愿者,推轮椅的是马老师的爱人,他俩都是公安战士,请你积一点口德。

啊?原来是这样的。可那一天我确实看见了……许风萍像受了天大的冤枉似的,还想继续描述那天的情景,却被轮椅上的马晓青阻止。这位大姐,你说的应该是事实。不过那天是我让我的丈夫送温院长到2号线地铁站的。至于你说我丈夫与温院长很般配,我肯定赞同你的说法。看我现在的模样,横竖也与我丈夫对不上号。其实我早想让温院长能够走近我丈夫,可他俩死活不肯。马晓青不作任何掩饰,坦坦荡荡地对许风萍说,许风萍被马晓青这么一说,反而哑口无言,她觉得眼前这个女人比她还要厉害,什么话都敢讲,什么事都敢做。她还是头一次看到有人把自己的丈夫往其他女人身上推。

看到许风萍甘拜下风,韦琴有点幸灾乐祸了,她做了一个"请"的姿势,对许风萍说,这里应该没有你的事了,食堂里应该开饭了,你可以带你这些人吃饭去。说着,转过身,朝前台方向走去,一边走还一边嘀咕,没有一天清静的,今天不是这个事明天就是那个事,还让人活不活了?

还让人不活了? 温柔觉得这句话应该由她来说才是。她知道许风萍是不会甘拜下风的,原本没有什么事,但一到她嘴里全是事了。事实上也是如此。那天许风萍把所发生的事一五一十将微信发送给曲汇河,曲汇河正好与蒋栋梁沟通什么时候与乔敦见面的事宜。听说乔敦准备带一帮人加入龙泉,蒋栋梁自然高兴,但高兴之余,也不得不提醒曲汇河,什么彩旗飘飘的事最好别带进龙泉。曲汇河正想向蒋栋梁解释一些什么时,却让许风萍这么一粒老鼠屎坏了一锅汤的微信给搅乱心情。他不仅回答蒋栋梁,男人彩旗飘飘怕什么,怕的是女人把自己的男人推出门外,支持男人彩旗飘飘,而且调侃他们都已经过时赶不上时代的步伐了。

蒋栋梁疑惑地看着曲汇河,狠狠地骂了一句,女人嚼舌头根的话你也爱听? 我真怀疑你是不是男人。

9

张惠回沪之前,在黑龙江伊春逗留过几天。因航班延误,只能在伊春做一个调整,一场暴风雪让人留下,张惠觉得就是天意。既来之则安之,她不像其他旅客那样带着骚动不安的情绪,相反一个人在冰天雪地里自得其乐。早就听蒋栋梁说起过,他在伊春正筹建一所养老院,现在让张红峰管理有关的业务。张惠想既然老天让她在伊春留上几天,那么何不趁此机会上门找张红峰呢?

于是,与蒋栋梁取得联系之后,很快知道了张红峰的联系方式。当她收到张红峰的办公地址之后,便坐上雪橇,算是犒劳给自己一个旅游项目。雪地驰骋的快感让张惠兴奋不已,甚至她还没有觉得过瘾,就到达了目的地。只见张红峰早在办公楼门前等候着她的光临。

张红峰快人快语道,早听蒋总提到过你,也很希望早日能与你见面。想不到的是能在黑龙江与你见面,真是有缘。张惠则风趣地回复,谁说不是呢?都姓张,五百年前是一家,五百年后成为龙泉的一家人。张红峰一开始没有及时反应过来,稍停之后才突然反应过来。他夸张惠目光就是远。

随后,张惠与张红峰就关于五百年后是龙泉的一家人这个话题,引伸出很多的共同话题。比如,黑龙江国土资源规划发布,会给增强国土资源事业发展带来新的动力,并构建激励创新的体制机制。又比如,养老问题将会是中国未来最大的挑战。过往实践证明,就制度本身而言存在很大的缺陷,他俩都一致认为蒋栋梁能够在这个时候,提倡没有贫富差距的养老,让更多老人享受其中的快乐,是一件了不起的事情。张红峰明确表态在蒋总创建的养老事业平台上他会一路走到底。不过当他对张惠说,你有自己的贸易公司,却热衷于蒋总这块养老事业的平台,一定有其中的道理,张惠则笑笑,没有直接回答他的问话,而是看着墙上挂着的那一幅中国地图,回答他,蒋栋梁的魄力确实大,他要打造全国30家养老度假基地,如今已有15家。如果没有一个得力助手为他做事,即便有三头六臂也没有用。

张红峰深有感慨,跷起大拇指连声说真是相见恨晚。他希望张惠能在伊春多待几天,明天陪她到林都去看一看,保护红松意味着构建绿色宜居森林。他说一座城对一棵树的守候,是对生命的执着,一个人对自己的事业不懈追求是信念的支撑。他告诉张惠,当蒋栋梁决定在这块土地上打下第一根桩基,他对自己的心就有一个承诺,进入退休年龄,一定要享受这些年来奋斗的成果,这一生也不枉走过。

听说国家领导人视察伊春的第一站就是林都。张惠一边看着墙上那幅地图,一边说,在这块土壤上造一所自己的养老院,一定会给百姓带来福音。只是……张惠想到上海自己的公司,还有那些琐琐碎碎的事情,她总感觉无论是自己还是蒋栋梁,都处于一种悬在半空中的状态。她犹豫是否该在张红峰面前直白,毕竟他们是第一次见面,很多话不是想说就能说的。

张老师,你直说,在我面前不用躲躲闪闪的。张红峰其实已猜到张惠接下来会对他说些什么,只不过是想听到她亲口的感慨而故意不张口。张惠转过身来,向张红峰笑了笑,说,其实也没有什么,只是开弓没有回头箭,我们能做的就是要有心理准备。

什么心理准备?请明讲。张红峰一边问,心里一边盘算着,不就是有人想挖点墙脚再说些风凉话吗?这有什么?只要让蒋总看到结果不就可以了吗?当张惠回答,当有人反对看你过程的时候,我们就把过程掩护起来,只让人看结果就是了,张红峰情不自禁地拍起手来,连连称赞张惠真的说到他心里去了。他说他现在就是努力把过程掩护起来,等到养老院建成,然后顺利地开展下面的工作时,再向公司所有人汇报这个结果是正确的。

一个企业里不能有皇亲国戚,否则干不成事。张惠冷不防地扔出这句话时,让张红峰眼睛一亮,心想,这不是我上次向蒋栋梁所提出的问题吗?他记得当时蒋栋梁已经喝醉,并在醉态中表露出他自己的心际。张红峰知道这是蒋栋梁对他的信任才会说出接班人的事宜。如果蒋栋梁不信任他,他完全可以让他的皇亲国戚来做他的接班人,何必把心里的话透露出来呢?谁没有一点私心,只要位置摆正,就权当他起初与蒋栋梁随便聊聊的话题。

张惠以自己的例子论证观点的正确性。她说这次回来,就是要重新整顿自己的飞翔贸易有限公司,然后再把父亲接回来。既然章志忠现在蒋栋梁手下工作,也是一件好事,至少可以在她的员工们心目中知道,她回来就是要改变皇亲国戚的现象。你知道蒋栋梁身边埋伏的都是些妖魔鬼怪吗?张惠又一次冷不防地扔出一句话,让张红峰哆嗦了一下。冬天还没有正式开始,伊春的气温却不断下降,一场暴风雪封锁了所有的交通线路。尽管如此,室内的气温是很暖和的,不至于让他发出这样强烈的反应。

当然,张红峰也不得不承认自己也有这样的看法。每次他到上海,不是看见蒋栋梁与叶百合在一起,就是听蒋栋梁与他谈起叶百合这个人。其实,他也搞不明白,一个整容过的女人,明知道就是与黄伟亮勾搭一起的强草鹤,却不但乐于资助她,而且把她留在公司工作。张惠听了张红峰这些看法很不舒服。尽管她知道自己不应该在张红峰面前胡言乱语,但她却不容许他人说三道四。被人勾引并不是蒋栋梁的错,皈依的人做善事,老天爷总要给恶人先享福一下做善事人的成果,我觉得蒋栋梁的肚量不是一般人所及。张惠双手作揖,向张红峰表态,皈依的人不能有乱心,我相信蒋栋梁,自己也有责任把好这一关。

张红峰又愣了一下,心想,这个话题不是你张惠引出来的吗?我只不过接你的看法谈了自己一点看法啊。不过话说回来,我确实对蒋栋梁的脾气有所了解,蒋栋梁是不会听任何人劝说的,我行我素是他的致命点。张红峰认为企业规模大了,一个老总如果还像原来那样我行我素肯定是不行的。当然他也佩服蒋栋梁的肚量与胆量,一个老总能在没有靠山的情况下,排除万难,走向自己想要的目的,没有毅力是不行的。张惠听到张红峰一句"他没有靠山"的话,情不自禁地想起有一次与蒋栋梁一起吃饭的时候,蒋栋梁亲口说过一句话,我没有靠山,但我就是一座山。当时她被这句话感动差点泪水掉了下来。

想到此,张惠情不自禁地对张红峰说,所以我们只有为蒋栋梁打气,不能再内耗或者给蒋栋梁添麻烦,他实在不容易。张红峰点点头,表示赞同。他觉得关于龙泉与蒋栋梁,应该要坐下来静心地交流,这样急匆匆并不能敞开思想阐明各自的观点。张惠当然同意,其实她很想在伊春多待两天时间,但手上的事必须要到上海去完成,所以说游林都只能等下次来了。

第二天当张红峰送张惠到机场时,张惠又冷不丁地一句,让张红峰看到了一种希望,至少是对龙泉的一种希望。张惠说,虽然说一个企业忌讳皇亲国戚,但一个企业更不能让某一员工在固定的岗位上使用过长,要么换岗,要么辞退,否则他(她)就会成为你的老板。在美国那些日子里,她反复思考过,觉得章志忠当年辞退杨芝芳未必不是一件好事,因为每件事都有自己的平衡点。

张红峰近段时间就是在思考龙泉永绪养老院建成后怎样制订一套规章制度,此时此刻张惠不就给他一个启发吗?张红峰觉得人是需要在不断磨合中了解彼此,尤其是张惠向他举出朝阳养老院护理部主任曾经向温柔以涨工资要挟这个例子,张红峰更加坚信,一个企业必须借助科学管理的手段和方法来抓住企业各个环节,然后才能实施合理的方案,提高流程科学化程度。

张惠欣喜地点头表示赞同,一边取出手机准备关机的时候,一边向张红峰补充说明,只有管理科学化了,才能更好地提供资源。正当这时,一个电话突然闯进来,温柔像寻找救命稻草似的,向张惠发出声音,如果前台一个职工也想以工龄长要挟,你认为怎么办?张惠不假思索地回答,辞退。说完这句话,觉得有点不妥,便问温柔,为什么不直接向蒋栋梁汇报这一情况?温柔长长地叹了一口气,说原本她打算辞去院长的工作,然而马晓青来养老院做志愿者,她只能暂且取消这个想法。之所以向她讨教,只不过是探讨一下,上次在关键时候她帮了她一把,她认为她一定有更多的主意。

马晓青来养老院做志愿者?张惠好像没有听明白温柔的这种说法,有点吃惊,发出的声音也似乎大了一些,让边上的张红峰也听明白了她俩对话的内容。张红峰向张惠解释了原因,同时在电话那头也听到了温柔的一番解释。张惠听后连连说马晓青真的疯了。不过挂断电话之前,还是劝温柔一句话,别与自己较劲,马晓青也有自己的道理,否则当年她也不会主动提出放弃班长的决定。

挂断电话之后,张惠准备登机时,张红峰道出了自己的想法。从这几天与你接触沟通,我感觉你才是正能量的人,只可惜蒋栋梁身边的正能量太少。张惠笑了笑,回答,正能量的人以后会增多,你也是一个正能量的人啊。

张惠回沪后,就遇见蒋栋梁在召开全体骨干会议。那天下了飞机,她打电话给章志忠,原本想让他来接她,谁知章志忠告诉她,他正在龙泉开会,一时脱不开身。在一旁的蒋栋梁听说是张惠打来的电话,连忙对章志忠说,让她先回家,晚上请她吃饭。蒋栋梁说完,又把话头转回到会议上,拍了拍章志忠的肩,向众人解释,章志忠是第一次参加骨干会议,他从此成为龙泉的骨干分子之一,现在与郁向阳一起打理西渡分部的业务。

温柔埋着头,拨弄着手中的手机,似乎在与张惠输送微信消息,又似乎在记录蒋栋梁会议发言,总之,她在墙角的座位上坐着,很不显眼,让人有一种疏忽感。其实,她想让蒋栋梁在每位骨干小结工作情况中,表明自己的态度,然而,话到嘴边来不及开口,就被其他人抢言过去。

蒋总,如果你下一步公开招聘有大学以上文凭的年轻人进来,那我们这些人可以靠边站了,是吗?梁典真快人快语。蒋栋梁连忙摇手否认,他说公开招聘有大学以上文凭的年轻人进来,一是为了增加活跃的气氛,二是为了更加完善地开展养老事业的工作,毕竟在科技发展的今天,电子网络是必不可少的交流工具,这些都需要他们来操作。新事物替代旧事物这是发展的必然趋势,然而这并不等于说要让老一辈的人靠边站,只是退居二线,享受过程的美好。

蒋栋梁坦言,等到公司发展到一定的阶段,他也退居二线,与大家一起享受过程中的美好。蒋栋梁在说这句话的时候,心情非常好,甚至有一种得意之感。不过他这种得意之感很快被人破灭。蒋总,你也退居二线?当初黄伟亮罢免你的事你难道忘了吗?

当这个声音亮起来的时候,众人把目光不约而同地朝向在座的郁向阳身上。郁向阳虽然表面上看上去一脸镇静的样子,但心里却轻视那些人,什么人儿,有胆略与我郁向阳比试一下,何必拿着鸡毛当令箭?这个时候章志忠站起来,向在座的每一位揭开谜底,各位,你们都误解了,这件事从头至尾我最清楚,连蒋总也说不清来龙去脉。于是,章志忠向大家娓娓道来,当这个版本被章志忠这么一改变,错误全在黄伟亮身上,而与郁向阳没有任何关联,郁向阳不由自主地将疑惑的目光朝向章志忠。

这个时候,蒋栋梁的目光也朝向了章志忠。不过在蒋栋梁看来,不管什么样的解释都不重要,重要的是如何把握今天,谁能够为养老事业的平台做好今天的事。当他站起来,向大家解释退居二线的概念时,也不吝啬地把自己的心里话坦露给大家。他说,龙泉这个平台是一切能够献爱心的人之平台,只要不拆台的我愿意退到后台看大家舞蹈。当蒋栋梁说到公安战士马晓青也来朝阳养老院当志愿者时,温柔突然站起身来,对蒋栋梁说她想离开养老院,重新回到自己的文化岗位上去。

蒋栋梁傻眼了,连曲汇河也愣住了,他们全没有想到温柔会在这个时候提出离开养老院。为了收回脸面,蒋栋梁暗示曲汇河先请温柔出会场,晚上他约张惠和章志忠等人一起吃饭。曲汇河马上领会蒋栋梁的意思,在他耳边嘀咕了一句"我过去那个老板乔敦又来催我什么时候可以与你见面"的话，便拉住温柔往会场外走。

随后，章志忠也跟了出来，见了温柔，便说，张惠这个人是一根筋的人，你们那个马晓青的同学看来也是一根筋的人，千万别被她俩影响你什么。说完，便扔了一支烟给曲汇河，劝他不能再犯浑了，他们都已过了犯浑的年龄。曲汇河不屑地看了章志忠一眼，嘲笑他不自量力，想起当初在老电影咖啡馆等那些情景，曲汇河有一种缓不过气来的感觉。

想不到我老婆与你老婆是同学，我俩真是冤家路窄。曲汇河抽完章志忠给他一支烟的最后一口，咬牙切齿地说。然而，温柔反倒没了火气，冷眼看了看曲汇河，心想，我与张惠是同学，你们谈得上是冤家路窄吗？要说冤家路窄应该是你曲汇河与你那个乔敦老板，发誓老死不相往来，结果转了一圈回来，却在你们蒋总的地盘上相会了。温柔说，刚才蒋总在大会上不是说了吗，只要愿意在这个平台上献爱心的人，他都欢迎。既然如此，还谈什么冤家路窄？

原本曲汇河担心不能劝说温柔今天无论如何接受蒋栋梁的邀请，能留下来一起吃饭，想不到的是温柔提醒曲汇河，你拉我出来无非是想说，给你们的蒋总一个面子，你放心，我会接受邀请，趁这个机会与张惠碰个头也不错。面对温柔的提醒，曲汇河无语，他知道自己自从离开乔敦回家后，就像手中一直揣着破裂的碗，却拼命向人解释这是一只上好的碗，这道裂痕他不知道怎么才能算补好？尽管双方都在找理由，其中一个理由就是归罪蒋栋梁，但是他们各自都明白这只不过是在找理由，人家并没有拿刀逼你。

在圆桌饭席上，蒋栋梁坐在主座上，左右两边分别是曲汇河与章志忠，章志忠边上是郁向阳，而曲汇河边上是乔敦，乔敦边上是温柔与张惠。张惠与郁向阳隔开两个座位，有意腾出空间让服务员上菜。蒋栋梁环顾一圈之后，便拉开嗓门说道，我原本今天想借助请张惠之际，把恩恩怨怨的人都请来围在一起吃饭，可是算来算去就是凑不到一块，今天我只能邀请了你们这些人。说完，他把乔敦介绍给大家时,曲汇河特意补充了一句,原本我是发过毒誓的,与这个家伙老死不相往来。但他有心走进龙泉,为养老事业添砖加瓦,我这个毒誓也就没有毒了。

乔敦连忙站起身,举起酒杯,向大家致意,希望大家都能够一切向前看,别一直处在回忆过去的状态中。为了有一种表示,乔敦请求蒋栋梁,今年的重阳节他想为龙泉八十岁以上的老人贡献一点力量。蒋栋梁跷起大拇指,与乔敦碰杯后,也表示,一切向前看,不计过去的恩怨,他还是要重复下午开会的那一句话,只要谁愿意在这个平台上展示自己美丽的舞姿,都受欢迎。随后,蒋栋梁又把张惠介绍给郁向阳,说郁向阳是一位很能干的女人,他之所以把章志忠与她放一起,就是想让章志忠多学习一些经验。蒋栋梁在"经验"二字上语调加重了一些,并把目光转移到章志忠身上。

老弟,我现在派给你一个任务,就是像张惠温柔一样,把过去的同学集聚起来,我们来一个同学会,到时候我做东。蒋栋梁这一"包裹"冷不防扔给章志忠,让章志忠不知所云。你别这样看着我,你这个本领我又不是不知道,三下五除二就可以把同学们整出来。蒋栋梁不屑一顾,却让章志忠疑心,他顾不上张惠在场,很不高兴地提醒蒋栋梁,不是说过了吗? 一切向前看,不要一直处在回忆状态之中。

蒋栋梁哈哈大笑起来,反问在场的每个人,他重提了什么? 张惠不急不慢地回答蒋栋梁,身为老总,不可能随便重复一句话,但是更不可以重复使用一个人。说到这句话,张惠单刀直入向蒋栋梁挑明,强草鹤摇身一变,变成叶百合,这种重复性使用人,不等于一个菜重复回锅加热吗? 这样的菜你还敢吃吗?

蒋栋梁"咯噔"一下,心里不免思量张惠你太厉害了。前一阵章志忠这个老贼挪用公款被查获,你张惠的神态与精神面貌可不是这样的呀,其实今天我是借大伙的名义请你吃饭,只想融合一下你与章志忠之间的感情,难道是自己多虑了吗? 怎么没说上一句,便迫不及待地将他护了过去？蒋栋梁虽然这么想，但还是更多地去琢磨张惠那一句"重复性使用人怎么敢做"的话，他有必要向每个人作解释吗？有些事是越描越黑，还不如不描的好。

看着蒋栋梁没丝毫反应，一旁的郁向阳有些坐不住了。其实一开始她就在注意张惠，张惠究竟是不是她的同胞妹妹不去说，但在她的耳边一直听说章志忠家里有一位干练的夫人，今天总算有机会面对面见到她。郁向阳一种妒忌心油然而生。女人的妒忌就是这样，心里想着与眼里看到的完全是两码事。郁向阳觉得眼前的张惠并不怎么样，她甚至觉得蒋栋梁夸张惠就是过头了。在这个场合，无论如何也要给蒋栋梁一些面子吧？哪壶不开为什么要提哪壶？其实她也讨厌叶百合这个女人，但是再怎么说也轮不到她来插手啊。郁向阳干咳一声后，开口朝向张惠，听说你与蒋总一样信佛，也皈依，如果正是这样，就不应该这样信口开河了。

张惠盯着眼前这个陌生的女人，不知如何是好。在她左思右想的时候，温柔站了出来，提醒张惠，你还记得上次在养老院那个驼背吴老先生误认你就是郁向阳这件事吗？吴老先生说的就是这个郁向阳。你不是受你父亲之托，要在上海找回你的同胞姐姐吗？郁向阳姓郁。温柔最后虽说把郁向阳姓"郁"重提了一下，但是并不指望有什么结果，她只是出于本能维护张惠的利益，她在重提郁向阳姓"郁"的同时，目光已朝向郁向阳。

然而，郁向阳并没有在意温柔的提醒，而是把目光朝向蒋栋梁，意思好像在问蒋栋梁，她有同胞姐妹吗？她怎么不知道？郁向阳一副心虚的样子终于让曲汇河发现，他拍拍身边的乔敦，说，这些情景在过去你是看不到的，你只遇到"彩旗飘飘，红旗不倒"的情景，所以，你尽量别去看眼前这些虚景。

温柔听到曲汇河这句话，心中一股怒火往上冲，眼前酒杯碗勺是现成的武器，她正想一头砸到曲汇河的头上，却被蒋栋梁一声"真没有出息"的话，停下了念头。你曲汇河什么时候有出息让我

看看,我宁愿把我这个位置让给你。蒋栋梁没好气地一声训斥,让在座所有人的目光不约而同地朝向他,包括乔敦也意识到事态的严重性。其实他也想借这次吃饭的机会,与温柔打招呼,可总是找不到机会。整个包房突然变得肃静起来,乃至当温柔先站起来,移动一下自己的座位所发出的声音,也觉得像爆炸似的,张惠抬头将目光移向温柔,也不经意地站起身来,拉住她的手臂,说,今天栋梁请我们吃饭,是商量如何把龙泉的事业做大,而不是来听什么"彩旗飘飘,红旗不倒"这样没有出息的话,如果是男人的话,就要以事业为重。

吴老先生就是那个把消防队官兵家属的一支时装表演队带到养老院表演的驼背?蒋栋梁冷不防地问了一句,又让在座的每个人面面相觑。其实,熟悉蒋栋梁的人都知道,他是一个从来不按常规出牌的人,经常喜欢冷不防出来一句话,让你跟随他的跳跃思维一起跳跃。然而在这种状态下,温柔还有什么心思开口多提关于养老院里的事呢?且不说自己此时的情绪会影响她说话的水准,她知道只要一提,便会马上牵扯到一系列的事,牵扯到马晓青来养老院做志愿者这件事上。然而,蒋栋梁这句话就是对温柔说的,他觉得温柔是最有发言的资格,时装队的加入,只是龙泉文化的开始,接下来他还想整合资源办一个龙泉老人大学,温柔与张惠是不错的人选。

这个时候,温柔的手机铃声响起,是吴老先生打进来的,他绕了一个大圈子才把话讲明白。原来养老院里有一处违章建筑被强制拆除,属于消防这一块,他觉得自己身为消防官兵家属时装队的队长,没能打通这一关节,真是丢尽了脸面,但是他相信领导不会怀疑他带好这支时装队的能力,因为他不想背黑锅,所以特意打来这个电话。于是,温柔把吴老先生意思传达给蒋栋梁,蒋栋梁停顿片刻,拍了一下桌子,告诉温柔,他相信吴老先生一定能把这支时装队带来。随即,他又对曲汇河和章志忠俩说,这个时候看你们各显神通的本领。乔老板是见过大世面的人，与你曲汇河是黄金搭档，至于章志忠，更不应该由我多说了。然后他让温柔带上张惠回养老院，他感觉同学的友谊很珍贵。

站在一边的郁向阳一直等着蒋栋梁在这个时候也能提一提她的名字，然而等到把账结了，也没有见到蒋栋梁提她的名字。难道那个叶百合就这么长久混在她的地域里吗？走出酒店，天色已深暗，郁向阳觉得不趁这个时候与蒋栋梁说明情况，恐怕再也没有时间可说。

当她想方设法如何把话绕道而行，能使蒋栋梁明白她的表述，蒋栋梁却又冷不防地向她开口说道，那个叶百合你就多担当一点，如果心理觉得不平衡，就去养老院向马晓青学学。说完，便坐上私家车，让小秦驾驶回家。

这天晚上温柔执意要张惠陪她，并直截了当对张惠说，反正死猪不怕开水烫，原本还想遮蔽一下，既然事态就这样发展，我再遮蔽也做作了，不妨把过去遮蔽的地方向老同学抖开来。没想到的是张惠听后，二话没说就答应了下来，让曲汇河与章志忠面面相觑，不知道谁来劝解谁，谁来安慰谁？最后只能让这两个大男人还拖上另外一个男人乔敦，他们经过深思熟虑，决定在夜排档反省一夜。

这一夜，无论是在夜排档的男人们，还是在温柔家中的两个女人，都把对方当成发泄的对象，把一直积压在心里的东西终于有机会爆发出来。当张惠听完温柔的故事，很冷静地说，其实认为别人的老公好的女人都不聪明，上苍对每个人都很公平，为你开启一扇门，肯定要为你关上一扇窗。马晓青爱情事业双丰收，上苍却非要让她失去两条腿。好在她终于走出迷茫，能够重新认识自己。尽管她要把深爱的丈夫推出去，但我们不能乘人之危。说完，轻轻地拍了拍温柔的肩膀，好像提示她要明白事情的道理。

可是无爱的婚姻同样是不道德的。温柔不明白张惠与章志忠

无性爱仍旧可以继续做夫妻这个道理。张惠却道出这样的心声，当知道自己的丈夫有过外遇，即使是一夜情的外遇，我无法再面对与他赤身裸体男欢女爱的过程，而离婚对于彼此共有的孩子是一种伤害，与其让孩子伤害，还不如将伤害让给自己。那些离婚后再婚的男女，在同床时即使是同梦，身体也不是金童玉女的身体，与其这样，还不如就这样过吧，好在章志忠也没有与我提出离婚。

　　张惠伸了一下懒腰，哈欠连天，表明自己实在支撑不住了，同时也劝温柔赶快睡吧，明天她陪她去养老院看看到底是什么状况？可是温柔却始终没有明白张惠的古怪的观点。她记得过去在学校里上辩证唯物主义的课时，张惠总要与老师理论一番，而老师总耐心地劝导她，就按课程内容去背诵，高考时才不会失分。温柔也不知道后来张惠在考辩证唯物主义科目的时候，是不是按照老师教的还是坚持自己观点去写的？当张惠从卫生间洗漱出来，冷不丁一句，我是运用了辩证唯物主义的矛盾学说，每件事物都有其两重性。

　　温柔情不自禁地笑起来，问，是同一事物的不同矛盾，还是同一矛盾的不同事物呢？不等张惠回答，便朝卫生间里走，在拉上卫生间的玻璃门时，关照张惠关上客厅和卧室里的灯，准备睡觉。当温柔洗完澡，走进卧室，发现张惠早已进入梦乡。温柔却怎么也睡不着，一张床上突然多了一个老同学，这种感觉要比上次独行去普陀山时与素不相识的黄蓓蕾安排同一房间别扭不自在得多。这个能怪谁呢？是她非要张惠陪她而有意支开曲汇河。

　　你还不睡啊？张惠一个翻身又睡着了，着实让温柔羡慕不已。她索性为自己冲了一杯三合一的咖啡，窝在窗台下的那张三人沙发上，想着刚才张惠那一种辩证唯物主义论是否打破教科书上的常规？然而还没有等到她进入深思的时间，曲汇河的一个电话冷不防地闯入进来。一股酒气钻进温柔的耳孔，问温柔是否早就知道章志忠是郁向阳这个女人的妹夫？温柔没好气地回答，你一定又喝醉了,满口的酒话,你们三个人到底在议论什么?曲汇河说,我们只是在说一个"螳螂捕蝉黄雀在后"的故事,我们都没有想到章志忠也有翻船的时候,而且翻在他大姨子手上。曲汇河说完,狠狠地拖了一句,这个女人真不是省油的灯,就挂断了电话。温柔喝完杯中最后一口咖啡,随手把手机扔在一边,爬上床,栽枕就睡。

次日一早,还是温柔先醒来起床,等到忙完所有的事,与张惠一起来到朝阳养老院。她俩第一眼就看到朝阳养老院一片被拆除违章建筑后凌乱的情景。然后只见马晓青拿着手机,好像在与相关上级领导反映情况,神情看上去有些恼火。吴老先生站在马晓青边上,伸出大拇指,连连说好,养老院的领导就是要这样,才有希望。

马晓青似乎没有注意边上的吴老先生,继续与对方交涉,如果说是违章建筑,那么从一开始就成立了,现在这样做,有没有考虑在住老人的正常生活?现在是温柔在当院长,我得管,你也必须管。温柔与张惠慢慢听出马晓青是在与她的老公季波折在通电话。怎么人到不同的环境会不自觉地起变化呢?

然而,拆除违章建筑的施工队没有接到上级的命令是不会停下手中的活。工头对马晓青说,你即便头衔再大,但不是我们的上司,就不会听你的,我们是奉上级的命令,希望你不要妨碍我们正常工作。

地震了,地震了!只见任老太太在二楼的走廊上大叫起来,似乎要盖没施工的嘈杂声。马晓青急了,连忙拿起手机,重新拨通电话,口气生硬地告诉季波折,姨在喊叫地震了,你看怎么办吧!

张惠从后面一把将马晓青的手机夺了过来,问她是不是疯了?马晓青被张惠冷不防来个突然袭击,吓了一跳,语无伦次地回答了一句,你又不是龙泉的人,干吗来管我的闲事?张惠一时愣住,回头想让温柔评评理,却不见温柔的踪影。

10

乔敦自从说要在龙泉做一番老年人事业后，做了第一件惊天动地的事情，就是将一位从事中医的陈医生介绍到朝阳养老院来养老。他传达的思想理念是不要等到靠人服侍才进养老院。陈医生膝下只有一个长年在法国工作的女儿，幸好陈医生是一位看清形势开明的老者，在一次为乔敦把脉开方时，听乔敦这么一说，就欣然决定来养老院。

曲汇河感慨，每人的命运不同，际遇也不同，凭啥他能有机会做惊天动地的事情，而他却没有。尽管如此，曲汇河还是愿意与乔敦一起陪送陈医生来到朝阳养老院。陈医生来养老院时，除了带上四季的衣服之外，还带上了一箱子医学书。开车出发前，曲汇河非要陈医生也为他把一次脉，说自从进了龙泉以后，日夜不分，脉象肯定紊乱，不会比乔敦差多少。陈医生直截了当地告诉曲汇河，从他的脸色就能看出他的身体处于亚健康的状态，花天酒地的人脉象肯定紊乱。

曲汇河将信将疑，问乔敦的脉象乱不乱？如果乔敦的脉象不乱，他也不会乱，曲汇河调侃他的脉象是跟着乔敦的脉象走的。陈医生被曲汇河这么倒过来倒过去地说，头开始晕了，一手扶持在车门上，不敢再走动半步。刚把装有医学书的箱子放进车后备箱的乔敦见状，连忙劝阻，并骂曲汇河折腾人也不看对象。说着，把陈医生扶进车厢，自己也跟了进去。

当曲汇河在启动发动机时，转过头，对身后座位上的陈医生表示歉意，他说他刚才只是与陈医生开个玩笑，但有一点他可当真，那就是陈医生去了养老院，不像其他老人一样养老，可以发挥自己的余热，教老人们如何养生，为患有病的老人调理身体。陈医生不屑一顾，笑着回敬曲汇河，我是这个岁数的人，你还有心思与我开玩笑，说明你们太闲了。

　　一路上，陈医生不时地传授中医上的理论知识给他俩。中医认为一个人脸色发黑是肾亏的表现，此外，肝硬变、肾上腺素功能减退脸色也会变黑。陈医生告诫他俩，别把他的话当作耳边风。曲汇河听后，哈哈笑起来，与乔敦打赌，陈医生到养老院后，一旦与驼背吴老先生和整天要强院长洗澡的祁老伯掐上，再让弹《致爱丽丝》的任老太太参与一起，养老院要不消停了。

　　这对你有什么好处呢？你老婆还在里面当院长呢。乔敦一提到与温柔有关的事，他总有一种内疚的感觉，他意识到曲汇河与温柔之间之所以发展到现在如此僵的状态，与他有直接的关系。所以，听到曲汇河这些幸灾乐祸的话，他总觉得曲汇河在他这里除了"彩旗飘飘"之外根本没有学到什么。

　　我老婆大概不在那儿干了，我现在只能说大概，因为我要集中思想开车，闭上臭嘴。曲汇河其实也不知道温柔现在究竟离开了养老院否，所以只能回答乔敦一个大概。夫妻之间走到如今连对方的踪影都不知道，曲汇河觉得根本没有必要在这种人面前有所隐瞒。

　　车子就这样在他闭嘴沉默中开到目的地。当扶陈医生从车厢里出来时，驼背吴老先生也正凯旋。他穿了一套淡灰色全毛西装，西装上口袋嵌了一朵玉花，脖子上系着一款玫瑰色的领带。听他自己说今天上午他带时装队参加了全国老年时装队比赛刚回来。

　　也许陈医生从车上下来时，有点冲动，正好与吴老先生撞了个满怀。吴老先生退了一步，用手撩动了一下梳得油光的发丝，然后向陈医生鞠了一个躬。陈医生很不好意思，也回敬了吴老先生一个礼。当吴老先生报了自己的岁数后，陈医生也报出比吴老先生大整整十二岁的年龄时，吴老先生伸出大拇指，连连说道自叹不如。站在边上的乔敦不时地让曲汇河看，并问他这算不算掐上了？曲汇河一边拨通温柔的手机，一边打开车的后备箱，准备取陈医生的行李，所以根本没有心思回答乔敦的问话。

　　这时候，韦琴与坐在轮椅上的马晓青从大门内出来，准备迎接他们。陈医生好像有一种职业习惯，见到陌生人就会看其脸色，说什么从一个人的脸色可以看到内脏。望着坐在轮椅上的马晓青，不免流露出一种恻隐之心，心想，与他女儿差不多年龄的年轻人怎么会是这样？当吴老先生滔滔不绝地向陈医生陈述经过之后，陈医生恍然大悟。韦琴看了马晓青一眼，好像认为自己吃了亏，心想，怎么陈医生只看马晓青的脸色，而不看她的脸色？为了能够让陈医生也能看她的脸色，韦琴故意将身子挡住吴老先生，向陈医生介绍，她是前台的工作人员，从一开始就是这里的工作人员。

陈医生方才想起自己忘记看眼前这位女士的脸色了。于是，下意识地摸自己的口袋寻找老光眼镜，却让一边的曲汇河嚷嚷声停下寻找的思维。陈医生说来日方长，他先进房间收拾一下。吴老先生随即附上一句，对，先进房间收拾一下，今天我也累了。

就这样，自从陈医生进了养老院，让他看病的人越来越多。一天，吴老先生找到温柔，请求她能否让他与陈医生住一个房间？温柔说她马上要离开这里了，现在由韦琴和马晓青接管这里的工作。吴老先生急了，说那怎么行？陈医生看人脸色能看出病状来，他相信养老院的人气会越来越旺。

然而吴老先生还是没能留住温柔。当吴老先生搬进陈医生的房间这一天，原本想当面谢谢她，可怎么也找不到她。据马晓青讲，那天温柔关照她安排好他俩的房间后，就离开了，没有留下任何一句话，连同学之间寒暄的话都没有留下。吴老先生指了指马晓青的两条腿，说，陈医生会把脉，我也会把脉，我把脉出你这两条腿真不该失去，一定是温柔觉得你真不可救药才离开的。

马晓青疑惑地看了看吴老先生。吴老先生说，你不用这样的眼光看我，我背了一辈了黑锅，但我不会让人背黑锅，你们这些人我个个看得明白。吴老先生这种成就感要比陈医生强百倍。他总是捉摸不透陈医生为什么这样低调，如果换作他，他不大张旗鼓，至少也要让蒋总知道。

当陈医生问谁是蒋总的时候，吴老先生哈哈大笑起来，笑陈医生连蒋总是谁都不知道。于是,他极有耐心地向陈医生讲起龙泉的故事来。吴老先生深情并茂地讲述时,陈医生一手拿着银针,一手拿着酒精棉花为银针消毒,似乎在听又似乎不在听。吴老先生说,等到他搜集完整的资料后,想写一本小说,他要他的老婆知道,他人间蒸发不是她想象的那样,而是专心著书。陈医生听到吴老先生要写小说,连忙停下手中的活,着急地说,别把我写进去。

吴老先生说,你不是主角,写不写没关系。龙泉的主角已经排不过来了。吴老先生扳着手指,数着谁是男一号谁是男二号。陈医生消毒完最后一根银针,抬起头,用不屑的目光看着吴老先生,说,你连写小说的规矩都不懂,有男一号肯定有女一号,没有女一号小说还成小说吗?吴老先生"啧啧啧"起来,数落陈医生虽然医术高,但其他方面真不如他。他说他是故意不写女一号,他怕老婆有疑心。

说着,吴老先生向陈医生打了个比方,他那个时装队全是老太太,没有老头,就好比整台演出只有女主角,没男主角,一样能完成整台节目的走秀。陈医生一边把银针一根一根放到盒子里,一边嘲笑吴老先生语无伦次,怕老婆有疑心,难道与时装队里的一群老太太在一起就不会引起老婆的疑心了吗?说着,拿起银针盒,向房门外走去。他说楼下前台的韦琴让他针灸。

时装队老太太都是消防队员的家属,我老婆不敢怀疑,还有楼下前台的韦琴不是省油的灯,你别总是为他人服务,结果苦了自己。吴老先生一口气说完,气已接不上来,他愁陈医生怎么不懂他呢?都说望闻问切是医生看门本事,怎么陈医生不会帮他把脉呢?直到有一天陈医生的女儿陈然然与女婿冯时峻来养老院看望陈医生后,吴老先生一颗纠结的心突然释然。

陈然然那种气质如果走在时装舞台上,不压倒群芳才怪呢。尤其是谈到法国文学时,显露出她文学功底极深。吴老先生下定决心再也不能在陈医生面前谈要写小说的狂妄想法。然而他还是谈出自己的见解要陈然然能够接受。他说她能为养老院写一部小说。他相信她能写好这部小说,因为他知道小说需要好的故事素材与精彩片段。于是,吴老先生把他所知道的故事告诉给陈然然。当说到公安战士马晓青舍己救人而失去双腿,却还主动要来养老院做志愿者时,陈然然马上让吴老先生停下来,请求他能否引见与马晓青认识?吴老先生说这个容易,马晓青现就在养老院,不过他疑惑她怎么会对马晓青感兴趣?难不成她俩过去就认识?

吴老先生的推理逻辑能力这么强,让陈然然感到意外。在这个世界上,能让她佩服的人为数不多。她一直佩服老爸运用古代中医医案中蕴含的推理逻辑方法为他人治病。她认为不管做什么工作,有推理逻辑能力的人一定会未雨绸缪。眼前这位驼背的小老头,在养老院养老,还能关心与他无关的事来,一定不简单。马晓青这个名字对她来说太熟悉了,能从吴老先生的口中得知马晓青这一情况,一定是她要知道的马晓青。

陈然然回答吴老先生,马晓青很有可能是她高中的同学。像她这样性格的人,上苍怎能忍心让她失去双腿呢?否则这个马晓青只是同姓同名的另外一个马晓青了。吴老先生提起精神,用推理逻辑的方法对陈然然说,如果温柔张惠也是你的高中同学,那么这个马晓青毫无疑问就是你高中同学了。陈然然虽然吃惊不小,但外表还是很淡定,丝毫看不出她内心的波澜,她只是向吴老先生说,谢谢您能带我去认识马晓青。

一直听陈医生说,无偿为他人看病是行善积德,但吴老先生今天没有想到他今天也做了一件非常有意义的事。同样让陈然然没有想到的是,见到马晓青之后,竟然也让她的丈夫冯时峻与在马晓青办公室里的章志忠相撞一起,两个大男人原来是小时候的同学。吴老先生望着他们四个人有说有笑,悄悄地返回到自己的房间。

从那天起,虽然吴老先生没有再与陈医生谈他要写小说的事,但是只要陈医生为院内的老人看病,他就会在边上与患者聊家常,行善才会积德,我们是为小辈积德。甚至有一次蒋栋梁为违章建筑的事来养老院,吴老先生主动请缨,并提醒蒋栋梁,违章建筑这件事有起因与源头,你应该找这里的房东解决才是。当蒋栋梁表示感谢时,吴老先生连忙说,都说陈医生不但医术好而且心也善,我为什么不可以做到呢?

蒋栋梁好像记起了什么,连忙向吴老先生与陈医生鞠躬。吴老先生与陈医生几乎同时说,为什么要向我俩鞠躬?蒋栋梁说,一直想让章志忠把过去同学召集起来,想不到冯时峻原来是陈医生的女婿,如果不是你俩的缘故,我怎能知道老同学原来远在天边,近在眼前呢?而陈然然是温柔张惠马晓青的同学,有这样的关系网,龙泉的队伍一定会壮大,我不向您俩鞠躬怎么行?

几天后,从吴老先生那儿得知某小区一幢楼失火,等到消防兵完全扑灭火后,发现有两个家庭的大人都死于这场火灾中,仅留下各五六岁的男童,蒋栋梁马上以私人的名义募捐,愿意承担两位男童从小学到初中的学习费用。当新闻记者准备采访他时,蒋栋梁一口拒绝,却让吴老先生出来接受记者的采访。自从黄伟亮事件莫明其妙被《市场经济报》登报后,蒋栋梁对新闻记者很有成见,他所做的一切都是自愿的,干吗要接受采访?吴老先生却受宠若惊,像是获得非常高的荣誉一样,在接受记者采访前,为自己精心打扮一番,并让马晓青与陈医生帮他出主意。

陈医生不明白,这个功劳又不是吴老先生的,充其量有一丝关系的他是时装队的领路人,为什么要去接受这份荣誉?马晓青这个时候已经没有习惯用职业规范要求吴老先生,反而笑陈医生对这件事有点认真了。陈医生看了看马晓青,好半天才冒出一句话,你真的是陈然然高中时期的同学?我怎么一点也记不起来了。马晓青苦涩地回答,说明我要比你的女儿老得快得多。马晓青又说其实她们几位早想聚聚,但陈然然说,她有办法把她们的班长找出来,等寻找到班长之后再说。

吴老先生说他才管不了那么多,既然蒋总要他替他出来接受采访,自有蒋总的道理,再说蒋总肯定还有比接受采访更重要的事。吴老先生这种预测本领实在让人佩服。当他接受记者采访的那天,蒋栋梁为收购如皋一幢建筑面积将近二百平方米的房屋而连夜奔赴那儿。

如皋是长寿之乡,自那次从黑龙江伊春回来之后,蒋栋梁一直在观察这块土地。那天与冯时峻和章志忠三人小酌时,冯时峻说到人每做一件事都是与长寿有关的话题,说到了因为做恶事的人要千方百计,而做善事的人头脑简单的话题,于是把长寿这个词延伸开来,不知不觉谈及了很多类似的话题,也让蒋栋梁自然地与他一直在观察的如皋这个地方产生了联系。谁知冯时峻告知,陈然然的表妹小龚在如皋经济开发区柴湾镇小有名气,如果决定在如皋那儿建立一个养生基地,可以让陈然然去找小龚,做什么事都要互相抬轿子。冯时峻说着说着,把话题又返回到原处。

冯时峻这种如公安人员审讯犯人的气势让章志忠有点受不了,一些情绪不经意地显露在脸上。他问冯时峻在法国时究竟在干什么?怎么一说话就扯上人生的哲理?好像我们这些人都白活在这个世界上似的。蒋栋梁连忙为冯时峻打抱不平,你还不承认自己白活吗?你难道没听明白冯时峻在探讨人生哲理与企业管理思想这个问题吗?说着,蒋栋梁谦卑地向冯时峻讨教一个问题,如果公司成立董事会是否适时?

在法国拿到企业管理硕士学位、并在昂热大学任教管理学的冯时峻似乎对蒋栋梁所创立的养老事业这一块兴趣很大。他说当他和陈然然得知父亲没有与他们商量就自己跑到养老院来养老,思想上有一定的触动。于是,在飞上海的途中已经在考虑养老这方面的事。当知道做养老事业的领头羊竟然是自己的老同学蒋栋梁,考虑的念头更加有立体感了。他认为董事会的规模及成员构成与公司发展规模相匹配就可以。当然,董事会不仅仅要在公司治理结构层面,更重要的是在公司运营层面建立管理机制,这是一个领头羊所要关心的事。

蒋栋梁从烟盒里取出两支中华烟,分别递给冯时峻与章志忠,冯时峻摇摇手,说,在法国,所有企业、学校等等公共场所是不允许抽烟的,养成习惯就觉得理所当然了。章志忠接过蒋栋梁手中的中华,可我们是在中国,你这种洋腔我们真受不了,难道你的太太也被你驯化成洋人了吗?

章志忠说到"太太"二字,再也说不下去了,心里不免有些痛恨,你有什么权利说他人呢? 张惠这种女人还配做他的太太吗? 已经记不起与他同睡一张床是什么时间的事,这样的太太还算是太太吗? 章志忠钻着牛角尖,拼命与自己较劲,似乎已经忘记身边的两位同老学了。如果不是蒋栋梁一声喝斥,章志忠还会在死胡同里兜圈子。

上海明年肯定也要执行不准在公共场所抽烟的措施,戒烟是文明的行为。蒋栋梁毫不客气地从章志忠手中抢过烟,继续说道,难道你还不知道吗? 你太太张惠与冯时峻的太太是老同学,等我去如皋拿到不动产证书后,我再约大家一次。

就这样,蒋栋梁奔赴如皋后,吴老先生对着话筒,以骄傲的姿态回答记者一个个问题。从采访开始,吴老先生的背似乎不驼了,挺起腰杆告诉记者,我们的蒋总是做养老事业的人,有一颗为善施乐的心,随时会伸出手去帮人一把。蒋总因为还有很多事要做,他特意派我来接受采访。当记者弯着身子,想把话筒再放低一点,好让吴老先生方便讲话,却不料被他数落了一顿。他说,我还没有到被人帮助的时候,请尊重我一点好吗? 说完,吴老先生将记者弯曲的腰矫正挺直,说,明明是挺直的腰,不能让人误为驼背,这样的黑锅是不能背上的。记者很不好意思接受了吴老先生的意见,挺起腰杆,重新回到采访的状态中。吴老先生跷起大拇指,说,我们的蒋总是一位腰板很直的人,虽然他不在现场,但你们可以想象。记者无奈地摇了摇头,希望吴老先生能直接回答他,而不要让他靠想象来完成采访的稿子。

吴老先生把目光朝向前方,似乎蒋栋梁就在前方。他努力地想象,不能辜负今天接受采访的期望。记者望着吴老先生额上的汗珠,似乎也感觉到了再这样下去会有些麻烦。于是,记者问吴老先生,他能否到养老院去专门采访他与身边的老人? 吴老先生用手指理着光亮整齐的头发,慢条斯理地回答,好是好,但有一点,不能说是因为没有采访到蒋总或者我没有回答清楚你们的问题,而特意再采访一次。

吴老先生回养老院后的几天里,一直在准备发言稿。有一天,郁向阳与许风萍不约而同地带了新人来养老院参观,许风萍见了吴老先生,说了些嘲笑他没有自知之明之类的话,直接影响着吴老先生的情绪。吴老先生有些气不过,找到马晓青,问无端给人背黑锅是否有罪? 是否可以进入审理程序? 马晓青风趣地回答,并不是因为我的腿没有了可以把手伸得太长。她劝吴老先生不要事事与他人较劲,能在健康的状态之下做有益的事情已经很幸福了。

马晓青在回答吴老先生的问题时,也向走进她办公室的郁向阳打招呼。郁向阳从包里取出一件漂亮时尚的毛衣,说,这是叶百合让我带给你的,她说你救了她儿子的命,不敢当面来感谢。郁向阳说完又补充了一句,我心里有些纳闷,但更应该看得懂,所以我答应她的请求。

马晓青连连推辞,表示坚决不能收叶百合的礼物,并让郁向阳带上话,凭自己真心为龙泉做事,不能做违犯道德底线触犯法律的事情,这与她救孩子没有一点关系。站在一旁的吴老先生听了马晓青这番话,激动万分,仿佛就是说到自己的心里去似的。他重复马晓青的话,我们不能做违犯道德底线与触犯法律的事情,同时含沙射影,不认同胞姐妹也是触犯道德底线的。

几天后记者专程来养老院采访吴老先生时,吴老先生就是用这句话做开场白的,然后他将如何带领消防队员家属时装队走进龙泉的经过向记者一一讲述。当记者不时地向他做“暂停”的手势时,吴老先生也不愿意停下,所有的人应该都能看出吴老先生已进入角色。吴老先生向记者叙述时,是带着泪花的,他说他原本想写一本养老院题材的小说,但是现在有一位更优秀的人出现,那就是陈医生的女儿陈然然。他会与她积极配合,并鼓励她写这本小说。

事后,陈医生对吴老先生自说自话有一些想法,吴老先生却并不这样认为,他觉得陈医生治病医术高,但这方面肯定不如他。他说,如果不用文字表述出来,那些背黑锅的人永远要背着黑锅,那些浑水摸鱼的人永远在捣糨糊,这怎么行?于是,吴老先生举了一个马晓青与叶百合的例子给陈医生听。陈医生马上亮出与吴老先生不同的意见,救死扶伤是医生的职责,他想马晓青救人也是她的职责,这个与救的对象是谁无关。吴老先生问陈医生,募捐与凑份子有什么区别吗?陈医生说,反正都是献爱心,有什么两样?吴老先生说,完全不同的概念。募捐是对外的,凑份子是对家庭内部的,慈善基金会一定是对外的,家庭内部互相帮助怎么会有慈善基金会?吴老先生进一步说明,蒋总看到有困难的人就掏钱资助,精神可佳,但不可取。他有自己的公司,应该想办法成立一个慈善基金会,这样才能更好地为需要帮助的人服务。

就这样两位老先生互相掐,直到有一次陈然然请马晓青以及养老院里会走路脑子清晰的老人吃饭时,吴老先生才停止要与陈医生掐下去的念头。他悄悄地对陈然然说,我不再与你老爸掐了,但有一点,温柔曾经是这里的院长,也是你的同学,既然你请马晓青,就不能忘记温柔,否则故事的情节无法展开。陈然然被吴老先生这么一提醒,马上拨打温柔的电话,然而却一直是无法应答的状态。陈然然对吴老先生说,反正离请你们吃饭还有一些时间,过几天再与她联系,这次我主要是感谢你们对我的老爸照顾才想与你们一起坐坐。吴老先生似乎觉得有道理,点头应允。

11

葱郁林草、奇特山石的乌鲁木齐的南山,气候宜人,正是旅游的最佳时机。南山牧场是一种优美的绿意。温柔身穿一套绿色的休闲装,骑在温驯的马背上,目视前方。前方是一片开阔的视野,云很低,仿佛触手可及,一些牛羊在她身边自由来回走,温柔不由自主深深地呼吸。

这是没有列在温柔行程内的计划。文化馆馆长原本是让其他人出差,但客观和主观两种原因,最后两天里才决定让温柔替代去。能有新疆南山的采风任务,温柔觉得这是馆长给她创造的机会。谁知登上飞机的那一刻,遇到了季波折。据说上海与新疆公安局有对接项目,这次上海公安局公派季波折去新疆南山。两个人都感觉很意外,也感觉倍受温暖,在登上飞机找到自己的座位后,不约而同地说,我与别人调换一个座位,与你坐一起。等到温柔将座位调换到季波折的座位旁后,便围绕马晓青这个话题展开,直到飞机慢慢接近地面,季波折答应温柔一定会让马晓青离开养老院。

温柔闭上眼睛在深呼吸南山牧场的氧气时,脑子里出现了季波折的影子。在这样开阔的风吹草动见牛羊的地方,思路不再逼仄。与曲汇河走到尽头,就像此时她手持缰绳骑在这匹马上一样,发现没有草的尽头,只能让马回头,帮着一起寻找有草的地方。就在她与季波折分手各自工作时,接到了马晓青的电话,问她在哪里?又问她还记得陈然然这个名字吗?一连串问话始终让温柔莫名其妙要与季波折联系一起,隐隐感觉到自己即将要对不起马晓青。

当她回答马晓青,她现在新疆南山采风,马晓青连忙说季波折也在新疆南山,问温柔是否碰到他了?如果遇见他,一定要好好开导他,他需要有个全身心照顾的女人。马晓青告诉温柔是她中意的人。温柔听了不知如何是好,原本心里那点闪念也荡然无存,心里只有委屈地念道,马晓青啊,你用的是欲擒故纵手段,哪个女人肯这样拱手相让呢?

两天后,季波折打电话给温柔,温柔起先不想接这个电话,因为脑子里一直被马晓青那句话纠结。但由于季波折不停地拨打,才使温柔去接听他的电话。季波折开门见山地告诉温柔，蒋栋梁与他在一起，他们是在工商局碰到的，他希望她能与他俩碰个头。温柔听得晕头转向，来不及思考多余的东西，吞吞吐吐回答，她已离开养老院，不再是院长。季波折不紧不慢，温文尔雅地耐心解释，这与院长没有关系，因为在异地与蒋总碰上了，所以就在异地聚一聚，没有其他意思。

挂断电话，温柔已经没有方向。开阔的视野怎么突然变得狭窄了呢？牛羊依然在漫不经心地吃着草，各管各的，毫不相干。她实在没有想到蒋栋梁也会在新疆南山。好不容易从曲汇河那儿挣脱出来，怎么一听到蒋栋梁的名字，就会情不自禁地联想到曲汇河？

当季波折发短信说曲汇河没在身边，温柔才勉强答应下来，说原本忙完工作，想与他单独聊聊，聊养老院以外的事。季波折在发送短信时附加了一个"微笑"的表情，他说你得向马晓青学学，据我所知在上学时，你的能耐要比她强多了。温柔明明知道季波折是用激将法，但她还是与他俩碰面了。当蒋栋梁见到温柔，很是高兴。他夸温柔大度，并没有因为是曲汇河的原因而生他的气。当然他永远不会否认他俩的关系到今天有他的原因。

温柔被蒋栋梁这么一说，倒不好意思，连忙回答，男人的本性不能拿其他原因找借口，如果硬要把责任拉到自己身上，那么要追究乔敦老板的责任了，但她不会去追究。蒋栋梁与季波折都笑了起来，但不知为什么，季波折的笑总那么深入人心，而感觉蒋栋梁的笑里总是带上浓重的商业气。当季波折将蒋栋梁的话题转到养老这个领域时，温柔把目光死死盯住季波折，仿佛在说，你什么时候学会撒谎了？

季波折感受到了温柔的目光，但他还是继续朝着这个话题前进。蒋栋梁听得入神，温柔方才明白什么叫一物降一物的道理。蒋栋梁这种入神的状态就是降服于季波折。温柔突然又想靠近季波折。女人的心是什么制作的，怎么这样复杂啊？温柔也不知道自己为什么要信马由缰,一个人骑在马上看南山牧场风景不是更好吗?

在全国各地建养老基地,推进候鸟式养老事业发展,在民营企业里蒋总是首位。季波折举出大量例子,用事实证明这条路肯定是一条光明之路。然而他还是话锋一转,转到他所接触到的案子上。有些民营企业以集资来骗取老人们来之不易的钱,市场上鱼龙混杂,确实也给他们带来工作上的麻烦。季波折给蒋栋梁鼓气,不要因为这种麻烦让自己退却。蒋栋梁说他从来没有退却过,他会一往无前,直到上市。

说着,蒋栋梁劝温柔还是把心收回到龙泉,他一直相信她的能力。温柔笑着并没有直接回复蒋栋梁,而是转了一个弯,让蒋栋梁去琢磨。她说也只有他才会继续把叶百合这种人留在身边工作,不管他是怎么想,但至少会让人理解英雄难过美人关,只是这样的美人是加工过的。蒋栋梁听着不知道从哪开始解释,他看着对面的季波折,像要在他那儿求得答案似的。顺着温柔提到叶百合这个名字,季波折自然也想起了一件事,他轻轻地告诉说黄伟亮马上要被释放了。

连季波折都知道,只要提到叶百合,就会自然将黄伟亮联系在一起,难道蒋栋梁非要蹚这个浑水不成?温柔想蒋栋梁要她回龙泉,无非就是他向曲汇河说情,难道这种事是说情能解决的事吗?她总感觉自己走进了死胡同。就在她坐立都不是的时候,三个人的手机几乎同时响起,下意识地拿起手机,却看着对方。季波折很有礼貌地先让温柔接听,说他的电话是马晓青打来的,可以先放一放。温柔看了看自己的手机屏幕上的显示,是陌生人的手机号码,她不知道该接还是不该接。蒋栋梁早已离开座位去接听他的电话了。

当季波折依然用温和的态度让她先接听电话,温柔才不好意思地接听起那个陌生手机号的电话。刚说出一个"喂"字,便让对方的声音给抢过去。你这个手机号是马晓青给我的,我是陈然然,你应该感到很意外吧?陈然然甜美的声音确实让温柔感到意外,如果不是班长的原因,班主任也不可能将陈然然的座位换过来,成为她的同桌。她总觉得不是班主任为她解了围,而认为是陈然然帮她免除了尴尬,这份情似乎一直记着。陈然然告诉温柔,她的先生是蒋总的同学,刚才一直给蒋总打电话,就是无法接通。

蒋栋梁不知什么时候又回到座位上,发现温柔是在与陈然然通电话,激动得一边说,我来接,告诉她的老公冯时峻安排一个时间,我们好好聚一聚,一边没经过同意,就把温柔手中的手机拿了过去,将自己的手机随手扔在桌子上,但手机上仍然能听到一个女人的声音在拼命地叫着蒋栋梁的名字。温柔猜测是叶百合的声音,看着他那种兴高采烈地只顾接听电话而疏忽自己的手机,温柔还是觉得蒋栋梁蛮可爱的。

季波折轻轻地拉了她一下,示意她借一步说话。温柔抬起头,却不敢正视季波折,只是把目光扫在正拿她的手机接听电话的蒋栋梁身上。我已经看出来了,蒋总是一位很聪明的人,他不会轻易把自己翻进阴沟里。至于他把叶百合留下来工作,那是他的大度。马晓青能想得明白你难道还想不明白吗?季波折每一句话里都不遗漏马晓青的名字,好似在暗示她,他们之间隔着马晓青的距离。

几天后,他们三人乘同一航班的飞机回上海。一下飞机蒋栋梁借有事先与温柔和季波折分开了。温柔与季波折同时目送蒋栋梁,直到完全消失于他们的视觉里。你们的蒋总确实是一个聪明人,他的思路很超前,他把别人没有想到的事全部想到了,2020年中国60岁以上的老年人口将要达到2.55亿人,占总人口比重提升到17.8%左右,而高龄老人要增加到2900万人左右。季波折像找到话题,与温柔谈起关于中国将面临老龄化的问题,而有意避开一些敏感的事情。温柔回答是的,后面再也不知道该如何朝着这样的话题继续前进了,她只能借口说她也有事,今天只能到此与季波折再见。

说到蒋栋梁有事,其实是叶百合在他上飞机前发了一条微信给他,说她一次偶然的机会认识了一家保健食品公司的老总崔炯明。在与崔总交流中,她发现养老与保健可以相结合,如果能达到互利合作,她觉得两位老总可以碰头。蒋栋梁认为只要对龙泉有益,他都会尝试去做。因此当叶百合发来这条信息时,他立即回复了她,说他飞回上海就与她见面。

见到叶百合,蒋栋梁竟然忘记问她怎么会认识保健食品公司老总?叶百合更没有主动去提崔炯明这个人,她只是从包里取出一份广告单页,告诉蒋栋梁,做养老事业一定要把目光放远,这个市场的空间很大,有潜力。叶百合那种嗲声嗲气的声音像有一种魔力,让蒋栋梁没有辨别方向的时间,一口答应好。叶百合问"好"是什么概念?在与蒋栋梁小坐喝咖啡时,没有离开过这个问题。

蒋栋梁突然清醒过来,问叶百合她是怎么认识崔炯明的?或者说是通过什么途径认识的?叶百合好似早有准备,并不急于回答他,而是说,蒋总你也是一位响当当的人物,却愿意与我相识还愿意帮我,不知情的人也一定会问同样的问题。其实认识保健食品公司的老总有什么稀奇呢?帮公司推销产品是老总求之不得的事。

经叶百合这么一陈述,蒋栋梁一时无语,接过叶百合手中的广告片,一边答应可以与这家保健食品公司建立合作关系,一边满脑子里在盘算下一步该要成立哪个养老基地?自从新疆南山与黑龙江伊春的合同签下后,蒋栋梁并没有因此而喘口气,他感觉身后有人在追赶他,他马不停蹄向前冲好像成了惯性。

蒋总,你如果想好,我一定会带你去见崔炯明老总的。叶百合说这句话的时候,其实心里也没有谱,她只不过认识下面的一个销售员罢了。当然这个销售员与叶百合有个口头约定,只要先把蒋栋梁拉进来,崔炯明老总自然会与他认识。所以说,先把蒋栋梁拉进去,还是先认识崔炯明,这只不过是手段的问题。

叶百合尽管心里没有谱，但她还是拿出一叠车票让蒋栋梁给她报销。她说这段时间，她经常打的跑业务，郁向阳又不给报销，她只能找他来了。叶百合的声音总是嗲声嗲气的，就是男人的迷魂药，蒋栋梁不由自主地签下他的大名，让她到公司的财务室去报销，并顺便提醒她，如果你真的为公司做成功一件事，人家也会改变对你过去的一切看法。

然而，叶百合万万没有想到那个保健食品公司的老总崔炯明竟然是张惠温柔和马晓青的班长。原来有一天，蒋栋梁在开公司年终大会时，无意中提到了飞翔贸易有限公司在做一笔生意的时候，张惠与崔炯明不期而遇这件事。蒋栋梁风趣地说，龙泉是与同学相认的风水宝地，他也因为做了养老事业这一块，才与冯时峻这位老同学终于有了相见。当然蒋栋梁也提到养老院里因为来了陈医生之后，大家每次带新人去养老院参观时，就会到陈医生房间让他把脉，人气带动起来是他想要看到的景象。

叶百合总觉得心里空落落的，散会后，她有意来到蒋栋梁的办公室，看他在忙于接听电话，她索性坐在他对面一个沙发上，假装看报纸，耐心等待着他把电话挂掉。蒋栋梁在接听电话时，目光注视着自己桌上的茶杯，但他的脑子里却想着挂断电话后与她怎么交谈，因为他知道叶百合是为保健食品这件事而来的。

等到蒋栋梁的电话终于挂断，叶百合连忙从沙发上站起来，要向他解释一些什么，但还是让蒋栋梁连忙阻止。蒋栋梁请叶百合仍旧坐下，想了半天才说道，其实我也想成全你，让你做成功一件事，可以在大家面前有一个交代，可是偏偏这位老总与张惠在交易一笔生意时发现竟然是过去的老同学，是张惠的班长……其实，蒋栋梁还想说下去，但又怕这样说下去，会让她有些难堪。他总不能直截了当地告诉她，他已经在张惠面前提到过她，说她也认识崔炯明。张惠说如果他蒋栋梁真的去相信，那意味着口袋里的一笔资金就要流失。因为第一，她接崔炯明的这个单子的时候，发现有问题。如果不发现问题，也不可能真正见到崔炯明；第二崔炯明是老总,怎么会亲自与陌生人谈生意呢?

显然,叶百合把认识崔炯明手下的人,说成是直接认识崔炯明。其实,蒋栋梁也不会在乎一个女人的虚荣心,但问题是张惠看出了保健食品的问题,她拒绝做这笔生意的同时,也提醒他要小心,因为他是做养老事业的,保健食品推销员容易与他套近乎,但张惠起先哪里知道推销员不是别人,就是不受她们欢迎的叶百合呢? 当蒋栋梁把真相告诉张惠时,张惠连连摇头,劝蒋栋梁千万不能上当,真不能把钱不当一回事。

虽然蒋栋梁的话戛然而止,但叶百合好像感觉到了。她连忙向蒋栋梁解释,那天她没有把话说完整,他就匆匆接听其他人的电话。其实她想说,崔炯明老总手下的人会带她去了解他们的产品。蒋栋梁摇摇手,说他不用去了解就知道了,保健食品我们不能做。叶百合还是心不定,怕蒋栋梁嫌弃她,把她打入冷宫,使她没有一丝一毫的活络余地。叶百合心神不定的眼神也是蛮勾人的,蒋栋梁不敢看,低着头,劝她暂且安静一点,过了这阵风,他会安排她重新回养老院配合韦琴一起搞好工作。

然而,还没有等到蒋栋梁把叶百合重新安排回到养老院那儿去的时候,养老院里便发生了一件惊天动地的大事。原来那天任老太拼命地大叫,非要砸碎这架钢琴不可,谁也阻止不了她。马晓青不知道该如何劝说,从口袋里取出手机,准备要与季波折联系的时候,任老太太不知道躲过谁的手,用力将马晓青的轮椅一推,直接朝楼梯下翻滚。当大伙还没有完全反应过来怎么回事,马晓青已不省人事。

最后发现马晓青不省人事的竟然是吴老先生。吴老先生将已停止呼吸的马晓青扶起,连连地说,马路上救人送去了双腿,还能留下一条命,现在栽一个跟头应该会留下一条命。吴老先生兴许心急,误拨了110消防车,不一会儿,消防车赶到现场。幸好消防兵们都认识吴老先生,为他的心急而误打电话号码表示理解,但对院里的工作人员竟然没有发现事故而感到不解。既然误打误来了,就顺道检查一下这儿的消防吧。当消防兵这儿看看那儿瞧瞧时,吴老先生急了,用驼背的身子死死挡住那些消防兵,求他们能否用他们的车把马晓青送到医院里去?

这时候,陈医生从边上的电梯里走了出来,走到马晓青边上,用手指在她的鼻子下转了一圈,连忙告诉吴老先生,马晓青已断气了,没法救了。说着,陈医生又返回电梯上楼,去寻找韦琴。好像还没有把话说尽,回过头来,又对吴老先生说,现在这里的负责人是韦琴。楼上的无论是工作人员还是老人,思想都集中在叫声不断的任老太身上。喧嚣中不知谁发出一个声音,任老太每天吃的药怎么都在这儿? 一个病人怎么可以断药呢?

一位消防兵终于找出有一处消防不合格,连忙向六神无主的吴老先生说,今天他们只是提醒一下,下次来的时候一定要看到合格。吴老先生说,人命关天的事你们消防兵不管吗? 你们时装队的妈妈们是怎么教育你们的? 无奈之下,消防兵们只能帮吴老先生寻找养老院里的负责人韦琴。当陈医生与消防兵把韦琴从人堆里找出来,韦琴一看到眼前的情景,脸一下子煞白,束手无策,要知道她还从来没有遇上这么麻烦的事。她两眼盯着吴老先生与陈医生看,不知如何是好。

陈医生说,赶快打电话给季波折,还有蒋总。这两位老先生把平时来往的人名都记得滚瓜烂熟,而且不会张冠李戴,这让年轻的韦琴也不得不承认,她像一名非常听话的职工接受上级领导指挥一样,按照陈医生的指示先拨通季波折的电话,然后才打电话给蒋栋梁。因为心慌,说话很不连惯,语无伦次,最后还是陈医生接过她手中的手机,有条不紊地把事情叙述一遍,只见对方也沉稳地回答,他马上赶过来,并劝大家别互相责怪,麻烦大家快把他的姨照顾好,别让她节外生枝。

等到季波折赶到养老院,马晓青已躺在任老太太的床上。只见任老太太把马晓青的一只手攥得紧紧的,不让其他人靠近。而当她看见季波折的时候,连忙松开马晓青的手,一头抱住季波折,

伤心地哭起来,嘴里还念叨着,儿啊,是我的错,是我骗了晓青说我吃药会呕吐,是我做梦梦见钢琴被你姑父带走……季波折像哄孩子似的,手不时地在任老太太的背上轻轻地拍打着,劝她别自责自己,她平时对晓青的好他全记在心里。但是任老太太还是不能饶恕她自己,她要季波折必须惩罚她。季波折说你按时吃药就是对你惩罚可以吗?

季波折这么说着,也向围观的工作人员与老人鞠了一个躬,他说是他给养老院添麻烦。驼背的吴老先生连忙向季波折一边鞠躬,一边说,不管怎么说,都是我们养老院里的错,等我们蒋总过来给你一个说法。吴老先生说着,发出长长的叹气声,直到蒋栋梁赶到养老院,吴老先生才停止叹气声。吴老先生观望着蒋栋梁与季波折如何来处理好这件事情,他得好好学习他俩这种君子的风度。每当蒋栋梁或季波折说出一句话时,吴老先生就会伸出大拇指,嘴里说一句"确实是有文化人讲出来的话"。

当蒋栋梁告诉季波折,张惠找到了她们的班长,是否让张惠他们几个人一起过来?吴老先生在边上又迫不及待地插上话,这肯定要来的,否则不像话。季波折也随即说道,肯定要来,听马晓青一直说起她与班长的故事。吴老先生又伸出大拇指,夸季波折就是一位谦谦君子,能容纳天下的事情。

马晓青追悼会的那一天,张惠、温柔、陈然然还有她们的班长崔炯明终于聚在一起了。张惠伤感地说,原本想搞一个同学会,谁能想到会在这里送马晓青最后一程。张惠说话的时候,两眼下意识地盯着颇有伤感的崔炯明。陈然然夹在温柔与崔炯明之间,也感慨地说,原本我还说我有办法把班长找出来,谁知道最后是张惠你找到了。张惠随即又看了崔炯明一眼,伤感地说,这都是命中注定的事。温柔在她俩说话时,把目光悄悄地朝向哭红双眼的季波折,心里念叨,那天在客机上还说要考虑马晓青离开养老院的事,难道是冥冥之中有预感吗?

然而这种预感已经没有意义。崔炯明在为马晓青送上一束鲜花时,伤感地说,下辈子我们还是好同学。在与季波折握手时,则轻轻送上一句,节哀顺变!除了礼貌上的慰藉之外,似乎再也找不到其他词句了。一份淡淡的同学情就这样在马晓青不知情之下送走了。温柔想如果马晓青在天有灵,会以怎么的心情欢迎崔炯明的到来呢?

在答谢词里季波折特意提到了崔炯明,让崔炯明由衷地感受到眼前这位男人的大度,也为马晓青能找到这样的男人而感到骄傲。他对季波折说,如果你不在乎我们小时候不着边际的事,我想认你做朋友。季波折一口答应时,也没有忘记带上蒋栋梁。崔炯明对季波折的想法不解,张惠眼疾手快,连忙向崔炯明解释,蒋栋梁是做养老事业的老总,你是保健食品公司的老总,难道你不想与做养老事业的老总做朋友吗?

崔炯明恍然大悟,方才想起今天怎么没有看见蒋栋梁?他说无论怎么说养老院要派一个代表,马晓青毕竟是在养老院做志愿者时意外身亡。

原本是今天我要陪蒋总去如皋的,这件事几天前就约定的,可谁能知道马晓青会发生意外,所以只能让我的先生陪同蒋总去了。陈然然一边说着,一边把手伸向温柔,那天我打电话给你,就是马晓青给的号码,并拿出你与她合影的照片给我欣赏,她说等下次聚在一起我们四位女生合一张影。陈然然说着说着哭起来。哭了一阵之后,抬起头,便不经意地看见季波折已捧着马晓青的骨灰盒,朝他们这面走来。

后来温柔回养老院帮季波折清理马晓青的东西时,发现一封写给张惠的信,还有一张郁向阳的照片,在郁向阳照片后面却写着张惠的名字。温柔已猜测到信中大致的内容。马晓青一定是背着所有人去调查了这件事。其实,那天郁向阳替叶百合送羊毛衫给马晓青的时候,马晓青已经对郁向阳提起这件事。想必郁向阳心里应该清楚,否则她也不会主动向章志忠打听有关张惠点点滴滴的事。温柔觉得马晓青确实有一套融入人心的本事。

当温柔整理出马晓青所有的东西,连同写给张惠的信以及郁向阳的照片交给季波折时,季波折方才想起这件事。他看到这些东西,不无伤感地向温柔透露了这个秘密。他说既然有事实依据,趁早认了吧,否则真的要后悔不已。既然她们几个都是高中时的同学,如今因龙泉这座桥梁而碰到一起,那就要好好珍惜这段缘分。季波折请求温柔能把马晓青这封未给出的信交给张惠的同时,也希望郁向阳不要再耿耿于怀。

季老师,你以后……温柔心里有好多话却一时难以开口,话刚开始,却不知怎么说下去,望着手中信件,好像找到了话题。她抬起头,问,季老师,上次马晓青给我的资料里夹了一张交通卡,想必是马晓青不小心的原因吧?其实后来我曾问过她,她总是含糊其词。

噢,这件事是我们决定后这样做的,怕直接给你,你不肯收下,所以才夹在资料里。季波折在陈述一件事的时候,总是把"你"与"我们"分得清清楚楚,温柔觉得自己只是一个局外人,无法靠近他。

当把信件交给张惠时,张惠似乎也看出了温柔的一些心事。张惠在听温柔劝说的同时,也给温柔一个劝告,佛说,芸芸众生皆系于缘,缘起缘落皆是命。男女情爱是如此,人与企业也是如此。张惠认为既然她有缘与龙泉相识一场,就好好地珍惜吧,毕竟曲汇河不是十恶不赦的男人,至于曲汇河以外的男人,不该想的绝对不要去想。

温柔无语,只是眼巴巴地看着张惠,感觉怎么会突然陌生起来呢?

12

在如皋办事之际,蒋栋梁同时也深受冯时峻的影响,那就是做养老事业需要有学问的年轻人加入,而不是什么张三李四都可进来的。冯时峻说，我太太的同学马晓青她虽然是公安人，但我觉得养老这方面她是外行。我们不是常说隔行如隔山吗？你蒋栋梁难道连这点都不知道吗？

蒋栋梁被冯时峻说得很不是滋味。说心里话，他不知道如何去面对季波折这么一个通情达理的人。他有时会把龙泉比作是一个鱼池，游进游出的鱼儿们，竟然一不小心能闪进与自己毫不相干的鱼，一起欢畅。然而蒋栋梁还是硬着头皮想在老同学面前争回面子，却不料被冯时峻一句击回。你这个人就是好面子，我真想不明白你怎么还会继续把章志忠那种人当成朋友？

他的老婆，也是你老婆的同学张惠她帮过我的忙。蒋栋梁感叹地回答冯时峻。我知道，你是疾恶如仇的人，其实我也是，但我更是一个滴水之恩会涌泉相报的人。蒋栋梁说到此，拍了拍冯时峻的肩膀，笑着说，老同学，我会记住你的话，养老企业必须要补充年轻的血液。

当冯时峻准备回法国时，没有答应蒋栋梁要与老同学聚一餐，他只是再三劝蒋栋梁，什么事都要有一个度，该刹车的时候就得刹车。管理学上有一个术语叫作"水桶理论"，也就是说水桶的盛水量取决于桶壁上最短的木板。水桶效应就是指一只水桶想要盛满水，必须每块木板都要一般齐并不能破损，否则永远盛满不了水。他要蒋栋梁懂得这与滴水之恩涌泉相报没有任何关系。陈然然说冯时峻在说教了。她觉得不管怎么样，老爸在上海，如今又在蒋栋梁的养老院里，都应该他俩来请蒋栋梁等人吃饭。

最终，冯时峻妥协于陈然然，把有关人员都叫到位，在上海希尔顿大酒店要了一间包房两张圆桌。当吴老先生接到邀请后，激动得一清早就起来，在镜子前反反复复地梳理。陈医生说，要晚上才吃饭呢，哪有你这样勤快的呢？吴老先生不以为然，说陈医生不懂人情世故。他女儿能邀请他，是一种光荣，说明他女儿看得起他，他这种表现也是在尊重他的女儿。陈医生无奈地摇摇头，说，我女儿也没有让你一清早就在镜子前梳理啊。

　　在傍晚出发前的整个白天，吴老先生一直向陈医生打探这件事，陈然然究竟请了哪些人？陈医生被他弄得头有些疼，似乎有些不耐烦了，回答他，到时候你不就知道了吗？你去就是吃饭而已，又没有谁让你采访写报道，你管我女儿请的是谁？

　　陈医生，你这话又让我背上黑锅了，我可背不起啊。吴老先生听出陈医生在挖苦他，便有些不高兴，在吃早饭与午饭的时间里，一直没有与陈医生说话，直到陈然然进了养老院，派吴老先生请出温柔这个任务时，吴老先生才找回到自己的地位。他向陈然然保证一定完成此项艰巨任务的同时，脸上荡漾出天真般的笑脸，让陈医生始终没能看明白。

　　当吴老先生把温柔请出来后，首先是让曲汇河感动不已。他说吴老先生要比陈医生会治病，吴老先生会治人的心病。正在安排两桌人员的陈然然听到曲汇河这句话，故意把曲汇河与温柔分开来。当她安排女士与老人一桌，男士另一桌，曲汇河狠狠地瞪了陈然然一眼。在推杯换盏的时候，曲汇河故意与冯时峻比试。如果不是蒋栋梁当中解围，冯时峻很有可能会与曲汇河干一场。冯时峻借此机会再三提醒蒋栋梁，一个公司如果不再换新鲜年轻血液，这个公司早晚要萎缩。

　　其实事先陈然然再三提醒冯时峻别把什么事挂在脸上，既然请大家吃饭，就得客客气气，毕竟老爸在养老院里，还需要他们来关照。冯时峻也向陈然然保证他会看在蒋栋梁的面子上不会与谁过不去，可是最后还是差点与曲汇河干起来。边上的章志忠了解冯时峻这个人，所以他很知趣，能不开口绝对不开口，除非蒋栋梁让他表态，他才会顺着蒋栋梁的心意表一下自己的态度。蒋栋梁对冯时峻说，事过境迁，什么都会有变化，章志忠这个老贼学乖多了。说着，把目光朝向另一桌。

　　只见另一桌上特地留下一个空位，所有的人在为这个空位敬酒。蒋栋梁想这一定是大家留给马晓青的位子。窥视了左前方一直默默无语的季波折，蒋栋梁下意识地站起身，将酒杯朝向季波折,说,季老师,我想在这里表个态,任老太太每月的费用由养老院出,权当我的一份心意。我这份心意你一定要接受,否则后半辈子要处在难受中。

蒋栋梁把话说得满满的,季波折怎能推脱呢。他同样举起酒杯,要与蒋栋梁干杯,并代表他的姨感谢在他领导下所有员工。蒋总,一码归一码,你的一片心意我领了,如果马晓青还活着的话,她也会说凡事一码归一码的话。季波折说到马晓青,头不由自主地朝另一桌的方向转去。当他看到温柔坐在马晓青位子边上,端着酒杯,不时地一口接着一口往自己的嘴里灌,很想上前去劝挡一下,然而又好像觉得不合适,硬把自己的目光朝着自己的酒杯,一干而尽。

这时候,吴老先生请求张惠和陈然然她们赶快劝温柔别这样喝,说,有什么天大事放不开呢?陈医生则用中医理论劝吴老先生别这样。头痛医头脚痛医脚,治表不治本永远医不好病。说着,陈医生又把矛头指向自己的女儿,你啊,本不该让你的同学温柔来此。你知道温柔在养老院里经历了多少事吗?你我都不清楚,但她的老公和蒋总知道,好端端在文化馆有一口饭吃的人,干嘛要来这里被一个冒充院长的洗浴房的小姐谩骂,最后发现在她周围所发生的一切都与这个冒充院长的小姐有关,如果换作是你,你能忍受吗?

陈然然不由自主地看了看身边的张惠,张惠也微微抬起头,看了看陈然然,像是自言自语,今天应该把那个叶百合请到这里来,怎么说也要在马晓青桌前敬上一杯酒。说完,一把抱住温柔,淡淡地告诉温柔,佛说我色即是空空即是色,这世上都有自然法则,只不过有时我们肉眼一时看不清,今天这两桌的人之所以能坐在一起,我们应该能看清一些什么。

我背驼,但我眼不花,我能看清什么。吴老先生一边说着,一边站起身来,朝另一桌方向走去。走到崔炯明跟前,问道,你是不是叫崔炯明?崔炯明抬起头,望着一脸认真的吴老先生,只是点头,却不知如何回答。吴老先生看到崔炯明点头应允,便一手把他拉起来,目光朝向蒋栋梁,说,崔炯明是温柔与马晓青的班长,解铃还须系铃人,他是不是应该坐到我们这一桌上去?

憋了一肚子火的曲汇河真想站起来,不料被蒋栋梁一把拉住。你不要搞错,我们是做养老事业的,连这点耐心都没有,还能成什么大事?对曲汇河说完这句话后,蒋栋梁朝吴老先生微笑,让他先放过崔炯明,他借此机会想与崔炯明商讨保健食品的事宜,而班长过家家的都是老皇历的事,吴老先生你不能让在座的人背上黑锅啊。

不管谁说这句话,吴老先生都会激动来劲,要与之争论一番。他抓住崔炯明的手始终没有松开来,他要与张惠等她们一起回忆当年的情景。曲汇河想气却又气不起来,只能半冷半热地对吴老先生说,我把你夫人找来和你一起回忆,好吗?当蒋栋梁狠狠地在曲汇河的头上敲上几下时,一阵手机铃声响起。原来是梁典真打来的电话。

蒋栋梁在与梁典真老太通电话时,冯时峻扫了一圈,最后目光落在季波折身上,他觉得这桌除了蒋栋梁之外,也只有季波折能与他对话了。于是他悄悄地对季波折说,老板的手机什么人都可以打吗?公司管理制度太不规范了。季波折向冯时峻笑笑,把目光朝向曲汇河,意思在说曲汇河是龙泉人,他会作出回答。

曲汇河再也坐不住了,似乎再这么下去,季波折与那个班长崔炯明真的要抢走温柔。他连忙站起身,正准备朝温柔那边走去,蒋栋梁正好挂断电话,以命令的口吻对曲汇河说,你没有喝酒,赶快驾车到奉贤梁典真老大姐那儿,她怎么会与西渡的郁向阳干上了呢?谁知温柔听到蒋栋梁这句话,突然从座位上跑过来,说,蒋总,你怎么总是让曲汇河做这样的事呢?这件事应该让张惠与章志忠去才合适。说完,又连忙回到自己的座位上,从座位上的包里取出那天整理马晓青衣物时的一封信和信里夹着的照片,郑重其事地交给张惠,劝张惠不管承认与否,这都是事实。吴老先生戴上老光眼镜,瞅着温柔手中那张照片,情不自禁地叫起来,不能让这张照片背上黑锅啊!我有一次从外面走进养老院大厅,误把张惠当成郁向阳,其实不是我眼花,是同胞姐妹的缘分。说着,吴老先生重新回到蒋栋梁跟前,和着温柔,说,温柔说得对,这件事应该让张惠去才对。

蒋栋梁正疑惑地望着吴老先生,一阵手机铃声又响起。这次是郁向阳打来的。蒋栋梁缓过神,一边接听郁向阳的电话,一边用手示意曲汇河坐下,而眼睛却盯向张惠。坐在一边的乔敦终于开口了,刚才那位冯时峻先生说得有道理,老总的手机号码怎么能给任何一个人呢?于是,他说起自己当年做老板的故事来。他坚持自己一个观点,就是身为老板,在兄弟朋友面前,可以赤身裸体喝酒,但在下属面前一定要正襟危坐,不能由着自己的性子来。

温柔狠狠地看了乔敦一眼,却让曲汇河欣喜不已。他觉得温柔此时能站出来为他说话,说明他们之间的关系已经朝融合方向靠近。他并没有按蒋栋梁的示意坐在自己的位子上,而是移步朝向温柔。此时的温柔就站在季波折的身后,而崔炯明仿佛坐不住似的,也站起身来,表明自己的态度。他说,该认的一定要认,该追求的一定要追求,该舍弃的一定要舍弃,就像他做保健食品销售那样,看准客户是很重要的一件事。

不管什么产品,你在开发市场之前,一定要根据自己的产品来做一个市场定位,这是正确的。但保健食品并非药品,不能让你手下的推销员随便误导消费者,尤其是老年人。季波折婉转地提醒崔炯明这个保健食品公司的老总。其实季波折后面的话没有说下去,只想在这个场合上留点面子,他想都是在社会上混过的人能听得明白他的话,他的话里应该含有另一层意思,他不想有谁来亵渎温柔和马晓青,什么该追求的一定要追求,该舍弃的一定要舍弃。

冯时峻频频点头,也听出季波折的话中有话。他接着季波折的话,说,保健食品的水很深,坑外国人也别坑国内的老人。说着,话锋一转,对蒋栋梁直截了当亮出自己的观点,你是做养老事业的,不是在马路上卖狗皮膏药的,有诚信的前提必须要具备人员综合素质,否则什么都空谈。

陈然然嫌冯时峻话多了,今天纯粹是感谢大家对老爸的一份关心,才让大家在百忙之中聚一起的,而不是来听他说教的。陈然然请求大家别在意冯时峻胡言乱语,至于张惠与郁向阳之间的事,她想张惠一定会相认,问题是看郁向阳她会不会认张惠了。一个人如果心里装满爱,不满的情绪会自然削弱。不过,话说回来,她觉得冯时峻有一句话说得对,一个最高位置的老总,不能将手机号码随便给出去,就像她在写作上一样,总得有层层递进的关系。

吴老先生情不自禁地鼓掌叫好。他觉得陈然然这段话说到他心里去了。于是,他说出了养老院里一些状况。他认为自从温柔走后,由韦琴负责养老院,很不合理,他希望蒋栋梁能赶快让温柔重新回到养老院,或者再从社会上招聘有文化懂管理的人进来,就像陈医生的女婿冯先生说的那样,补充有文化有修养的新鲜血液。

等到冯时峻与陈然然回法国的那天,蒋栋梁和骨干们开了一次大会。那天,蒋栋梁特地邀请了张惠也来参加,并有意把她安排在郁向阳的座位边上。蒋栋梁事先向郁向阳打开天窗说亮话,如果她能与张惠相认,他就允许她"一国两制",不同于其他分部一样的管理。郁向阳考虑之后答应来参加这次会议,并同意让他安排坐在张惠边上。

蒋栋梁在宣布以后凡行政上的事找曲汇河,业务上的事找杨芝芳,他不再接听其他人的电话时,郁向阳却低头向张惠拉起家常。张惠在回答郁向阳的问话的同时,赶紧补充了一句,老父亲得知后,欣喜万分,他要我接他回国。郁向阳没有直接回答张惠,而是指了指正在讲话的蒋栋梁,说,蒋栋梁马上要宣布"一国两制",意味我不再受人管束,自负盈亏,我有权赶走那个叶百合。张惠不由自主地把目光朝向蒋栋梁,不经意发现章志忠的目光正朝向她的同时,又发了一条信息给她,别陷得太深,你姐不是省油的灯。

郁向阳不是省油的灯,张惠其实早些时候就有所感受到,但她毕竟是自己的姐姐,她不能由着章志忠的性子这么说郁向阳。难道蒋栋梁把他与郁向阳放在一起工作,原来却是两条心。张惠突然明白过来蒋栋梁这种做法是多么睿智,只有两条心的人放在一起工作,才能一条心地跟着他。

你们还记得黄伟亮这个人吗?他马上又要回到龙泉来工作。蒋栋梁这句话像一枚炸弹似的炸在众人的头上,整个会场突然间变得寂静起来,唯有留下面面相觑的眼神,还能感觉得到呼吸与心跳声。郁向阳似乎早有心理准备蒋栋梁会提到黄伟亮重回龙泉的事,所以她显得特别的淡定,在别人面面相觑的时候,唯有她漫不经心地看着手中张惠给她的那封信件。这时,张惠的目光停留在蒋栋梁身上,蒋栋梁也似乎感觉到了张惠的目光,突然他又说出了郁向阳与张惠是同胞姐妹这个震惊的消息。

面面相觑的眼光突然不约而同地朝向郁向阳与张惠。郁向阳索性拉起张惠的手,站起身,顺着蒋栋梁的话说道,蒋总说得一点也没错,同胞姐妹哪有不认的道理,蒋总有意让我的妹夫章志忠安排和我一起开展西渡工作,这是对我的鞭策,"一国两制"鼓舞我心,我会再接再厉。

"一国两制"犹如第二颗炸弹落在众人的头上,让寂静的会场再次出现阵阵喧哗声。企业也开始执行"一国两制",难道她是大娘生养的,我们都是二娘生下来的孩子吗? 在场的人想要蒋栋梁作出解释,什么叫抱团精神? 难道平日里所说的抱团精神就是要"一国两制"吗?

大家安静一下,听我来解释。章志忠一边从位子上站起身,一边敲了几下桌子,以便让大家的目光能集中到他那儿。果然,在他重敲之下,注意力陆续集中到他那儿。康熙与和珅的故事想必你们都听过,我们的蒋总就是康熙皇帝,至于谁是和珅,仁者见仁,智者见智,"一国两制"并不是说西渡可以无法无天,不属于管辖范畴,而是管理得更加严谨。你们若不信,等黄伟亮回到龙泉之后可以揭分晓。

蒋栋梁默默地看着章志忠,心想,谁是和珅?进可以攻,退可以守的人际关系网难道就是让你织成这样的吗?然而,章志忠继续解释黄伟亮回龙泉这件事上,还是让蒋栋梁的心缓和了许多。小偷的习惯善于偷偷摸摸,而龙泉的门敞开着,反倒会让小偷不敢轻易进门,怕中了哪个机关的要害,永远不能使自己翻身,既然如此,他干嘛还要从大牢里出来呢?大度的人才是干大事的人。

曲汇河伸出大拇指,表示赞同的同时,也半开玩笑,章老弟,老电影咖啡馆里的事我们免谈,最好把它带到棺材里去才好,小偷确实不会轻易走进敞开门的地方,难为你这么懂蒋总的心思。说着,曲汇河也站起身来,左手伸出三个手指,对大家说,我们的蒋总还有第三件事需要宣布。蒋栋梁看了他一眼,似笑非笑地回答,那索性你宣布得了。

曲汇河还是让开一个位置,请蒋栋梁亲自来宣布第三件事。蒋栋梁与他不客气,站起身来,向大家宣布早已不是新闻的新闻。他说,下周一有一批本科以上的年轻人进入我们的龙泉,主要是管理公司的网站以及进入公司的行政管理。蒋栋梁话音刚落,犹如第三枚炸弹落在众人的头上,尤其是那些已进入65岁以上的骨干们不知道如何是好。梁典真和杨芝芳索性离开座位,寻找抹布擦桌子,嘴里还咬着那个不知从什么地方学来的优雅的词"让贤",使得蒋栋梁顺着她俩这个词,重复了几遍。

蒋栋梁觉得他这一路走来得感谢这两位大姐,所以对于她俩不管在什么场合给他看脸色,他都觉得不为过。相反蒋栋梁寻找机会分别与她俩交流感情、疏通思想。他说让贤是一种豁达的表现,让贤并不是有了新人忘了旧人,而是更加要爱护旧人。一个搞养老事业的人,不爱护与自己一起成长的老人,他于心何忍?蒋栋梁这些话说得梁典真与杨芝芳她俩不好意思了,各自表示以后一定不会犯这样的错误,积极配合他的工作。

一天当杨芝芳送去她亲自掌勺的饭菜给蒋栋梁时,顺便问了一句,张惠真的不管自己的公司,要来龙泉吗?另外,温柔与黄伟亮真的会回到龙泉吗?蒋栋梁在一口一口狼吞虎咽的时候,却慢慢地逐个问题回答。杨芝芳不再表示任何反对的态度,只是提醒他,你是公司的顶梁柱,身体不属于你个人,是属于大家的,所以一定要保重好自己的身体。

杨芝芳言下之意,蒋栋梁自然明白。尽管杨芝芳没有直截了当地指出叶百合这个人,但蒋栋梁还是和颜悦色地向杨芝芳解释,我是皈依的人,你说我能违背佛的意愿吗?功德碑还放在会龙寺庙里。他说别人都可以乱说话,唯有杨芝芳不能误解他,这些年一路走来,应该是知根知底。他向杨芝芳假设一个问题,如果马晓青是一个英俊的男子,无私救了叶百合的儿子,难道马晓青会对叶百合有私情吗?行善是做人的本分,更何况我们做的是养老这一块的事,行善更不能忘记。杨芝芳终于听明白蒋栋梁的话,收拾好蒋栋梁吃饭后的碗筷,离开时,冷不防地说了一句,栋梁,杨姐是个大老粗,没啥文化,但还是有一种冥冥感觉,就是你这次在社会上招聘本科以上的年轻人,说不定有我们会员的儿孙。说着,一边笑起来,一边朝门外走去,只留下蒋栋梁还没有完全反应过来这到底是怎么回事。

流动的风景里总会有一处你不经意地发现的人。这是当吴老先生回家看望他孙女吴子真的时候,所说的话。吴老先生回家是庆祝吴子真找到第一份工作。吴老先生在电话里问是什么工作?吴子真卖了一个关子,说一定要等爷爷回家后再告知。等到吴老先生回家,吴子真告诉给吴老先生她在一家做养老事业单位工作时,吴老先生又惊又喜,他告诉孙女他现在所住的养老院就是龙泉属下的养老院。

吴子真借奶奶在厨房里做饭的时候,问吴老先生难道真的打算与奶奶分开过?吴老先生拍了拍吴子真的后脑勺,说,孙女,你不能给爷爷背黑锅啊,是你奶奶要与我分开过,她如果不给我背黑锅,我打算动员她一起进养老院,那里吃吃喝喝,根本不用你进厨房起早贪黑地忙碌,多好的一件事,非要让我背黑锅,我只能逃之夭夭。吴老先生问吴子真,这次看到他是否变了一个人?吴子真才认真地打量了吴老先生,然后凑到他耳边,神秘兮兮地说,爷爷您要搞搞清楚啊,奶奶要比您大五岁,您一定要带着奶奶一起变才是时髦爷爷。吴老先生情不自禁地笑开怀,向吴子真解释,他是与时代同步,没有被思想束缚。当然他希望吴子真进了龙泉之后也不要被任何思想束缚,一定要大胆创新做好老年人的工作。

没过几天,公司再次召开大会迎接有学历年〔轻人〕的到来。八名年轻人其中有三位刚断掉家中孩子的奶之后〔应〕聘的,按蒋栋梁的说法是这个年龄段的年轻人既有能力又〔不〕任性。当吴子真听到这句话时,大胆地站起身来发表了自己〔的想〕法,她说她虽然是刚从学校毕业出来的学生,但她愿意向前〔辈及〕师长们学习,避免算盘子拨一下动一下的被动态度,用心〔动脑〕筋,取得岗位上的主动性。蒋栋梁一边听一边伸出大拇指〔表示〕赞赏。当进一步了解时,得知吴子真的爷爷就是吴老先生〔,蒋栋〕梁更是欣喜万分,他说,世界是如此的小,爷爷与孙女竟然〔不约〕而同地来到龙泉,是龙泉的幸运,我相信有缘千里来相会。

小说语录

❀ 当知道自己的丈夫有过外遇，即使是一夜情的外遇，我无法再面对与他赤身裸体男欢女爱的过程。而离婚对于彼此共有的孩子是一种伤害，与其让孩子伤害，还不如将伤害让给自己。那些离婚后再婚的男女，在同床时即便是同梦，身体也不是金童玉女的身体，与其这样，还不如就这样过吧。

❀ 佛说，芸芸众生皆系于缘，缘起缘落皆是命。男女情爱是如此，人与企业也是如此。既然有缘相识一场，就好好地珍惜吧，毕竟曲汇河不是十恶不赦的男人，至于曲汇河以外的男人，不该想的绝对不要去想。

❀ 人的形象都是浮在表面的，心却藏在深处，只是看自己站在什么样的位置上。

❀ 背黑锅是命运的安排，有时只能服从它。

❀ 小偷的习惯善于偷偷摸摸，而龙泉的门敞开着，反倒会让小偷不敢轻易进门，怕中了哪个机关的要害，永远不能使自己翻身。

❀ 只有两条心的人放在一起工作，才能一条心地跟着一个人。

❀ 对于他来说，干过坏事后才知道做好人的珍贵，人有因果报应，他不敢再乱来。

❀ 女人的歇斯底里症状是被男人逼出来的，向来好男人会成就一个优雅的女人。

❀ 如果这样的恶作剧能让我死，那么这个世界上死的方法太多了。

❀ 现在的局势就像一个女人怀了第一胎，却非要到医院做人工流产，等到下次想要怀孕，却再也怀不上了。

下篇

吴子真来公司上班的第二天,杨芝芳就分派她整理仓库。□
十平米的仓库就让她一个人来整理,按杨芝芳的说法是年轻人
吃一点苦有益无害,是帮助他们成长的一种方法。仓库也是 □□
信息库,是企业的一个缩影,她告诉吴子真,做什么事情不□□一
步登天,要一步一个脚印。

　　吴子真咬紧牙关,听取杨芝芳的分配任务,硬是不□□□哭出
来。在统计会员服的时候,有心的她把杨芝芳交给的□□名单输
入到优盘里,并给自己布置作业,三天内一定要统计□□泉的实际
人数。

　　就在第三天,梁典真来到总部询问杨芝芳一□□□□,其中就是
关于死亡的会员是否还能算进会员的实际人数□□吴子真在把名
单输入电脑的同时,两只耳朵也竖起来听眼□□□长辈的对话。
离开这个世界怎么还能算是会员呢? 当然不□□□杨芝芳当然也
有一肚子牢骚,一边在发展人员,一边不停□□来死人的消息,至
于把死亡的名单究竟排队与否,她自己□□□到一个准绳。先把
死亡的名单排除掉再说吧。杨芝芳认□□□队伍里的老会员年
龄都已高,死亡的概率也相对大一点,□□□一阵子为生病的老人
为死去的老人而奔波不停,她不再愿□□□□旗鼓地宣传自己,所以

脱口而出这句话。

这个好像不妥吧？吴子真停下手中的活，接着杨芝芳的话，提出了异议。死者本人不再是会员，但对于已缴纳费用应该按规章制度处理。据我所知有三种情况。第一，会员资格终止，但会费可转移具有继承权的直系亲属；第二，按照会员性质应该属于会员终止，这是因为死者已享受过会员的待遇，随会员的死亡而终止；第三，会员人数会随自然死亡而有所变化，会员的实际人数应该要把死亡的人数一起算进去。

梁典真睁大眼睛，吃惊地看着眼前这个九零后的年轻人，情不自禁地跷起大拇指，豁然开朗。站在一边的杨芝芳却有一团疑虑看着眼前这个年轻人，心想，仅仅来了三天，有什么权利评头论足？小吴，等到你谦虚地向老一辈多学一点东西后再有发言权。杨芝芳说。

杨主管，难道以前死亡的会员都没有上报公司总部吗？其实统计会员人数，就像商品进货与出货一样的道理，只统计进货的数额，却不统计出货的数额，这个财务报表怎能做呢？吴子真不依不饶，让杨芝芳一时回答不上来。为了能消除眼前的尴尬，梁典真替杨芝芳回答，过去确实没听到过谁统计过，也没有谁来提出这个疑问，大概也是我第一个人吧？好了，等蒋总回来，我们确实要开个讨论会。

从此，杨芝芳对吴子真有了很大的成见。有一次吴子真受不了心中的委屈，悄悄地来到养老院向爷爷诉苦。吴老先生听完吴子真的一番委屈，咬着牙说他一定会向蒋总汇报这件事。刚为老人把完脉回到房间的陈医生看到吴老先生怒气冲冲的样子，情不自禁地要为他看看脸色把把脉象。当吴老先生把真相与陈医生说完之后，陈医生则不以为然地回答，A 区 5 号房间的张伯伯他腹部胀气，吃了好多种药都不见好，我就给他一个方

法,熬小麦粥喝可以治腹部胀气。其实我想说的是对症下药很
重要,生气管什么用? 你得问问那个杨芝芳为什么会对你的孙
女有成见?

　　按你的说法就是把好脉然后对症下药? 吴老先生疑惑地看着
陈医生。不行,咱孙女不能背黑锅,她哪句话说得不对了? 商品要
把进货与出货全算进去,才能做好财务报表。公司只注重发展会
员,那么发展会员的目的是什么呢? 他们是在盲目发展会员,我差
点也成为龙泉的会员,可是当时我是想动员我老婆进养老院后一
起加入会员。可是今天听我孙女这么讲,我有些想法,如果我死
了,难道我就不是龙泉人了吗?

　　爷爷,我学过公司法。公司法其中有一条是公司活动原则对
外和对内的关系,公司登记条例也包括对登记会员实际人数的要
求。吴子真擦干眼眶里的泪水,向吴老先生与陈医生说。

　　孙女,莫斯科不相信眼泪,我会向你们的蒋总汇报的。不过没
等吴老先生找到蒋栋梁,温柔又回到了养老院来当院长。吴老先
生一看到温柔,便把她拉进自己的房间,向她说起商品进货与出货
的财务报表来。温柔听了半天终于听出一条线索来,于是,不真不
假地问吴老先生,是否背上黑锅了? 吴老先生一听这个再熟悉不
过的话,一定要温柔评评理。温柔则说,杨芝芳这样做是对的,但
您的孙女这样说也是对的,只不过没有用好自己的语言与对方沟
通,沟通是一座桥梁。

　　吴老先生越听越糊涂,他不明白温柔到底听清楚他的陈述与
否? 他想他的孙女和他一样已经背上黑锅,曾在会议上提出“让
贤”与他年龄相仿的人怎么会这样对待他的孙女? 吴老先生对温
柔很失望,怎么一个转身重返养老院,说话做事就与过去不一样了
呢? 他留恋起死去的马晓青的好,甚至认为韦琴在他眼里也不再
是讨厌的人,至少韦琴会实事求是回答他一句“我只是前台职工,

做好本职工作是我的责任"的话,让他也无话可说。不过话说回来,温柔反差那样大也让他反省自己,背黑锅是命的安排。反省之余,他劝吴子真要经得住考验,毕竟杨芝芳是奶奶的辈份,从尊重方面去考虑,她让贤,作为小辈也要谦虚学习。

就在吴老先生转悠的时候,许风萍因突然脑梗塞导致丧失语言功能,并右侧身体瘫痪而被送进养老院。吴老先生一步一步看着许风萍被轮椅车推到全护理房间,在把她从轮椅车上抱到床上的那一刻,吴老先生好奇地问全护理房间的护理工小沈,这个人我认识,是龙泉里的人,年纪轻轻的难道以后要你们帮她洗澡喂饭吗?当小沈正要回答吴老先生时,只听见外面传来祁老伯的一阵"我要强院长帮我洗澡"的叫声。

世事难料啊,一个这么能说会道的人从今以后也要像祁老伯那样的人了。吴老先生不等小沈回答,就转身去寻找又回养老院当院长的温柔。温柔在任老太太的房间,耐心地与她商量能否走出门弹曲子?望着任老太太呆呆地坐在钢琴边上不吭声,温柔便把季波折的名字提了上来,并告诉她,是季波折相信姨一定能走出门为大家弹奏钢琴曲。

吴老先生喜出望外,竟然忘记来寻找温柔的最终目的,来不及敲门就这样走进任老太太的房间,补充说明,他的时装队下个月的月初要到市里比赛,如果任老太太愿意为时装队伴奏,现在练习还来得及。温柔听到吴老先生的声音,转过身,发现门正敞开着,准备走过去关上,却意外听到门外的走廊上祁老伯越来越近要强院长洗澡的声音。

温院长,刚才的门是敞开着的,我没有敲门就进来肯定是我的错,现在我向你检讨,但我真的有事来找你。吴老先生看到温柔准备关门的同时,也听到走廊上祁老伯的一阵阵叫声,方才想起还有一系列问题要向院长反映。温院长,你知道龙泉公司里的许风萍

因脑梗塞丧失语言功能并半边瘫而今天被护送到养老院的事吗？还有，今天我才发现全护理的男女浴室只隔一层板，护理工会不会将一层板卸下，男女混合一起洗澡？

许风萍？温柔很是一惊，什么时候的事情，她怎么一点也不知道呢？按理，养老院里进进出出的人都应该向院长通报才是，她觉得她这次回养老院当院长并没有引起重视，否则怎么可能会发生这样的事情？既然没人告诉她是谁把许风萍送来的，那么她也没有必要去追问这件事。安抚完任老太太之后，温柔准备拨打季波折的手机时，吴老先生有点按捺不住了，连忙问，温院长，护理工会不会将一层板卸下，男女混合一起洗澡呢？

那怎么可能呢？这些护理工是当时张惠送过来的，很有责任性。温柔一边回答吴老先生的话，一边拨打季波折的手机，她觉得曾经向季波折承诺过的事一定要做到，她确实希望任老太太能在她再次任院长之际恢复记忆。

这个世上还有什么事情不可能发生呢？防微杜渐总不会有错的。吴老先生有些不高兴了，转身就朝外走，看见走廊上来回走动的祁老伯，发出一声长长的感叹声，都变了，都变了，只有祁老伯要强院长洗澡的声音没有变。等到吴老先生回自己的房间后，只见陈医生正坐在书桌前，戴上他的老花眼镜用酒精棉花擦银针。吴老先生很快想到陈医生肯定是为许风萍针灸而做准备工作，所以不等陈医生向他打招呼，先嚷开了，陈医生，到时候你不要怪我没有提醒你，许风萍有儿子，在她儿子没有准许下不要给自己找麻烦。

我知道，这些话我女儿也在电话里经常与我提醒过。我主要是来养老的，擦针灸是因为我近来便秘，想给自己扎上几针。陈医生回答。

你女儿又来电话了？我在你一个房间里怎么我一点也不知情

呢？吴老先生想除非自己在外转悠的时候，陈医生的女儿来过电话。他不知道龙泉的小说陈然然是否开始动笔？如果动笔，他要把能说会道的许风萍突然脑梗塞而被送进养老院，以及他孙女吴子真进公司开始从整理仓库做起等等一些事，全部要向陈然然汇报，否则他觉得这个故事没法展开下去。

你这个人一点也不讲道理，每个人都有自己的私密事，我女儿与我通话为什么每次要告诉你呢？陈医生想起女儿曾关照过他，养老院是养老的场所，公司里的事不是老人们所关心的范围，劝他千万别搅和进去。陈医生劝吴老先生，什么事该管什么事不该管要分得清。别说全护理男女浴室只隔一层板，就是卸下这层板，那有什么关系？全护理房间里的老人都是脑子不好使的。

吴老先生觉得陈医生不可理喻，为了不让事故在他预测中发生，他悄悄地来到许风萍的那间全护理房间探个究竟，只见温柔正与一个小伙子说明情况。吴老先生猜测眼前这个小伙子一定是许风萍的儿子。

温院长，我妈是龙泉的会员，在你来龙泉之前，我妈就与蒋总共事。她出事的那天还在为龙泉做事，虽然是龙泉的志愿者们把她送到养老院里来的，但作为龙泉的最高领导蒋总至今还没有出现，你怎么向我解释？许风萍的儿子小钱问道。

温柔望着眼前曾经是蒋利的男友小钱，心里确实在想着一个问题，蒋利有眼光，当初能果断地与他分手，否则后患无穷。只要给你妈安顿好不让你妈受委屈就好，至于谁来护送重要吗？我不知道要向你解释什么？你肯定比我还要清楚，蒋总东奔西忙，天空是他的客栈。温柔只能这样回答。

你当着我的面拨打蒋总的手机，或者打他的女儿的手机也行，我要亲耳听到他现在究竟在什么方位？毕竟我妈现在是一个不但失去语言功能,而且右侧也瘫痪的完全不能自理的人。小钱固执而又傲慢地非要温柔打这个电话。当看到温柔并没有想要打电话给蒋栋梁的意思,小钱向温柔进一步威胁道,你们这个公司是非法集资的公司这个问题先靠一靠暂且不说,就对会员这个词社会上就有争议,我们所缴付的 2800 元到底是会费还是原始股呢?

吴老先生突然想起吴子真为这件事而与他诉说过委屈。尽管如此,吴老先生也不能眼睁睁地看着家属无休止地与温院长争论这件事。于是,他又忘记了一切,走进许风萍的房间,替温柔回答,这里是养老院,你所问的问题不是院长回答的范围。

这个老人是谁? 难道你们不分男女房间吗? 小钱发现驼背吴老先生突然出现,又将一个新问题扔给温柔。说时迟那时快,温柔连忙把吴老先生与小钱一起往外赶,并向小钱承诺,晚上她一定会向蒋总汇报详细的经过,最晚后天向他交代。

当天晚上温柔整理好思路,然后拨通了蒋栋梁的手机。蒋栋梁接温柔这个电话时,正好在伊春与张红峰一起迎着大雪,走访垂钓馆施工现场。垂钓馆是永绪养老院里的一块区域,是张红峰精心设计出来的,当然这与蒋栋梁的投资分不开。为了能在新年开春竣工,蒋栋梁独自一个人来到伊春,与张红峰碰头。蒋栋梁一边接听温柔的电话,一边在与边上张红峰计算垂钓馆到目前为止投下去的钱,与将来如何收回成本的账目。

蒋总,你还是先接听电话吧,所投资的项目与核算成本并不是三言两语能说清楚的。张红峰看着蒋栋梁拿着手机接听电话,却在与他说如何收回成本的账目,总觉得不是一种处事的方法,当然也不是他做事的风格。他知道蒋栋梁这次冒着严寒来伊春,并不是简单来视察垂钓馆施工的进展。早听说有人在蒋栋梁耳边吹风,这么偏僻的东北,有多少南方人会去那儿旅居? 盲目地投资,难道可以放心他一个人操作吗？

所以蒋栋梁一到伊春，张红峰就把早已准备好的账目本交到蒋栋梁的手里，并向他解释每一账目的用途。蒋栋梁建议还是先到垂钓馆施工现场走一走，然后再回来核对账目。温柔的这个电话的内容张红峰多少也知道了一些，他觉得一个企业的经济建设固然重要，但营造和谐的人际关系更重要，如果一直处在互相排挤互相猜疑的状态下，企业的经济发展一定会受到阻力。当蒋栋梁回答温柔，他一回到上海会与许风萍的儿子有交代时，张红峰也向蒋栋梁开诚布公谈出了他的思想。

马云卸任阿里巴巴 CEO 前的最后一次公开演讲中说，以前讲用人不疑，疑人不用，现在要讲究的是用人要疑，疑人也要用。对于上海公司总部的人怀疑我，很理解。换位思考，我也同样会去怀疑别人，怀疑这个词按我的理解恰恰是一种信任的表现。然而，龙泉走到现在这个阶段，开始要倡导理性发展，不能什么都往龙泉的土壤里添加。

嗨！兄弟，你也知道我的初衷。蒋栋梁不无感慨地回答张红峰，打造候鸟养老服务是我要做的事，而且要一直做下去的事。我知道，船大难调头……不等蒋栋梁说完，张红峰情绪激昂地将之打断，说，所以我接下来想对你提建议，一定要有上层建筑的管理，做业务的人并不一定懂管理，如何提高管理人员的素质更是摆在我们面前当务之急的事。

其实我什么都明白，我的同学冯时峻也和我提出过这些问题，可是甩手掌柜好做，纸上谈兵也不费力，曾经我纸上谈兵，想象上海朝阳养老院拿到手，就可以做我想要做的事，结果并不是我想象的那么简单。说到此，蒋栋梁再一次拍了拍张红峰的肩，说他当然会采纳他的建议，同时也重复他刚才的一句话，疑人要用，用人也要疑，否则真没法继续前进。

蒋栋梁这天没有与张红峰喝酒吃饭,他说不敢再喝,怕情绪失控后,会把简单的事想得更复杂,他现在迫切需要自己要把复杂的事情想得越简单越好。当天晚上回到宾馆,蒋栋梁打电话给曲汇河,让他这几天与许风萍的儿子交谈一次,说许风萍当初投资到龙泉这件事是蒋利办理的,但他不想把蒋利牵扯进来,不想把事情搞得那么复杂。他知道许风萍的儿子是一个难缠的人,他相信曲汇河一定有能力处理好这件事。蒋栋梁说完,停顿片刻,连忙补充一句,这件事你要小心处理,上次小钱去养老院缠绕温柔好半天。

蒋栋梁挂断曲汇河的电话,脑海里情不自禁地想到新疆的女儿。自从与苗木结婚之后,还没有与她坐下来好好地吃上一顿饭。听苗祥和说蒋利有五个月的身孕,也听广西的卫红说,广西那边让她兄弟管理着,她去新疆准备看看女儿,如她愿意就把她接回广西住一阵。蒋栋梁劝卫红别来回折腾了,他去新疆办事的时候会顺便把蒋利送回到广西。此时的蒋栋梁眼睛一酸,差点掉下眼泪,想想自己是在怜香惜玉吗? 这么多年已过去,有什么怨恨割舍不掉的呢? 只怕是亲情早已淹没了所有的怨情。

蒋栋梁拿着手机,反反复复地在蒋利的手机号码中琢磨,最后还是打消了拨打电话的念头。收起所有的思绪,次日一早,与张红峰告别准备去新疆时,接到了曲汇河的电话。他说等到处理完许风萍之事,他要求去如皋基地工作。冷不丁的一句请求,着实让蒋栋梁不知道如何回答。然而边上的张红峰却及时替他回答,船大虽然难调头,但是也必须要想办法调头,要完成30家养老基地的指标,就得先考虑30家养老服务工作人员的素质和人员的跟进。远水怎能救近火?说完之后又补充一句,他的姑姑张晶英被调往三亚度假村工作,这是一家之主的老总对她的信任,原本是一件值得庆幸的事,但是家在伊春却要在三亚工作,这好比是远水去救近火,时间一长难免要出现弊端。

　　蒋栋梁忽然明白了张红峰说的意思,他连忙回答曲汇河,你说我能答应吗? 温柔在上海,你却要求到如皋基地,如果挑选要去的人选,也应该是乔敦或者其他人,唯独你不能去。不等商量,蒋栋梁就挂断了曲汇河的电话,然后关闭手机。在登上飞机那一刻,蒋栋梁脑子里出现中国的版图,以及版图上密密麻麻的人,这些密密麻麻的人有的与龙泉有千丝万缕的瓜葛,有的与龙泉擦肩而过。然而这些幻觉在飞机滑跑起飞随离开地面而一下子消失。

　　飞机穿越云层,扰动着气流,突然感觉有一阵颠簸,空姐用柔美的声音提醒旅客系好安全带。蒋栋梁下意识地把目光移向机舱舷窗外,他也不知道为什么会有这样下意识的动作,又不是头一次坐飞机,竟然能让目光被窗外诱惑过去。蓝天白云再也不能想象的景象却让蒋栋梁浮想联翩,如果哪一天我也能化作一朵白云自由穿梭,蓝天还能容不下区区 30 家养老基地吗?

　　白云依然在天空上,飞机开始慢慢着落地面。当蒋栋梁离开检票出口处,刚打开手机,只见显示屏上一个又一个来自全国各地未接听的电话号码。在快速浏览中,发现其中一个号码是陌生的,于是他在陌生的号码一栏中回拨过去,只听到一位老者的声音,自报家门后,蒋栋梁才得知是朝阳养老院里的吴老先生打来的。当吴老先生听到身为龙泉一家之主的蒋栋梁能回复电话给他,一种自豪感油然而生。蒋总,谢谢您能回复我的电话,我只是想向您汇报一声,这次我带队的时装队参加全国中老年才艺比赛获得第一名。

　　祝贺! 等我回沪后一定要为你们开一个庆功会。蒋栋梁因有些激动,情不自禁地向吴老先生发出承诺声。借问梅花何处落,风吹一夜满关山! 蒋栋梁也不知道为什么会在心中吟起唐代边塞诗人高适的诗来,在如此苍茫而又清澈的边塞上,不知哪座戍楼里吹起了羌笛。

蒋总，我想要补充的是季波折的姨任老太太这次为时装队钢琴伴奏，我们获得第一名离不开她的精彩一笔。吴老先生听到蒋栋梁要为他们开庆功会，想到任老太太为他们伴奏这件事必须要向蒋栋梁汇报，否则他要背上虚报实情的黑锅。蒋栋梁听到吴老先生进一步补充，心里有一种说不出的欣慰，从养老院里出来的人与故事，怎么有一种挥之不去的感情渗透于他的骨子里呢？蒋栋梁认为这一定又是在天堂里的老母亲感应他。

那一天夜晚，蒋栋梁又梦见自己的母亲从天堂来到人世间，正在为他张罗龙泉六周年庆祝活动的事宜。老太太逢人就说，时间过得真快，转眼五年过去，她因为羡慕人间的生活，所以凑热闹来栋梁身边看看。随后老太太又来到黄伟亮的母亲身边，不无嫉妒地说，你真幸福，在养老院里无忧无愁生活着，却不需要管儿子一辈人的事，开始的时候我担心栋梁会做出什么出格的事，然而五年过去，他并没有让我这个老太太失望，没有把养老院当成一只烫山芋扔来扔去。

老太太一说到自己的儿子蒋栋梁，眉开眼笑，颇为自豪，当那些曾经在她家吃过饭或在她家屋顶上过夜的小伙伴们一个接一个出现在她面前时，老太太有超人的记忆，对蒋栋梁说，这个是会玩耍心眼的章志忠，那个是爱学习守规矩的冯时峻……她一会儿摸摸这个人的头，一会儿又拍拍那个人的肩，神秘兮兮地说，别看你们现在都是小不点，人啊，都会老，老得总有一天迈不开步子的时候，趁现在还年轻，要学会互相搭台互相帮助，不要互相掐互相贬低，这样让人家过不好日子，自己的日子也过不好。

老太太说完这些，插上翅膀朝天堂方向飞，然而目光到处寻找蒋栋梁的身影。当她终于寻找到蒋栋梁的身影时，语重心长地说出一句话，人生的步伐不在于走得快，而是要走得稳，儿子，我会在天堂一直关注着你。蒋栋梁伸出手想抓母亲的手，却突然惊醒过来……

按理故事应该还要开展下去，比如说黄伟亮从监狱里出来后的趋向，又比如说黄伟亮出来之后是否还会继续与强草鹤有不正当的来往？又比如说朝阳养老院的法人代表究竟转到蒋栋梁身上了吗？这应该都是读者所要关心的事，或者说都是读者想要读到的内容。但在庆祝龙泉六周年的大会上，特意随冯时峻从法国赶过来的陈然然对蒋栋梁说，生活还在继续，我们不可能面面俱到把每个人写进小说里，小说的鉴赏要点面结合，是整体与局部详略的组合。她举例说明，来参加庆祝活动的人也不可能是全部，只能是有所选择被邀请到这里来的。蒋栋梁觉得有道理，因为章志忠发动起所有人际关系，把过去的同学找了出来，并没有让所有人来出席这次六周年的庆祝活动。

那天，张惠从自己的公司里拨冗来到会议现场，向蒋栋梁送上祝贺同时也说出一番感慨，这个世界没有绝对二字，每个人都有人性的闪光点与阴暗面，但这些并不重要，重要的是我们如何朝着光明方向迈进。

那天冯时峻在担当摄影师时，发现温柔坐的位置正好是顺光的角度，而曲汇河坐的位置恰好是逆光的角度。为了能让他俩朝同一个方向，冯时峻让陈然然去关照他俩一下，幸好他俩很配合行动，让冯时峻顺利地摄下这一张照片。这一天冯时峻虽然很辛苦，但觉得自己很霸气，霸气的缘由并非是手中的相机，也不是自己的一份职业，而是蒋栋梁能当着所有同学的面，接受他的建议，蒋栋梁并且在众人面前夸陈然然如何优秀。尽管章志忠有些不服，难道张惠就没有她优秀吗？但他还是很客气地把曲汇河拉了出来，刺激他能否与温柔的班长崔炯明比试酒量的高低？尽管张惠骂章志忠哪壶不开提哪壶，但两个大男人还是友好地在温柔面前表现出君子的风度，始终没有让她难堪。

　　据说那天，30家养老基地都派了代表来到六周年庆祝大会的现场。那天，蒋栋梁举着红酒杯，朗诵了自己年轻时写的一首诗，我没有靠山，我就是一座山，头顶蓝天，我就是风景……任老太太为他钢琴伴奏时，也动情地流下眼泪。

　　那天大会结束之后，季波折特意与蒋栋梁私下打招呼，看着他的姨思维慢慢恢复正常，他说自己即使去外地工作也能放心。季波折的声音是磁性中更让人感觉柔和清晰，让蒋栋梁总感觉敬畏他几分。然而，吴老先生一不小心听到季波折的声音之后，连忙向他指出，你别让我们的蒋总背黑锅好不好？你们都不是说了吗，生活在继续，我想关心老人的工作也应该在继续，这个用得着谁来提醒吗？

小说语录

❀ 你们不仅带一张吃饭的嘴,而且带一张说三道四的嘴,增加我们劳动力不算,还要增加我们的心理负担。

❀ 什么事都要有一个度,该刹车的时候就得刹车。管理学上有一个术语叫做"水桶理论",也就是说水桶的盛水量取决于桶壁上最短的木板。水桶效应就是指一只水桶想要盛满水,必须每块木板都要一般齐并不能破损,否则永远盛满不了水。不是每个遇到滴水之恩的人会涌泉相报的。

❀ 有推理逻辑能力的人一定会未雨绸缪。

❀ 明明是挺直的腰,不能让人误为驼背,这样的黑锅是不能背上的。

❀ 当有人反对看你过程的时候,我们就把过程掩护起来,只让人看结果就是了。

❀ 按蒋栋梁本人说法,就是人与人之间是相互的,只有当你付出了,别人才会跟着你一起付出。

❀ 法人代表不转到自己的手里,意味着什么?就好比是一个女人让你睡了,但你不给她名分,这个女人算什么?我只是用上床睡女人的比喻,来和你分析当下的窘迫。

❀ Dior 半个世纪来始终保持高贵优雅的风格,女人的世界里只有懂的人才能进来,我喜欢货真价实,那些冒牌货我是不屑一顾的。

❀ 辨别和田玉的真伪有法则,可是辨别人的虚实真没有法则。

❀ 宁可重新换血,也不能让那些人在趁火打劫中取得胜利。

❀ 我知道你心善良,但善良的人会经常给自己设置路障。

❀ 这种重复性使用人,不等于一个菜重复回锅加热吗?这样的菜你还敢吃吗?